RIEN QUE DU CIEL BLEU

PAR

THOMAS McGUANE

Traduit de l'américain
par Brice MATTHIEUSSENT

10 18

« Domaine étranger »
dirigé par Jean-Claude Zylberstein

CHRISTIAN BOURGOIS ÉDITEUR

Titre original :
Nothing but Blue Sky

ISBN 2-264-02418-6

Pour Annie, Heather et Maggie avec amour.

« Si tu arrives à une bifurcation de la route, fonce. »

Yogi Berra

1

Frank Copenhaver plaça les valises de sa femme Gracie à l'arrière de l'Electra, puis il lui ouvrit la portière. Elle monta. Le visage grave, il contourna l'avant de la voiture, puis il monta à son tour. Il se pencha au-dessus du volant pour lever les yeux vers leur maison comme si c'était lui, et non Gracie, qui la regardait pour la dernière fois. Une pie traversa son champ de vision comme un signe destiné à Gracie, au cas où elle n'aurait pas compris que c'était maintenant ou jamais. Il ne voulait pas qu'à mi-chemin de l'Arizona, elle s'aperçoive que, dans sa tristesse, elle avait oublié de faire une chose très importante.

Dès qu'ils furent partis, il dit :

— Nous avons quelques minutes devant nous, je vais prendre la route touristique.

— Oh ! Frank, oh Seigneur ! Non, s'il te plaît, pas la route touristique, protesta Gracie.

Il n'en démordit pas. Tout en conduisant, il pérora aimablement sur le conflit entre Kellogg et General Mills, dû à un différend céréalier qui s'élevait à sept milliards et demi de dollars, s'apercevant trop tard que cela pouvait passer pour une tentative de préfiguration de leur propre divorce et des inévitables tractations qui s'ensuivraient. Il essaya, avec un zèle presque excessif, d'écarter ce parallèle en discourant sur les Cheerios, les Wheaties, les Rice Crispies et le Raisin Bran ; compte tenu de l'état de leurs deux vies, il en rajouta un peu trop sur Tony le Tigre signant des autographes sur des battes de base-ball dans les magasins Safeway.

Gracie était habillée pour le voyage : un jean, un chandail en coton noué autour de la taille, des tennis ; les nattes de ses longs cheveux noirs étaient ramenées au sommet de sa tête. Elle était à la fois ravissante et marquée, incroyablement enfantine bien qu'elle fût la mère d'une étudiante. Elle portait des lunettes de montagne pourvues de pièces en cuir latérales. Elle ne prêtait apparemment aucune attention au quartier banal qu'ils traversaient et elle réagit à peine quand Frank s'arrêta devant sa — leur — clinique d'Alder Street et lorsqu'il regarda, avec une satisfaction évidente, les malades aller et venir dans l'entrée moderne et spatieuse. Ils ne possédaient pas cette clinique depuis longtemps et les nombreux trembles de la nursery étaient toujours fixés à leurs tuteurs par des fils de fer ; les plates-bandes de fleurs étaient d'une uniformité incroyable. Frank refit le tour du bâtiment pour en admirer le mur latéral, puis il se dirigea vers le *Kid Royale*, son projet préféré.

L'hôtel *Kid Royale* se trouvait à quelques pas de l'ancienne gare de chemins de fer de Deadrock et c'était l'un des monuments de la Frontière dans le Montana. Frank allait lui redonner toute sa gloire originelle, avec ses niches pour voitures à chevaux, ses râteliers de harnais et sa réception au plafond voûté. L'hôtel était actuellement en mauvais état, couvert de publicités délavées pour des marques de tabac et de sodas, peintes sur ses flancs dans un quartier qui accueillait un nombre sans cesse croissant de migrants et de petits ateliers. Le succès de ce projet, plus que de n'importe quel autre, assurerait sans doute la popularité de Frank dans cette bourgade. Et c'était seulement avec l'ironie la plus ténue qu'il désirait l'acceptation de ses pairs.

— On ne pourrait pas sauter le *Miniprix* ? demanda Gracie. Il se fait tard.

Frank réussit malgré tout à inclure le *Miniprix* dans son itinéraire touristique, bien que Gracie restât appuyée, l'air boudeur, contre sa portière.

— Tu sais, reprit-il, c'est à peine croyable, mais il y a ici des hypothèques ajustables à cinq pour cent. Je me dis parfois que ma banque essaie de me mettre sur la paille. On ne peut pas indéfiniment accepter ces petites vexations sans réagir, laisser les gens te doubler discrètement quand ça leur chante. Tiens, aujourd'hui l'indice Nikkei a plongé à cause de ventes liées aux arbitragistes. Cette saloperie fait le tour du Pacifique en quatre nanosecondes et elle flanque une trouille bleue à de braves gars du Montana comme moi. Gracie, je déteste te voir partir. C'est quoi au juste qui cloche ?

— Ça fait longtemps.

— Oui, le temps. Mais Grace, tu n'aurais jamais dû faire ce que tu as fait. On ne peut pas s'élever comme ça au-dessus des choses. Le mariage n'y résiste pas.

— Je sais, Frank.

Comme ils atteignaient l'aéroport derrière une file de conducteurs qui cherchaient une place où se garer pendant quelques minutes, Frank sentit soudain sa poitrine palpiter de conflits aussi violents que méconnus. Il n'avait pas suffisamment réfléchi à la signification de cet instant. Soudain, quelque chose lui échappait.

— Gracie, je sens que si tu pars en courant, tu vas salement te ramasser.

La pensée que cela risquait de se produire pour de bon aiguillonna sa malice.

— Quant à moi, je vais me concentrer sur mes affaires. Nos rapports ont été tellement antisynergiques que, pour être vraiment franc, je m'attends à décoller comme une fusée dès que tu seras partie.

— Tu as sans doute raison.

— Si tu en as l'occasion, j'aimerais te voir gagner quelques dollars en annuités à taux variable, déductibles d'impôts, mais tout ça est désormais entre toi et un autre.

Cet autre ressemblait à un nouveau visage baveux au flanc du mont Rushmore.

— Merci.

Frank réussit à attirer l'attention d'un porteur. Celui-ci, un garçon d'environ dix-huit ans, dont les cheveux longs débordaient de la casquette, se présenta à la fenêtre côté conducteur, où Frank lui glissa plusieurs billets dans la main.

— File un coup de main à cette dame avec ses valises, tu veux ?

Puis il se tourna vers Gracie, qui descendait de la voiture.

— Au revoir, Grace. Transmets mes salutations à la ville de ton choix.

— Au revoir, Frank.

Elle avait les joues couvertes de larmes.

Il démarra avec, sur le visage, une étrange expression omnisciente, les mains en position dix heures dix sur le volant et, regardant trop tard dans le rétroviseur pour voir Gracie entrer dans l'aéroport, il sentit quelque chose se défaire en lui. Il n'eut pas l'occasion d'analyser la démarche de Gracie pour savoir si elle avait hâte de monter dans son avion. Il n'eut pas davantage l'occasion de s'écrouler sous le coup du désespoir et, peut-être, de repartir à zéro.

Il avait vraiment cru s'adapter à une Gracie nouvelle, bien que pas entièrement inédite. Ils possédaient deux voitures, mais ne s'en servaient jamais en même temps. Ils en choisissaient une et tous deux montaient dedans, soit l'increvable Plymouth Valiant de Gracie avec son petit six-cylindres incliné au bruit feutré, soit la Buick Electra basse, tyrannique et bleu-noir de Frank, avec les hoquets insouciants de sa boîte de vitesses bouffeuse d'huile. Souvent, Gracie s'approchait de lui comme au lycée, se haussant légèrement sur les rotondités charnues de ses fesses pour remettre de l'ordre dans sa coiffure face au rétroviseur, ou pour poser la main en haut de la cuisse de Frank. La Buick ressemblait à une voiture sexuelle du bon vieux temps et, contrairement aux sémillantes voitures japonaises qui dominaient désormais le monde, l'Electra paraissait toujours dire : « Vous sortez avec moi et vous allez baiser, point à la ligne. » Les replis profonds et capiteux de sa sellerie en velours n'attendaient que les taches. Mais récemment, Gracie s'était mise à prendre la Plymouth « pour réfléchir » en se rendant à son restaurant, l'*Amazing Grease* — et parfois, selon Frank, elle « réfléchissait » rudement longtemps. Elle avait promis d'apprendre à pêcher afin qu'ils passent davantage de temps ensemble, mais ce projet n'avait pas fait long feu. Frank remarquait très vite le moindre changement, mais il mettait un temps fou à trouver la réaction adéquate. Il se rappela qu'après tout il était toujours en bonne santé.

Frank s'absorba, non pas dans son travail, mais dans des fantasmes de fuite. Il devint un spécialiste des cartes. Il aimait l'histoire des cartes, il se sentait attiré par la théorie de la terre plate qui lui semblait être la seule à expliquer adéquatement les disparitions connues de tous, et surtout la mort. Il trouvait une espèce de poésie dans les projections sphériques du monde conçues par Ptolémée. Plus le mystère des profonds changements de Gracie obsédait ses pensées, plus il s'intéressait au rétrécissement des *terræ incognitæ* de l'ancien monde ; plate ou ronde, quelle différence cela faisait-il ? Franchement, pensait-il souvent, ça change quoi ? On dirait bien que mes parents, comme toutes les générations avant eux, ont trimé pendant soixante-huit ans avant de faire le grand saut au bout de la carte.

Il acheta un modèle réduit de chariot de géomètre du dix-neuvième siècle et il avait déjà demandé à Lucy, l'amie de Gracie à l'agence de voyages, de lui réserver un aller et retour pour visiter l'Observatoire royal de Greenwich, foyer du méridien du même nom, quand Gracie se retrouva seule sur la route, et sans carte. Alors, le changement imminent s'était concrétisé sous la forme très humaine d'un certain Edward Ballantine, voyageur et éleveur de chevaux de course, domicilié à Sedona, dans l'Arizona, quartier général spirituel des disciples de Shirley MacLaine, ces fanatiques de la boule de cristal. Soudain, la découverte des satellites de Jupiter par Galilée, l'annonce de Newton proclamant que la Terre était aplatie aux pôles, et jusqu'au simple plaisir que prenait Frank à consulter les tables de kilométrages à sa station-service, tout cela vola en éclats. Il n'avait jamais cru que sa femme le quitterait. Mais elle était partie et il ne serait plus jamais le même. Il ne vivrait plus jamais une seule seconde de son existence en continuité avec sa vie antérieure, même si Grace revenait, hypothèse au demeurant très improbable. A quoi pouvait bien lui servir maintenant sa collection de cartes ?

En 1968, à une époque désormais révolue et bourrée de situations critiques, essayant l'amour mais préférant la lubricité et, comme tant d'autres, une bonne scène palpitante, la défonce jetée en catastrophe dans la cuvette des toilettes, Frank fut banni des affaires familiales par son père. Le sermon paternel inclut une longue récitation autobiographique où son père évoqua ses premières années sur le ranch, ses longs trajets (imaginaires, selon Frank) jusqu'à une école de campagne mal chauffée, les souffrances d'un jeune catholique dans une communauté de Norvégiens luthériens, le premier succès dans l'engraissement des veaux, les réussites ultérieures dans le malt d'orge, les certificats élogieux et les cocardes des prix, les exploits agricoles, la nursery, le contrat de concessionnaire Ford, celui de représentant en matériel agricole, puis les quatre immeubles d'appartements, y compris celui régulièrement saccagé par les gars de la fraternité « et leurs concubines ». Le père de Frank était un autodidacte presque pédant qui exhibait ses prouesses comme une fleur à sa boutonnière.

Les gars de la fraternité incluaient Frank, le fils du propriétaire, qui avait passé son diplôme un an plus tôt, mais qui « gérait l'immeuble » pour sa famille dans l'espoir d'en faire un autre succès des Copenhaver. Son bannissement fut causé par une soirée à thème, ce dernier étant la Vie à la Ferme, une blague de Frank impliquant l'arrivée de trois tonnes de paille dans l'immeuble, toute cette paille entassée plus haut que non seulement le mobilier mais que la tête de tous les occupants. Des animaux de ferme, surtout des cochons, furent lâchés dans cette sauvagerie obscure et la fête commença. Elle dura deux jours. On creusa rapidement des tunnels d'accès aux tonneaux de bière et à de petites clairières où les invités se rassemblaient. On aménagea dans le foin une zone réservée aux fonctions corporelles, une clairière circulaire au sol recouvert d'un grossier tapis gris colombe, ainsi qu'une autre clairière pour la stéréo et la boucle apparemment sans fin du morceau-culte de Neil Young, « *Are you ready for the country, 'cause it's time to go !* » (« Es-tu prêt pour la campagne, car c'est le moment d'y aller ! »)

Ce monde de paille devint bientôt humide et odorant à cause de la bière, de la marijuana, du sperme, du parfum et des déjections porcines. Frank ne devait jamais oublier sa terreur quand, défoncé et vêtu de ses seuls sous-vêtements, il s'aventura dans la pénombre d'un petit tunnel secondaire et tomba nez à groin avec un cochon affolé pesant trois cents livres. Peu après, tenant une bière et un joint et entendant un autre cochon approcher, il s'enfonça dans la paille de la paroi du tunnel pour laisser passer la bête, qu'il regarda filer sous ses yeux, chevauchée par la plus jolie fille nue qu'il eût jamais vue, Janet Otergaard, de Wolf Point, aujourd'hui vice-présidente de la First National Bank. Frank s'élança à sa poursuite à quatre pattes, mais il prit un peu de retard et quand il la rattrapa elle s'enfonçait déjà dans la paille avec Barry Danzig, l'étudiant en droit de Northwestern qui venait de rentrer au pays. Cette déception poussa Frank à chercher un peu d'air frais. Il se fraya donc un chemin vers l'entrée et, rampant hors de la paille en sous-vêtements, un joint sinistre et tout goudronneux pendu à sa lippe molle, il tomba sur son père.

M. Copenhaver s'obstinait à porter des bretelles longtemps après qu'elles furent passées de mode. Il portait des bretelles très larges, équipées d'une quincaillerie voyante en cuivre, pour rappeler aux gens ses origines rurales. La plupart n'avaient toujours pas appris qu'il y avait autant d'escrocs cupides chez les fermiers que chez les citadins, car la guerre de Sécession avait interrompu le flux des informations ; ainsi, porter des bretelles larges revenait à brandir une pancarte « Je Suis Sincère ». Et ce jour-là, incurvées sur le puissant poitrail de son père, elles signifiaient toutes les âneries que M. Copenhaver ne supportait pas. Une fille hagarde au chandail bleu couvert de paille émergea en tirant son unique vêtement sur ses hanches nues. Elle jeta un coup d'œil méfiant au père de Frank et dit :

— Qui c'est, çui-là ?

— Le propriétaire de l'immeuble ! tonna M. Copenhaver.

Elle replongea aussitôt dans la paille. La peur de son père submergeait maintenant Frank. Il sentait son cerveau embrumé par la drogue et l'alcool, en un contraste saisissant avec la force si proche et si nette de son père, une présence constituée par toute une vie d'efforts opiniâtres, consacrée à la ferme, à la guerre et au capitalisme sauvage tel qu'il se pratiquait dans une petite ville du Montana. A côté de son père, Frank avait l'impression d'être une part de pudding. Peu désireux de façonner le monde, il préférait la quête de la chatte et des états modifiés de la conscience, car c'était un digne membre d'une génération désœuvrée, vouée à la fuite des responsabilités et à la fornication inconséquente, vouée à l'idéal du Rapport Humain Complet et aux chaussures tout-terrain qui ne mentent pas à vos pieds. Frank craignait que son père ne le frappe. Pire, il ordonna aux gens de sortir de la paille, de nettoyer l'immeuble et de se présenter à son bureau dès le lendemain matin.

Cela non plus ne commença pas bien. L'opération de nettoyage l'épuisa. Ses compagnons exigèrent une nuit de repos avant de se mettre au travail. Il se retrouva au bord des larmes, en train de hurler :

— Alors c'est ça l'amitié ? Vous savez que je suis coincé ? Je vais me faire botter le cul. J'ai besoin de votre aide !

— Nous avons besoin de sommeil, répondirent-ils.

Ainsi, il nettoya tout lui-même, transportant vingt-sept chargements de foin à l'arrière de sa voiture jusqu'à la décharge et, la mort dans l'âme, lâchant tout simplement les cochons dans le voisinage. Ils appartenaient à la famille d'un des garçons qui n'étaient pas restés pour l'aider. Frank trouva par terre les plus affreuses reliques : des fausses dents scotchées au bout d'un bâton, des hot-dogs et des sacs entamés de beignets miniatures couverts de sucre en poudre, des panties pourris, une Bible, un protège-buste de joueur de base-ball. Il prit une douche, mit une chemise propre, un jean propre, une veste sport en velours. Ensuite, après une nuit blanche, il partit pour le bureau de son père. Il remonta Assiniboine Avenue en voiture, puis bifurqua dans College Street. Ses nerfs furent ébranlés par le spectacle de trois des fameux cochons trottinant au milieu de la Troisième Rue en jetant des regards décontractés derrière eux. Çà et là, les badauds s'arrêtaient pour regarder ces animaux incongrus.

Il gara sa voiture, une vieille Mercury bleue aux ailerons sarcastiques et aux pare-chocs mouchetés de rouille, devant le bureau de son père, une ferme réaménagée avec goût dans West Deadrock, puis il entra. Il se présenta d'une voix tremblante à la secrétaire, cette même Eileen qui travaillait maintenant pour lui, laquelle lui fit signe d'entrer avec un geste suggérant qu'elle savait tout sur les gens comme Frank et sur ses amis. Et peut-être était-ce vraiment le cas, pensa-t-il. Facile de repérer le moindre mouvement quand on se tient à l'affût sans bouger : un vieux truc de chasseur.

— Entre, Frank, dit son père d'une voix égale.

— Salut, papa.

Son père resta assis derrière son bureau pendant que Frank, hébété, s'effondrait dans un fauteuil rembourré, aux ressorts si fatigués que, malgré son mètre quatre-vingt-dix, Frank y voyait à peine au-dessus du bureau de son père. Le spectacle de la tête et du cou paternels jaillissant de la ligne horizontale du meuble lui rappela la photo granuleuse d'un serpent de mer et accentua son état comateux dû à l'épuisement.

Les doigts de M. Copenhaver se rejoignirent pour former une arche. Ses joues colorées, ses cheveux blonds argentés soigneusement coiffés sur le front, et son costume bleu lui donnaient un air ecclésiastique ; Frank espéra brièvement que ce n'était pas l'effet du hasard et que le pardon chrétien était à portée de la main.

— Frank, tu t'intéresses à tant de choses.

Son père baissa les yeux ; Frank s'aperçut que le tiroir du bureau était légèrement ouvert pour permettre à son père de lire les notes qu'il avait préparées en vue de cette conversation.

— Oui.

— Tu aimes la chasse et la pêche.

— Oui.

— Tu aimes les dames. Tu aimes t'offrir du bon temps. Tu aimes retrouver tes copains pour boire un verre le soir et tu lis notre journal, ce qui, avais-je espéré, témoignait d'un intérêt certain pour l'actualité, mais sans doute uniquement pour les résultats de base-ball. Je te vois rarement avec de saines lectures à la main, les rares livres que tu laisses traîner derrière toi sont le *nec plus ultra* de la vulgarité, illustrés de photographies destinées aux ignares incapables de comprendre la prose descriptive. Jusque-là pas de problème : au moins tout cela restait confiné entre les couvertures d'un livre. Moi aussi, j'ai eu mon époque bandes dessinées infantiles et je ne suis pas ici pour te faire la morale. Il y a bien longtemps que, poussant un grand soupir, j'ai accepté l'idée d'être le père d'un poivrot luxurieux qui ne s'intéresse qu'aux sports. Mais lorsque je t'ai donné la chance de trouver une place au soleil qui t'engagerait pour les années à venir, tu l'as accueillie avec un mépris que je peux seulement considérer comme dirigé contre moi. Hier soir, je me suis senti personnellement agressé par toute cette paille, par toute cette fiente de cochon. Voilà toute l'estime que tu as manifestée envers ton père, Frank, et je t'en remercie. Mais, Frank, c'en est trop : je ne compte plus supporter cela. Tu ne t'occuperas plus de cet immeuble et mon espoir que tu puisses un jour diriger l'entreprise familiale est mort. Je crois que ton frère Mike est l'homme idéal pour cette tâche.

M. Copenhaver s'adossa à son fauteuil et se mit à évoquer son enfance dans la vieille ferme familiale, le long chemin jusqu'à l'école, le froid, incluant quelques parenthèses sur l'électrification et les saines valeurs rurales. Frank essayait de regarder par la fenêtre, mais ses yeux étaient trop faibles pour dépasser la vitre. L'épuisement rendait sa bouche pâteuse et il était prêt à endosser n'importe quelle description négative de sa personnalité. En même temps, il en avait plus qu'assez. Il se dressa soudain sur des jambes de plomb et leva la main, paume en avant, vers son père.

— Au revoir, dit Frank.

Il franchit la porte et revit rarement son père par la suite. Mike, en revanche, le vit souvent, même en revenant de son école dentaire en voiture. Ils entretenaient de bons rapports, que Frank leur enviait. Mike n'essaya jamais de devenir un homme d'affaires comme son père. Beaucoup plus tard, cela deviendrait le travail de Frank, qui rechercherait ainsi l'approbation d'un homme ayant quitté ce monde pour les ombres réfrigérées de la mort.

2

Il partit d'abord pour Seattle, où il travailla brièvement à l'amarrage des hydravions sur le lac Union. Lui qui venait d'une région où il pleuvait peu, il avait l'impression que ses vêtements ne sécheraient jamais. Il habitait avec un Indien quinault de son âge qui étudiait la biologie marine à l'Université de Washington et qui désirait retourner dans sa réserve pour s'occuper des pêcheries de saumons. Frank continua d'amarrer les hydravions, d'admirer les pilotes et d'attendre une éclaircie qui n'arriva jamais. Il alla donc à Los Angeles pour y travailler comme manœuvre sur la plus grosse synagogue climatisée qu'on eût jamais construite en bord de mer à l'ouest du Mississippi, mais le financement capota et Frank se retrouva une fois de plus au chômage, habitant une agréable chambre de location située à une rue de Westwood et fréquentant les innombrables avant-premières de films bizarres réalisés par d'autres hippies.

Il eut plusieurs petites amies, certaines qui cuisinaient, d'autres pas, certaines qui montaient en selle tout en regardant la circulation, d'autres qui lui passaient le joint puis retenaient leur respiration tout en faisant des bonds de kangourou sauvage, certaines aussi plates qu'une planche à repasser, d'autres dont les seins leur descendaient presque jusqu'au nombril avant d'essayer de s'envoler par-dessus leurs épaules, certaines qui vendaient de la drogue, d'autres qui tapaient des scénarios pour de faux hippies new-yorkais, certaines qui distribuaient des télégrammes chantants, d'autres qui vendaient des billets d'avion ou servaient des repas aux passagers, et puis des filles qui comme Frank lui-même acceptaient de supporter son poids mais en réalité désiraient simplement retourner à l'endroit d'où elles venaient. Ce fut une période de sexualité débridée. Puis cela vira à la monogamie et dura un an, un mois et dix-neuf jours. Il en sortit comme un chat aspergé d'essence enflammée. Il désira retourner à l'endroit d'où il venait, mais il ne parvenait toujours pas à s'y résoudre. Tout les habitants de la Californie semblaient entre guillemets.

Répondant à une petite annonce qui promettait des voyages, il travailla dans une équipe qui écumait le pays en pillant de vieilles maisons, embarquant portes, lustres, fenêtres et quincaillerie avant de transporter le tout à Los Angeles pour meubler d'autres maisons où l'on dupliquait ces styles anciens. Ils démolirent même quelques respectables demeures du Montana. Frank envisagea de rentrer chez lui, mais il fallait coûte que coûte s'assurer que le butin arrivait intact sur la côte ouest. Il aurait aimé faire un aller et retour éclair à la vieille ferme familiale, mais c'était trop demander. Il devait se contenter des vieilles fermes familiales d'autrui. Le billard d'un magnat de l'industrie minière de Butte se vit transformé en une stupéfiante vitrine de salades à Van Nuys ; de nombreuses carrioles de fermes et autres tables à tréteaux connurent un sort similaire dans des gargotes de steaks, de crevettes ou de crabes. Frank avait ressenti un subtil changement de personnalité en pénétrant dans cet univers à l'atmosphère si particulière. Cela lui rappela toute la paille et la fiente de cochon de la soirée baptisée « la Vie à la Ferme » qui l'avait envoyé sur la route. C'était intéressant d'essayer de créer soi-même une atmosphère, sans attendre péniblement que l'existence s'en charge.

Frank prit du galon dans son secteur d'activités et devint entrepreneur indépendant. Son travail avait de l'allure. Si une chaîne de chilis voulait un peu d'ambiance, Frank descendait jusqu'à la frontière et revenait avec des cafés de graisseux mexicains chargés sur des plates-formes de semi-remorques. Quand la mode cajun embrasa le pays, Frank écumait déjà le fin fond de la Louisiane après avoir passé au peigne fin tout le sud du Mississippi, jusqu'à Plaquemines Parish, razziant tout un ancien empire gumbo qui s'était étendu de Ventura à Redding avant de s'écrouler sous son propre poids et de se convertir en stations-service. Ce fut dans la ville minuscule de Chalou, en Louisiane, sur les marches branlantes d'une maison de planteur d'indigo tombant en ruine à la courbe du fleuve, qu'il rencontra Gracie. Elle ressemblait un peu à une Indienne. Elle avait les yeux bruns, les cheveux noirs, elle mesurait un mètre quatre-vingts, elle tenait un fusil à canon double équipé de gros percuteurs en forme d'oreilles de mule, d'une perle en ivoire blanc en guise de mire, et elle entretenait sans doute un rapport quelconque avec ladite bâtisse. Il comprit aussitôt qu'il allait bousiller le restant de son héritage. Ensuite, il s'émerveillerait sans cesse de son expérience solitaire du coup de foudre. Il resta debout là, sous la menace du fusil, comme il resterait ensuite médusé dans la ligne de mire du départ de Gracie, puis de son absence. Après que Grace fut partie, le diagnostic de Frank fut qu'il avait consacré toute leur vie commune à construire quelque chose pour plaire à ses propres parents, alors qu'il aurait dû bâtir quelque chose pour plaire à Gracie.

Lorsque Frank fut reconduit hors de la propriété à la pointe du fusil, Gracie lança l'arme aux oreilles de mule sur la banquette arrière de la décapotable qu'elle avait conduite jusqu'au fleuve et elle lui expliqua que cette maison appartenait à sa famille. Frank l'emmena déjeuner dans un restaurant sur la route de Thibodaux et ils partagèrent un énorme plateau d'écrevisses au court-bouillon. La serveuse était une bonne grosse Cajun dont le T-shirt arborait une écrevisse toute rouge, ainsi que cette légende : « Vous voulez que je suce quoi ? » Gracie dit à Frank que les vrais Cajuns suçaient les carapaces d'écrevisse après avoir mangé leur chair. Puis elle lui fit un bref résumé de l'histoire de sa famille afin qu'il ne la prît pas pour une bouseuse hilare. Un siècle et demi plus tôt, ils avaient été planteurs avant de connaître la ruine et d'être des « petits Blancs » pendant trois ou quatre générations, mais aujourd'hui ils remontaient la pente. Ils possédaient en effet un magasin d'ameublement si prospère qu'ils avaient pris le contrôle de la maison-mère à La Nouvelle-Orléans. Gracie ajouta qu'elle espérait un jour habiter à nouveau au bord du fleuve, non loin de la maison de planteur en ruine.

— Peut-être que ça se fera, dit Frank.

A ce moment-là, il ne se doutait pas de l'importance de ce projet. Il croyait simplement que Gracie était une fille romantique.

Après le déjeuner, elle l'emmena au magasin d'ameublement. C'était, juste en dehors de la ville de Houma, un vaste bâtiment en parpaings devant un parking qui aurait convenu à un petit stade sportif. On avait ajouté une matière scintillante dans le gravillon du parking, et le bâtiment lui-même était recouvert d'un matériau scintillant. Il y avait une centaine de voitures garées là. La vitrine, immense, était haute d'un étage et demi ; le nom du magasin, *Meubles Lagniappe de Bouget,* écrit en lettres de néon, clignotait frénétiquement au-dessus du toit. Sous l'enseigne se trouvait un énorme portrait du père de Gracie, portant une couronne brillante pour indiquer qu'il était le roi du lieu. Il y avait des pins bas au loin, une odeur de raffinerie flottait dans l'air.

A l'intérieur, des familles et des clients isolés se promenaient dans les travées, devisant en français et manipulant la marchandise. Un pater familias à la peau olivâtre essayait les mécanismes d'un fauteuil-relax pour la télé, devant sa nombreuse famille admirative. Il s'installa dans le fauteuil et appuya sur le repose-pieds ; aussitôt, le fauteuil s'allongea et papa se retrouva face au plafond. Les enfants soupirèrent. Puis papa se releva brusquement, avec un petit sourire supérieur pour montrer qu'on ne la lui faisait pas aussi facilement.

Un peu plus loin, une autre famille installée à la table d'une kitchenette faisait semblant de dîner. Plus loin encore, un vieillard assis à un bureau imaginait qu'il traitait des affaires pendant que son épouse se prenait pour sa secrétaire, griffonnant sur un bloc-notes inexistant la lettre qu'il lui dictait en français.

Gracie entraîna Frank vers le fond du magasin, jusqu'à un bureau qu'une simple cloison séparait de l'immense entrepôt-salle d'exposition. Dans ce bureau, elle présenta Frank à Antoine « Fatso » Bouget, le père de Gracie. Il n'était pas vraiment assez rondouillard, pensa Frank, pour qu'on le surnomme Fatso, le Gros ; mais avec son visage ovale, lisse, olivâtre, et ses sourcils noirs, incurvés et immobiles, il faisait de toute évidence partie des gens du cru. Il interrogea adroitement Frank sur son travail et son passé, puis il se tourna vers Gracie pour dire :

— Lui, on l'invite à la maison.

La maison, sur le Bayou Teche, était un ranch moderne, à l'exception d'une grande galerie traditionnelle et confortablement meublée pour pouvoir s'y installer et regarder le bayou. M. Bouget fit le tour du propriétaire avec Frank, insistant sur de nombreux enclos destinés aux cochons, aux canards, à une grande variété de volatiles bruyants, mais s'attardant surtout sur les pintades à l'air effaré dont M. Bouget aimait agrémenter son gombo. Gracie resta à la maison pour parler avec sa mère, une petite femme aux cheveux aussi foncés que ceux de Gracie, et qui semblait savourer en permanence une blague très privée. Il montra à Frank un puissant bateau destiné au ski nautique et peint de couleurs criardes, garé sous un hangar en tôle ondulée. Un vent chaud soupirait parmi les arbres et ridait régulièrement le plan d'eau.

— V'là ma pirogue, Frank. Je m'en sers pour dénicher l'écrevisse dans son trou. Dès que je trouve sa petite cheminée, j'y place mon piège !

Il garda la main gauche tendue vers sa grosse Oldsmobile jusqu'à ce que Frank eût opiné du chef, puis, comme si tous deux partageaient la connivence de la réussite, sa main gauche se dirigea en souplesse vers le bateau. Complice, Frank acquiesça vigoureusement et fit :

— Hum, hum.

Ainsi devinrent-ils copains comme cul et chemise.

M. Bouget inclina le buste vers Frank. Son petit sourire formait un V.

— A propos, Frank, mon vrai nom n'est pas Fatso. C'est même pas mon surnom. Je m'appelle Antoine, mais mon vrai surnom est *Fais Dodo* *. Ces crétins d'Américains m'appellent Fatso.

— Faye Dodo ?

— Parfaitement.

— Pourquoi vous appellent-ils Faye Dodo ?

— Autrefois. Plus maintenant. Appelle-moi Fatso.

— Mais pourquoi vous appelaient-ils Faye Dodo ?

— Pourquoi ? Mais parce que j'aimais bambocher !

Alors, quand Frank ne réussit pas à dissimuler l'étendue de sa confusion, Antoine Fais Dodo Fatso Bouget lui assena une grande claque dans le dos en s'écriant :

— Tu ferais mieux de te coller un peu de boustifaille dans le buffet, espèce d'avorton !

— Comment appelez-vous ce plan d'eau, monsieur Bouget ?

— Voici le Bayou Teche.

— Vous avez toujours vécu ici ?

— Ben non. Maman et moi, on vient du Bayou Terrebonne. Mais faut bien aller là où la vie t'emmène.

Comme ils retournaient à pied vers la maison, M. Bouget coudoyait son invité dans une ambiance de franche camaraderie, heurtant sa hanche contre celle de Frank, multipliant les remarques amusantes, finissant par lui demander :

---

* En français dans le texte, comme tous les passages en italique suivis d'un astérisque. *(N.d.T.)*

— Dis-moi, Frank, tu serais pas catholique par hasard ?

— Oui, je le suis.

— Oh oh... Frank, excuse-moi une 'tite seconde, faut que j'aille toucher un mot à maman.

Gracie sortit au moment où son père entrait. Elle était légèrement poudrée de farine de maïs, à cause de la cuisine.

— Tout va bien ?

— Très bien, dit Frank, vraiment très bien.

Elle rentra dans la maison et Frank se promena par-derrière, regardant l'eau sombre du bayou, les autres maisons et les quais sur le rivage. Çà et là, des bateaux étaient tirés au sec et il y avait des tas de nasses à écrevisses, de flotteurs de filet, de moteurs hors-bord défunts, de bassines galvanisées et de caisses en plastique défoncées.

M. Bouget sortit avec une bouteille de bière dans chaque main pour appeler Frank, qui le rejoignit à l'intérieur. Une musique d'accordéon, forte et rythmée, sortait de la stéréo.

— C'est pas ce qu'on appelle le zydéco ? demanda Frank.

— Le zydéco ? s'écria M. Bouget. Epargne-moi ça, *cher** ! Le zydéco, c'est rien que de la zizique de négro.

— Vous écoutez les douces harmonies d'Ambrose Thibodeux, dit Grace pour aider son invité.

Sa mère retourna à la cuisine et son père alla au salon baisser le volume de la musique. Gracie se pencha vers Frank pour lui souffler :

— Vous n'auriez jamais dû leur dire que vous êtes catholique.

Frank s'en fichait. Bien qu'allant rarement à la messe, il partageait ce qu'il croyait être le point de vue des Bouget : les catholiques étaient différents.

Frank mangea sans avoir la moindre idée de ce qu'il mangeait, hormis le riz sur lequel on servait le reste à la louche. C'était plein de haricots et d'une sauce épaisse, furieusement épicée. Frank en dévora une énorme quantité, car c'était meilleur que tout ce qu'il avait mangé depuis longtemps. Il mangea tant que la famille en fut fascinée. Il but un peu trop et, malgré son ébriété, il comprit qu'ils approuvaient sa voracité, interprétée à la fois comme un signe d'admiration pour la cuisine de Mme Bouget et, selon M. Bouget, comme la preuve qu'il se sentait à l'aise dans leur famille. Il s'empiffra même davantage qu'il ne le désirait vraiment et sa voix s'enfla. Les Bouget posèrent à Gracie des questions vaguement truquées pour lui permettre de parler de son éducation et de son avenir. Elle venait de terminer ses études à l'Université de Southwestern Louisiana.

— A Lafayette ! tonna M. Bouget.

Cela semblait être l'essentiel à ses yeux.

Après le dîner, Mme Bouget entraîna Frank vers un grand placard où elle conservait le trousseau de Gracie : des monceaux d'édredons, de draps et de taies d'oreiller brodés à la main. « On pourra rester indéfiniment dans la chambre à coucher », pensa Frank. Pendant qu'ils examinaient le trousseau, Gracie et son père installaient le projecteur à diapositives. Gracie débordait d'une joie espiègle, mais Frank ne savait pas très bien pourquoi. Ils retournèrent au salon, éteignirent les lumières et l'on projeta une photo de la famille debout devant le quartier général des Meubles Lagniappe de Bouget, dans la section d'Algiers de La Nouvelle-Orléans. M. Bouget portait la couronne qu'il arborait pour son portrait sur la façade de la succursale locale. Gracie semblait très fière dans sa robe de coton blanc.

— Nom d'un p'tit bonhomme, regardez *Fais Dodo** en train de sourire ! lança M. Bouget à cette image de lui-même. V'là le roi de la succursale !

— Il sourit jusqu'aux oreilles ! renchérit Gracie.

— Un peu de respect, Gracie, dit sa mère, fais donc pas ton intello de la fac.

A dix heures, Frank et M. Bouget, tous les deux fin saouls, se tenaient au bord du bayou dans l'obscurité. Les insectes nocturnes rugissaient. La bonne humeur de Frank s'était muée en hébétude polie.

— Tu veux conduire ma pirogue, Frank ?
— Merci bien, monsieur, mais j'y vois goutte.
— Appelle-moi Fatso.
— D'accord, dit Frank qui s'en sentait incapable.

Car là d'où venait Frank, Fatso n'était pas vraiment un surnom flatteur. Mais Fatso mit bientôt la pression sur son invité :

— Frank, quand Gracie est revenue de l'université, on aurait dit qu'elle cherchait quelque chose, une chose qu'elle pouvait pas trouver ici, à La Teche, une chose qu'elle avait autrefois possédée mais qu'elle avait laissée derrière elle à la fac, et maintenant voilà qu'elle traîne à la vieille plantation en croyant qu'elle peut ressusciter tous ces Créoles morts. Je lui dis, *Chère**, ils sont partis, ils ont clamsé. Et tu sais quoi ? Ils sont morts, mais pas nous. Non, nous on est pas morts. Bref, tout ce que je veux te dire, Frank, c'est que je connais cette fille aussi bien qu'un père peut connaître sa fille chérie, et faut vraiment que tu fasses sacrément attention, vu qu'une Gracie comme elle on n'en fera jamais plus.

Des années plus tard, un jour viendrait où Frank se rappellerait ce discours avec angoisse. « Une Gracie comme elle, on n'en fera jamais plus. »

Mme Bouget faisait du rangement dans la maison, nettoyant la cuisine en un tournemain, éteignant les lumières dans toutes les pièces. Un escalier intérieur permettait d'accéder à la chambre d'ami, au grenier. Frank dit bonsoir à Gracie et à sa mère, puis il suivit M. Bouget à l'étage. M. Bouget montra son lit à Frank et il retourna le haut des couvertures pour lui. Il dit à Frank qu'il avait besoin d'un peu d'air et il releva l'unique fenêtre, laissant l'humidité odorante du bayou entrer dans la pièce. Frank était suffisamment ivre pour s'abandonner à cette odeur, emplissant ses poumons de cet air parfumé comme s'il essayait de l'emmagasiner pour l'année à venir. M. Bouget l'observa, puis il se mit à l'imiter. Ils rirent de concert et passèrent la tête par la fenêtre.

— Voilà d'où il vient ! s'écria M. Bouget.

Tous deux prirent de profondes inspirations.

— Antoine, fit la voix de Mme Bouget.

— Oui, maman, répondit M. Bouget en se penchant en haut de l'escalier, les pouces enfoncés dans les oreilles, ses autres doigts s'agitant follement. J'arrive.

Toutes les lumières étaient éteintes, et la maison silencieuse. Dehors, la nuit était paisible et Frank entendait les poissons sauter dans le bayou. « Il y a beaucoup de chansons où les poissons sautent dans le bayou », réfléchit-il. Frank aimait tellement pêcher que même les bruits des poissons dans l'obscurité accéléraient ses battements de cœur. En s'allongeant à plat-ventre, Frank réussit à voir par la fenêtre la lueur jaune au bout de la jetée, les papillons qui tourbillonnaient en attirant les poissons, l'eau et la lumière qui se fondaient dans l'air humide.

Il se réveilla d'un sommeil profond. Quelque chose s'agitait dans son estomac. Il posa la main droite sur la protubérance de son ventre et regarda sa montre à son poignet gauche: presque trois heures du matin. Des années plus tard, quand Gracie le quitterait, il posséderait toujours cette montre mais il ne pourrait plus en lire le cadran. Il avait dormi plus de quatre heures et son estomac était prêt à exploser. Il avait maintenant la tête parfaitement claire, malgré une légère migraine. Il lui fallait aller aux cabinets le plus vite possible. La maison était obscure et Frank parfaitement incapable de se rappeler où se trouvait la salle de bains. Et puis il n'avait pas très envie de descendre au rez-de-chaussée dans la maison enténébrée. Cette famille ne le connaissait pas suffisamment bien pour qu'il se balade sous leur toit à trois heures du matin. « L'un de ces cinglés de Cajuns risque de me cribler le cul à la chevrotine », pensa-t-il avec sa gueule de bois flambant neuve.

Alors cela fondit sur lui. Il bondit de son lit en sentant qu'il lui restait seulement quelques secondes. Incapable de prendre une décision, il se débarrassa fébrilement du short dans lequel il avait dormi. Il jeta des regards éperdus autour de la chambre. Il ne lui restait qu'une seule possibilité. Il se propulsa en arrière par la fenêtre, s'accrochant des deux mains au châssis, et il lâcha tout. Il y eut comme un orage prolongé, puis ce fut terminé. Il s'essuya avec son short, qu'il lança ensuite le plus loin possible de la maison.

Il s'aperçut qu'il pouvait dormir. Lorsqu'il se réveilla le lendemain matin, il se rappela aussitôt les événements de la nuit et se sentit angoissé et malheureux. Il s'habilla et descendit prendre le petit déjeuner. La famille mangeait déjà, dans un silence relatif, et ils le saluèrent à peine. Se rappelant la bonne humeur de la soirée précédente, le repas copieux, leur enthousiasme devant les diapositives, il attribua cette froideur apparente à la simple fatigue. Il se demanda néanmoins s'il avait eu une parole déplacée. Sa gueule de bois accentuait encore son malaise.

Quand le petit déjeuner fut terminé, Gracie annonça qu'elle le raccompagnait à Thibodaux pour qu'il puisse poursuivre son voyage. Il s'en tira en évoquant ses projets. Il devait retrouver un collègue à Nacogdoches, au Texas, le surlendemain ; et puis, il était plus facile de penser à cela qu'à ce silence et à cette absence de chaleur, surtout chez Fatso, qui la veille s'était montré si volubile.

Malgré tout, M. et Mme Bouget se levèrent pour saluer Frank. Gracie sortit dans la cour avec lui. Elle dit au revoir à ses parents et s'installa au volant de la voiture. Frank ouvrit la portière côté passager et, se retournant pour monter et remercier les Bouget, ou même leur lancer un « *au revoir* * » facécieux, il aperçut soudain la bande sombre et verticale qui partait de la fenêtre supérieure et souillait la façade de la maison, ainsi que le short accroché à une branche d'arbre. Une serpillière et un seau étaient posés près du mur. Frank en conclut qu'il valait mieux dire au revoir le plus simplement et le plus rapidement possible, quitte à utiliser son français limité en une autre occasion.

3

Assis dans les gradins de l'enclos des ventes, Frank lisait le *Wall Street Journal* sans s'intéresser le moins du monde au lot de génisses noires que l'on menait sous le marteau du commissaire-priseur. Le rythme cardiaque de Bush était retourné à la normale, les Croates attaquaient des soldats à Split, des vents violents empêchaient le décollage de la navette spatiale *Discovery* en Californie et on la transférait au Centre spatial Kennedy. Saloperie. Nouveaux immigrants désespérés. Soixante-douze pour cent des trois mille cinq cents policiers interrogés lors d'un sondage ont répondu qu'ils portaient des gilets pare-balles. L'image de Dan Quayle reste « nébuleuse ». L'angoisse des travailleurs atteignait un niveau alarmant et les magnats de l'industrie automobile japonaise faisaient construire des tours à Detroit. Sur le ranch, les efflorescences de la sauge étaient en fleurs et fournissaient à la grouse bleue sa pitance printanière ; le grand-duc avait une nichée d'oisillons duveteux aux yeux dorés. Et puis ceci — pour éveiller la fierté de tous les Américains — le premier malade du sida serait un Français identifié par les initiales LAI, ce qui placerait le HTLV-IIIB américain dans la situation rassurante d'être à peine davantage qu'un agent « contaminant » de LAI. En publiant les comptes de Sony, l'agence de publicité Burnett annonçait que le constructeur japonais désirait « communiquer non seulement (ses) produits, mais les styles de vie et les émotions qui entouraient cette entreprise ». Quelle sincérité caractérise aujourd'hui la communauté des affaires, pensa Frank, quelles qualités personnelles et quel marketing ! Burnett affirmait que son approche paternaliste éprise d'excellence avait contribué à conclure le contrat de trente-cinq millions de dollars, cela ainsi que le changement du slogan « C'est un Sony » en « Soyez Sony ». Putain de merde.

Frank leva les yeux. On mettait aux enchères un lot de bouvillons. Il leva la main à soixante-dix-huit dollars les cent livres, puis se retira à quatre-vingt-six. « J'aurais dû les acheter », pensa-t-il aussitôt ; ça n'avait pas été trop dur pour le pauvre con en salopette qui les avait eus à quatre-vingt-six dollars. Le rythme cardiaque de Bush de retour à la normale et le dollar en hausse. Comment pouvait-on dormir en sachant cela ? Les caissons à oxygène pour usage individuel faisaient fureur parmi l'élite de la ville polluée de Mexico. Merde alors. Je ne supporte pas ça.

Cette année-là, Deadrock avait perdu son anonymat coutumier. La bourgade battit plusieurs records météorologiques en hiver et apparut sur la météo nationale entre les T-shirts, les gâteaux géants, la rénovation de la salle des pompiers et les blagues des couillons de service. Puis, en mars, le mois de l'année le plus bizarre dans les montagnes Rocheuses, un homme armé détourna son 747 scintillant jusqu'à l'aéroport situé au nord de la ville. Il ne gâcha pas sa visite en négociations ou en menaces, mais se contenta de refaire le plein, de reprendre son voyage vers l'Ouest, puis au-dessus du Pacifique, où il sauta de l'avion sans commentaire ni déclaration d'aucune sorte et, malheureusement pour lui, sans parachute : un mâle caucasien d'une quarantaine d'années. Les hôtesses de l'air l'apprécièrent tant — elles le dirent à la télé — que le maire de Deadrock déclara devant la presse qu'il était très dommage de perdre ainsi un gaillard « plus sensible qu'un tuyau de caoutchouc à cinq dollars ». L'avion retourna ensuite à Seattle, mais les ailes de l'immortalité avaient frôlé la petite ville sous la forme du grand oiseau argenté hors la loi.

Il y avait beaucoup de choses passionnantes, mais, vivant seul, Frank trouvait difficile de s'intéresser à quoi que ce fût. Il avait tellement de fers au feu dans son travail qu'il pouvait y piocher à sa guise. Il possédait plusieurs bâtiments répartis à travers la ville, dont cette clinique si prospère. Il achetait parfois des bêtes d'un an et possédait même plusieurs cochons de concours d'ascendance royale, mais il ne trouvait jamais le temps d'aller les voir. Le fermier qui s'en occupait, Jerry Drivjnicki, lui avait envoyé plusieurs cartes postales pour lui demander quand il viendrait voir les cochons.

Il avait une fille, Holly, à l'université de Missoula et tous deux s'appréciaient énormément ; mais l'atmosphère bizarre de son foyer sans Gracie en faisait un lieu étrangement guindé pour qu'ils y passent du temps ensemble. Le père et la fille pratiquaient certes la pêche, mais la saison était fermée huit mois par an, ce qui leur laissait les restaurants. Il savait que Holly et Gracie se parlaient souvent, mais Holly jugeait préférable de ne pas évoquer ces conversations avec sa mère, un artifice paralysant.

Il invita les Millman à boire un verre et ce fut une perte de temps pour tout le monde. Sandy Millman arriva avec ses cheveux tout visqueux de gel, une coquetterie qui n'était plus de son âge. Frank se rappela l'époque où, en ville, Sandy était la coqueluche de tous les jeunes cadres, célèbre pour des bruits d'amour que peu d'entre eux avaient jamais entendus. Quant à Darryl Millman, il était arrivé en ville avec de gros revenus personnels et il avait ouvert un magasin de ski ; Sandy lui mit le grappin dessus. Entre les oiseaux de nuit et les drogues récréatives, Sandy réussit à traîner Darryl jusqu'à l'autel, où l'on vit son visage de rupin égrillard prononcer tous ces mots qui promettaient à Sandy non seulement une existence de bonheur mais aussi cinquante pour cent de la fortune de l'heureux élu.

Darryl, qui effectuait une mission de retour sur Terre, investit tout son argent dans une énorme ferme de grain. Il passait presque tout son temps dans son Beechcraft, à rencontrer ses gérants de ferme et à suivre des séminaires d'agronomie. Sa vie semblait désormais coupée de la filière qui lui avait fourni toute sa cocaïne dans les lointaines années soixante-dix.

Frank les voyait plus souvent depuis le départ de sa femme, car Gracie les avait interdits de séjour à l'*Amazing Grease* sous prétexte qu'ils attiraient les camés, ainsi que sous son toit à cause de leurs « défauts de caractère ». Cela se passa après plusieurs échanges de remarques peu amènes entre Gracie et Sandy, Gracie se laissant piéger par une série de questions sur « les pires choses qu'elle ait jamais faites ». La querelle parut se calmer quand Gracie lança tout à trac :

— Très bien, Sandy, et si on écoutait maintenant ces fameux bruits qui t'ont propulsée si haut sur l'échelle sociale...

Un ange passa, puis Sandy prit une voix grave de contralto pour déclarer :

— Merci de votre invitation. Nous nous voyons trop rarement. Essayons de nous revoir bientôt. Bonsoir !

Il n'y avait pas la moindre trace d'ironie dans sa voix. Ce fut merveilleusement déconcertant et l'effet de surprise resta longtemps dans leur mémoire. Après cela, ils ne revirent jamais les Millman autrement que dans les lieux publics.

Quand Gracie s'en alla, Sandy parut bien décidée à ce qu'elle ne revienne jamais. Elle présenta Frank à des femmes qui n'habitaient pas en ville : avocates lascives, céramistes nerveuses, divorcées incroyablement féroces. Frank ne faisait aucun effort pour leur plaire. C'était superflu.

Mais la solitude de Frank prit bientôt des formes curieuses.

4

Frank s'allongea sur une large branche du vieux pommier et s'adossa au tronc lisse et frais. Dissimulé parmi les frondaisons et les dernières fleurs printanières, il semblait absorbé dans une obscurité encore plus profonde que celle de cette nuit paisible et sans lune. Mieux, il pouvait observer rêveusement Lucy Dyer, son agent de voyage dont le bureau se trouvait à deux pas du sien dans le couloir et qui était l'une des plus vieilles amies de Gracie, en train d'enlever ses derniers vêtements avant de se figer devant la lueur tremblotante et bleu-gris de la télévision. Les doigts de Lucy plongèrent parmi ses cheveux, qu'elle libéra et laissa retomber sur ses épaules en une merveilleuse déclaration de fin de journée. Frank soupira dans son arbre et posa la tête contre le tronc. C'était ça, la sérénité.

Lucy et son ami du moment avaient souvent dîné avec Frank et Gracie, mais Lucy venait parfois seule. Par une magnifique soirée de Halloween, Frank, Gracie et Lucy avaient fait la tournée de leurs voisins pour leur demander des cadeaux. Maintenant, sa silhouette baignait dans la lumière des nouvelles internationales des infos de dix heures. Quand sa fenêtre s'obscurcit enfin, Frank se laissa lentement glisser à terre, en proie à une humeur excitée mais paisible, puis il traversa le lotissement à pied au milieu des bruits de la nuit tiède, vers les voies de chemin de fer, qu'il suivit jusqu'au moment où il aperçut derrière la ville les hautes montagnes qui se détachaient contre la lueur des étoiles. A l'ouest, quelques lumières papillonnaient au-dessus de l'autoroute, à l'est le bruit lointain des camions entamant leur montée dans le canyon était étrangement allègre.

Quand il rentra chez lui, le téléphone sonnait. Il courut répondre. C'était Holly. Chaque fois qu'il entendait la voix de sa fille, il sentait quelque chose changer en lui : une indifférence au temps, pour commencer, une attention flottante.

— Papa ? J'entre dans un cercle d'étudiantes.

Holly était sophomore.

— Ah bon ?

— Tu n'es pas content ?

— Si, euh, bien sûr. Mais je croyais que tu méprisais les cercles d'étudiantes.

— C'était avant. J'ai changé.

— Eh bien, oui, je suis très content, surtout si cela signifie que tu ne vas pas habiter en appartement.

Elle connaissait les angoisses de son père. Il se faisait du souci pour les risques pris par Holly à l'université. Quelque chose avait cafouillé avec les hommes, et les faibles étaient dangereux.

— Ça veut pas dire ça.

— Ah, j'espérais que c'était lié. Alors, dans quel cercle d'étudiantes es-tu entrée ?

Elle le lui dit. Mais il n'y connaissait strictement rien. Il considérait vaguement tous ces trucs grecs et leurs rituels risibles comme une bande-annonce pour ces personnages coiffés de fez et montés sur leurs petits scooters. Il aurait aimé qu'elle habitât une bâtisse solide, remplie de femmes.

— Tu sais quoi, Hol ? C'est génial.

Il tenait maintenant à manifester son enthousiasme.

— Comment puis-je fêter cela dignement ?

Il en faisait trop et ça se voyait.

— Pourquoi ne pas venir me rendre visite quand je serai installée ?

— J'aimerais bien. Donne-moi le feu vert et j'arrive.

— Bon, on va faire comme ça. Maintenant, je pars à la bibliothèque. Je t'aime, salut.

Peut-être s'était-il trop attaché à Holly, mais elle ne lui en voulait pas, ou alors elle cachait bien ses pensées. Il ne le croyait pas, mais la jeune fille faisait peut-être preuve d'indulgence envers lui.

Un temps, il ne réussit pas à considérer son travail de manière ordonnée. S'il ne voyait pas comment devenir follement riche ou changer le monde en un jour ou deux, il n'avait presque plus envie d'aller travailler. Enfin, il se remit à prendre ses activités au sérieux. Son travail, considéré comme une simple routine, était à ses yeux essentiel. A quarante-quatre ans (ses amis lui avaient préparé un gâteau, une couronne de bougies d'anniversaire et un revolver en chocolat portant, en rouge, le nombre 44), il ne réussissait pas à savoir s'il était jeune ou vieux et, pour maintes raisons, il ne voulait pas le découvrir à travers les femmes de sa vie. Après le départ de Gracie, Frank remarqua que la plupart des gens le trouvaient un peu bizarre. Il savait les faire rire, mais ils se sentaient toujours observés. Certains supportaient cette sensation, d'autres pas. L'examen était sa maladie. Il discernait souvent cela sur le visage des gens qu'il aimait le plus. Dans le monde des affaires, certains de ses adversaires le jugeaient torve, subtil, calculateur. Frank en était presque fier. Mais c'était affreux quand les gens qu'il aimait se sentaient agressés par l'attention qu'il leur portait. Heureusement, ce n'était pas le cas de Holly.

5

Un mardi après-midi, il alla à Harlowton en voiture pour déjeuner avec Bob Cheney, qui gérait le ranch JA. On élevait du bétail dans ce ranch de pionniers qui avait jadis appartenu à la famille Melwood ; Mme Melwood, la veuve du dernier rancher de la famille, en avait fait don à l'Armée du Salut, et Bob Cheney s'en occupait pour eux. Frank, qui avait rendez-vous avec Cheney à l'hôtel *Graves*, l'attendit un moment sur la véranda. Il regarda les nuages de la prairie, aussi blancs que de la mousse à raser. Cheney arriva dans une camionnette chargée de matériel de clôture et de blocs de sel, puis il se gara devant l'hôtel. A l'intérieur, ils commandèrent à déjeuner.

— Depuis quand nous as-tu confié des bêtes d'un an, Frank ?

— Ça fait un bail. Depuis 1981, je crois. Tu aurais de la place pour moi cette année ?

— Je ne sais pas encore. Pour combien de têtes ?

— Il faut que je voie où en est le marché, et où j'en suis à la banque.

— Je ne crois pas que je pourrai m'en occuper. Il me manque un homme pour la saison. Mais je pourrai te trouver un gars, si tu acceptes de le payer.

— Ça pourrait marcher. Crois-tu que tu aurais de la place pour trois cents bouvillons ?

— Possible, répondit Bob.

Le déjeuner arriva et il sourit à la serveuse. Bob avait une bouche mince, le nez et le menton pointus. Il ressemblait à un pirate anglais.

— Tu as apporté tes clubs, Frank ?

— Eh non. Il faut que je retourne directement en ville.

— Quel dommage. On peut même pas faire un neuf trous ?

— Je ne peux pas, dit Frank. Et puis tu sais quoi ? Je n'ai pas joué au golf depuis l'année où j'ai mis du bétail en pension chez toi. Je me suis tout bonnement laissé bouffer par ma vie professionnelle.

On parlait d'une guerre à la radio et le café était plus tranquille que d'habitude. Certains clients discutaient à voix basse de l'érosion des subventions pour le grain, des monopoles des aliments pour le bétail, de base-ball.

— Ton garçon est toujours à l'université ? demanda Frank.

— Il va passer son diplôme.

— Tu crois qu'il reviendra ensuite au ranch ?

— Je ne crois pas.

Bob sourit, haussa les épaules.

Les perspectives étaient bouchées sur un ranch. On y trouvait parfois du boulot, mais il y avait toujours un propriétaire pour vous barrer la route. Frank vit un homme franchir la porte avec son chien. Les fils de générations de ranchers changeaient de métier et Frank plaignait ces gens qui avaient tant investi dans cette activité, mais qui ne pouvaient pas continuer, ni avec leur famille ni d'une autre manière.

— Pas de chiens ! lança la serveuse.

— Pas de chiens ? dit l'homme sur le seuil de la salle.

— Pas de chiens.

Elle se baissa derrière le bar, puis réapparut avec un gros os de bœuf.

— Emmenez-le dehors et donnez-lui ça.

L'homme prit l'os et ressortit. Quelques instants plus tard, il revint sans son chien.

— Je lui ai donné l'os, dit-il.

Il avait la lèvre supérieure presque inexistente et une frange de cheveux gris noir qui lui recouvrait une bonne partie du front.

— Bon, très bien. Vous voulez déjeuner ? demanda la serveuse.

— Je prendrai seulement une tasse de café pendant qu'elle ronge cet os.

— Excellent, dit-elle.

— D'où vient ce gros os ?

— La soupe du jour.

— Oh, bien sûr. Ça va rudement lui plaire.

Le père de Frank déjeunait régulièrement dans cet hôtel à l'époque où il possédait des parts dans la quincaillerie, puis dans la compagnie d'assurances dont l'agence fut ensuite transférée à Grass Range, où elle fut absorbée par la succursale de Lewistown. Puis il eut un ranch à Straw, à l'ouest d'Eddie's Corner, et la succursale de Lewistown servit aussi à gérer les affaires du ranch. Pour lui, ce ranch se résumait à un dossier comme tant d'autres dans les bureaux de Lewistown. Paies, programmes gouvernementaux, frais divers, tout cela qui concernait presque mille vaches se résumait pour lui à un dossier de paperasses. Bob Cheney débuta en qualité de jeune cow-boy au ranch de Straw, puis il alla travailler sur le ranch JA pour Mme Melwood et ensuite l'Armée du Salut. Le travail ne changea pas, sinon que l'Armée du Salut ne spéculait pas, mais en faisait un lieu d'élevage de veaux et, les bonnes années, louait quelques pâtures. C'était de la bonne herbe : de l'herbe à bison et un peu d'herbe bleue.

Bob et Frank s'étaient toujours bien entendus ; un temps, ils avaient même travaillé ensemble ; si bien que Frank fut le premier informé pour les pâtures. Ce n'était pas un « délit d'initié » ; il paya le prix usuel, mais c'était une affaire en or. Frank pensa qu'il pourrait gagner de l'argent avec ça, au moins un peu. Dès qu'il entrevoyait une bonne année, il essayait de faire paître des bêtes d'un an sur ces pâtures. On empruntait une grosse somme à la banque et on misait tout sur un coup de dé.

Il aimait faire des affaires avec des gens comme Bob Cheney, il aimait leur parler.

— Quand est-ce que ta fille finit ses études ? demanda Bob.

— Encore deux ans.

— Elle est à Missoula ?

— Oui, à Missoula.

— Elle a un petit ami ?

— Elle en a eu un. Je ne sais pas si je devrais te le dire, mais il avait le nez percé d'un anneau doré.

— Allez, arrête...

— Je te raconte pas de conneries, dit crânement Frank.

Il adorait la connivence soudaine provoquée par cette bizarrerie de la génération de sa fille. L'anneau dans la narine était un élément de la panoplie bohème du jeune homme en question, un accessoire chic qui devait l'aider à trouver sa place au soleil dans le « graphisme pizza ». Frank n'avait pas approfondi son enquête. Il s'était contenté de répondre :

— Très bien.

Les jeunes le déroutaient et il savait parfaitement que c'était un phénomène cyclique. Simplement, il ne comprenait pas qu'ils puissent être aussi indifférents à leur avenir et à leur sécurité, quand tout le pays avait apparemment fort à craindre des années qui s'annonçaient. Même l'aventure du chef d'entreprise, que Frank avait plus ou moins choisie, les laissait froids. Frank se considérait lui-même comme un personnage de transition, contrairement à son père qui avait toujours désiré être un homme d'affaires, et rien d'autre ; Frank s'était coulé dans le moule, avant de découvrir qu'il aimait ça. Les jeunes gens qu'il rencontrait paraissaient revendiquer seulement un air non pollué et de l'argent.

— Je ne sais pas pourquoi je ris, ajouta Bob. Mon gamin amène ses amis sur le ranch. Ils se croient dans une espèce de zoo. Un jour, il a amené un gros joueur de football, un gars à peu près gros comme ça, qui voulait savoir quel animal il pouvait domestiquer. « Vu la taille que t'as, je lui ai répondu, tu peux les domestiquer tous. » Mais il a rien voulu entendre. Il m'a dit qu'il voulait tout savoir sur un animal avant de le domestiquer.

— Que lui as-tu répondu ?

— Je lui ai répondu d'aller voir les agneaux, merde alors. Il est parti la bouche en cœur et il les a caressés dans la grange. « Tout se passera bien », je lui ai dit.

Les deux hommes réfléchirent.

— Frank, dit enfin Bob, je crois que cinq cents têtes tiendraient là-bas.

Bingo. C'était ce que Frank voulait entendre. Il continua de parler, mais les chiffres défilaient déjà dans son esprit, il fourbissait déjà sa stratégie auprès de sa banque et peut-être mettait-il de côté quelques intérêts. Il désirait avoir une bonne raison de revenir ici. Ses autres soucis commençaient de s'estomper.

— Voilà où nous en sommes restés, disait Frank.

Il était de retour en ville. Le banquier George Carnahan se tenait debout entre Frank et l'immeuble Dolan, qui abritait un magasin de chaussures et un étage d'appartements. Dans la vitrine du magasin, un homme accroupi, en chaussettes, arrangeait des chaussures.

— Tu devais partager les frais avec moi pour le bétail. Nous devions fixer un taux de neuf pour cent, sans modifications ni charges ultérieures.

— Nous en étions restés là ?

— Oui.

Carnahan avait un visage juvénile et des cheveux blancs. Un espace minuscule séparait sa petite bouche aux lèvres minces et son nez. On aurait dit un visage esquissé par un mauvais dessinateur.

— Et que nous reste-t-il à régler ?

Le banquier sourit.

— Le montant, dit Frank.

— Le montant ? demanda Carnahan.

— Oui, le montant, répéta Frank. Il s'agit de ce que vous autres les banquiers appelez un jumbo-prêt. Je veux deux cent cinquante mille dollars. Environ. Cela représente cinq cents têtes de bouvillons. Il faut me faire confiance, d'accord ?

— D'accord.

— Et rappelle-toi une chose : ce n'est que de l'argent.

— Je te préviendrai, Frank.

— J'espère que nous n'évoquerons pas d'autre garantie que les bêtes.

— D'accord, Frank. On y arrive, Frank. Mais ne sois pas toujours aussi agressif. On dirait que tu te sens obligé de te bagarrer avec les banquiers pour te convaincre que tu n'as pas trahi.

Carnahan éclata de rire ; c'était une remarque très fine et il en était fier. Frank ne put retenir un sourire.

— Tu sais bien sûr que limiter la garantie au seul bétail relève de la blague, reprit le banquier. Nous t'aimons bien, Frank, mais si tu merdes, nous irons te chercher. Nous sommes un petit organisme de prêt traditionnel, exactement comme l'annonce notre publicité.

Frank acceptait cette narcose fiscale depuis maintenant plusieurs années. Il soupçonnait que cela était lié à l'insuffisance des valeurs spirituelles, mais ces dernières semblaient avoir pris la poudre d'escampette avec sa femme. Va de l'avant, pensait-il. Achète et revends. Essaie de faire des bénéfices. Enfouis-toi au cœur de ce flux puissant, dans l'incendie de forêt du commerce. Parfois, lorsqu'il mangeait chez le traiteur *Julio* avec ses amis, il voyait çà et là des gens de l'université. Ils semblaient parfaitement perdus au milieu des florissants concessionnaires automobiles et autres agents immobiliers. Ils grimaçaient devant les citadins bruyants ou considéraient d'un air attendri les fermiers et les ranchers qui, croyaient-ils, étaient purifiés par leur proximité avec notre Mère la Terre. Peut-être voulaient-ils inviter ces mêmes fermiers et ranchers à goûter à leur sauce spéciale pour spaghettis. Et puis, quel dommage que les mordues de la poterie et du tissage à la fac n'aient pas plus de temps à consacrer aux amateurs de scooter des neiges ! Bien sûr, la solidarité était une valeur en chute libre dans la région et chacun n'avait apparemment d'yeux que pour les conflits. Frank se demanda si, par hasard, il ne développait pas une sensibilité morbide à toute cette mauvaise volonté ambiante. C'était terrible quand le traiteur de votre quartier se mettait à ressembler à la bande de Gaza.

Il obtint son prêt, mais, dans les fluctuations extravagantes du marché du bétail, c'était un prêt à risque. Ils furent heureux de mener cette opération à bon terme quand ils croyaient qu'elle allait leur exploser au visage. Malgré ses rodomontades face au banquier, Frank dut garantir son emprunt avec sa clinique.

Les bouvillons arrivèrent en neuf groupes, de Choteau, Camas Prairie, Sumatra, Sedan, Wise River, White Sulphur Springs, Ekalaka, Cat Creek et Geraldine. Frank s'installa à l'hôtel *Graves*, à Harlowton, et accueillit chaque troupeau avec son cow-boy pour l'été, un neveu de Bob nommé John Jones, un homme très compétent âgé de vingt-huit ans. Quand Frank s'installa au café du *Graves* avec Jones pour remplir son formulaire W-4, il découvrit que ce brillant jeune homme ne savait ni lire ni écrire. Curieusement, tandis qu'il aidait Jones dont le visage s'empourprait de honte, Frank eut le sentiment d'être une version transubstanciée de son père, un homme patient et direct pour qui l'analphabétisme de Jones ne constituait qu'un obstacle dérisoire à l'acheminement ordonné des bêtes vers leurs pâtures où elles pourraient commencer à engraisser et à lui faire gagner de l'argent. Pour le père de Frank, chaque animal avait un compteur à dollars fixé sur le dos, dont l'aiguille remuait sans cesse. Parfois, elle descendait. Quand on avait mille têtes de bétail, on avait aussi mille compteurs à surveiller et il fallait se débrouiller pour que toutes les aiguilles montent régulièrement.

Frank se demanda ce que son père aurait pensé d'une époque où les gros veaux s'en allaient à cinq cents dollars et où il avait sur le dos un emprunt de deux cent cinquante mille dollars, à neuf et demi pour cent, intérêts composés pendant tout l'été, qu'il pleuve ou qu'il vente, le tout garanti par une hypothèque sur une clinique! Il aurait gagné de l'argent, conclut Frank, pour cette simple raison que son père ne se laissait jamais attendrir par le bétail. Il y a un peu d'argent à gagner avec le bétail, disait-il, pas beaucoup, mais surtout pas le moindre romantisme là-dedans. Un siècle plus tôt, s'occuper de bétail était très romantique parce que cela représentait de gros bénéfices. Mais le romantisme s'en va avec les bénéfices. Point à la ligne. Rusty, l'oncle de Frank, dit un jour :

— Une dame épousera un charpentier s'il possède une résidence secondaire à Santa Monica ou une queue de cinquante centimètres.

6

Frank Copenhaver tapota un œuf dur sur le comptoir, écrasant légèrement sa coquille afin de l'empêcher de rouler. A côté de lui, deux hommes âgés se lamentaient sur les tribulations des éleveurs de bétail en liberté.

— Pourquoi le Seigneur veut-Il que je Le serve ainsi ? s'interrogeait un sexagénaire fripé, dont le mégot de cigarette semblait vissé à la commissure des lèvres.

Frank étala le *Wall Street Journal* sur sa portion de comptoir et demanda un sandwich au porc à la serveuse efficace qui prenait les commandes et resservait en même temps du café au bout du comptoir. Le vieillard remua lentement son lait en poudre dans son café et Frank tendit l'oreille.

— En tout cas, on peut pas dire qu'on a eu des enfances douillettes : tout seul à la maison en train de recoudre des vaches victimes d'une chute d'organe avec une poinçonneuse à cochon et des lacets de chaussures — je suis sûr que toi aussi t'as fait ça. Ou aller chercher un veau mort tout au fond d'une vache quand t'es seul, qu'il fait moins douze dehors et que t'as douze ans.

Frank leva les yeux du *Journal* et regarda dans le vide. « On ne les imagine pas une seconde en train de zieuter par la fenêtre d'une chambre, pensa-t-il, alors que moi je l'ai fait sans le moindre remords et sans même y avoir été poussé. Mais c'est peut-être parce que Lucy est la plus vieille amie de Gracie dans le Montana que j'ai eu envie de faire ça. »

Le compagnon du vieillard, un homme un peu plus jeune, pourvu d'une couronne de cheveux roux et argentés ainsi que du visage jovial et impersonnel de l'apprenti-coiffeur, dit :

— Quand la dinde coûtait dix cents la livre, mes vieux étaient tellement dans la mouise qu'ils avaient même pas de quoi s'offrir une boîte de cure-dents.

La serveuse croisa le regard de Frank après cette repartie et elle lui sourit. « Elle ne me sourirait pas si elle me connaissait vraiment », pensa-t-il.

— Si les bateaux à aubes coûtaient dix cents, renchérit le vieux, tout ce que je pourrais faire c'est courir sur le quai en criant : « Ça, c'est une affaire en or ! »

Alors qu'il allait déjeuner, Frank avait été retenu derrière une équipe de déménageurs qui transportaient sur l'autoroute un écran de cinéma en plein air. Il s'était arrêté pour parler au métayer de sa ferme céréalière, puis il repartit derrière les déménageurs et il était maintenant coincé au comptoir pendant le coup de feu de midi, un désagrément qu'il évitait d'ordinaire. Parmi les nuages de fumée de cigarette, il attendait de manger. Il ne pouvait s'empêcher d'avoir une oreille qui traînait et c'était comme regarder Lucy par la fenêtre de sa chambre.

— Pendant deux ans, j'ai passé tous les jours de ma vie sur une concession indienne irriguée, déclara le vieillard assis à côté de Frank. Si j'ai survécu à c't épreuve, je survivrai au veau à quatre-vingts cents.

— On y survivra tous, dit l'autre, et après ils nous mettront à l'hospice.

Frank écoutait attentivement. Son frère Mike et lui avaient placé leur mère en maison de retraite et ils s'en sentaient coupables. Son oreille se dressait toujours quand il entendait parler d'« hospice », car ce terme était lourd de sens, de terreur et de culpabilité.

— Moi j'irai pas à l'hospice.

— On ira tous à l'hospice.

— Mon cul que j'irai pas à l'hospice.

— Comme tu voudras.

— A propos, dit le vieux en rallumant son mégot, je crois bien que mon clebs est superstitieux. Ce matin, il a refusé de monter dans ce camion à bestiaux vert qu'appartient à Vanderhooven. Tu te rappelles que Joker s'est fait tamponner par un machin vert ou un véhicule appartenant à Vanderhooven ?

— Joker est sur Terre depuis un bail. Il a eu tout le temps de gamberger.

— Allons-y. Ils ont besoin de nos places pour béqueter.

Les deux hommes payèrent leur café avec un dollar puis, s'écartant du comptoir pour se lever, ils partirent. La serveuse posa le sandwich au porc directement sur le *Wall Street Journal*. Frank pensait toujours au fait qu'il avait placé sa mère dans une maison de retraite, il pensait à la terreur anticipée des deux vieux ranchers. Ils avaient raison, bien sûr, mais comment s'en tirer sans ces institutions pour personnes âgées ? On n'était pas en mesure de changer les couches soi-même. Malgré tout, on pouvait s'étonner que les toits de ces bâtiments ne soient pas couverts de vautours.

Quelques années plus tôt, il avait emmené sa mère à Fort Myers pour une ultime tentative et il lui avait trouvé une petite maison. Mais un bar s'ouvrit alors de l'autre côté de la rue avec, chaque soir, un concours de slip mouillé et une enseigne sur la façade qui disait : « Venez comme vous êtes, les gars ! Si vous avez bossé dedans, vous pouvez vous marrer dedans ! » Il fit donc revenir sa mère dans le Montana, il lui trouva une autre maison qui lui convint pendant un an, puis ce fut la maison de retraite. A Fort Myers, tous les gens aux cheveux blancs et au visage rouge brique, en plus du boucan nocturne des ouvriers au concours du slip mouillé, avaient davantage effrayé la mère de Frank, au soir de sa vie, que tout ce qu'elle avait connu jusque là. Les revendeurs de drogue arpentaient les trottoirs avec leurs baskets gigantesques tandis que les voitures de police filaient dans l'air humide, toutes sirènes hurlantes. Comme si aucun cauchemar moderne ne devait épargner sa pauvre vieille mère, un préservatif rempli de cocaïne explosa dans le ventre d'un homme à l'aéroport, provoquant une crise de hurlements devant une échoppe qui expédiait des oranges et des noix de coco vers le nord du pays. Elle resta alors recroquevillée devant le comptoir de sa compagnie aérienne, les yeux rivés à l'écran des départs, guettant le mot « Denver », la ville où elle devait changer d'avion avant de rentrer chez elle.

La serveuse parlait au cuistot :

— Papa, il veut aller à Searchlight. Maman, elle veut aller à Elko. Ils restent donc à la maison. Dire que j'allais avoir la paix...

Le sandwich au porc était délicieux ; son jus imprégnait d'épaisses tranches de pain fait maison. Une mamie cow-girl s'installa sur le siège à côté de Frank, lunettes à grosse monture bleue en forme de chouette, choucroute de cheveux blond bouteille, bottes de cow-girl cousues avec de fines lanières de cuir, petites rides en éventail autour de la bouche, expression sournoise de reptile. Elle aussi commanda le fameux sandwich au porc, une spécialité de la maison, puis elle lança un regard appréciateur à Frank tout en allumant lentement une cigarette. Frank ne dit rien. Avant le départ de sa femme, il n'adressait jamais la parole aux inconnus, mais aujourd'hui il répondait d'habitude quand on lui parlait. Il avait presque envie d'engager la conversation avec cette venimeuse mamy cow-girl, mais il avait perdu la main en ce domaine : l'oreille qui traînait était devenue sa spécialité.

Frank ressortit dans la grande rue où une équipe d'ouvriers procédaient à des réparations. C'était toujours le printemps et l'odeur du goudron brûlant était une classique de la grande rue à cette époque de l'année.

— Réveille-toi ! s'écria une voix.

Frank revint brutalement à lui. Un homme se tenait devant lui en costume à fines raies, le nœud de cravate desserré et de travers. Il avait un regard intense de rapace. C'était Dick Hoiness, son assureur.

— Dick ! Bon Dieu, j'avais la tête ailleurs. Tu as raison.

Les voitures commençaient à s'agglutiner au feu de Grand. Le soleil printanier tapait sur toutes les carrosseries colorées. « Où suis-je ? » se demanda Frank.

— Alors, comment va ?

— Je vais bien, répondit Frank. C'est toujours ça de pris.

Quelqu'un klaxonna et Frank agita la main sur le côté sans regarder les pare-brise aveuglants.

— Frank, quand tu auras une minute, j'aimerais qu'on passe en revue les bâtiments de la ferme dont je m'occupe.

— Tu as les maisons, non ?

Frank sentit qu'il se concentrait, presque machinalement, sur un inventaire des bâtiments.

— J'ai les maisons, les principales boutiques et bien sûr la clinique. Il faut simplement que je vérifie à nouveau tout ça avant de renouveler les contrats. J'ai l'impression que nous assurons davantage de bâtiments que tu ne le désires vraiment. Tu as toujours la ferme céréalière et le ranch que je connais ?

— Oui, mais ça risque de changer. Mike partage les factures du ranch avec moi. Nous sommes co-propriétaires. Et le vieil hôtel ?

— Intouchable. A la moindre étincelle il part en fumée, Frank, répondit Dick en reculant parmi la foule des piétons avant de pivoter sur ses talons.

Un signe de la main et chacun repartit de son côté dans la journée ensoleillée. Frank pensait à son assureur ; il le connaissait depuis longtemps. Dick avait joué comme bassiste dans l'orchestre local, il s'était débarrassé de ses cheveux longs en 1980, avant d'avoir des ennuis à cause de la drogue et de faire amende honorable. Quand le *Mission Mountain Band* fut rayé de la carte, Dick y vit le signe qu'une époque touchait à sa fin et il se mit en quête de ce qu'on appelait alors un « boulot réglo ». Il avait bien réussi et il habitait maintenant Chokecherry Canyon avec sa petite famille. Il devenait de plus en plus difficile de se rappeler les noms de ses anciens amis hippies quand ils s'intégraient à la société locale ; mais comme eux, Frank Copenhaver cultivait sa réputation vaguement louche, acquise durant ces années-là, une réputation qui lui conféra ensuite une espèce de distance détachée devant ses adversaires. Le refrain d'une ancienne chanson lui traversa l'esprit : « C'est pas moi, c'est pas moi... »

Frank regardait une revue d'architecture posée sur son bureau — « Le Faux style colonial envahit Boston » — et un magazine de pêche contenant un reportage sur un homme qui établit son camp sur la carcasse d'une baleine morte et à la dérive, dans l'espoir de coincer un grand requin blanc. Après cette aventure, faudra vraiment qu'il fasse nettoyer à sec tout son équipement. Frank ne réussissait pas à passer ses coups de téléphone. Je suis coupable, pensait-il. Il s'absorba dans les nouvelles du matin. La génération du baby boum achetait des guitares mythiques : bouts de bois éclatés ayant appartenu à Pete Townshend, diverses Stratocaster « cheval de peine », quadragénaires nostalgiques damant le pion aux Japonais pour la Gibson de Buddy Holly, modèles Les Paul ornés de flammes et traversant le Pacifique vers d'augustes musées.

Il alla à la fenêtre. Dans le jardin de la petite maison voisine, désormais entourée de bureaux comme celui de Frank, un couple âgé prenait le soleil du milieu de journée. Il les avait déjà vus, ces deux-là. Très vieux, très séniles. L'homme portait toujours un costume et sa petite femme une espèce de robe-sac, sans doute pour que, malgré sa faiblesse, le vieillard puisse la lui passer au-dessus de la tête quand il l'aidait à s'habiller. Frank observa le vieux monsieur déballer lentement une friandise pour son épouse. Elle le regardait faire avec patience.

Frank retourna à son bureau. Il avait de plus en plus de mal à ne pas considérer son travail comme une chose parfaitement artificielle, bien que rémunératrice. Cela ressemblait à un prétexte pour ne pas traîner. Il s'étonnait parfois que tout le monde ne vît pas clair dans son jeu. C'était la vieille rengaine de Gracie, mais il n'y avait jamais cru. Pour lui, elle s'en prenait à sa réussite. Mais le moment était venu d'aller de l'avant et d'accomplir quelque chose. Le sandwich au porc commençait à lui travailler l'estomac. Il se rappela son premier voyage en Louisiane, quand il avait déféqué par la fenêtre supérieure de ses futurs beaux-parents. Il posa la main sur son estomac et pensa à Bunker Hunt, le nabab qui rapportait toujours son déjeuner dans un sac en papier brun, créant ainsi un climat de pénurie, quand en réalité ce sac était bourré de gourmandises qu'on ne trouvait certes pas n'importe où. Il décrocha le combiné et appela Grant Weller, un acheteur de bétail par correspondance ; après quelques formules de politesse et une brève discussion portant sur les prix, Frank lui acheta cinq cents bouvillons supplémentaires de six cents livres, qu'il associa, grâce à un autre coup de fil, au prêt garanti par sa plus belle possession et, pour tout dire, son trophée, la Clinique Alpenglow. Il avait un endroit où les faire paître à dix dollars par tête et par mois, environ deux dollars de plus que son contrat avec l'Armée du Salut. Il avait besoin de les parquer pendant un petit moment, jusqu'à ce qu'il puisse les mettre au pré.

— Bon Dieu ! Mais où vont ceux-là ? lui demanda avec stupéfaction son banquier, George Carnahan.

— Je vais les envoyer à Mission Feeders. Appelle-moi pour le dépôt initial. Faut que j'y aille, salut.

Il raccrocha, s'adossa à son fauteuil et réfléchit. Il retourna à la fenêtre. Le couple âgé avait disparu. Il aperçut par terre l'emballage de la friandise, puis il sortit de son bureau dans le couloir. Il passa devant deux portes et entra à l'agence de voyages ; il adressa un geste de la main à la secrétaire, puis poussa la porte d'une pièce plus petite.

7

Assise à son bureau, Lucy Dyer ne remarqua pas la présence de Frank au seuil de la pièce. Le mur était couvert d'affiches vantant les mérites de paradis tropicaux pour les habitants de l'extrême nord. Il regardait toujours la fille bronzée, qui ne portait pas grand-chose d'autre qu'une montre de plongée, sous la cascade de Kauai. Lucy avait une longue natte châtain ramenée sur la nuque et elle portait une veste bleu marine au-dessus d'un corsage de soie blanche, au col ouvert. Autrefois, quand Frank travaillait sur un chantier routier à Yellowstone, dans sa jeunesse, une fille qui ressemblait à Lucy s'était arrêtée dans sa décapotable pendant qu'un bulldozer traversait la route. Ils parlèrent brièvement, Frank posa sa pelle et monta dans la décapotable. Deux semaines plus tard, quand il revint sur le chantier, il avait perdu son boulot. Mais il se rappelait toujours l'odeur des arbres résineux, du goudron, de la poussière, il entendait encore le torrent de montagne qui rugissait au bord de cette route, il se souvenait de chaque seconde de ces deux semaines. C'était une ravissante fille à papa dans sa Mustang décapotable personnelle, mais elle lui refila une blennorragie carabinée. Il partit en voiture jusqu'à Laramie, dans le Wyoming, pour consulter un médecin tout en conservant son anonymat.

Il s'assit en face de Lucy et se pencha légèrement sur sa chaise. Il soupira et laissa son imagination l'entraîner vers l'hiver et une scène où il rentrait la tête dans les épaules pour sortir de chez lui et rejoindre sa voiture parmi les bourrasques du vent du nord. Il s'arrêta sur une image de pinces crocodiles, son être hivernal disparaissant au milieu des gerbes de neige soulevées par les voitures qui circulaient au ralenti dans la rue. Lucy le regardait.

— Que dirais-tu de logements d'esclaves réaménagés sur la Nevis ?

— Quel mois ?

— Janvier.

Elle poussa une brochure vers lui.

— Je ne crois pas. J'ai envie de quelque chose, je ne sais pas, de quelque chose qui me ramènerait à la glorieuse époque.

— Le début des années soixante-dix.

— Exactement.

— Un hamac sur l'île Caulker, à Belize ?

— Ça ?

— Oui, ça. C'est juste de l'autre côté du golfe.

— Et ça veut dire quoi ?

— Ça veut dire que tu pourrais capter une station qui émet des vieux tubes à partir de Houston.

— Oh, Lucy. Il réfléchit quelques instants.

— Il y a une brochure ?

— Je crois qu'une brochure serait tout à fait contraire à l'esprit de ma suggestion.

— Tu as raison. Et l'herbe locale ?

— Je suis sûre que tu trouveras... de la « bonne merde ». Et si le hamac te plaît, tu pourras toujours faire pousser la tienne.

— Je vois.

Un silence passa. Une antenne de voiture arriva dans l'encadrement de la fenêtre, recula, pivota, puis s'arrêta. Quelque chose coagulait chez Frank. Des voix extérieures, des rires, d'autres voix, des contrats, des cessions. Pourvu que ça dure un million d'années, pensa Frank avec reconnaissance, en défiant la gravité et le froid. Maintenant il se sentait nerveux. Il pensa à sa mère durant le dernier jour qu'elle avait passé chez elle. Elle avait un sac à main pesant une quinzaine de livres et qu'elle avait cadenassé ; elle avait perdu la clef du cadenas depuis belle lurette et elle transportait partout cet énorme sac à main dont personne ne se rappelait plus le contenu. Elle le prit même avec elle pour s'asseoir devant le piano à queue mécanique, en criant : « C'est de la magie ! » tandis que le robot jouait Mozart comme un orgue de Barbarie dans un cauchemar. La Terre était plate, chacun à son heure passait par-dessus bord.

— Tu ne m'achèteras jamais le moindre voyage, dit Lucy.

— Pourquoi pas ? répondit-il en pensant « Ça commence... Nous blaguons ainsi presque tous les jours sans arriver à rien de concret. Parce qu'elle était l'amie de Gracie, je me sens paralysé rien qu'à l'idée de l'inviter à dîner. Les moments les plus anodins nous laissent rubiconds et en nage, de peur que l'un de nous demande : "As-tu des nouvelles de Gracie ?" Tu essaies de construire quelque chose de sensé et tu ne réussis qu'à augmenter la peur. »

— Tu n'es pas comme les autres, reprit Lucy. Tu refuses de partir en croisière. Tu n'aimes pas assez les gens pour ça.

— Je déplore leurs habitudes alimentaires.

— Tu refuses d'aller au pays de la Bible.

Frank tendit le bras et sa main recouvrit celles de Lucy.

— Jésus n'avait pas à s'inquiéter des pirates de l'air, dit-il.

— Je ne vois pas le rapport.

— N'a-t-il pas, plus ou moins, inventé la Terre sainte sur la carte du monde ?

— Voilà une façon bien curieuse de s'exprimer, Frank.

— Mon problème, quand je pense à un voyage, c'est de conjuguer au mieux l'époque et l'endroit. Par exemple, j'adorerais aller à New York, mais certainement pas après 1925.

— Je reconnais que c'est un problème. Au fait, je commence à transpirer des mains. Cesse donc de venir me voir, si c'est pour retourner bredouille dans ta cage à lapins.

Surpris, Frank se leva.

— Tu as cent pour cent raison.

La beauté de Lucy, illuminée par sa dernière remarque, acquit soudain l'éclat du phosphore. Il eut follement envie de s'immoler, de se sacrifier devant elle d'une manière ou d'une autre.

— Au fait, comment ça va, là-bas ? demanda-t-elle avec un signe de tête vers le bureau de Frank.

— J'ai fait une bonne transaction.

— Le grain ?

— Le bétail. Et toi ?

Son esprit plongeait comme un poisson ferré. Si seulement ils pouvaient arrêter de l'asticoter.

— Pas mal. Je m'occupe surtout du retour de nos chers étudiants. Pas grand-chose, question voyages. Un mauvais coucheur, qui n'a pas eu son repas de diabétique sur le vol de Seattle.

Frank se sentait maintenant submergé par une vague de banalité. Le cœur de l'existence s'éloignait d'eux. Les tergiversations habituelles et plaisantes de la vie quotidienne devenaient insupportables. L'horrible chape de plomb leur tombait dessus. Il fallait à tout prix remplacer la terreur par un courage aveugle.

— Hier soir, dit-il, j'étais assis dans ton pommier.

C'est ça. C'est ça !

— Ah bon ?

— Oui.

— Et que faisais-tu dans mon pommier ?

— Je t'observais en train de... euh, te déshabiller et, euh, de regarder les nouvelles.

Quel nouveau monde excitant s'offrait à lui ! Il transpirait. Peu importaient les conséquences de son aveu, il les acceptait par avance.

Elle retira ses mains de sous la sienne. Il semblait qu'il n'y eût plus le moindre mouvement dans tout le bâtiment. Les yeux de Frank étaient secs. Elle se leva, alla à la fenêtre, puis s'en éloigna. Il attendait qu'elle parle.

— Tu es un drôle de type, dit-elle d'une voix extraordinairement plate.

Tout sembla fichu. Il ne comprenait plus ce qu'il était allé faire là-bas. Il rentrait du terrain de golf à la nuit tombée. Chez lui, il avait bu deux verres. Pas assez pour expliquer son forfait. Et soudain, il se retrouva là-bas. Quel dommage de lui en avoir parlé. D'un autre côté, s'il n'en parlait pas à Lucy, il savait qu'il y aurait sans doute une deuxième fois et que cela deviendrait ensuite une routine ; puis on le conduirait vers le rebord du monde. Le moment était venu de se remettre entre ses mains. Quand elle se retourna pour le regarder, il devina qu'il n'allait pas s'en tirer facilement, mais ç'avait été sa seule chance de s'arrêter et maintenant il lui faudrait supporter son châtiment comme un homme.

— Je crois que le mieux c'est que tu retournes dans ton bureau, dit-elle. Je pense que tu as besoin d'un peu de vacances, Frank. Je t'appellerai quand j'aurai mis au point un voyage pour toi.

— Quand tu auras mis au point...

— Oui. Je te ferai signe quand ton voyage sera prêt. Je ne peux pas régler ça en cinq minutes. Mais ne t'en fais pas : tu ne perds rien pour attendre et tu vas quitter la ville. Tu as *besoin* de quitter la ville. Tu n'as voyagé nulle part depuis que Grace est partie. Il faut absolument que tu te changes les idées.

— Très bien, dit-il sombrement. Appelle-moi.

Deux heures plus tard et sans un mot, elle lui donna ses billets d'avion et son itinéraire. Il le découvrit avec stupéfaction. Il déglutit plusieurs fois, mais sans réussir à chasser le malaise causé par sa destination.

8

Frank serra le col de son parka autour de son visage et regarda le fleuve. Le pack de la lente débâcle hivernale encombrait le fleuve d'une rive à l'autre. Les cabanes d'Eskimos construites sur la berge ne révélaient aucun signe de vie, sauf les vieilles peaux de caribou clouées aux murs et qui battaient lugubrement dans le vent du nord.

Frank retourna vers l'hôtel pour jouer aux jeux-vidéo avec les Eskimos. La ville avait l'aspect d'un dépôt de matériel militaire : entrepôts sans fenêtres, pyramides de fûts de combustible, véhicules hors d'usage abandonnés çà et là, voués à des siècles de glaciation.

Des parpaings rehaussaient l'hôtel ainsi que tous les autres bâtiments au-dessus du sol constamment gelé. C'était une bâtisse construite à la va-vite, surtout en préfabriqué, dont on n'attendait pas qu'elle dure encore pendant de nombreux hivers. Par les fenêtres, on apercevait le paysage granitique qui s'étendait à perte de vue, barré de névés et de ruisseaux, et cela ressemblait davantage au plan d'une région qu'à une région proprement dite. A travers cette étendue monotone, des centaines d'Eskimos apparaissaient chaque soir dans leurs voitures au moteur gonflé, en route vers le bar de l'hôtel. Le premier soir, Frank descendit boire un verre avec eux, mais ils l'emmenèrent bientôt dehors et le lancèrent dans une couverture jusqu'à ce qu'il s'évanouisse. Il évita désormais de boire en leur compagnie, car après trois ou quatre verres ils devenaient terriblement conscients des injustices commises à leur égard par la race de Frank et ils se préparaient mentalement à un nouveau jeu de couverture.

L'employé de la réception et directeur de l'établissement était un Anglais arrivé là pendant les années soixante pour faire du bon travail parmi les Eskimos. Quand on avait fermé le robinet des subventions, il refusa de quitter le Grand Nord et il s'occupa donc de l'hôtel. C'était un solide gaillard du Yorkshire, désormais installé là avec sa famille. Il déclara qu'à l'âge de dix ans, ses enfants fumaient et buvaient déjà depuis une éternité.

— Des petites crapules d'Inuits, qu'ils sont, confia-t-il à Frank.

Une femme eskimo qui avait vécu à Toronto, une droguée au crack pesant cent cinquante kilos et qui écoutait toute la journée du rap sur son Walkman, entra dans la salle à manger pour commander son petit déjeuner.

— J'ai eu des coups de fil ? demanda Frank. Rien par la radio ?

— Que dalle, répondit le directeur. Vos vacances se terminent, pas vrai ?

— Bah, on ne sait jamais, dit Frank.

Il en était réduit à lire le dernier journal qu'il avait acheté à l'aéroport et à spéculer sur la vie qu'il avait laissée derrière lui pour endurer l'une des semaines les plus longues de son existence. Il apprit ainsi que Richard Reese, le promoteur californien, espérait créer un style de vie plus « cultivé » dans ses nouvelles communautés. Reese comptait utiliser la hiérarchie des besoins, établie par le psychologue Abraham Maslow, pour construire une ville qui fonctionnerait comme une espèce d'escalier doré vers le bien-être. « Au signal convenu, pensa Frank, ils vont tous se couper la queue sur la route du bien-être. » Quelques références à Seaside, en Floride, un complexe de cinémas sur le golfe du Mexique. On dit là que les affaires sont au point mort dans le secteur des chaussures de bébé coulées dans le bronze pour immortaliser les premiers pas du chérubin, un domaine certes teinté de sentimentalisme. Frank soupira. Plus vite il deviendrait un Eskimo, mieux il se porterait. Il pourrait ensuite rentrer chez lui, une fois remboursées ses dettes envers Lucy. Il pourrait mâcher du lard de baleine dans son bureau comme un gentleman.

Maintenant, il jouait surtout aux jeux-vidéo avec ceux des Eskimos qui préféraient ne pas boire. Il y avait un jeu de Grand Prix à deux sièges, équipé d'un écran où l'on voyait deux voitures de course prêtes à démarrer pourvu qu'on ait cinquante cents et un partenaire. Frank, qui jouait souvent à ce jeu, connut peu à peu de nombreuses familles étendues d'Eskimos. Les volants du jeu, autrefois noirs, étaient argentés par l'usure. Pendant tout l'hiver, des jeunes Eskimos méditaient sur les images jumelles des Ferrari rouge et bleue qui s'engouffraient sur une piste étroite située dans l'agréable paysage du midi de la France. Frank Copenhaver dirigeait son bolide parmi les palmiers et de bleus aperçus marins, même quand, comme aujourd'hui, il n'y avait personne dans le siège voisin. Il se leva, puis rejoignit la camée au crack pour le petit déjeuner. Elle sembla heureuse d'avoir de la compagnie. Son vice lui donnait la tremblote et elle endurait apparemment toute une kyrielle de malheurs. Alors que Frank souhaitait orienter la conversation vers des sujets anodins, comme le temps qu'il faisait, ses intérêts à elle étaient uniquement d'ordre millénariste : la guerre mondiale, l'antéchrist, le trou dans la couche d'ozone.

Le mardi, il rentra chez lui. Il avait attendu le milieu de son séjour pour regarder son billet de retour glissé à l'intérieur de la pochette de l'agence de voyages Chausoleil. Il passa la douane à New York et ne déclara pas le porte-clefs en forme de raquette à neige qui constituait son seul achat. Lucy vint le chercher à l'aéroport, où il inspira de grandes bouffées d'air fleurant bon les champs de céréales en ce début d'été dans la vallée de Gallatin.

Ce bonheur simple le convainquit que son voyage avait été un succès. Le regard de Lucy pétillait.

— Je sais que je suis bien fichue, dit-elle, mais est-ce que ça valait le coup ?

— Je déteste ça quand tout le monde sans exception est tellement banal.

— Puis-je t'inviter à dîner ? proposa-t-elle.

— L'hôtel, si on peut appeler ça un hôtel, n'a pas eu d'eau chaude pendant les deux derniers jours. Je n'ai pas pris de douche.

— Est-ce que ça t'empêche de manger ?

— Je ne crois pas. Je mangeais des amandes grillées toute la journée.

Frank fourra son sac à l'arrière de la Volvo grise de Lucy, puis monta. La radio, toujours allumée, diffusait les cris d'un disc jokey :

— Oh, non ! Pas encore ça !

Ils s'engagèrent dans la Septième Rue. Frank aperçut les formes étranges et surnaturelles des peupliers vers Bridger Range. La radio annonça l'arrivée imminente d'un « magicien du gospel » à une réunion d'adolescents. Pas étonnant qu'ils se bourrent de drogues. Puis les gens de Coca-Cola occupèrent l'antenne pour clamer que Coke t'avait toujours fait du bien, que Coke était toujours au cœur des choses que tu faisais. Ils dirent qu'il n'y aurait jamais rien de mieux que Coke et un jour de vacances. La bonne humeur de Frank en prit un coup. Le Centre civique, annonça la radio, allait accueillir des combats de lutte professionnels, dont une bagarre royale de dix hommes dans une cage d'acier ; après ça, sir Lathrop contre la Bête.

— Alors, l'Arctique t'a plu ?

— C'est vraiment différent.

Elle lui tendit ses lunettes de soleil.

— Regarde les nuages à travers ces verres, c'est génial.

Frank mit les lunettes de Lucy et, de fait, les nuages devinrent tout brillants et cotonneux, humides et débordant de couleurs. Avec ces lunettes magiques, il sentit sa lubricité se réveiller.

— Et toi, qu'as-tu fait de beau ? demanda Frank en rendant les lunettes à la conductrice.

Il ne voulait vraiment pas s'engager sur ce terrain.

— Je me lève tous les matins. C'est déjà la moitié de la bataille de gagnée.

La circulation ralentit quand une vieille dame au couvre-chef blanc et aux lunettes noires enveloppantes traversa la rue en portant un sac de vêtements. Elle coupait le flot des voitures sans regarder à gauche ni à droite. Elle lui rappela sa mère qui, dans ses pires moments, avait été une ombre décrépite et malfaisante, vivant uniquement pour enquiquiner le monde.

Une vieille conduite intérieure passa en tirant derrière elle une cage montée sur roues et pleine de gros canards blancs. La Volvo traversa la grande rue et entra dans le parking du restaurant thaï. Lucy descendit de voiture.

— Jouons cartes sur table, dit-elle. Mais commençons par manger.

Frank regarda les aires de stationnement crasseuses sous les arbres et fut submergé d'une merveilleuse impression de légèreté.

— Tu te rappelles *Grievous Angel* de Gram Parson ? demanda-t-il.

— Vaguement.

Il chanta :

— « J'ai bien suivi vingt mille routes, mais toutes m'ont ramené vers toi. »

— Quelle aimable attention !

— Le lieu et le moment conviennent parfaitement, dit Frank avec sincérité.

Ils entrèrent dans le restaurant. A l'intérieur, on éprouvait ce sentiment délicieux d'une ancienne maison récemment aménagée en restaurant : tous les murs étaient au mauvais endroit ; la serveuse, portant un plateau, sortait de ce qui évoquait un salon. La salle, presque pleine, accueillait des couples, des familles et même deux cow-boys qui — Frank le remarqua avec irritation — n'avaient pas retiré leur chapeau.

— Salut, Frank, dit l'un des cow-boys.

— Salut, dit Frank en fixant des yeux le chapeau coupable.

Derrière eux arriva un énorme bibendum en salopette, dont les bras couverts de taches de rousseur étaient aussi gros que les jambes de la plupart des gens. Frank le regarda :

— Salut, Paul.

— Salut, Frank.

— Lucy Dyer, voici Paul Smith.

— Ravi de vous rencontrer, m'dame.

— Moi de même, Paul.

— Frank, dit le colosse dont le visage fut soudain fendu en deux par un sourire crispé. En même temps, il baissa la tête, ce qui effaça une rangée de rides sur sa nuque couverte de coups de soleil.

— J'ai brûlé les mangeoires pour entreposer le grain jusqu'en haut des murs de la grange.

— Tu as bien fait, dit Frank. Tu as très bien fait, Paul.

C'était agréable de dire aux gens qu'ils étaient sur la bonne voie. C'était agréable de constater que les gens cherchaient son approbation pour tout ce qui touchait à leurs activités professionnelles. Il décida de ne pas révéler à Paul qu'il se lançait à fond dans l'élevage du bétail. Son pessimisme le poussa à se demander comment il avait bien pu faire un tel choix.

La serveuse installa Lucy et Frank à une petite table qu'on pouvait rabattre contre le mur, puis elle leur tendit le menu. Frank commandait d'habitude du bœuf de Mongolie extra piquant, qu'il avalait avec de la bière jusqu'au moment où il croyait devenir fou.

— J'ai bien failli geler là-bas.

Lucy le regarda.

— C'était censé être *une blague*, dit-elle.

— Ça n'a pas été une blague pour moi.

— Je veux dire, toute cette idée de voyage.

— Je n'ai pas un grand sens de l'humour.

— La voilà, passons notre commande, dit Lucy. Il n'a pas un grand sens de l'humour, dit-elle à la serveuse.

— Ce n'est pas nécessaire pour le bœuf de Mongolie, ajouta Frank.

La serveuse surveillait la table voisine. Les deux cow-boys silencieux regardaient dans le vague en attendant leurs litchis. Paul Smith, le fermier, était maintenant assis à une table, telle une montagne couverte de taches de rousseur. Frank se retourna : chaque fois que la porte de la cuisine s'ouvrait, on entendait un morceau de Neil Young. Frank adorait ces chansons sentimentales. « *I'd cross a mountain for a heart of gold...* » (« Je traverserais les montagnes pour trouver un cœur en or... »)

Quand il pivota vers la table, ce n'était pas Gracie. C'était Lucy. Son visage se couvrit de sueur. Il sentit la panique monter en lui.

— Faut que je sorte.

Il se leva et franchit la porte en coup de vent.

— Avez-vous une idée de l'endroit où il est parti ? demanda Lucy à Paul Smith.

Smith eut l'air gêné. Il rougit encore.

— Mais enfin, s'écria Lucy, que se passe-t-il ?

Dans le parking, Frank pensa : « Je ne suis pas un gagnant, je ne vais nulle part. » Lucy sortit du restaurant une minute plus tard. Elle s'arrêta devant l'entrée éclairée et regarda les voitures garées sous les arbres.

— Ah, te voilà ! fit-elle.

Elle s'approcha de lui et l'examina. Frank distinguait à peine son visage ; elle lui arrivait au milieu de la poitrine et elle ne levait pas les yeux vers lui. Elle saisit le bord de la chemise de Frank entre ses doigts. Il sentit une odeur de violettes.

Ils se dirigèrent vers la voiture et y montèrent. Dès que Lucy démarra, il sentit dans ses jambes le désir d'appuyer lui-même sur les pédales. Ils quittèrent le parking en direction de Deadrock Street. Le flot des voitures sortant du centre commercial les retint, silencieux, au stop.

Lucy prit sa place dans la queue du McDonald et, constatant qu'ils devraient attendre, elle mit la radio en sourdine, trop bas pour pouvoir vraiment entendre la musique ou les commentaires excités entre les morceaux.

— Nous voilà maintenant parmi eux, dit Frank en contemplant avec indifférence le menu peint sur le mur du bâtiment.

Mais quand on leur tendit un sac par la fenêtre, l'arôme infect et séduisant du fast-food emplit la voiture. Il plongea la main dans le sac et sentit l'extrémité brûlante et granuleuse des frites, tandis qu'ils roulaient à nouveau dans Deadrock Street. C'était magnifique de regarder la circulation bouche bée pendant que la radio gazouillait et que cette bouffe répugnante fumait entre eux sur la banquette. Splendide de prendre ce qu'on vous donnait. Il sourit en sentant le bonheur l'étreindre. Une journée d'antan lui revint en mémoire.

— C'est 1964 et la nouvelle de l'exploit de papa vient de se répandre en ville.

— Que dis-tu ?

— Je pensais juste au passé... Ce doit être infernal de diriger une agence de voyages.

— Ce n'est pas si moche. On en arrive à ne plus avoir la moindre envie de voyager.

— J'ai rapporté quelques diapos du Grand Nord. Tu veux les voir ?

Frank s'occupait du projecteur. Dans la maison, l'air tiède sentait le renfermé. Lucy était assise près de lui dans l'obscurité pendant qu'il faisait défiler avec nonchalance des images d'Eskimos tuant le temps sur la berge d'un fleuve arctique, bricolant leurs 4x4 japonais et fumant une cigarette. A les voir fumer, on avait l'impression qu'ils mangeaient leur cigarette. Frank avait acheté ces diapos touristiques dans l'espoir qu'elles lui évoqueraient quelques souvenirs après son retour. Mais ce n'était guère le cas. Elles faisaient à peine oublier le vieux divan humide.

— Je me demande si on rate quelque chose quand on cesse de fumer, dit Lucy en remarquant la profonde satisfaction engendrée par le tabagisme eskimo.

— Je crois que oui.

La dernière diapositive cliqueta. Un carré blanc illumina le mur. Une voiture passa dans Assiniboine Avenue, des rais de lumière pivotèrent sur le plafond, puis ce fut à nouveau l'obscurité.

— Bizarre, comme la solitude pèse parfois, dit-elle.

« Bon Dieu, pensa Frank, elle me sort ça froidement. » Il repensa au travail de Lucy qui aidait les gens à organiser leurs voyages. C'était tout de même incroyable qu'elle lui ait suggéré de partir pour l'Arctique, et tout aussi incroyable qu'il ait accepté. Pour eux, ç'avait été une manière de se confier une chose qu'ils ne pouvaient pas se dire autrement. Mais il ne savait pas si les choses s'arrêteraient là. Il croyait même que non. Il détestait voyager. Quand il était loin de chez lui, il avait le sentiment d'être l'enfant de gens profondément malheureux, une douleur qu'il oubliait lorsqu'il travaillait et qu'il ne pensait jamais à cela. Mais dès l'aéroport, vlan, il se retrouvait seul avec ses parents. Pourtant, se dit-il, ce n'est pas vrai ; ce ne sont pas des gens profondément malheureux, car ils sont morts. Là-bas, les Eskimos regardaient leur fleuve fondre, couler, geler, fondre puis couler, et tout cela leur était très familier. Et Lucy continuait d'envoyer des gens en vacances, elle s'activait chaque matin pour organiser un voyage, les gens du monde entier se regardaient, tous semblaient curieusement plus réels dans les brochures, tout comme la solitude des Eskimos lui sautait aux yeux sur le mur de son salon dans l'atmosphère moisie de sa maison presque inhabitée.

Lucy se leva dans le carré de lumière du mur.

— C'est mieux comme ça ? dit-elle.

Frank se figea.

— Tu vas faire quelque chose ? demanda-t-il.

— Oui, je vais faire quelque chose.

9

Frank regardait le petit poste de télévision posé sur la commode, tout en se rasant. Un nouveau chanteur « néo country » se démenait sur l'écran et ses longues boucles tombaient de son énorme chapeau. « Mets un futon sur ta liste de cadeaux ! » beuglait-il dans le micro tandis que ses cheveux s'emmêlaient dans le support de son harmonica, « je m'occupe de toi ce soir ! » Peut-être était-ce de la très bonne musique. Il ne pouvait tout simplement plus en juger. C'était peut-être génial.

Il éteignit la télévision. Puis il s'assit et réfléchit à la nuit précédente, à la brève soirée de la veille consacrée à faire l'amour, ce qui avait sans doute moins été un épisode spontané que le développement d'une situation ancienne et, à défaut d'une meilleure idée, une espèce d'abdication globale et terrifiée au bénéfice des reins. Rien à voir avec les bonnes vieilles parties de jambes en l'air d'autrefois. En cette époque bénie, des thèmes émergeaient aussitôt, des cultures contrastées s'entrechoquaient, la conscience émoustillée se branchait directement sur les nerfs abdominaux. C'était la vie elle-même, pensa Frank avec lassitude, et toute palpitante !

De la douche, Frank apercevait des lumières dans quelques maisons, mais la plupart des toits, vus sous cet angle, semblaient tapis dans l'obscurité des arbres, leurs contours à peine définis au clair de lune. Il avait l'impression d'être le seul homme réveillé, avec les techniciens des infos new-yorkais.

Il s'habilla et sortit. La nuit avait été tiède, l'air était rempli de l'odeur des genévriers et des plates-bandes mouillées. Le trottoir luisait faiblement et, à mesure que la route montait à flanc de colline vers le sud, les maisons s'étageaient les unes au-dessus des autres jusqu'à se découper en ombres chinoises devant le ciel étoilé et les contreforts montagneux.

Il entra dans la salle de l'Holiday Inn et attendit qu'on l'installe. Il y avait un gentleman qui lisait *USA Today*, des pilotes et des hôtesses de l'air de Northwest Airlines, et June Cooper. Frank espéra que la serveuse l'aurait installé à une table avant que June ne remarque sa présence, mais il n'eut pas cette chance. Devinant apparemment les pensées de Frank, elle leva un bras autoritaire et lui intima l'ordre de la rejoindre. Frank obtempéra et s'assit.

— Viens donc ici, dit-elle d'une voix rauque. Tu n'as pas tant d'amis que ça, du moins pas à cette heure-ci.

A quarante ans, June était une splendeur aux yeux bleus et aux cheveux presque noirs, combinaison surprenante. Vingt ans plus tôt, elle avait débarqué de l'Oklahoma en qualité d'aide-vétérinaire, elle avait survécu à trois mariages avec des hommes précédemment mariés et fini à la tête d'une agence Buick fort prospère, une salle d'exposition et un bureau rutilants pour vanter les mérites de Buicks étincelantes dans l'une des meilleures rues commerçantes de la ville. Son dernier mari n'en avait pas fait grand cas et il semblait qu'après avoir adopté les mœurs carnivores du barracuda pendant quinze années, June avait découvert sa vraie vocation, les affaires. D'ailleurs, elle confia un jour à Frank :

— Selon mon éducation, le mariage était le seul secteur d'activité ouvert aux femmes. Dans ce secteur, j'ai ouvert une chaîne. D'ac ?

— Si tu ne veux pas t'asseoir à ma table, reprit-elle d'une voix traînante, ne viens pas prendre ton petit déjeuner à l'Holiday Inn. Je mange ici tous les jours.

— Pigé.

Il aimait beaucoup June, mais elle était si perspicace qu'il redoutait qu'elle ne vît aussitôt qu'il était au trente-sixième en dessous depuis le départ de Gracie.

La serveuse arriva et remplit la tasse de Frank avec du café.

— Il prendra des œufs au bacon avec un steak haché, dit June. Les œufs bien cuits.

Il acquiesça.

— Je devrais prendre aussi un bol de céréales.

— Tu peux manger tes céréales chez toi. Ici, on tourne le dos aux habitudes domestiques.

Frank regarda tout autour de la salle, il enregistra la gaieté décontractée de l'équipage de la Northwest, les déplacements pesants de la serveuse, il remarqua l'éclat argenté des vitres éclairées par les premières lueurs du jour. Il porta la tasse de café à ses lèvres.

— Comment va ta vie amoureuse, June ?

— Je sublime. Et toi ?

Frank réfléchit pour de bon à sa situation personnelle. Il ne pouvait tout de même pas raconter à June qu'après avoir appris qu'il l'avait reluquée à partir d'un pommier, Lucy l'avait quasiment expédié sur le Cercle arctique. Il lui dit néanmoins la vérité :

— Ma vie amoureuse est aussi inexistante que la tienne.

— Je ne suis amoureuse de personne, fit June en arrachant le petit couvercle métallique du pot de marmelade. La vie est une grand-route et l'amour une suite de nids-de-poule. Je ne dis pas que c'est bien, mais c'est comme ça.

— Et la Famille Buick, alors ? J'ai découvert à la télé qu'il existait à l'échelon national une entité appelée la Famille Buick.

— Je n'aime pas non plus cette bande de couillons.

— Alors comment fais-tu ?

— Je me trouve parfois un type vaguement endormi pour coucher avec lui. Il s'ensuit une brusque excitation, puis le type comprend que mon besoin est surtout physique, et basta. Nous avons un *turnover* impressionnant. J'essaie pourtant de rester en rapport avec plusieurs de ces ânes.

Le petit déjeuner de Frank arriva.

— Et les enfants par procuration ?

— J'ai toujours ce chien, comment s'appelle-t-il déjà, oui, Jake. J'ai toujours Jake. Mais je ne dirais pas que Jake remplace un enfant. C'est censé être un chien dressé à retrouver et rapporter le gibier. Mais qu'aurais-je donc à retrouver dans ma vie, sinon peut-être l'estime de moi-même ? Je ne peux tout de même pas compter sur Jake pour ça. J'ai une nièce à l'université de l'Oklahoma, une vraie clodo. Elle a tenté de m'embobiner pour avoir une voiture à l'œil, mais ça n'a pas marché et depuis elle ne me donne plus signe de vie.

— Autrefois, tout le monde possédait l'un de ces chiens surentraînés pour le gibier d'eau. C'était socialement indispensable.

— Exactement, Frank. Je l'ai remarqué en arrivant de l'Oklahoma, mais sans résultat notable. J'ai épousé trois chasseurs de canards à la queu leu leu. Couac, bang, couac, bang. Quelle vie...

— Maintenant, je suis trop excité pour manger, dit Frank.

— C'est mes cuisses ?

— Pas vraiment. C'est plus le fait de voir les choses telles qu'elles sont. Un peu comme au bon vieux temps de l'acide.

— Bah, ça te flanque un coup de fouet pour entamer la journée, dit-elle en se levant soudain, son sac coincé sous le bras. Appelle-moi, ajouta-t-elle avant de s'éloigner.

Frank sentit une petite crispation au creux du ventre et pensa : « Je n'y manquerai pas. » Il paya son addition, puis sortit sur le parking encombré de voitures qui semblaient attendre leur mission. Quelle merveille, quand la journée n'avait pas encore commencé, quand seuls les serveuses de petits déjeuners et les équipages des avions s'exhibaient ostensiblement dans les lieux publics, disponibles pour le reste de l'humanité, à condition qu'elle se lève. Frank regarda au loin les silhouettes de la ville et, au-delà, les montagnes. Ces heures inhabituelles le ramenaient toujours vers l'époque de toutes les excentricités, vers l'ivresse des décalages. Il réfléchit ensuite à la manière dont le monde les assimilait, lui et ses amis, tous ces gens terrifiés qui en venaient à ressembler à leurs parents, à leur chien, à leur pays, à leurs camarades d'école, après avoir passé un bon moment à ne ressembler qu'à eux-mêmes. Cette évolution, pensa Frank, est aussi peu tragique que la podologie. Mais ce n'est pas sans un pincement de cœur que j'imagine que je suis autant un homme d'affaires que mon père.

Frank redoutait de se rendre à son travail. Son bureau se trouvait après tout presque en face de celui de Lucy. Cela n'avait pas changé. Et il appréhendait de la voir ce matin-là. Malgré vingt ans de tentatives diverses pour réduire la sexualité au statut d'une poignée de mains, cette réduction était peu fiable et les rapports sexuels prenaient parfois une importance malvenue. L'acte d'amour semblait toujours mettre à l'épreuve les émotions qui l'avaient entraîné, et Frank découvrit ainsi qu'il ne serait jamais amoureux de Lucy. Il importait d'en tirer rapidement les conséquences, avant que le nez de Lucy ne lui paraisse s'allonger, ou sa bouche rester grande ouverte, son vocabulaire s'étioler, ou ses pieds claquer gauchement sur le linoléum. Il lui fallait réunir quelques arguments éculés en faveur de l'amitié, concocter une sinistre déclaration de politique générale qui réduirait tout romantisme à la simple maladresse.

Mais il s'inquiétait à tort. Car elle était dans le couloir quand il arriva. Le visage de Lucy se plissa dès qu'elle le vit, elle secoua la tête et disparut dans son bureau. Il alla dans le sien sans même saluer Eileen, sa secrétaire. D'un geste dégoûté il déchira l'affiche des Eskimos et, brièvement, se haït. Une nouvelle pochette contenant billets et itinéraire était posée sur son bureau. Il ouvrit sa feuille de route et lut : « L'Enfer. » Rien d'autre.

Il décrocha le téléphone.

— Eileen.

— Oui, monsieur Copenhaver.

— Bonjour.

— Bonjour.

— J'avais la tête ailleurs.

— Ce n'est pas grave.

— Merci. Pouvez-vous appeler Lucy, juste en face ?

Le téléphone ne sonna qu'une fois.

— Lucy, Frank.

— Oui.

— Quelque chose ne va pas ?

— Quelque chose ne va pas... répéta-t-elle.

Il savait, bien sûr, qu'il y avait de l'eau dans le gaz.

— Je croyais que nous avions passé une bonne soirée.

— Oui, jusqu'à un certain moment.

— Et à quel moment as-tu senti que ça se gâtait ?

— Quand tu m'as appelée Gracie.

— J'ai fait ça ?

— Environ sept fois.

— Désolé.

— J'imagine que ce n'est pas de ta faute. Mais je ne suis pas ton ancienne femme.

— Bien sûr que non.

Il raccrocha et appuya son menton sur ses mains. Il aurait pu dire :

— Non, tu n'es pas mon ancienne femme. Tu es l'ancienne amie de ma femme. Et quelle amie !

Alors il appela June à son magasin de voitures. Il fallut aller la chercher dans la salle d'exposition. Quand elle arriva au téléphone, il avait oublié pourquoi il lui avait semblé si important de l'appeler. Il lui raconta néanmoins ce qui s'était passé. Elle l'écouta sans réagir. Il lui expliqua aussi discrètement que possible qu'il avait eu une ou deux paroles maladroites pendant un épisode amoureux extrêmement agréable et que cela avait tout fichu par terre.

— J'y pige que dalle, dit enfin June. Quand un mec fait son boulot correctement, il peut bien m'appeler Pierre ou Paul, j'en ai rien à secouer.

Frank la remercia et raccrocha, puis il la remercia encore en son for intérieur pour cette repartie aussi rustre que revigorante.

Il marcha jusqu'au bureau de Lucy et s'assit sous la cascade pendant que Lucy le regardait et attendait qu'il parle.

— Toujours fâchée ? dit-il enfin.

— Non. Je n'ai jamais été fâchée.

— Je ne veux pas t'ennuyer, mais si tu n'étais pas fâchée, alors tu as été blessée.

— J'étais fâchée, mais je ne le suis plus.

Quelques heures plus tôt, pensa-t-il, elle mordait les draps en criant « Ah, ah, ah ! » pendant que je disais « Oh, Gracie, oh, Gracie ! » Quel tableau...

Puis elle sourit et dit :

— Cette fois, je ne t'envoie nulle part.

L'atmosphère semblait plus sereine. Frank quitta le bureau de Lucy en pensant : « Quelle fille charmante. »

Frank sortit de son bureau et entra dans la réception.

— Je vais au ranch, dit-il.

— On pourra vous y joindre ? demanda Eileen.

— Non, mais je reviens.

Frank partit en voiture vers le nord de la ville, traversant les quartiers qui entouraient le centre. Il éprouvait malgré lui de l'affection pour ces faubourgs, leur architecture monotone, les pelouses, les panneaux de basket et les garages. Il appréciait toute cette régularité.

La route serpentait entre les champs d'avoine et d'orge à bière, couvertures dorées posées parmi la garrigue de sauge, vers les sommets marron des montagnes enneigées. La ville avait presque disparu derrière lui ; pourtant, du portail de la maison de famille, il la distinguait encore. Une dentelure brillante qui se détachait contre les collines.

Frank s'arrêta devant la maison où sa famille vivait autrefois, une grosse ferme pourvue d'une galerie basse et profonde qui courait sur toute la façade, un bâtiment blanc aux volets bleus et au toit à bardeaux bleus. La maison se dressait au-dessus d'une cave en pierre dont les profonds soupiraux étaient régulièrement espacés sous la galerie. La maison était fermée à clef. Devant elle, les grandes roses trémières dont sa grand-mère avait pris tant de soin se dressaient fièrement dans l'herbe et rivalisaient tout le long de la galerie avec les tiges ocres de la jusquiame. On n'avait pas taillé les genévriers et des zébrures marron hachuraient leur masse vert foncé. C'était une vieille maison splendide qui donnait la chair de poule à Frank.

Il la dépassa lentement en voiture vers la grange et les dépendances, en cherchant Boyd Jarrell, son employé. De la maison, il avait déjà aperçu la camionnette de Jarrell et quand il franchit la barrière à bétail pour pénétrer dans l'enclos des machines agricoles, il vit Jarrell longer à pied le grenier à grain sans lever les yeux vers la voiture de Frank. Il devina que Jarrell serait de mauvaise humeur et il sentit son moral dégringoler encore un peu. Boyd aimait bien Mike, mais il n'aimait pas Frank. Mike venait souvent ici pour jouer au rancher avec Boyd, construisant des clôtures ou s'occupant de l'irrigation pendant le week-end et, de manière générale, redorant le blason du travail de Boyd en en produisant une pâle imitation. Frank n'avait jamais compris pourquoi les singeries de Mike plaisaient tant à Boyd, mais il devinait qu'il s'agissait d'une forme de tribut.

Frank gara sa voiture et marcha vers le grenier à grain. Jarrell traversait maintenant la cour en sens inverse, il portait une pelle d'irrigation et, sur l'épaule, une longueur de chaîne de remorque.

— Boyd ! appela Frank.

Jarrell s'arrêta, se figea, puis regarda Frank.

— Tu as une minute ?

— Possible.

Frank s'approcha de lui.

— Vendredi, j'ai parlé aux gars de Lowry Equipment, dit Frank. Le chargeur du tracteur est réparé. Tu peux donc le récupérer dès que tu en auras besoin.

— Si c'est tout ce qu'y avait...

— Exactement. Maintenant, tout est en ordre.

Jarrell tourna la tête et sourit. Frank resta un long moment silencieux.

— J'ai un acheteur qui vient voir nos veaux lundi.

— J'espère qu'il pourra les trouver.

Frank regarda Jarrell. Jarrell avait vingt-cinq kilos et dix ans de plus que lui. Et il venait de mettre dans le mille.

— Il les trouvera, dit Frank. Tu le conduiras jusqu'à eux. Sinon, tu seras viré.

Frank fit demi-tour pour retourner à sa voiture.

— Je t'emmerde, Copenhaver, entendit-il Jarrell éructer comme une secousse ou un énorme éternuement.

Frank continua de marcher. Il entendit alors Jarrell s'approcher de lui par derrière ; soudain, le chapeau de Frank lui fut brutalement arraché. Il se baissa pour le ramasser, puis il poursuivit son chemin vers sa voiture. Jarrell éclata de rire et se dirigea vers sa camionnette, garée le long de la grange.

Frank s'arrêta et pivota sur ses talons. Il retourna vers Jarrell.

— Pourquoi as-tu fait ça, Boyd ?

— Parce que j'aime pas qu'on me dise ce que je dois faire.

— Eh bien, Boyd, tu aurais dû y penser plus tôt.

— Y penser quand, espèce de sale connard ? Quand je t'ai laissé me dire ce que je dois faire ?

— Quand tu as accepté de travailler pour nous, Boyd. Tu savais ce qu'on attendait de toi. Je te l'ai clairement expliqué. Et je suis peut-être celui qui t'a donné ta dernière chance. Jarrell croisa les bras et eut un sourire lointain. « Je n'hésiterais pas une seconde à te virer, si je ne me doutais pas que tu risquais de battre à nouveau ta femme comme la dernière fois. » Le regard de Jarrell quitta les lointains brumeux pour dévisager durement

Frank. Si ça doit arriver, eh bien que ça arrive, pensa Frank. Si je la bouclais en ce moment, je ne me supporterais plus. « Me regarde pas comme ça, c'était dans les journaux. Et tu sais quoi ? J'ai pensé la même chose que tout le monde : quel genre de type est donc ce Boyd, pour envoyer sa femme de cinquante-cinq kilos à l'hôpital des diaconesses ? Quel genre de type ça peut bien être ? Bonne chance pour ton prochain boulot, Boyd. »

Frank pivota sur ses talons et se remit en route vers sa voiture. Il n'avait pas fait plus de dix pas quand il entendit à nouveau Jarrell derrière lui. Il continua de marcher et les pas se turent. Il monta dans sa voiture, s'engagea dans l'allée, passa devant la maison maléfique en essayant de retrouver l'endroit exact où se trouvait Jarrell quand il l'avait quitté.

De retour à son bureau, il appela Mme Jarrell et lui expliqua qu'il avait dû se séparer de Boyd, que Boyd était un homme respectable et un bon ouvrier, mais que le moment était venu pour Boyd et pour lui-même de suivre des chemins différents. Ce n'était pas la première fois qu'il disait à quelqu'un que le moment était venu de suivre chacun son chemin. Il débitait cette ritournelle d'une voix pateline qui évoquait bientôt celle d'un présentateur radio ou une publicité vantant les mérites d'une clinique privée pour jeunes handicapés. Mme Jarrell le laissa au moins finir, puis elle le traita de tous les noms qu'il eût jamais entendus, y compris quelques-uns dont il n'était pas très sûr, par exemple, « maphrodite spasmodique ». Frank grimaça de douleur sous ce tir de barrage, puis il déclara qu'il leur souhaitait néanmoins toute la chance du monde. Sa voix se réduisait à un simple croassement.

— Bouffe ta merde, éructa Mme Jarrell. Je te souhaite une bonne crise cardiaque.

Le temps de la réflexion. Quelques suggestions directes de Mme Jarrell. Le même jour, l'Enfer lui avait été assigné comme prochaine destination de voyage — et par sa maîtresse de la nuit précédente ! Il alla trouver son frère Mike.

Mike était orthodontiste et Frank dut attendre presque jusqu'à midi, en compagnie de préadolescents aux dents saillantes et en lisant des magazines pour enfants, que Mike daigne le recevoir. Ils s'assirent dans le cabinet dentaire pour parler, le gros Mike portant toujours sa blouse vert pâle, son visage arrondi et rubicond témoignant de cet optimisme inébranlable dû à la conviction d'accomplir une petite chose en ce bas-monde, c'est-à-dire repousser de jeunes dents à l'intérieur de jeunes bouches et les maintenir ainsi. Frank jeta un coup d'œil aux instruments, à cet ordre implacable.

— Mike, commença Frank, ce ranch me rend fou.

— Tu me dis toujours ça quand on entame les travaux d'irrigation.

— J'ai viré ce sale con de Jarrell.

— C'est une décision fort regrettable. Jarrell est un bon ouvrier.

— Je suis allé là-bas aujourd'hui et il traversait une de ses crises de cow-boy susceptible.

— Tu n'aurais pas dû y aller. Tu sais pourtant ce qui se passe quand l'eau se met à couler dans les canaux d'irrigation : tout le monde se transforme en fauve.

— Il fallait que j'y aille. J'ai fait réparer le tracteur pour ce connard. Il l'avait bousillé, tout le système hydraulique était fichu. Mais comme il est incapable de s'adresser à son prochain, je m'en suis occupé. Quand je lui dis ça, il devient fou de rage. Je lui annonce ensuite que notre acheteur devait voir les veaux. Alors là, il devient carrément cinglé. Il fait tomber mon chapeau et me sort un « Je t'emmerde » bien sonore. C'est insupportable, cette mentalité de cow-boy. Je ne veux plus embaucher de cow-boys. Ils sont tous comme Jarrell — des poivrots qui battent leur femme, de sombres crapules au gros ceinturon et aux moustaches de poisson-chat. Ils passent tout leur temps à lire des revues où l'on ne parle que d'eux. Les profs de fac leur rendent visite et leur disent qu'ils sont une espèce en voie de disparition. Je les déteste. J'ai essayé d'expliquer la situation à sa femme pour qu'il ne la renvoie pas chez les Diaconesses. Et que m'a-t-elle répondu, à ton avis ?

— Un autre « Je t'emmerde » ?

— Non, mais tu brûles. Elle m'a dit de bouffer ma merde, puis elle m'a traité de « maphrodite spasmodique ». Tu as déjà entendu ça, toi ?

— Je reconnais que cette injure ne figure pas dans mon répertoire.

— Il s'agit sans doute d'un être au sexe indéterminé, souffrant de graves troubles nerveux.

— Hum, un vrai phénomène de foire.

— Ouais. Mais je ne supporte plus ça. Je suis un homme d'affaires, un banal homme d'affaires, et je tiens à le rester.

— Pourquoi ne vends-tu pas le ranch, après tout ? Je m'en moque sincèrement, Frank. Marny aimerait bien avoir un endroit où emmener les enfants pique-niquer quand ils seront plus grands, mais on trouvera facilement un autre endroit où aller.

— En tout cas, qu'on le vende ou pas, je vais le sortir de mon existence. Je le vendrais bien, mais je suis un couillon sentimental et ça me bousille la vie. J'arrive jamais à mettre quelque chose derrière moi. Je suis un connard. Un vrai connard.

— Tout à fait d'accord avec ta présente évaluation, dit Mike.

— Bon sang, nous n'avons jamais vécu là-bas.

— D'accord, mais papa y a grandi.

— Il le détestait. Maman aussi le détestait.

— Peu importe. Tout ça, c'est du passé. Aujourd'hui, Frank, on appelle ça « la maison de famille ». Je ne sais pas pourquoi tu t'infliges toutes ces épreuves de vérité. Ce qui s'est vraiment passé est sans importance. Seul compte ce que les gens croient vrai, et maman et papa croyaient avoir passé là-bas les meilleures années de leur vie. C'est vrai qu'ils se sont chamaillés pendant trente ans, mais je vais te dire une bonne chose : ce n'était pas une maison de retraite. Elle avait au moins ça pour elle.

Frank ne voulait pas laisser le dernier mot à Mike, mais il ne trouva rien à dire et dut se résoudre à l'inévitable.

10

Le 4 juillet. Peu de gens savaient que leur pays n'avait pas toujours été une nation indépendante. La plupart des citoyens croyaient que cette fête honorait surtout l'inventeur du pétard, et les villes comme Deadrock se noyaient dans la fumée, le fracas et les gerbes couleur pastel illuminant le ciel du soir. Cette année-là, personne n'avait prévu que les centaines d'Indiens qui vivaient loin de leurs réserves, sur de petits terrains ou des tenures, dans les rues et les passages, marcheraient sur cette paisible bourgade, avec ses bâtiments massifs, sa large avenue centrale et ses quartiers fleuris, pour exiger la restitution de leurs terres. Ils réussirent à gâcher le 4 juillet des braves citoyens de Deadrock. Des va-nu-pieds indiens, de vieilles harpies, des hommes-loups, des femmes enceintes, des danseuses et de jeunes garçons déguisés en poulets de prairie brandissaient des pancartes manuscrites ou psalmodiaient tout simplement :

— Vous savez que ce n'est pas à vous : rendez-nous notre bien !

Pour finir, la police les effraya et les fit déguerpir avec ses gyrophares et une belle démonstration de force. Les Indiens se dispersèrent. Le lendemain, on en vit certains à leur travail en ville. Comme un rêve dépourvu d'explication évidente, l'événement passa aussitôt à la trappe. La *perestroïka* locale l'exila loin des journaux.

Dès que la banque ouvrit ses portes après cette fête nationale, Frank alla chercher de l'argent liquide au guichet accessible sans descendre de voiture. Chaque fois que pour une raison ou pour une autre il se sentait patraque, il se réapprovisionnait en argent liquide. L'employée le dévisagea à travers la haute fenêtre et s'adressa à lui par le haut-parleur situé à côté de la boîte à vide. Il envoya son chèque jusqu'à elle dans un tube et, quand elle le lut, l'employée lui demanda s'il avait un chien. Il avait jadis possédé un superbe collie nommé Scott, mais le prédécesseur de Boyd Jarrell, un petit cow-boy de l'Oklahoma pourvu d'un énorme trousseau de clefs accroché à la ceinture, écrasa Scott en essayant de conduire tout en allumant une cigarette. Quand Frank lui demanda pourquoi il avait écrasé son chien, le cow-boy de l'Oklahoma répondit :

— Ce chien avait rien à faire sous mes pneus.

Frank rapporta la dépouille de Scott en ville et il l'enterra derrière la maison, près des framboisiers. Longtemps il se sentit très triste. D'ailleurs, il se sentait toujours triste. Il répondit donc ceci à l'employée de banque :

— Oui, j'ai un chien, un beau collie nommé Scott, il est noir, brun et blanc.

Quand l'employée envoya l'argent de Frank, elle y joignit un paquet de biscuits pour chien qui descendit, lui aussi, dans le tube à vide.

— Comment vous appelez-vous ? demanda Frank avec des larmes dans les yeux.

Il ne la voyait pas, elle était très loin derrière la haute fenêtre.

— Joanie.

— Merci, Joanie.

Il se sentit alors plus proche de Joanie que de n'importe quelle femme qu'il avait connue jusque-là. Quand il arriva dans son bureau, le poing serré sur les biscuits pour chien, il s'enferma aussitôt dans sa pièce et appela Eileen.

— Eileen, appelez-moi Joanie à la banque Security Merchant.

— Joanie, dit-il d'une voix éthérée, ici Frank Copenhaver. Euh, pour vous rafraîchir la mémoire, c'est moi qui viens de toucher un chèque de cent dollars et vous avez eu la gentillesse de m'expédier un petit paquet de biscuits pour mon chien Scott, un collie tricolore.

— Oui, je me souviens.

— Eh bien, je me demandais si, euh... — un blanc, il eut un blanc complet, puis son esprit se remit à peu près en marche — « si vous aimeriez rencontrer Scott.

— Si j'aimerais rencontrer Scott ?

— Oui, rencontrer Scott.

— Le chien ?

— Oui.

— Si j'aimerais rencontrer votre chien ?

— Oui, c'est bien ce que je dis.

— Je ne sais pas, monsieur Copenhaver, si je dois ou pas.

— Pensez au chien comme à un prétexte. Ce que je dis, c'est que j'aimerais vous rencontrer. Je suis parfaitement fiable, vous pouvez me faire confiance, je suis un vieux client de la banque, j'y ai un dossier épais comme ça... Alors, qu'en dites-vous ? »

Il avait le sentiment de pleurnicher.

— Okay, où ? dit-elle d'une voix terne qui suggérait qu'elle acceptait d'entrer dans son jeu, mais que rien n'était encore gagné.

Elle avait sans doute déjà remarqué, ou elle remarquerait bientôt l'absurdité de cette tentative de séduction par biscuits pour chien interposés.

Il lui donna son adresse et lui proposa un rendez-vous à sept heures du soir, excellent moment de la journée, situé à la croisée des chemins entre le dîner et la bagatelle. Frank raccrocha et il aurait poussé un immense soupir de soulagement sans le sourire involontaire qui s'étala alors sur son visage.

Joanie arriva à l'heure. Selon les critères grossiers mais ordinaires, elle n'était guère présentable. C'était une fille de la campagne, au visage ouvert et sincère, assez massive pour jouer dans l'équipe des Steelers. Frank lui annonça d'emblée que Scott était mort, mais elle pénétra dans la maison et regarda autour d'elle comme si elle était la plus inattaquable détentrice d'un billet d'entrée dans un parc d'attractions. Frank décida alors de cuisiner pour elle, une idée qu'il avait rarement. Après le dîner, se promit-il, ils feraient ensemble le tour du quartier à pied afin de distribuer les biscuits pour chien. Elle rayonna de joie à ce programme, tout en prenant des objets sur les étagères pour les examiner.

Frank installa Joanie sur le sofa confortable, devant la télévision. Elle rendit sa position encore plus confortable en s'entourant de coussins, enlevant ses chaussures et ramenant ses jambes sous elle. Elle semblait se préparer à un long séjour. Il lui tendit la télécommande et elle choisit aussitôt le match de base-ball du soir. Pendant que Frank hachait et cuisinait, elle lui résumait les principaux événements du match, les Cubs contre les Tigers, et à un moment elle éclata d'un rire si violent que Frank vint voir ce qu'il se passait : un joueur de Detroit poussait un arbitre hors du terrain. Frank retourna à son poulet grillé aux cacahuètes, en se félicitant de ces cris de joie qui venaient du salon, quand on sonna à sa porte. Il écarta le poêlon du feu et alla répondre. C'était Lucy.

— Hum, fit Frank.

— Je te dérange ? demanda-t-elle en jetant un coup d'œil dans l'entrée.

— Pas du tout, dit Frank en reculant avant de montrer le salon avec un grand geste de sa spatule. Entre, je t'en prie, et présente-toi à mon invitée.

Frank ignorait le nom de famille de Joanie.

— Fais-nous le plaisir de te joindre à nous pour dîner.

— Oh, je...

— Pas de problème. Je connais tes habitudes.

— Bah, après tout, fit Lucy en entrant dans la maison, accompagnée d'un nuage de parfum au jasmin.

Quand Frank l'entendit parler à Joanie au salon, il était déjà de retour à la cuisine. Il se demanda ce que Lucy pensait de sa position sur le poteau totémique du désir en découvrant cet éléphant hilare vautré sur le sofa. Le bruit du match et les bribes de conversation venant du salon lui rappelèrent combien de simples sons humains pouvaient être plaisants.

Lorsqu'il alla répondre à un nouveau coup de sonnette, Frank découvrit June qui arrivait tout juste de son magasin de Buicks, vêtue de la même tenue classique qu'elle portait au petit déjeuner.

— Tu arrives juste à l'heure pour le dîner, lui dit Frank sans la moindre explication.

Il fit entrer June au salon, puis retourna dans la cuisine pour hacher tout ce qu'il trouva dans le réfrigérateur et qu'on pouvait frire. June savait où se trouvait le bar et des exclamations joyeuses arrivèrent bientôt du salon. « J'aurais mieux fait de sortir », pensa Frank. Son poêlon était désormais tellement rempli qu'il avait beaucoup de mal à en remuer le contenu avec sa spatule pour empêcher le fond de brûler.

— Quelqu'un pourrait m'aider ? lança-t-il.

— Non ! fit June.

Il écrasa des piments du Sichuan avec l'extrémité du manche du hachoir, puis répandit le tout sur sa friture. Il la goûta, ajouta de l'ail, puis du vinaigre de vin de riz. Cela prenait tournure. Du bout de sa chaussure il ouvrit le réfrigérateur et chercha de la bière : il y en avait beaucoup et son plat allait être très épicé.

— Venez vous servir, sinon je flanque tout à la poubelle !

Pendant que les trois femmes arrivaient du salon, il empila bols et ustensiles, posa sur la table les boîtes de bière dans des supports en plastique, poussa la sauce de soja et les autres contiments au milieu, puis il installa le poêlon sur un dessous de plat. Les femmes entrèrent dans la cuisine avec une excitation audible, puis elles s'attablèrent. Frank se frotta les mains et dit :

— Ah, un peu de sang neuf !

— Tu peux rêver, dit June. Elles sont rudement remontées, ajouta-t-elle en désignant les deux autres femmes.

— Ces papillons qui vont et viennent d'une fleur à l'autre sont insatiables, dit Lucy.

La capacité des femmes à établir aussitôt des connivences stupéfiait Frank. Ces trois-là semblaient déjà être de vieilles amies. A leur place, des hommes seraient toujours en train de reluquer les chaussures et les montres des autres convives en écoutant leur accent.

— Que pensez-vous de mon plat, Joanie ? demanda Frank.

L'espace d'un instant, Joanie ressembla à une plouc paumée, puis elle se concentra sur le plat.

— Qu'est-ce que c'est ? demanda-t-elle.

— Les Mille Soupirs Resfriados du comté de Gallatin.

— Oh...

Frank servit ses invitées. On aurait dit un camp d'été. Les trois femmes débordaient d'une gaieté artificielle et la tension due au comique évident de leur situation saturait l'atmosphère.

Joanie lança un dernier regard dubitatif à son assiette et déclara :

— Au-delà des lèvres, derrière les gencives : attention, mon estomac, ça descend !

Frank éclusa une bière pour rattraper son retard. June parla d'un client qui se plaignait constamment de sa Buick et qui venait sans cesse à l'agence pour évoquer des bruits mystérieux. Ce jour-là, elle décida de convoquer un groupe de mécaniciens et de vendeurs, puis de les confronter au client mécontent, un juge du tribunal, en lui demandant d'imiter les sons que faisait sa Buick, dans l'espoir que l'un des spécialistes réussirait à les identifier. Le juge émit une série de hoquets poussifs — que June essaya d'imiter —, suivis d'un sifflement grave, répétant cette séquence sonore cinq fois de suite devant un public attentif, jusqu'au moment où June lui dit :

— Je crois que sur ce sujet vous êtes plus fort que nous.

Des rires éclatèrent dans le salon. L'immense Joanie se releva à demi pour ouvrir quatre bières.

— Encore un peu de bibine pour mes lieutenants ! s'écria-t-elle en surprenant tous les visages luisants de sueur tandis qu'elle tendait les bières.

June prit une bouchée de fricassée pimentée, écarquilla les yeux et hurla :

— J'ai la gueule en feu !

Lucy glissa tranquillement la main à l'intérieur de la cuisse de Frank, mais Joanie s'écria aussitôt :

— Lâche-lui la queue, ma p'tite dame, t'es vue !

On échangea quelques regards ahuris.

— Quel dîner ! lança à son tour Frank, surpris par le volume de sa voix.

Il regarda la tranche de viande rouge qui tenait lieu de visage à Joanie, en se demandant ce qui allait maintenant en sortir.

— Devinez qui était derrière ma fenêtre le mois dernier pour me regarder me déshabiller ?

— Qui ça ?

Lucy agita le pouce en direction de Frank. Quant à lui, il leva et abaissa les sourcils tout en continuant de manger. Mais son insouciance était feinte.

— Oh, Frank... dit June d'une voix veloutée.

Difficile de savoir si elle désapprouvait ou non.

— Alors, t'as fait quoi ? demanda Joanie. T'as appelé les flics ?

— Je l'ai envoyé sur le Cercle arctique, dit Lucy.

Elle passa en revue les visages stupéfiés, puis ajouta :

— Je dirige une agence de voyages.

Cette information ne sembla pas dissiper l'étonnement des autres convives, mais Lucy n'insista pas, si bien que « Cercle arctique » fut assimilé à une expression bizarre décrivant un état déplorable des rapports humains dans le monde contemporain.

Ce fut alors que Frank envisagea une tentative d'explication. Il allait leur parler du sentiment de liberté et de surprise qu'il avait connu en se déplaçant furtivement au milieu de la nuit, mais Joanie le prit de vitesse en s'écriant :

— La curiosité a tué le vilain matou !

Elle leva les bras comme un maître de chorale et tous les autres hurlèrent de rire.

— Mais la satisfaction l'a ramené à nous !

— J'essayais d'aller au fond des choses, dit-il avant de se faire huer.

Il ouvrit une autre bière et repoussa son bol. Les autres l'imitèrent. On aurait dit le vestiaire des femmes et Frank ressemblait au grouillot chargé d'apporter les serviettes. Lucy rota le plus naturellement du monde et son regard devint pensif.

— Nous devrions nous estimer heureuses, dit-elle d'une voix un peu morne, de ne pas encore être arrivées à la lune de la croisière et des circuits organisés.

— Mais qu'est-ce que ça veut dire ? demanda June en fouillant dans son sac à main.

Elle trouva enfin son rouge à lèvres, elle en fit sortir le bâton pivotant, contracta les muscles de sa bouche et entreprit de l'appliquer. Frank savait que June détestait toute mélancolie superflue.

— Je crois que ma compagnie devrait s'appeler les Voyages de la Dernière Chance. Je ne sais même plus si j'ai envie de continuer à bosser pour eux. Ça devient déprimant.

— Le fait que les gens vieillissent ? demanda June. Moi, j'ai hâte de vieillir. Je remercie Dieu d'avoir déjà franchi le cap des quarante et un ans.

— Non, le fait que sur la fin ils veulent tous rattraper le temps perdu. Avez-vous une idée du nombre de couches pour adultes qu'on embarque sur un paquebot de croisière ?

— Oh, Lucy, allez...

— Sans blague.

— Moi je trouve ça touchant, dit Joanie. Si le bateau coule, ça fait une fin romantique.

N'imaginant que la mer vide couverte de milliers de couches, Frank ne comprit pas ce que Joanie avait voulu dire.

— On peut tout voir sous cet angle, dit June. Chercher le revers de toutes les médailles. Vous êtes là à croire que le monde est une vallée de larmes. Mais moi je vends des décapotables à des gens complètement désespérés. Je regrette simplement qu'il n'y en ait pas plus. Je pourrais m'offrir un bon gros ranch en dehors de la ville, comme le cuisinier ici présent. Des chevaux pour me balader. Des chiens. Ouais, c'est ça. Vous viendriez tous me voir.

— Tu ne veux pas acheter un ranch, June ? dit Frank. Parce que moi, je veux bien te vendre le mien.

— Tu ne peux pas le vendre, dit June. C'est la maison de ta famille.

— Tu verras.

— Depuis que je te connais, tu ne penses qu'à t'en débarrasser. Pourquoi ça ?

— Aucun de nous n'y vit et c'est difficile à entretenir, il faut s'occuper des herbes, de l'irrigation, des clôtures. Et puis on ne trouve plus d'ouvriers agricoles. Quand on s'entend bien avec eux, ils ne fichent rien ; et quand c'est des bosseurs, ils sont insupportables. D'ailleurs, je viens d'en virer un aujourd'hui. J'ai détesté ça. Une vraie bête de somme. Je ne devrais pas embaucher des gens, car je déteste les virer. Cette fois, ç'a été un peu différent. A force de m'insulter, il m'a fait sortir de mes gonds. Je n'ai donc pas eu beaucoup de scrupules à me débarrasser de lui. Mais maintenant, voilà que ça me tracasse encore. J'ai appelé sa femme. Elle m'a violemment agressé, mais ça ne m'a pas guéri. J'aimerais bien savoir ce qu'ils font ce soir. Demain, il va chercher du boulot. Mais sa femme et lui forment une paire de sombres crapules.

Les trois femmes écoutèrent patiemment ces lamentations, puis Joanie dit :

— Allons regarder par leur fenêtre comment ils se débrouillent ce soir !

Frank secoua la tête, mais June et Lucy manifestèrent bruyamment leur approbation. Frank leva les mains pour tuer cette idée dans l'œuf, mais son geste eut l'effet contraire. Il alla donc préparer du café dans la cuisine. Les choses allaient trop vite pour lui. Quand il retourna à la table, elles étaient en plein complot pour aller espionner les Jarrell.

— Que va devenir ce couple de cow-boys ? demanda June. Trois esprits curieux désirent le savoir.

— T'aurais pas une putain de gnôle à nous servir ? demanda Joanie. Du schnapps ?

Maussade, Frank sortit sa gnôle, un assez bon cognac au demeurant. Elles s'en envoyèrent quelques verres sans plus de cérémonie. Elles burent aussi du café, ce qui les aida à garder les idées claires. Frank resta un moment sur son quant-à-soi, mais elles lui extorquèrent le nom de Jarrell, puis se mirent à converser au-dessus de l'annuaire téléphonique.

— Le voilà, et regardez-moi cette adresse, dit Joanie dont l'index touchait la page. Rien que des peupliers le long d'une rivière. On va se glisser là-bas comme de vraies Indiennes.

Frank but une lampée de cognac. Ç'allait être à la fois palpitant et un peu dangereux : les infortunés Jarrell tenteraient peut-être une sortie tumultueuse.

Mais il fallait d'abord s'occuper des biscuits pour chien.

— Allons sur Tracy, proposa Frank. Y a un clebs tous les dix mètres là-bas. Allons faire un tour sur Tracy.

Frank tenait les biscuits pour chien tandis qu'ils longeaient les pelouses. Il y avait de la lumière sur toutes les galeries peintes. Des écoliers travaillaient à l'étage, derrière les fenêtres éclairées, et quand ils passaient devant des maisons obscurcies, les étoiles froides et proches luisaient au-dessus des toits. Le long de chaque portion de clôture métallique, un chien sautait et recevait un biscuit. Les étoiles se reflétaient sur le toit des voitures garées contre le trottoir, on entendait le faible murmure de la radio et de la télévision, de la musique ou d'une machine à écrire, le tapotement sec du ping-pong. Dans un atelier en sous-sol, une scie chantait. L'haleine fraîche des érables argentés et des spruces odorants embaumait l'air. Ils marchaient tous les quatre sur un nuage de satisfaction paisible, convaincus de leur bon droit. Partout autour d'eux, la vie continuait.

— Désolée de rompre le charme, dit Joanie, mais j'aimerais bien voir comment se porte notre couple de cowboys.

L'idée resta un moment suspendue au bord du gouffre. Le silence qui suivit les convainquit que les mots justes demeuraient hors de portée, mais Joanie reprit alors la parole et déclara :

— A vos marques, prêt ?

Tous démarrèrent à fond de train vers les voitures tandis que les aboiements des chiens signalaient leur progression dans la rue.

11

Marchant en file indienne dans le lit de la rivière qui traversait un quartier peu construit, ils approchaient de la petite maison délabrée de Boyd Jarrell. Les berges boueuses de la rivière émettaient un fort bruit de succion autour de leurs chaussures. Quand ils furent tout près de leur objectif, accroupis parmi les saules rouges et les nuées de corbeaux aux ailes rouges dont l'envol les faisait sursauter, seul Frank avait encore ses chaussures aux pieds, tout simplement parce qu'elles se laçaient au-dessus de la cheville. Les trois femmes avaient perdu les leurs dans la boue. Elles avaient les jambes noires presque jusqu'aux genoux, et celles qui avaient tenté de retrouver leurs chaussures, Lucy et June, avaient aussi les bras tout noirs. Frank essaya plusieurs fois de les faire taire, mais elles continuaient de babiller et de pouffer de rire dès qu'il agitait violemment le bras droit et mimait les mots : « Taisez-vous ! » Quand ils furent tout près, il s'arrêta et dit d'une voix grave de présentateur-télé :

— S'il nous entend, il risque de nous tirer dessus.

Il obtint aussitôt un silence absolu.

Un massif de lilas non entretenus entourait un jardinet contenant une table de pique-nique bordée de deux bancs solidaires, un tonneau de combustible, une corde à linge, des agrès pour une balançoire (« A-t-il des mômes ? se demanda Frank. Comment se fait-il que je ne sache pas s'il a des mômes ? »), un barbecue au couvercle d'émail rouge et un petit pommier tout tordu, encore en fleurs. Une fenêtre ouverte et éclairée donnait sur ce jardinet et, juste de l'autre côté de la fenêtre, il y avait une table sur laquelle Boyd Jarrell semblait dormir, la tête entre les bras.

Ils réussirent à se glisser sans bruit à travers les lilas, puis Frank leur chuchota de s'installer à la table de pique-nique et de regarder. Comme elles ne comprenaient pas, il alla de l'avant et s'assit à une extrémité du banc, face à la maison. Puis il fit signe aux trois femmes de le rejoindre. June vint s'asseoir près de lui, puis Joanie. Enfin, Lucy arriva. Ce fut son poids relativement léger qui fit basculer en arrière la table de pique-nique. Frank sentit le bois pressé contre son visage et il entendit June siffler des jurons de l'Oklahoma. Joanie se retrouva à quatre pattes, elle se débattit d'un geste puissant pour tenter de les libérer tous, mais elle se plaignit ensuite d'avoir des échardes enfoncées dans les fesses. Frank saisit la table et, le visage cramoisi, la remit en place. Lucy resta assise par terre, les jambes croisées, en marmonnant :

— Je déteste tout ça.

La première pensée de Frank fut pour Jarrell, mais il constata que l'homme n'avait pas bougé. Ils s'installèrent de nouveau à la table, mais cette fois deux de chaque côté.

Puis ils observèrent.

— Il dort ?

— Je sais pas.

— Il s'est évanoui ?

— Ça ressemble sacrément au sommeil.

— Où est sa petite femme ?

— Aucune idée. Mais vous savez quoi ? Il bouge.

C'était vrai. Mieux, on discernait un murmure continu. Pétrifié, Frank tendit l'oreille pour le comprendre.

— Qu'est-ce qu'il dit ? demanda Lucy.

— Je ne sais pas. Mais si vous me promettez de rester tranquille — Joanie, je parle aussi pour toi —, je vais aller écouter ce qu'il dit.

Joanie se couvrit la bouche avec les mains. Les autres acquiescèrent d'un signe de tête et Frank rampa vers la fenêtre. Il écouta jusqu'au moment où il comprit les mots que Jarrell répétait indéfiniment.

Il disait :

— Je n'ai rien. Je n'ai rien.

C'était une voix étouffée et Frank sentit une chape de plomb tomber sur lui. Il se redressa dans l'encadrement de la fenêtre et resta là jusqu'à ce que Jarrell sombre dans le silence, la tête toujours posée sur les bras. Quelques secondes seulement s'écoulèrent avant que Frank ne prît conscience du regard brûlant fixé sur lui.

— Les filles, dit-il à voix haute, je crois qu'il m'a vu. Vous feriez bien de rentrer chez vous comme vous pouvez. Je vais bavarder un peu avec Boyd.

Quand Boyd Jarrell se remit lentement sur pieds, son ombre traversa le jardin. Les femmes hurlèrent et s'enfuirent aussitôt vers les saules.

Frank aussi avait envie de s'éclipser, mais son sens des responsabilités le retint. Il contourna la maison vers la porte, qui n'était pas éclairée. Il frappa et n'obtint aucune réponse. Il frappa encore. Rien. Il ouvrit la porte. Elle semblait donner sur un abîme.

— Boyd ?

Il entra.

— Boyd ? C'est Frank.

Frank fit le tour de la maison en appelant Boyd. C'était un intérieur assez laid, avec, pour seule décoration, une affiche de Charlie Russell offerte par une marque de bière. Dans la chambre il y avait un jean sale jeté sur le dossier d'une chaise. Les tiroirs vides de la commode étaient tous sortis. Il y avait des cintres par terre et dans le placard ouvert Frank découvrit quelques chemises usées, fermées par des boutons-pressions, accrochées à l'intérieur, ainsi qu'une paire fatiguée de bottes de cow-boy, toutes relevées sur le devant.

Il retourna dans la cuisine, puis regarda dans le garde-manger. Il y trouva une bouteille de whisky. Il se servit un verre devant l'évier et s'assit. Tout était silencieux. Il resta assis là, l'oreille aux aguets. Il entendit un train lointain, puis tout redevint parfaitement silencieux. Il avait l'impression d'être observé sur le côté, mais il décida de ne pas tourner la tête, de continuer à boire son whisky. Puis il se retourna lentement et découvrit un chevreuil qui l'observait par la fenêtre de la cuisine. Derrière lui, deux autres chevreuils se tenaient dressés sur leurs pattes arrière pour manger les pommes de l'arbre du jardin. Quand le chevreuil disparut de la fenêtre, Frank soupira. Il griffonna un mot, qu'il coinça sous la bouteille de whisky : « Je suis passé. Frank. »

— Pour qui il est, ce mot ?

Frank leva les yeux, Boyd était dans la cuisine.

— Mais il est pour toi, Boyd. Impossible de te trouver.

— J'ai dit à ma vieille d'aller se faire foutre. Elle voulait pas aller se faire foutre. Alors je l'ai aidée à aller se faire foutre. Une rage rentrée lui donnait une expression hébétée. « Maintenant, je suis de retour. »

Frank regarda le visage de Boyd. Sa rage était si abstraite qu'il paraissait presque au-delà de la colère. Frank se sentit pris d'une faiblesse soudaine. C'était le moment exact où le sang aurait dû affluer vers ses membres, mais l'inverse se produisait. Il avait l'impression d'être un carrelet. L'espace d'un instant, il envisagea de désamorcer la situation en disant à Boyd qu'il avait l'impression d'être un carrelet, mais l'atmosphère semblait peu propice à l'humour.

— Pendant que j'y suis, commença-t-il.

— Pendant que j'y suis ?

— Oui, pendant que j'y suis.

— Tu n'es pas drôle.

— Je sais bien que non, dit Frank. Où sont les chiottes ? Je peux utiliser tes chiottes ?

— Tu vas pisser dans ton froc ?

— Possible.

— Vas-y, mais après je veux que tu reviennes ici, dit Boyd en montrant le couloir avec une moue.

Il s'essuya lentement la bouche contre le dos de la main tout en suivant Frank des yeux.

Frank entra dans la salle de bains et referma la porte derrière lui. Puis il pivota sur ses talons pour examiner la porte. Bien, un verrou. Il le fit tourner. Puis il regarda la pièce. Une cuvette de w.-c., une baignoire équipée d'un tuyau de douche métallique et flexible et d'une pomme en forme de téléphone, une grande fenêtre ouverte dont les rideaux de plastique ondulaient dans la brise.

— Tu ferais mieux d'ouvrir, dit Boyd. Je t'ai entendu t'enfermer.

Frank vit la porte s'incurver légèrement sous la pression. Il ne répondit pas, mais regarda la fenêtre. Il savait que Boyd, lui aussi, pensait à cette fenêtre.

— J'espère que tu ne vas pas me regarder pisser, dit Frank d'une voix forte.

Lorsqu'il tourna le robinet, un puissant jet d'eau brûlante en jaillit. Quand des volutes de vapeur se mirent à entourer le jet, il prit la pomme de la douche et se posta près de la fenêtre. Quelques secondes passèrent, puis Boyd plongea dans l'encadrement de la fenêtre. Frank lui balança la pomme de douche en plein visage. Boyd hurla et bascula en arrière. Frank sortit en trombe de la salle de bains, il s'élança dans le couloir, puis dans la cuisine et sortit par la porte de devant.

Voyant Boyd franchir l'angle de la maison, une main plaquée contre le visage, Frank bondit dans la camionnette Chevy noire de Boyd et verrouilla les portières avant que Boyd n'ait le temps de le rejoindre. Boyd ramassa un caillou dans l'allée et le brandit tout près de la fenêtre du conducteur. Frank le regarda, aussi inexpressif qu'un mannequin, tout en faisant lentement remonter sa main droite le long de sa cuisse jusqu'à ce qu'il sente les clefs cliqueter contre le dos de sa main. Il fit démarrer la camionnette. Boyd s'éloigna un peu et se mit à frapper le tronc d'un peuplier avec son caillou. Frank sentit qu'il n'avait pas le choix. Il fit demi-tour et démarra dans l'allée.

Ce fut seulement lorsqu'il roula sur la grand-route que, jetant un coup d'œil dans le rétroviseur, il vit Boyd accroupi sur la plate-forme de la camionnette. Il prit donc Sand Hill Road vers Blind Creek Road, la route la plus défoncée de tout le comté. Il descendit Blind Creek Road à tombeau ouvert, mais en veillant toutefois à conserver le contrôle de son véhicule. Boyd s'envolait parfois à plus d'un mètre au-dessus de la plate-forme. Il comprit que Boyd était maintenant prêt à défoncer la vitre arrière de la cabine, mais il n'y avait rien d'autre à l'arrière qu'une roue de secours qui bondissait elle aussi en tous sens et semblait poursuivre Boyd d'un endroit à l'autre de la plate-forme.

Blind Creek Road rejoignait Sand Hill, qui les emmena vers Belwood, à une vitesse toujours aussi élevée. En arrivant sur Belwood, il aperçut les lumières brumeuses d'un lave-voiture et une Chrysler Coronado verte qui s'engageait entre les énormes rouleaux savonneux et tourbillonnants. Il se dirigea derrière elle en klaxonnant comme un fou. La Chrysler s'arrêta et il la percuta par derrière en klaxonnant toujours. La Chrysler avança alors et Frank engagea le Chevy dans le lave-voiture, jetant un coup d'œil dans le rétroviseur juste à temps pour voir Boyd disparaître sous les rouleaux. Il avança encore un peu, se glissa de l'autre côté de la banquette et descendit par la portière côté passager. Restant accroupi tout près de l'axe vertical des rouleaux, il réussit à s'éloigner sans être mouillé.

L'énorme châssis suspendu avança avec ses gros rouleaux tournoyants et leur chargement d'eau brûlante et de savon. Quand Frank put se redresser suffisamment pour observer la scène, le propriétaire de la Chrysler, un type massif vêtu d'un coupe-vent en nylon, se tenait près du pare-choc gauche de la camionnette, attendant sans doute que le conducteur en descende. Frank se faufila le long du bâtiment et, quand il traversa la rue en direction d'un bar, il entendit une bordée de jurons et un échange de coups.

12

Samedi matin, à l'aube, un rayon de soleil argenté le long de l'église luthérienne. Les rares voitures qui roulaient sur Assiniboine Avenue reflétaient la somnolence de leurs conducteurs. Frank fit un peu de ménage chez lui, il retira les verres qui semblaient soudés au mobilier du salon, il gratta la masse solidifiée au fond du poêlon avec sa pelle, sous un jet d'eau chaude, et il ouvrit toutes les fenêtres pour aérer les pièces.

Il prit sa canne à pêche, son gilet de pêcheur et ses cuissardes, puis il partit en voiture au-delà de Connolly Park, où plusieurs enfants se faisaient déjà des passes avec un ballon de football. Il s'arrêta quelques rues plus loin, non loin des parcs à bestiaux, il descendit de voiture et frappa à une porte. Celle-ci s'ouvrit, puis Phil Page sortit avec son équipement. Grand et mince, Page avait une longue barbe noire qui lui arrivait au milieu de la poitrine. Son regard, détaché et méfiant, révélait seul ce qu'il pensait. Frank et Phil avaient joué dans la même équipe de base-ball au lycée. Phil occupait la première base et Frank pensait toujours que son ami possédait le détachement idéal pour cette position, une manière nonchalante de réagir, une espèce de retard caractéristique des hommes de la première base.

— Salut, Frank.

— Phil. On va prendre ma voiture.

Phil fourra son équipement sur la banquette arrière de la voiture de Frank et monta.

Phil Page était serre-freins dans les chemins de fer. Leur amitié, qui remontait à un quart de siècle, s'était trouvée vivifiée par les problèmes rencontrés dans leurs mariages respectifs. Ils avaient le sentiment de jouer à nouveau ensemble dans l'équipe de base-ball. Phil pêchait d'habitude avec lui pendant le week-end, mais seulement s'ils faisaient ce qu'il appelait un début raisonnable.

— Comment ça va dans les chemins de fer ?

— Ça roule.

— Tu gagnes du fric ?

— Un peu.

— Où va-t-on ?

— Remontons cette merde jusqu'à la Seizième, dit Phil. Je me sens en forme pour la truite de rivière.

Ils s'arrêtèrent à un magasin ouvert jour et nuit pour acheter de quoi déjeuner. La caissière regardait si intensément la télévision que Frank réussit à fendre l'emballage plastique d'une revue porno et à jeter un coup d'œil aux images, l'une après l'autre ; on aurait dit un catalogue de fruits de mer. Difficile de rester fasciné par tout cet étalage. Le vagin était une chose splendide, mais photographié comme un monument cela devenait terrifiant. Les têtes minuscules, floues, plongées dans des ombres lointaines derrière ces cons colossaux, multicolores, aussi grands que les visages du mont Rushmore, firent regretter à Frank sa curiosité. Il se demanda si l'on découvrait ces jeunes femmes près des distributeurs de soda, comme autrefois on repérait les vedettes du cinéma hollywoodien.

Phil s'approcha de lui.

— L'homme ne vit pas que de pain et d'eau fraîche, dit-il en brandissant un pot. Il faut aussi qu'il mange du beurre de cacahuète. Quoi d'autre ?

— Deux packs de bière.

La campagne s'ouvrit dès qu'ils sortirent de Bridger Range vers l'est et l'ancienne voie du chemin de fer électrique. Ciel bleu, nuages blancs en forme d'enclume, herbe et buissons de sauge, collines douces trahissant leur origine de fond marin, une route noire et sinueuse qui s'élevait parfois pour permettre d'apercevoir des cours d'eau étincelant parmi les saules, des vaches aux couleurs variées mais à l'expression identique, des veaux aux yeux de biche, des faucons évitant une couche d'air plaquée contre le sol, les squelettes dorés des boules d'herbe coincées dans l'angle des clôtures, des affiches de politiciens sur les poteaux téléphoniques avec leurs sourires mensongers offerts aux quatre vents, des écureuils de la prairie en pleine course, la tête baissée pour gagner un peu de vitesse, ou la tête levée pour se voir aplatis sous un pneu.

Ils croisèrent une camionnette où deux ranchers renfrognés se partageaient la banquette.

— Je me demande si leur mère leur attache des poids au coin de la bouche, dit Phil. Tu sais, comme font les Watusis à leurs oreilles et à leurs lèvres. Je parie que c'est le cas : la maman rancher accroche des poids à la commissure des lèvres du bébé. Ensuite, le petit gamin porte un petit chapeau de cow-boy, des petites bottes avec des petits éperons, et des poids au coin de la bouche. Ensuite, on offre un petit lasso au petit merdaillon et on colle une paire de cornes sur une botte de foin. Le plus souvent, ce petit merdeux s'appelle Boyd ; dix ou vingt ans plus tard, Boyd se bourre la gueule, il tabasse les vaches à coups de fouet, sa copine à coups de poing, et il fume ses clopes devant la téloche.

— Et pendant ce temps-là, dit Frank, le cheminot modèle passe presque tout son temps à l'église, à s'occuper de son potager ou à réchauffer une portée de lapins pour les aider à résister au vent mauvais qui souffle du nord. C'est un homme peu loquace, mais qui dit toujours la même chose : « Le chemin de fer a fait la fortune du Montana. »

— Tourne à gauche, dit Phil. Trouduc.

La route les conduisit dans une prairie semée de taches pâles et brillantes d'herbe à ours, avec, en contrebas, une source entourée de trembles. Trois cents mètres au-delà de cette source, une longue fondrière se solidifiait en une étendue scintillante d'herbe des Canaries, d'un vert dense et profond. La Sixteen River sinuait entre deux rangées parallèles de saules, une vraie rivière à truites parmi la sauge, qui se dirigeait vers l'ouest, les canyons à serpents à sonnettes et le large Missouri.

Près de la voiture, ils préparèrent leur ligne et attachèrent les mouches.

— Formes d'attracteur aujourd'hui, dit Phil. Et que tous les entomologues aquatiques aillent se faire foutre.

— D'accord, vieux. J'installe une Wulff royale avec mon petit fil rose de fabrication maison.

— J'ai hâte de sentir toute cette flotte se presser contre mes cuissardes.

— J'ai hâte d'entendre l'opéra Pflueger quand j'amènerai mon premier monstre sur le gravillon.

— Je doute qu'il y ait beaucoup de monstres dans les parages. Pas assez d'eau.

Frank pensa soudain à Boyd Jarrell. Boyd détestait les pêcheurs, mais il passait beaucoup de temps devant la télévision ou dans les bars. Parfois, quand il était dans un bar depuis deux jours et qu'il avait dépensé toute sa paie de la semaine, Boyd disait aux gens :

— J'ai passé toute ma vie près de ces rivières, mais j'ai jamais eu le temps de pêcher.

— Descends deux kilomètres vers l'aval, je vais pêcher derrière toi, dit Phil. On va jouer à la marelle. Il tripotait sa barbe tout en surveillant un petit bassin à travers les saules. « D'ici, je vois environ dix-neuf de ces salopes, dit-il d'une voix émue. Le moment est venu de déchirer quelques lèvres. »

Frank descendit d'un bon pas le long de la berge. Une couvée de perdrix s'envola dans un éclat d'ivoire, des oiseaux bruns et terrestres contre le bleu de l'espace. Au bout d'un moment, il se retourna pour observer la silhouette de héron de Phil Page qui lançait ses boucles au-dessus de l'eau, tandis qu'une légère brise écartait sa barbe noire de sa poitrine. Une sturnelle perchée au sommet d'un chardon canadien lâchait ses trilles, s'interrompant à peine au passage de Frank. L'herbe de la prairie ondulait vers le nord. A mi-chemin de l'horizon, un filon de grès traçait une longue ligne sinueuse parmi l'herbe argentée. Le soleil se dilatait vers son apogée et Frank n'en revenait pas d'être là.

La ligne s'allongea et se posa, la tache brillante de la mouche fila dans le courant. Elle s'envola de nouveau, puis se remit à se balancer dans l'eau vive sur ses plumes, avant de disparaître aspirée dans un petit trou, et la truite fut ferrée, décrivant plusieurs arcs de cercle au-dessus de l'eau. La canne incurvée se mit à vivre dans la main de Frank et, une minute plus tard, le poisson se débattait à ses pieds dans l'eau peu profonde. Il saisit la mouche et la truite s'échappa en se tortillant. Frank lâcha un profond soupir et baissa les yeux vers le méandre d'eau tumultueuse ; sa prise s'éloignait à jamais en décrivant d'innombrables spirales.

Il aperçut Phil qui pêchait derrière lui, rôdant sur la berge et sondant la rivière avec sa ligne comme un insecte. De temps à autre, sa canne s'arquait et Phil dégringolait vers l'eau pour décrocher une truite. Frank en prit trois d'affilée dans un bassin. Plusieurs heures et quelques kilomètres après, ce fut le moment de déjeuner. Frank s'allongea sur la berge, sa canne posée en travers de la poitrine, le soleil lui chauffant le visage, et il attendit que Phil le rejoigne. Des fourmis se promenaient sur son front. Il se laissa aller et pensa combien l'amitié pouvait être facile.

— Bon Dieu, dit Frank en se redressant. J'ai une faim de loup.

— Je crois qu'on n'a que du beurre de cacahuète à se mettre sous la dent, mon vieux.

— Ça me va parfaitement.

— C'est pas génial avec la bière, mais on s'en fout de ce qui va bien avec la bière, pourvu qu'on ait de la bière, pas vrai ?

— Sûr, dit Frank en arrachant l'anneau avant de humer l'écume de houblon. Oh là là...

— Aujourd'hui, la petite rivière était plus brûlante qu'un flingue à deux dollars.

— J'ai renoncé à compter mes prises.

— Moi aussi.

Ils mangèrent en regardant la rivière comme si un événement crucial risquait de s'y produire à tout moment. Un peu de gelée tomba sur la paume de Frank et il la lécha. Une bande d'antilopes apparut au-dessus du filon de grès et se mit à paître vers l'ouest. Les nuages montaient comme une échelle vers l'ouest et un bleu plus sombre.

— T'es sorti ?

— Un peu, répondit Frank. Personne de spécial.

Il y repensa : était-ce bien vrai ?

— Quelqu'un que je connais ?

— Tu connais Lucy Dyer ?

— C'est pas Jerry Caldwell qui la baisait ?

— J'en sais rien.

— Je suis presque sûr qu'elle baisait avec Jerry. Il y a environ un an. Mais quelle importance ? La seule chose qui peut les retenir de baiser avec le facteur, c'est le sida. En ce moment même, ma gonzesse est sans doute en train de baiser avec quelqu'un. Et tout le monde s'en fout.

Il lissa sa barbe contre sa poitrine tout en réfléchissant.

— C'est l'inflation. Le consommateur est roi.

Frank pensa ajouter quelque chose, mais resta coi. Il essayait simplement d'observer la campagne. Phil passa bientôt à autre chose : les étrangers à l'Etat. Chaque fois que Phil essayait d'aller au centre-ville, il lui fallait apparemment se frayer un chemin parmi une foule d'étrangers pour se rendre quelque part. On avait beau considérer la situation sous tous les angles possibles, elle se dégradait à vue d'œil. Phil prit une expression butée.

— A quoi vois-tu que ce sont des étrangers à l'Etat ? demanda Frank.

— Merde alors, suffit de les regarder. D'abord ces enculés marchent à petits pas.

— Oh ?

— Ensuite, ils sont habillés comme s'ils allaient donner l'assaut à l'Everest. Inutile de te dire qu'il y a une sacrée différence entre Deadrock et le mont Everest. Ces suce-bite entrent au *Dexter*, ils lisent le menu et ils se cassent, puis ils descendent la rue jusqu'à chez *O'Nolan*, ils lisent le menu et ils se cassent, puis ils vont en bagnole chez Wendy, ils bloquent tout le monde dans la queue, ils passent leur putain de commande de hamburgers, ils veulent ci, ils veulent ça. Je déteste les voir, mon vieux. J'aimerais bien qu'ils retournent là d'où ils viennent.

— Je me rappelle l'époque où tu étais un première base de tout repos.

— Ouais, eh ben j'ai mûri. Maintenant, j'ai plein de colère en moi, qui me fait me lever à toute vitesse le matin. Y a pas d'autre manière d'accomplir quelque chose. Ce pays a été bâti par des gens écœurés.

— Après tout, j'ai peut-être besoin de ça, réfléchit Frank. Je ne sais pas, je sombre dans la tristesse. Dès qu'on est peinard, on a tendance à ruminer ses malheurs. La faim engendre l'optimisme. Faut bouger, voir le gros sandwich Dagwood qui t'attend au coin de la rue.

— J'espère bien y avoir droit, moi aussi. Les gars de Rail Link ont viré mon syndicat et ils m'ont bouffé tout cru.

Frank sentit que le silence qui suivit — deux hommes assis au bord d'une rivière — n'était pas là autrefois et qu'un jour il ne serait plus là. En ce moment précis, leurs deux existences paraissaient tellement importantes. Frank avait fait un malheur dans l'immobilier, mais Phil n'éponqerait jamais ses dettes. Tous deux étaient des solitaires, par choix ou par nécessité. Histoires brèves de la vie locale. Frank pensa qu'il fallait voir les choses ainsi.

Pendant l'après-midi, Phil pêcha en aval. Une brise se leva et les lancers de la ligne pâle leur procurèrent moins de plaisir que durant la matinée. Les petits nuages poussés par le vent d'ouest jetaient des ombres rapides sur la terre. Les truites ne cessaient de gober la mouche. La berge s'incurvait comme le rebord d'un bol. Elle était plus haute que Frank et maculée par les excréments des hirondelles qui allaient et venaient sans arrêt. De temps à autre, de petits groupes de canards flottaient vers lui ; mais dès qu'ils atteignaient une frontière invisible, ils s'envolaient et viraient vers l'est. Une petite île divisait la rivière ; les deux bras d'eau entouraient un banc de gravillon d'un blanc étincelant.

Frank remarqua la longueur de l'ombre de Phil sur la terre lorsqu'il marcha vers lui. Des nuages de phalènes s'élevèrent au-dessus de la prairie, des faucons de nuit se mirent à strier la lumière violette. La journée de pêche touchait à sa fin. Ils démontèrent leur équipement, puis partirent en voiture sur la route déserte, vers leur foyer.

— C'était bien, dit Frank.

— Et comment.

— Chaque fois que je pêche, je ne pense à rien d'autre. Je pense seulement à attraper un poisson, point final.

Sur les radios locales et de l'Etat, M. Medecine Horse, célèbre chef indien qui dirigeait la cérémonie de la danse du soleil, faisait campagne pour décrocher le poste de shérif de Hardin et promettait de s'associer à son adversaire, M. Rogers, pour éviter les basses calomnies.

— Bonne chance, M. Medecine Horse, dit Phil à la route qui s'étendait devant lui.

— S'il a pas appris à manier les basses calomnies à l'Agence Crow, il ferait bien de s'y mettre avant qu'il soit trop tard.

— Dis-moi, où en es-tu avec ton ranch ? demanda Phil tandis qu'ils bifurquaient vers le sud.

— Il me gâche l'existence. Je viens de virer Boyd Jarrell.

— C'est pas trop tôt.

— Bah, il a des qualités. Dur à la tâche et bon cowboy. Le truc habituel : il cherchait à se faire virer et j'ai reçu son message cinq sur cinq.

Impénétrable, Phil regardait par la fenêtre.

— Y a belle lurette que je pense que sa place était ailleurs.

Frank réfléchit un moment.

— Ça m'étonne que tu penses quelque chose de lui.

— Je vais être sincère, Frank. Il passait tout son temps à te démolir. Je lui ai dit que j'aimais pas ça. Il m'a répondu que l'Amérique était un pays libre. J'ai trouvé ça moche.

On n'entendit plus rien dans la voiture, hormis le sifflement du vent autour des portières. Frank sentit quelque chose s'agiter dans son estomac.

— Je ne savais pas ça, Phil.

Frank comprit qu'il avait été naïf de croire que ses problèmes avec Boyd ne concernaient qu'eux deux.

— C'était pourtant le cas.

Frank conduisait en silence. Il ne pensait plus à Boyd ; il pensait à Gracie. La dernière fois que ce ranch avait eu un sens quelconque pour lui, ce fut quand Gracie y gardait Archie, son petit hongre pinto. Un printemps, le cheval disparut purement et simplement. Frank apprit ensuite, de source sûre, qu'un rancher du voisinage l'avait abattu pour appâter un ours. Après cela, Gracie refusa de retourner au ranch. Frank se trouva incapable de parler. Il voulait dire quelque chose pour mettre Phil à l'aise, mais il ne trouvait rien.

— J'aurais mieux fait de me taire, Frank, dit Phil.

— En fait, je repensais au passé... à Gracie.

— Tant mieux. Je savais bien que tu ne t'inquiétais pas trop du qu'en-dira-t-on.

Frank chassa toutes ces préoccupations d'un geste de la main. Le silence revint, pesant.

— Moui, cette bonne vieille Gracie.

Phil se tortillait sur la banquette en essayant de regarder par la fenêtre. Il tripota la radio, l'éteignit et poussa un grand soupir. Soudain, son poing s'abattit sur son genou.

— Okay, Kathy et moi on est mariés depuis une vingtaine d'années. C'est pas parfait, mais ça va. Le jour où on apprend que Denny Washington va bousiller le syndicat, je prends une demi-journée de congé et je rentre à la maison. J'entre et j'entends ça dans la chambre de derrière. Faut que je voie ça de mes propres yeux : Kathy en train de baiser avec notre médecin de famille. Tu sais bien, ce connard de crapahuteur qui bosse dans ta clinique, le docteur Jensen. Et je constate qu'il lui a appris un ou deux trucs que j'ai jamais pratiqués avec elle. Je vais m'asseoir dans le couloir. Et je gamberge : un, est-ce que je les tue ? Deux, est-ce que je divorce ? Trois, est-ce que je me tue ? Je retourne tout ça dans ma tête. Le médecin sort. Kathy sort. Et voilà. La vie continue. Fin de l'histoire.

Phil se remit à regarder par la fenêtre et le voyage en voiture se transforma en compte à rebours.

— Merci de ta confiance, Phil.

— Je crois que si nous n'avions pas la pêche à la truite, il n'y aurait rien dans notre vie que nous pourrions qualifier de pur.

Frank continua de regarder la route devant lui, rempli de joie par cette remarque fade mais revigorante.

— J'adore sentir quand ça mord, dit-il.

— Oui ! s'écria Phil en abattant son poing contre le tableau de bord.

— Oui ! s'écria à son tour Frank.

Les deux hommes martelèrent joyeusement le tableau de bord.

— La truite !

Le bouton du volume tomba de la radio. Phil se pencha pour le ramasser en marmonnant :

— Putain de saloperie.

Quelques kilomètres plus loin, Frank passa devant un autostoppeur assis sur un sac à dos, le pouce tendu.

— C'était une fille, dit Phil.

Frank freina aussitôt et recula sur trois cents mètres. La fille se leva et regarda dans la voiture. Elle avait un chandail noué autour de la taille et des lunettes de soleil accrochées sur la nuque par un cordon rose vif. Elle jaugea Frank et Phil, puis monta.

— Vous voulez monter devant ? proposa Frank.

— Non, ça ira très bien derrière.

Phil croisa le regard de Frank.

— Laissez-moi prendre votre sac, dit-il en le fourrant dans la voiture.

Comme elle montait derrière les sièges avant, Phil articula à voix basse « Pas mal » pour que Frank ne soit pas en reste. Elle dégageait une forte odeur de feu de camp.

— Vous allez jusqu'où ? demanda Frank.

— Deadrock.

— Vous venez d'où ?

— Les monts Highwood.

— Les Highwood ! s'exclama Phil.

— Et que faisiez-vous dans les Highwood ? demanda Frank.

Elle regardait la route.

— J'ai essayé de voir un loup.

— Un loup ! dit Phil. Mais y a pas de loups dans les Highwood.

— Peut-être qu'il y en a, peut-être que non, dit la fille.

— Vous n'êtes pas originaire de cet Etat ? demanda Phil.

— Pourquoi me posez-vous cette question ?

— Je me demandais juste.

— Je suis originaire du Minnesota. Il y a des loups là-bas.

— Je m'appelle Frank et voici Phil. Quel est votre nom ?

— Smokie. Attention à cette camionnette...

— Ce connard était dans ma voie.

— C'est toi qui étais à moitié dans sa voie, rectifia Phil. D'ailleurs, c'est pour ça qu'il klaxonnait.

— J'y étais vraiment ? Ça alors...

— Vous avez picolé, les gars ?

— Nous avons pêché. Ça a le même effet sur nous.

— Où sont les poissons, alors ?

— Nous les relâchons, dit Frank en jetant un coup d'œil vers l'arrière.

Smokie avait une grande natte de cheveux cendrés qui lui pendait sur l'épaule. Elle était jeune.

— Vous les relâchez ?

— Ouais, dit Phil. Nous les entraînons pour que les étrangers à l'Etat ne puissent pas les attraper.

— Vous êtes cinglés, dit Smokie.

Phil prit un air blessé, comme si on venait de le gifler, même légèrement. Il se mit à regarder droit devant lui. Les silos apparurent dans l'encadrement du pare-brise, puis les enclos à bestiaux, puis le fastfood et les parkings, les parcs de matériel agricole et et les magasins de meubles d'occasion, le mont de piété, le magasin de vidéos.

— Bon Dieu, ça se construit, dit Phil. Où donc est passée la ville ? Autrefois, elle était juste ici.

La dernière chose que dit Phil ce jour-là fut :

— Merde.

Frank venait de se garer devant la maison de son ami, Phil le remercia pour cette belle journée, encore une journée splendide sur la rivière ; alors Phil déchira sa chemise en descendant de voiture et il prononça sa dernière parole de la journée. Smokie s'installa à l'avant. Frank jeta un coup d'œil vers la porte d'entrée de la maison de Phil. Kathy n'était pas là pour l'accueillir chez lui, heureuse de le voir de retour. Frank repensa à cette journée où le médecin de famille et Kathy avaient franchi ce seuil modeste. Cela aiguisa une douleur en lui.

— Où est-ce que je vous dépose ? demanda Frank.

— N'importe où, ça ira.

— Non, je tiens à vous conduire jusqu'à votre destination.

— Je crois bien que je n'en ai pas.

Ils longèrent l'hôpital et un garage où l'on réparait les camionnettes. Les arbres s'incurvaient au-dessus de la route dans le vieux quartier de la ville. Ils roulaient vers la grande rue.

— Vous avez un endroit où dormir ?

— Non.

Frank tourna la tête pour la regarder.

— Nulle part ?

— Non non.

Frank repensa longuement à l'après-midi écoulé et regarda cette créature vivace, au visage rayonnant.

— Je connais un endroit où vous pourrez rester, dit-il en la ramenant vers la maison de Phil.

— Phil, dit-il en le regardant, je déteste forcer la main des gens, mais Smokie a besoin d'un endroit où dormir.

Frank croyait que Phil serait reconnaissant, mais il resta planté là en se plaignant que sa maison était un vrai chantier. Il accepta finalement que Smokie dorme sur le canapé, à condition qu'elle fasse d'abord le tour du quartier pendant une demi-heure. Il n'en démordit pas. En repartant vers son domicile au volant de sa voiture, Frank pensa : « Je suis devenu tellement cynique que j'étais certain que ça lui ferait plaisir. »

13

Frank se rendit à son rendez-vous du petit déjeuner avec les docteurs Jensen, Popelko, Dumars et Frame dans la salle à manger de l'hôtel *Dexter.* C'étaient ses locataires. Il arriva avec quelques minutes de retard et les médecins échangeaient des anecdotes en prenant leur première tasse de café. Le docteur Popelko, un obstétricien qui avait enseigné sa spécialité, expliquait comment il avait essayé de faire embaucher des prostituées par son université. Il pouffait de rire, son petit visage rond se couvrait de rides, son nœud papillon tressautait, les épaules de sa veste sport aux couleurs criardes montaient et descendaient.

— Comment apprend-on à des étudiants à faire un toucher vaginal ? braillait-il dans la salle à manger. C'est comme pour apprendre à monter à cheval. *Il faut des vagins* ! Et où va-t-on les chercher ? Dans le temps, on se servait du vagin des pauvres en échange de soins médicaux. Aujourd'hui, tout le monde a son assurance. L'épouse du ministre ne va pas vous laisser utiliser son vagin, pas vrai ? Le président du département d'anglais ne risque pas de suggérer que les étudiants en médecine pourraient se faire la main sur le vagin de sa fille. La seule solution semblait être les prostituées. Mais quand j'ai proposé la création d'un poste budgétaire à cette fin, les responsables de la fac ont bien failli me virer. Si bien que je suis parti bosser dans le privé. Forcément !

— Bonjour, Frank, dit le docteur Dumars.

Frank apporta son café et son petit pain, puis il posa son plateau parmi les petits déjeuners plus copieux des médecins. Dumars était un médecin plus âgé, proche de la retraite, qui se comportait avec toute la gravité caractérisant parfois les vieux médecins, suite à tout ce qu'ils avaient vu. Jensen et Frame étaient jeunes et ambitieux, ils possédaient d'énormes maisons à étages. Jensen, le séducteur de Kathy, la femme de Phil, avait des cheveux blonds coiffés en mèches folles, c'était un jeune homme vif et moderne, aux yeux perpétuellement écarquillés. Frame était plus sombre ; ses paupières inférieures étaient violacées, ses lèvres ourlées en une moue permanente. Il observait Frank.

— Vous avez pêché, Frank ? demanda Jensen.

— Oui, j'ai passé mon samedi sur la Sixteen. La pêche a été plutôt bonne, dit Frank.

Jensen savait qu'il pêchait avec Phil. C'était une manière de prendre la température de Phil à distance.

— Hum, fit Jensen, nous avons passé le week-end sur la Big Horn. Bas-de-ligne de cinq mètres. Emergeants antron. Taille vingt-deux.

— Un peu trop costaud pour moi.

Frame regardait toujours Frank.

Jensen haussa les épaules.

— Je tenais à me payer deux jours pleins, dit-il. Il y a un marathon à Billings le week-end prochain et un séminaire sur la prostate à Sun Valley le week-end suivant. Voilà comment la vie vous glisse entre les doigts.

Le docteur Frame prit soudain la parole :

— Vous savez euh quoi ?

Son regard essayait littéralement de transpercer Frank.

— Je n'ose y penser.

— Le loyer de la euh clinique est trop élevé.

— Non, c'est faux, dit Frank.

— Peu importe, c'est beaucoup plus que ce que euh nous acceptons de payer.

Frame aurait bien voulu apprendre à Frank le b-a-ba de la gestion immobilière.

Frank but une gorgée de café en regardant par-dessus le rebord de sa tasse les autres médecins qui ne pipaient mot, laissant la parole à Frame. Popelko arborait une expression de pure attente ; il désirait une issue claire et nette. Jensen ne se départissait pas de son air sérieux. Une chose tombait sous le sens : personne ne jouerait les médiateurs pour Frank.

— Pourquoi ne pas vous installer ailleurs ? demanda Frank.

— Nous n'avons pas payé le loyer du mois dernier.

— Je n'avais pas remarqué.

— Nous voulions juste euh vous envoyer un signal.

— Je ne comprends pas les signaux. Je comprends l'anglais.

— J'ai essayé l'anglais, dit le docteur Frame. Apparemment, vous n'avez euh pas compris.

— J'ai compris. Mais je manquais d'informations. J'ignorais que vous n'aviez pas payé le loyer du mois dernier. Vous êtes virés.

Alors les autres médecins poussèrent des hauts cris. Dumars tira aussitôt sur la veste de Jensen pour lui parler à l'oreille. Frank se leva. Tous les médecins essayaient de former un seul bloc, un petit groupe de danseurs tribaux ou quelque chose de semblable. Frank savait qu'ils n'avaient pas la moindre envie de déménager ; ils voulaient simplement améliorer les conditions de leur contrat. Frank avait un jour lu que quatre-vingt-dix pour cent des futurs médecins faisaient des études de médecine pour des raisons financières. Ce chiffre lui rendait plus facile de maintenir le loyer à sa juste valeur, plutôt que d'imaginer qu'ils hébergeaient des orphelins malades.

— Virez vos affaires de là-bas. Ou faites-moi parvenir le loyer du mois dernier par coursier. Je vous indiquerai le nouveau montant pour le mois prochain, au cas où vous décideriez de rester. Si je n'ai pas le chèque du mois dernier à mon bureau avant ce soir, vous allez virer vos affaires des chambres du haut.

Frank sortit dans la rue. Le soleil le frappa de plein fouet. Il était incapable de penser à la propriété ou aux problèmes qui s'y rapportaient, lorsque le soleil lui chauffait ainsi le visage. Il croisa un couple déguisé en ranchers, vêtu dc toile *denim*; elle portait un sac à main affreusement tarabiscoté, il portait un bandeau autour du front. Ils regardaient les bâtiments et se les montraient avec l'excitation de gens du show-business ravis de leur découverte. Quelle grosse ville ! semblaient-ils se dire.

Frank fit demi-tour et retourna dans l'hôtel en sentant ses pensées accélérer comme un tonneau dégringolant une colline. Les médecins étaient toujours assis à leur table. Frank s'arrêta près d'eux.

— Cette clinique m'empoisonne la vie, dit-il. Six pour cent de capitalisation avant les frais. Pourquoi ne l'achetez-vous pas ? Non, attendez, je sais pourquoi. Parce que son rendement est dérisoire. Laissons donc Frank Copenhaver se démerder avec cette saleté. Mais je vais vous dire une bonne chose : dans toute cette ville, personne n'a un loyer aussi modique. Alors un conseil : ne soyez pas trop gourmands.

Dehors, le soleil brillait toujours. Il vit des journaux tout neufs sur leur présentoir, il sentit l'odeur de la boulangerie de Reno Avenue. Il y avait une trace de vapeur blanche qui montait dans le ciel bleu. En pleine forme, il retourna à son bureau, donna à Eileen les noms de Joanie, June et Lucy pour qu'elle les appelle au téléphone. Il s'assit derrière son bureau et attendit. Son téléphone sonna et Eileen lui annonça qu'aucune des trois femmes n'était là. Il eut soudain besoin de compagnie. Et c'était douloureux.

14

La paix vola en éclats ; l'espace d'un instant, il se demanda où il était. Il sentait la chaleur d'un corps contre son côté droit, le souffle d'une bouche dans son cou, la palpitation inégale d'un cœur.

— Qui est là ?

— Ce n'est pas Gracie.

— Oh, Lucy !

Elle se redressa, repoussant les couvertures.

— Un petit oiseau t'a dit, chuchota-t-elle, qu'une femme sans scrupules s'est glissée dans ton lit. Et tu ne lui as pas laissé le temps de dire ouf.

Il voyait ses seins, rapprochés par la pression des bras. Elle le regarda droit dans les yeux en passant la main entre les jambes de Frank pour le serrer dans sa paume, tandis que ses cheveux tombaient devant son visage barré d'un sourire vaguement supérieur.

— Ooh, dit-elle, mais c'est plus dur que l'arithmétique chinoise.

— Hum, hum.

— Tu ne perds pas de temps, toi...

— Il faut battre le fer quand il est chaud.

— C'est ce qu'on va voir.

Elle s'éloigna un peu de lui sans le lâcher, la main de Lucy montant et descendant, son corps presque raidi, la tête baissée vers le corps de Frank. Puis son visage se tourna vers le plafond, elle murmura quelque chose et sa bouche descendit lentement le long du corps de Frank - le liséré de cuir chevelu blanc qui séparait la masse épaisse de ses cheveux — et elle le goba jusqu'au fond de sa gorge en essayant de dire « On va voir ». Mais elle réussit seulement à articuler « On 'a 'oi'. »

— Ooh, attends, attends, fit-il en saisissant à deux mains les tempes de Lucy.

Elle releva sa bouche humide.

— C'est trop ?

— Oui, trop.

— Je peux le mettre ?

— Oui, mets-le — non ! Attends un peu.

Elle fit glisser un doigt sur l'extrémité de la queue de Frank, puis elle enroula ce doigt autour d'un mamelon.

— Laisse-moi le mettre en moi.

— Attends un peu. Ne répète pas ça sans arrêt.

— Laisse-moi le mettre.

— Chut.

Les hanches de Lucy remuaient toujours. Frank dut regarder le mur, la fenêtre vide, les rideaux, la commode.

— D'accord, dit-il.

Elle se souleva pour s'installer au-dessus de lui, portant son poids sur un genou et un pied posé à plat sur le lit ; sa main plongea entre ses jambes pour le faire glisser en elle, puis elle se laissa lentement descendre. Toute grâce l'abandonna soudain et elle se mit à baiser comme une forcenée, avec une expression de surprise horrifiée, en lâchant une succession de « han, han, han, han ». Alors, elle ajouta :

— On pourrait y prendre goût.

— Merci.

— En fait, j'y prends *vraiment* goût !

Il espéra qu'elle ne répéterait pas qu'elle risquait d'y prendre goût. Car c'était le genre de remarque qui parfois le glaçait littéralement. Mais elle continua jusqu'à ce qu'il sente une boule brûlante se libérer avant de jaillir hors de lui. Suivit une longue descente durant laquelle il pensa que les hommes ne désiraient pas éjaculer *dans* quelque chose, mais simplement, vulgairement, éjaculer ;

c'était tellement plus abstrait. Propulser leur sperme vers l'espace, vers l'au-delà sauvage et bleu. Les femmes se sentiraient insultées si elles imaginaient cet acte solitaire. En fait, elles avaient peut-être déjà découvert le pot aux roses.

Lucy se pelotonna bientôt contre lui et dit :

— C'est facile. Deux syllabes. Lu-cy.

« Ça ne marche pas, pensa Frank. Ça ne me fait pas vraiment plaisir. Elle se comporte comme une dingue et ça ne doit pas être très agréable pour elle non plus. Sauf pendant une minute, c'est même pire que le boulot. »

Quand Frank se réveilla et s'aperçut qu'elle était toujours là, il fut soudain agacé. Il avait déjà vécu cela, mais il se sentit furieux d'être privé de sa solitude matinale. Une jeune femme qui empestait les cocktails et la fumée du dernier bar où elle était allée avant de venir là dormait maintenant dans un lieu stratégique de sa propre maison. Et puis quoi encore ? Il descendit à la cuisine et plaça trois morceaux de céréales dans un bol. Pour son œil endolori, ils évoquèrent autant de serviettes hygiéniques. Il les écrasa pour qu'ils ne sortent pas du bol. Avec grand soin il versa du lait au centre ; le lait disparut, puis sa blancheur lustrée s'éleva autour des céréales.

Lorsqu'un oiseau percuta la vitre de plein fouet, Frank sursauta, ouvrit aussitôt la fenêtre et regarda au-dehors. Une pie noire et blanche titubait par terre. Elle s'assit pour se lisser les plumes d'un air groggy. Frank siffla et la pie leva la tête. Comme elle ne se sentait pas encore assez bien pour s'envoler, elle s'éloigna en boitant d'un air navré.

Il retourna à son petit déjeuner. Il portait un peignoir de bains dont une poche contenait une vieille boîte d'aliments pour poissons rouges. Ces poissons rouges étaient depuis longtemps dans son bureau. Il faudrait sans doute mettre ce peignoir dans la machine à laver. La cafetière électrique de fabrication allemande, une machine trapue, blanche, presque silencieuse, s'arrêta et le récipient s'emplit de vapeur au-dessus du liquide noir. Frank se servit une tasse de café, du Mexican Pluma pour être précis. Il changeait sans arrêt de marque dans l'espoir de découvrir un goût quelconque. Il buvait tellement de café qu'il aurait aussi bien pu mettre des comprimés de caféine dans de l'eau bouillante.

Frank repensa à tous les bons moments qu'il avait passés avec Gracie et Lucy. Il se rappela le soir de Halloween où il avait fait la tournée des maisons avec elles, ivre au milieu des enfants réjouis. Ils découpèrent des trous dans un drap pour y passer leur tête et ils sortirent ainsi, déguisés en *ménage à trois**. Quand ils rentrèrent à la maison avec des sacs de courses pleins de M&M, Good & Plenties, Milky Ways, Snickers, Hershey Kisses, pommes d'amour, popcorn au caramel, ils débordaient d'une lubricité folle et diffuse ; mais elle se dissipa et ils n'en firent rien, car au dernier moment Lucy eut une crise de larmes, elle voulait prouver à sa mère qu'elle avait tort, elle s'interrogeait sur le sens de sa vie, et ainsi de suite. Agenouillée par terre, le nez dans le tapis, Lucy sanglotait, pendant que Gracie et Frank, assis sur le canapé, leurs deux têtes dépassant toujours du drap, se demandaient ce qu'ils pouvaient bien faire pour elle. Frank éprouvait le fardeau d'un désir illicite et omnidirectionnel.

Il gardait un mauvais souvenir de sa nuit avec Lucy. Il avait la peau visqueuse. Il se sentait coupable de tout. Il lui semblait avoir balancé une giclée de poison dans l'utérus innocent de la directrice d'une agence de voyages qui était aussi une vieille amie de sa femme, le genre d'épisode qu'il avait toujours essayé d'éviter, sinon dans la réalité, du moins mentalement. Il l'entendait maintenant chanter dans la baignoire une chanson de corps de garde sur l'air de « *'Twas the Night Before Christmas* ».

Frank monta voir ce que faisait Lucy. Elle était assise dans la baignoire remplie de mousse ; quand il entra, elle se pressa les seins entre ses mains savonneuses et dit :

— Viens jouer à frotti-frotta, Frankie !

Il se demanda si l'on s'adressait ainsi à tous les investisseurs immobiliers des Etats-Unis. Cette nouvelle Lucy le stupéfiait. De toute évidence, elle avait vécu une espèce de conversion depuis la veille au soir, elle s'était entièrement dépouillée de sa personnalité habituelle.

— Ne compte pas sur moi pour ça.

Lucy se figea. Ses grands yeux fouillèrent le visage de Frank. On aurait dit une biche prise dans la lumière des phares. La vapeur montait de l'eau, puis sortait de la salle de bains par la fenêtre inclinée. Elle avait inventé ce personnage à son propre usage et maintenant elle ne savait plus quoi en faire. La luxure décérébrée allait mal à Lucy.

— Je savais bien que, si je vivais assez longtemps, je prendrais un jour une claque, dit-elle. Il paraît que ça forme le caractère.

15

Frank passa au bureau de Dick Hoiness, son assureur, et lui proposa d'aller boire un verre. On aurait dit un merveilleux univers d'assurances florissantes, où toutes sortes d'objets servaient de presse-papiers, même des cailloux. Deux secrétaires assises sur de douillets fauteuils gris à roulettes se tournaient le dos et tapotaient sur des claviers d'ordinateur. Dick prit la veste de son costume à fines raies sur la patère installée dans un coin du bureau. Il regardait Frank d'un air perplexe. Frank savait depuis un moment qu'il perdait un peu les pédales suite au départ de Gracie, mais le regard bizarre de Hoiness confirma ses craintes.

— Il est dix heures du matin, mon vieux, dit Dick. Je préférerais boire autre chose qu'un verre avec toi.

— Non, c'est le genre de situation où un verre s'impose. Il va falloir que tu m'accompagnes.

Ils allèrent à l'hôtel *Dexter* et entrèrent au Bar de l'Alouette avec son enseigne de verre à cocktail en aluminium Art Déco.

— C'est important ? demanda Dick.

— Très.

— Faut que je boive ?

— Oui.

Ils étaient les seuls clients du bar. A une heure aussi matinale, même le barman considérait avec méfiance tout client potentiel, acceptant à contrecœur qu'en cette époque de vaches maigres les alcooliques invétérés l'aident à joindre les deux bouts. La lumière était tamisée, conçue pour cajoler le beau sexe ; à cette heure-ci, c'était tout bonnement lugubre.

— Installons-nous dans un box, dit Frank.

Le barman leva les yeux au ciel. Ils commandèrent chacun une bière. Dick serrait la sienne entre ses mains sur la table sans jamais la porter à ses lèvres. Des beaux jours du rock-and-roll, il avait conservé son allure d'oiseau de nuit. Frank regarda ce sémillant assureur et se souvint de Dick serrant le manche de sa guitare dans une poigne de fer et hurlant au-dessus des bras tendus et des visages extasiés :

— Je ne savais pas que Dieu avait créé des anges bandants !

Une autre vie, révolue.

— Je ne sais pas pourquoi il faut que je te dise ça, commença Frank, mais j'ai accumulé un tas de biens immobiliers, tu les assures, et j'ai besoin de dire à quelqu'un que tout ça ne m'amuse plus, y compris cette accumulation. Sans doute parce que je ne me suis pas remis du départ de Gracie.

Hoiness le considéra avec stupéfaction ; Frank se trouva confirmé dans son impression de perdre les pédales.

— C'est ça que tu voulais me dire ? Je suis flatté que tu aies pensé à moi.

— Tu bosses dans les assurances. Tu t'occupes des valeurs que le monde accepte, sinon tu serais sur la paille. Je te paie pour assurer des choses qui commencent à ne plus avoir la moindre valeur à mes yeux.

— Tu ne vas pas annuler...

— Non, j'ai seulement besoin que les choses bougent pour que je continue à jouer le jeu. Je veux être un joueur. Je ne veux pas me retrouver sur la touche au moment précis où je commence d'accomplir quelques petites choses. Je veux jouer à fond. Mais est-ce que ça arrive jamais ? As-tu des clients qui refusent que tu les assures avant qu'ils aient redécouvert la valeur de leurs biens ?

— Non.

— Ah bon ? C'est pire que je ne pensais.

— Je ne dis pas que...

Ne sachant plus à quel saint se vouer, Hoiness leva les bras au ciel.

— Je crois que nous avons tous l'impression de pédaler parfois dans la semoule. C'est comme d'entrer seul dans un magasin quand il n'y a personne et de faire comme si on n'était pas là pour piquer. Autrement dit, ta seule option c'est de continuer de bosser. Au fait, comment vont les affaires ?

— Mes affaires vont bien, répondit Frank.

Il n'évoqua aucun de ses soucis.

— Maintenant, nous sommes des hommes d'affaires, dit Hoiness.

— Oui.

— Comment est-ce arrivé ?

— J'en sais rien, dit Frank. Les Autres nous ont acceptés dans leur camp.

— Nous sommes plutôt bien lotis. Nous faisons partie d'Eux. J'ai épousé une Autre — beaux nichons, la mère de mes enfants, elle ne m'a jamais vu défoncé, elle ne m'a jamais vu avec ma queue coincée dans le banc d'un jardin public en train de faire des signes aux religieuses. C'est génial. Incroyable mais vrai.

— Nous sommes bien au chaud ici, rêvassa Frank, pile au cœur de l'Amérique dorée sur tranche. Nous devrions remercier notre bonne étoile. Frank regarda le tableau de l'élan et de la cascade derrière le bar. « J'ai pas la moindre envie de me faire virer de ma place au soleil, Dick. Je crois qu'on peut se réjouir de notre sort. Je crois qu'on a le droit de se dorer la pilule au soleil, même si on est tout seul. »

Dick le regarda et dit :

— Voici maintenant le point de vue du vendeur d'assurance vie soucieux de ses clients : j'ai remarqué que les gens qui perdent les pédales restent rarement longtemps dans le secteur.

— Tu parles comme un vrai Autre.

Karl Hammersgard quitta la lumière aveuglante et franchit la porte du bar, les manches de sa chemise bleue Oxford remontées sur les bras, le pantalon kaki tendu sur le ventre et s'arrêtant à quelques centimètres au-dessus de ses mocassins rouges. On suivait les traces de peigne dans ses cheveux blonds à partir de son front rougeaud. Il était petit et trapu.

— Bon Dieu, s'écria Hoiness, un authentique poivrot !

Hammersgard alla au bar et commanda un whisky avec un verre d'eau sans paraître remarquer la présence d'autres clients dans le bar. Il descendit son whisky cul sec, but une gorgée d'eau, reprit un whisky et s'approcha de leur table. Il regarda Frank et Dick.

— Sacrée paire que vous formez là, dit-il.

— Assieds-toi, Karl, dit Frank.

— Je croyais que j'étais le seul de notre groupe à boire le matin, dit Karl en s'asseyant.

— D'habitude c'est le cas, dit Dick, mais Frank ne se sent pas très bien.

Karl leva son verre en direction de Frank.

— Où est le problème ? demanda-t-il.

— L'ennui croissant de la vie dans la monoculture.

— Bon, Frank, c'est vraiment ça ?

— Oui, dit Frank, comme ces bactéries qu'on cultive dans les coupelles de Petri.

Frank ne se sentait pas au mieux de sa forme. Mais il était difficile de se montrer solennel.

— Et toi, comment va ? lui demanda Hoiness.

— Comme d'habitude.

Karl était l'entraîneur de base-ball du lycée.

— Je suis heureux. Demain on joue contre Red Lodge, une équipe de durs à ce qu'il paraît. Demain, j'ai en réserve un gamin qui lance avec des effets incroyables. Ce gosse est une pure merveille. Il est déjà pressenti par les grandes équipes. J'ai envie de le voir à cette altitude du base-ball. Son style va en épater plus d'un. Quand on voit ce gamin jouer, on a l'impression que c'est le baseball lui-même qui joue à travers lui, comme une aura autour de son corps. J'aimerais bien le mettre sous une cloche de verre et faire le vide à l'intérieur. Tellement qu'il est bon. Alors, comme je disais, je suis heureux, ça boume.

Frank regarda Karl. Karl était normal. Il s'envoie deux gorgeons de whisky en milieu de matinée parce que le whisky a bon goût au palais. Et sans autre raison. Une grosse brute scandinave qui aime la vie. Voilà ce que Frank détestait dans le fait d'avoir une personnalité tordue : les bizarreries, les impulsions imprévisibles, les blagues foireuses, la soif du monde un jour et le désir d'entrer au monastère dès le lendemain à l'aube. C'était bon d'avoir des compagnons comme ces gros mammifères. En fait, submergé d'amour pour eux, Frank commanda une autre bière.

Les vitres fumées des fenêtres du bar s'assombrissaient au passage de chaque piéton. Le barman mit sa radio pour écouter les cours du bétail, puis de la musique country : les marches cadencées et les vantardises amoureuses de Hank Williams Junior.

— Eteins-moi cette radio de merde, cria Karl, ou change de station.

— Y a pas de station norvégienne, rétorqua le barman.

— Bon Dieu... lâcha Karl.

Le barman trouva quelque chose qui ressemblait à de la musique de supermarché ou d'ascenseur.

— Voilà tout ce qu'on aime, dit Karl d'une voix ferme. Et une autre tournée, s'il te plaît. Ces garçons prendront bien un whisky avec leur bière.

Frank et Dick essayèrent de protester, mais les boissons arrivèrent et semblèrent si bonnes qu'ils commandèrent à nouveau la même chose.

Au bout du bar, Frank faisait maintenant tourner de sa main droite un présentoir d'amuse-gueule — des chips, de la viande séchée, du popcorn au fromage. Sa main gauche était profondément enfoncée dans un énorme bocal d'œufs aux condiments. La manche de sa veste trempait dans le vinaigre épicé et il prit le temps de regarder les œufs glissants heurter le dos de sa main, mais jamais sa paume, dans laquelle il aurait pu les attraper.

— Hé, j'arrive pas à attraper ces salopards ! lança-t-il.

Il essaya de mettre les deux mains dans le bocal, mais le vinaigre déborda alors sur tout le bar. Quand il réussit à sortir un œuf, il en avait une bonne dizaine dans les mains et le barman lui jetait un regard noir. Il retourna vers le box où Karl et Dick, front contre front, discutaient âprement du Moyen-Orient.

— Qui veut un œuf ? demanda-t-il.

Hoiness lui fit signe de s'éloigner, sans quitter une seconde des yeux les explications passionnées de Karl Hammersgard. Ce geste méprisant blessa Frank et il envisagea une seconde de frapper Hoiness.

— Bon, fit-il, j'en veux pas non plus.

Il retourna au bout du bar et les lança l'un après l'autre dans le bocal avec moult éclaboussures.

Le barman avança le visage devant celui de Frank.

— Pas d'œufs ? fit-il.

— J'ai les œufs plus gros que le ventre, blagua Frank.

— Vous trouvez que c'est une bonne idée de les tripoter tous, puis de les jeter dans le bocal pour le client suivant ?

— Faut vraiment être con pour acheter un œuf comme ça, dit Frank.

— Soit vous les achetez tous, soit vous caltez.

— Mets-les sur la note, Hal, cria Karl de la table. Frank, ramène ton cul ici et arrête de te balader en tripotant tout ce qui te tombe sous la main.

Frank parut accepter cette suggestion : il revint à pas traînants s'asseoir à la table.

— Quel est le sujet ? Le Moyen-Orient ?

— Non, dit Hoiness, la chouette mouchetée.

— Une autre tournée ! beugla Hammersgard. Approche-toi de nous, fais pas semblant de vouloir affronter le vaste monde. Sois un gentleman, même si ça te brise les miches.

— De toute façon, dit Hoiness, le monde n'est qu'une illusion.

La plupart des amis de Frank savaient retourner à la sagesse hippie en un clin d'œil. Il connaissait beaucoup de gens d'âge mûr tout prêts à parler du karma à n'importe quelle heure du jour et de la nuit.

— Pas à Red Lodge, non, pas à Red Lodge, objecta Hammersgard. Ils ont un des meilleurs jeux défensifs de tout l'Etat du Montana. A la troisième base, ils ont un gars qui ressemble au bouclier invisible de Bioman. Impossible de feinter ce type-là. C'est pour ça que je fais jouer mon gamin dans le champ. Quand il fera son numéro à la con, les neuf de Red Lodge prendront rendez-vous avec leur ophtalmologue.

Frank s'accouda sur la table pour dire :

— Je sens plus mon visage.

— Je suis au bord de la crise de nerfs, dit Hoiness. J'ai rendez-vous avec les gars de la cimenterie de Belgrade pour leur fourguer une assurance groupée. Avant de leur vendre une seule petite prime, je vais leur montrer comment je roule les mécaniques.

— Euphorique, dit Frank.

— Pardon ?

— Eu-pho-rique.

— Ah oui, Frank, dit Dick. C'est pas mal.

Quatre cow-boys entrèrent bruyamment. Très excités, ils riaient au éclats avant même de passer commande. Le barman vérifia la pièce d'identité du plus petit des quatre et les autres se moquèrent de lui en déclarant que Minus n'avait pas besoin de se raser vu que ce gamin se coupait tous les poils de la barbe avec la langue. Une minute plus tard, quatre grands verres de bière trônaient sur le bar.

— Des mômes, dit gaiement Hammersgard.

— Mais bruyants, dit Frank.

— Bah, c'est de leur âge, ajouta Hoiness. C'est normal, Frank.

— Tout ce boucan ?

— Moui.

— Ça gaze ? lança un des cow-boys, un grand type avec un haillon noué autour du cou.

— Au poil, dit Karl.

— Eh ben tant mieux, fit le cow-boy en se retournant pour boire avec ses copains.

— Que voulait-il dire ? demanda Frank. Qu'est-ce tu voulais dire ? lança-t-il au cow-boy.

Le grand type posa sa bière sur le bar et s'approcha du box. Il portait une chemise de flanelle verte et un ceinturon dont la boucle représentait une tête d'animal, un mouton ou une chèvre.

— Je vous ai demandé si ça gazait, dit-il.

— Est-ce qu'on te connaît ?

— Frank, Frank, intervint Dick.

— Moi je connais pas Tex, dit Frank. Pourquoi Tex veut-il savoir comment je vais ?

— T'as besoin de nous ? demanda l'un des cow-boys au bar.

— Pas encore, dit le grand type près de la table. Je vérifie juste leur mentalité.

— Je vais te faire gagner du temps, dit Frank. Mauvaise mentalité. Je vais sans doute annuler mon assurance. Il avait la tête tout embrumée : cette journée, les malentendus, l'alcool. « Je vais sans doute annuler *ton* assurance », ajouta-t-il sur un ton ridiculement sinistre.

— Et moi, je vais t'aider à te lever, dit le cow-boy en tendant les bras devant Karl pour saisir la chemise de Frank.

Mais Karl l'envoya bouler avec une telle violence que les trois autres cow-boys durent plus ou moins sauter au-dessus du quatrième pour se ruer vers le box de Karl, Frank et Dick.

— Voilà que ça recommence, se lamenta Hoiness d'une voix désespérée.

Pourtant, en feignant de se lever, il réussit à surprendre l'un des cow-boys avec un direct à l'estomac qui lui coupa le souffle. Frank se jeta sur le cow-boy assis par terre pour lui extorquer son numéro de sécurité sociale. Frank reçut alors un grand coup de poing à l'oreille droite, qui lui enleva aussitôt tout sens de l'humour.

Le barman s'approcha tranquillement du téléphone. Voyant cela, le cow-boy qui s'était approché de la table en premier se glissa vers le tabouret le plus éloigné pour faire semblant de boire en paix. Karl percuta alors toute la rangée des tabourets et le cow-boy s'effondra dans un fouillis de tubulure chromée et de molesquine rouge. La porte s'entrouvrit juste assez pour laisser passer un rayon de soleil, et le client potentiel la referma aussitôt. Chacun agrippant les oreilles de l'autre, Karl et le grand cow-boy entamèrent une valse sinistre au centre du bar. Frank et sa nouvelle connaissance essayaient en silence de se soulever du sol en se tenant, eux aussi, par les oreilles. Hoiness venait de reconnaître le plus petit des quatre cow-boys, qui ressemblait à un pingouin affublé d'un grand chapeau, et, sachant que sa pièce d'identité était fausse (« Je connais ton âge, l'été dernier j'ai vendu à ton père une assurance-récolte »), il lui conseilla de filer par la porte de derrière avant l'arrivée de la police. Sans doute les années de rock-and-roll dans les bars avaient-elles aiguisé l'instinct de Hoiness, car il s'éclipsa par la porte de derrière avec le gamin.

Quand la police arriva, la danse avec prise d'oreilles suivait son cours, tout comme l'arrachage de cheveux, même si des poignées entières jonchaient le sol aux abords du box. L'entrée des policiers ressembla à une panne de sono dans une boîte de nuit. Tout s'arrêta brusquement. Le barman se mit à tripoter le bouton de sa radio. Un policier, beau jeune homme aux cheveux noirs frisés et à la mâchoire semblable à celle de Superman, se posta contre le mur, près de l'entrée, pour surveiller la situation générale, pendant que son collègue, un homme beaucoup plus âgé, qui avait dans la bouche une couronne en or, aidait les trublions à mettre les menottes.

— Autant coopérer, dit-il d'une voix aimable qui mit tout le monde à l'aise, car nous allons régler ça tous ensemble au poste.

Les cinq hommes, d'ailleurs, étaient d'accord pour y aller ; ils avaient hâte que quelqu'un d'autre prenne la situation en main. Réaction bien compréhensible. Frank et Karl se glissèrent rapidement à l'arrière d'une des deux voitures de patrouille, néanmoins entourés d'une foule gênante de badauds dans une ville où tout le monde connaissait tout le monde. Karl dit à Frank :

— Tu aurais mieux fait de ne pas appeler ce gars-là à notre table.

— Les regrets empoisonnent la vie, dit Frank pour blaguer.

Mais Karl ne réagit pas.

— Je croyais que les regrets, c'était quand on avait la gueule dans le cul, dit-il froidement.

— Tu veux que je te fasse la tête au carré ? demanda Frank en rajustant sa veste.

Il essayait encore de soigner son apparence.

— Non, même que tu y arriverais pas. Essaie de te reprendre un peu, Frank.

Le policier à la dent couronnée d'or s'installa au volant et se retourna vers la banquette arrière comme un chauffeur de taxi.

— On dirait qu'on est prêt, fit-il. Prochain arrêt, la prison.

Le shérif Hykema était là pour s'occuper des cinq lascars. Les cow-boys marchèrent tranquillement vers leur cellule.

— Karl, que s'est-il passé ? T'as pas un match demain ?

— Red Lodge.

— Allez, fiche-moi le camp d'ici.

Karl pencha la tête et franchit la porte avant que le shérif ait changé d'avis. Puis Hykema s'approcha de Frank.

— C'est mon jour de chance, dit-il avec un grand sourire.

— Je t'emmerde, dit Frank sans mâcher ses mots.

— Bien, fit le shérif en confiant le prisonnier à un adjoint coiffé en brosse et qui portait le genre de lunettes à monture translucide qu'on distribuait dans l'armée.

Frank se soumit à une longue série de procédures, y compris les empreintes digitales et un questionnaire informatisé ; ses réponses furent transmises à l'ordinateur central *via* un modem.

— Je suis crevé, dit Frank au policier.

— La ferme, répondit le flic.

— T'as raison. Je tends l'autre joue.

— Ce sera sans doute un de tes copains cow-boys.

— Oh, ces gars-là... Ils m'apprécient pas.

Quand ils enfermèrent Frank dans la même cellule que ses trois adversaires, il leur dit qu'il les emmerdait, dans l'espoir qu'ils le laisseraient tranquille. Mais ils en avaient marre de Frank. Il réussit à se recroqueviller autour de la cuvette des toilettes et à s'évanouir en se sentant sombrer dans un désespoir nauséeux. Au moment précis où il perdit conscience, il crut plonger.

16

Il se réveilla seul dans la cellule, terrifié. Très lentement, il laissa quelques détails filtrer jusqu'à sa conscience, grimaçant à chaque apparition nouvelle. Il s'assit et regarda la cuvette des toilettes. Quelques excuses à faire, pensa-t-il, au moins une ou deux. Jetant un coup d'œil à la fenêtre élevée, il constata qu'il faisait nuit. Il essaya de se rappeler : il avait commencé à boire dans la matinée et s'était fait arrêter vers midi. Il s'approcha de la porte de la cellule et appela. Un policier qu'il ne reconnut pas arriva bientôt. Il se souvint alors d'avoir injurié le shérif Hykema. Le policier venu lui répondre ressemblait à un vieux pensionnaire doté d'énormes valises sous les yeux.

— Z'êtes prêt à partir ?

— Voilà une bonne idée.

— Le shérif a dit de vous renvoyer chez vous dès que vous serez réveillé.

— Quelle heure est-il ?

— Huit heures passées de quelques minutes.

Cela fit à Frank l'effet d'une heure particulièrement bizarre. Il avait sans doute dormi pendant tout l'après-midi.

— Quand est-ce que les autres gars sont partis ?

— Y a longtemps. Vous avez dormi pendant tout ce temps-là.

Il avait l'impression de se lever parmi les morts. C'était à peu près la seule perte de contrôle qu'il pouvait se permettre. Le policier ouvrit la porte de la cellule et Frank le suivit au-dehors. On lui rendit quelques objets personnels : montre, portefeuille, clefs de voiture.

— Où est le shérif Hykema ?

— Chez lui.

— Où habite-t-il ?

— Quartz Canyon.

A la demande de Frank, le flic nota l'adresse du shérif sur un bout de papier.

— De toute manière, votre séjour ici va vous coûter quelques billets. Ça vous dérangerait de repasser par ici pour régler la note ?

— Pas du tout. Vous avez une idée du montant ?

— Dans les cent dollars, dit le vieux policier.

Frank frappa à la porte de la maison du shérif, une petite bâtisse entourée de lilas dans Quartz Canyon. Il entendit un grand-duc dans les bois voisins et le splendide ciel étoilé semblait à peine plus haut que le toit de la maison. La tête en arrière, Frank contemplait la voûte céleste quand la porte s'ouvrit. Un garçon de seize ans à la coiffure iroquois orange et bleue se tenait sur le seuil. Sous cette coiffe de guerrier, Frank découvrit un visage d'enfant.

— Je m'appelle Frank Copenhaver. Le shérif Hykema est-il ici ?

— Oui, vous voulez entrer ?

Frank suivit le garçon dans l'entrée, où il vit la veste grise d'uniforme du shérif et trois ou quatre Stetson.

— Papa ! lança le garçon.

Un instant plus tard, le shérif apparut en chaussettes et présenta Frank à son fils Boyce. Frank et Boyce échangèrent gravement une poignée de main.

— Venez par ici, dit le shérif Hykema.

Frank le suivit dans une alcôve presque obscure où la télévision diffusait un match de base-ball. Hykema prit la télécommande et baissa le volume, puis il fit signe à Frank de s'asseoir dans l'un des fauteuils profonds qui faisaient face au poste. Hykema s'installa dans l'autre.

— Comment vous sentez-vous ?

— Mieux que je ne le mérite. Je crains de me rappeler deux choses que je vous ai dites hier soir...

— Ce matin.

— Exact. Et bien sûr, je vous présente mes excuses.

— N'y pensez plus, dit Hykema. Laissez-moi regarder s'ils vont juger cette balle mauvaise.

Il remonta le son pendant quelques secondes, puis le baissa de nouveau.

— Voilà, je suis désolé.

— J'entends ça tous les jours.

— Je regrette que tout ça soit arrivé, mais maintenant c'est trop tard.

Hykema le considéra longuement, d'un air détaché et désintéressé, presque scientifique.

— Vous en aviez sans doute gros sur la patate.

Frank réussit à lui rendre son regard. Dans la lueur vert pâle du terrain de base-ball qui occupait l'écran du poste, les deux hommes semblèrent s'éloigner vers des pensées très différentes. Tout était silencieux. Soudain, le shérif parut revenir à la réalité. Ses grosses mains s'abattirent sur l'épais tissu des accoudoirs de son fauteuil.

— Copenhaver, dit-il, c'est la première fois que vous atterrissez dans notre prison. Je ne connais rien à votre problème, mais quand des types commencent à fréquenter notre établissement, c'est pas par hasard. La plupart y reviennent régulièrement jusqu'à ce qu'il se passe un truc vraiment moche et alors il est trop tard pour remonter jusqu'à la racine du problème.

Frank se sentit tout émoustillé de recevoir un conseil sincère. Il devina néanmoins que sa gratitude paraissait légèrement déplacée à Hykema, ou exagérée, encore une preuve qu'il perdait les pédales pour de bon.

— Je préfère penser qu'il s'agit d'un événement isolé, dit-il.

— Moi aussi, je préfère penser ça. Mais très souvent, c'est pas le cas.

— Voilà qui est bon à savoir, dit Frank.

Tout le monde était si gentil avec lui.

17

Allongé dans son lit, Frank écoutait une émission de radio pédagogique financée par le ministère de la Culture, une espèce de marathon radiophonique sur les rapports entre les hommes et les femmes. Frank écouta attentivement pendant un certain temps. Il semblait y avoir un public invisible dont les hurlements hystériques tenaient lieu de fond sonore. Une femme à la voix à peine audible lut un manifeste intitulé « Pocahontas, Premier Gouverneur de Virginie », puis elle fut violemment critiquée par un homme qui essayait apparemment de parler autour de l'embout de sa pipe et qui déclara que le mythe de la femme responsable et dynamique avait abouti au suicide nationaliste du Sud et « au général Robert E. Lee en jupette ». L'impression qu'avait Frank d'être déjà légèrement anormal fut exacerbée par cette émission de radio et, d'un coup de poignet vrillé, il y mit fin. Il resta allongé dans le noir en se demandant pourquoi il se sentait autant désorienté par un programme offert aux Américains par un aimable gouvernement dont les intentions évoquaient celles de parents zélés cachant des œufs multicolores dans les haies et le jardin, le soir d'avant Pâques. Mais peut-être ces œufs tournoyaient-ils trop vite...

Il réussit à dormir par intermittence, en gémissant de temps à autre, allant aux toilettes trois ou quatre fois pendant la nuit, histoire de s'occuper. Le jour pointa dans le rectangle gris d'un renouveau douteux. Frank se leva et se concentra sur sa routine du petit déjeuner et de ses ablutions. En se rasant, il se passa plusieurs fois la main sur le visage à la recherche de poils récalcitrants. Une plaque de barbe oubliée, un îlot de poils noirs mal placé risquait de lui gâcher la journée. Il enfila un caleçon en coton et des chaussettes bleues, il mit une paire de mocassins Church's English, une chemise en coton Egyptian à rayures vertes et une cravate en soie rouge et verte. Il se brossa les cheveux jusqu'à ce que tous soient parfaitement en place et que son cuir chevelu lui fasse mal. Il se frictionna les joues avec une lotion St. Johns au rhum. Il mit une veste gris clair à fines raies, puis il se campa devant le miroir en pied, haussant et abaissant le menton jusqu'à trouver la position parfaite. Il essaya un sourire sans joie, puis son visage redevint inexpressif. Il essaya un sourire sincère et jugea que son sourire sincère ne trompait personne, même si, comme d'habitude dans le monde des affaires, rien ne le motivait. Puis il partit pour l'Holiday Inn afin d'y prendre le petit déjeuner des lève-tôt. Où il retrouva June.

— Ah là là, fit-elle. Viens t'asseoir ici.

— Tu es sûre ?

— Evidemment. Quoi de neuf ?

— J'ai passé la journée d'hier en prison.

— C'est bien ce que je pensais.

— Mais non, tu n'y es pas. C'est à cause d'une rixe dans un bar.

— Qui a commencé ?

— Moi.

— Honte à toi. Ton ancienne personnalité refait surface.

Frank lui parla de ses expériences devant le miroir en pied, il évoqua l'essai de diverses expressions, sa préparation au mensonge. Il dit qu'on avait beau finasser, tout ça c'était pour conquérir le cœur des femmes.

— Il y a vraiment quelque chose qui cloche chez les hommes, dit-elle.

— Je sais bien, rétorqua Frank.

— Vous savez, nous aussi on a parfois des envies.

— Oui, je sais.

— Mais nous n'essayons pas de les refouler à tout prix.

— D'accord, il n'y a pas pires cochons que nous, maugréa-t-il.

— Il y a deux soirs, ça m'a prise au ventre, dit June, et j'ai loué une vidéo porno.

— Non ?

— Ça s'appelait *le Déjeuner des hommes d'affaires.*

— Alors ? C'était comment ?

— Horrible. Le personnage principal n'était certainement pas un homme d'affaires. Tu aurais été furieux. Ils te le collent devant une rangée de boxes avec un calepin à la main et il doit faire l'inventaire de leur contenu.

Une fois encore, la voix forte et rauque de June trouva son public : l'habituel personnel de la compagnie aérienne et les coursiers matinaux, peu nombreux, une demi-douzaine de clients endormis qui attendaient leur café avant d'aller travailler. La serveuse interrompit alors leur conversation et ils passèrent commande. Dès que la serveuse fut partie, June reprit son récit. Frank pensa qu'en regardant autour de lui d'un air bravache, il pourrait empêcher les autres clients d'écouter, mais il se trompait.

— Bien sûr, notre garçon séduit tout le monde et ce n'était pas sans charme, même si n'importe qui doté d'un QI normal se serait rapidement lassé de la fellation sous le bureau. C'est une des plus mauvaises pubs de bureautique que j'aie jamais vue.

Frank se recroquevilla comme sous une douche froide.

— Mais la scène qui paraît essentielle dans ces films, c'est l'éjaculation festive. Cette séquence est filmée comme dans un documentaire de Walt Disney sur la nature, au ralenti. On voit toutes ces jolies gouttelettes voltiger en l'air, avec de nombreux plans de coupe sur « l'homme d'affaires ». Notre gaillard tout cambré hurle comme un babouin et essaie apparemment de s'arracher le membre comme un ouvrier agricole en pleine période de récolte dans l'Alabama. J'ai pas trouvé ça génial.

Frank jeta un coup d'œil penaud dans la salle. La narration de June rencontrait un franc succès.

— Pendant ce temps-là, la starlette semble avoir oublié qu'elle tourne un film. Elle fait des sauts de carpe sur le lit gigantesque en essayant d'éviter le tir de barrage.

Un réparateur d'appareils ménagers, pourvu des mèches blondes typiques du chrétien fondamentaliste, s'approcha de leur table. Sa chemise portait le mot « Rance ».

— Madame, dit-il en fulminant.

— Ne me dites pas que vous êtes le metteur en scène ! s'écria June.

— Madame, je vais avertir l'Holiday Inn que les braves gens peuvent pas manger ici en votre présence.

— Ils m'adorent, répondit June. Ils préféreront virer les braves gens. Essayez donc le Days Inn.

La serveuse arriva tandis que Rance retournait déconfit vers sa table, non sans avoir d'abord suggéré que, si June n'avait pas été une femme, un sort affreux l'eût attendue. June contempla son petit déjeuner d'un air ravi.

— Je suis sans doute la première vieille dégueulasse qu'il rencontre.

— Oui, approuva Frank.

June étala de la confiture sur son toast. Puis elle le tendit à bout de bras d'un air admiratif.

— Imagine que tu vis comme ça, loin des soucis, dit-elle. Je crois que les Holiday Inns confortent cette illusion. Il n'y a jamais le moindre conflit chez Holiday Inn.

Ils mangèrent pendant un moment en échangeant des regards pensifs. Tous deux réfléchissaient. Rance se leva alors en repoussant bruyamment sa chaise comme pour suggérer qu'il n'avait jamais mastiqué ses gaufres dans des circonstances aussi déplorables. June lui lança un baiser langoureux, puis se remit à manger d'un air contemplatif. Dans cette ambiance atemporelle, avec sa standardisation parfaite, exemplaire et tellement américaine, Frank eut l'impression de pouvoir vieillir en paix et se fondre dans une tendance majoritaire. La pression s'exerçait davantage sur le temps lui-même que sur Frank. Cette seule pensée suffit à le soulager.

Il essaya de tenir le coup pendant toute la journée au bureau. Eileen le submergea d'appels téléphoniques à retourner, de lettres auxquelles il fallait répondre. Il devait s'occuper d'un droit de passage pour une canalisation sur le ranch. La ville lui demandait de renoncer à l'ancien grand portail qui se trouvait maintenant sur le terrain d'un modeste jardin public. Les médecins lui demandaient de confirmer qu'ils pouvaient toujours louer au tarif habituel ; Frank leur répondit avec une série de vigoureux apartés sur l'inflation, le coût de la vie, l'irréalisme des taux de dépréciation et une proposition d'augmentation de loyer immédiate. Il y eut un appel de Phil, qui lui dit que Smokie et lui allaient au cinéma ; voulait-il se joindre à eux ? Non, pensa-t-il. L'immeuble qui avait abrité l'ancien restaurant de Gracie, l'*Amazing Grease*, était transformé en garage de réparation pour camionnettes, et le propriétaire lui fit une offre pour acquérir le local. Là encore, Frank refusa. Il envoya à la SPA une autorisation écrite pour qu'ils puissent faire paître leurs animaux sur le ranch et il essaya sans succès de joindre son frère Mike, qui l'avait appelé à cinq reprises. Il calcula le montant du dernier chèque de Boyd Jarrell, puis il demanda à Eileen de l'appeler pour savoir ce qu'il voulait qu'on fasse de ses retraits fiscaux et patronaux. Eileen vint lui dire que Boyd n'était pas en ville, mais que sa femme désirait qu'on lui fasse suivre l'argent.

— Très bien, dit Frank. Adressez l'argent à sa femme.

Il se sentait absent. Il pensait à sa maison. Il pensait qu'il réussissait à peine à la visualiser et qu'il ne voulait plus y vivre. Cet édifice jadis poétique était devenu une immonde bâtisse.

Il reconnut qu'il lui fallait de toute urgence transporter son esprit vers le front, lui faire quitter l'univers des regrets et des ambiguïtés. Son bureau était couvert des conséquences de sa négligence. Il ne pouvait continuer à diriger ses affaires ainsi.

— Tu ne peux pas diriger tes affaires ainsi, dit-il à voix haute.

Il crut entendre Eileen ajouter « Amen », mais il savait parfaitement qu'elle n'avait pas assez d'esprit pour ça. Il l'avait sans doute imaginé. Il croyait pourtant avoir bel et bien entendu « Amen ».

18

A midi moins le quart, il retrouva Mike qui voulait discuter avec lui pendant un bref déjeuner au McDonald. Il y avait déjà beaucoup de monde dans le vieux fastfood, où les structures colorées du parc d'attractions avaient énormément souffert du climat du Montana. Même les animaux et le manège de chevaux en fibre de verre semblaient être arrivés là par la piste des pionniers avec les bœufs à longues cornes. A l'intérieur, la rampe en acier inoxydable fixée au comptoir était incurvée vers les assaisonnements et le présentoir des serviettes en papier, à cause de la pression de dizaines de milliers de postérieurs.

C'était le restaurant préféré de Mike. Il était fier d'être un notable prospère qui ne s'était jamais laissé tenter par les bonnes choses de la vie.

— Je vis comme un chien et je mange comme un chien, disait-il volontiers.

Ce n'était pas tout à fait vrai et il y avait une espèce de dandysme dans l'identification de Mike avec les gens ordinaires. Ils portèrent leur plateau jusqu'à une petite table placée devant une fenêtre par laquelle ils pouvaient voir la circulation et les jolies fermes situées de l'autre côté de la route qu'on avait considérablement élargie depuis plusieurs années; leurs galeries profondes et ombragées donnaient désormais sur une moderne autoroute. Quand ils furent installés, Frank déballa son cheeseburger et coucha sur le flanc la pochette en carton qui contenait les frites.

— Mes amis les médecins affirment que tu essaies de les gruger sur la location de la clinique, dit Mike avec un sourire de cinglé.

— Quels pingres...

— Tu as raison, mais ils sont malgré tout mes amis.

— Pourquoi ne s'en vont-ils pas ?

— Je n'en sais rien.

Mike demandait rarement à Frank de le retrouver au McDonald. Ces rendez-vous pour déjeuner signifiaient presque toujours autre chose, car même selon les critères de Mike ce repas commun était un simple prétexte. Quand leur mère était entrée en maison de retraite, après le fiasco de Fort Myers, elle avait rapidement décliné. Frank tenta alors de l'installer chez lui et Mike fit de même, mais elle ne savait plus très bien où elle était et elle errait dans la maison à n'importe quelle heure. Une nuit, à trois heures du matin, elle mit le feu à la maison de Mike en essayant de se cuisiner un plat sur le poêle à gaz. L'un des enfants de Mike la découvrit, la chemise de nuit en flammes, et Mike dut l'asperger de neige carbonique avec un extincteur.

— Vas-y, tue-moi ! hurla-t-elle.

A leurs problèmes présents s'ajoutait le fait qu'elle ne les avait jamais aimés lorsqu'ils étaient enfants. Elle avait été une célèbre beauté locale et les enfants n'avaient jamais fait partie de ses projets. Toute sa vie, elle avait associé Mike et Frank à son propre déclin, si bien que lorsqu'elle devint vieille et infirme elle se mit à les détester ouvertement. Elle attrapa une pneumonie après sa douche de neige carbonique et faillit mourir. Il la remirent donc dans la maison de retraite, un établissement agréable mais presque entièrement peuplé d'êtres que Frank comparait à des zombies, qui restaient assis le regard vide ou qui tenaient des cartes mais sans jouer à aucun jeu, qui attendaient la cloche du repas ou qui regardaient simplement la télévision sans penser à rien, ou encore qui accomplissaient des tâches simples mais superflues, époussetages machinaux ou arrangements de rideaux.

Frank, qui avait aimé sa mère, n'avait guère été payé de retour, et même Mike, qui ne lui avait rien demandé, comprenait que la situation de sa mère n'était pas enviable. Au bout d'un moment elle ne quitta plus son lit, puis elle cessa de s'alimenter et il fallut la brancher sur des appareils de survie. Cette situation s'éternisa ; ils lui rendaient régulièrement visite, même si le plus souvent elle ne remarquait pas leur présence ; et quand elle les reconnaissait, ils lui rappelaient désagréablement le peu d'amour qu'elle éprouvait pour eux. Enfin, elle perdit définitivement conscience. Au bout de deux mois, Mike appela Frank pour lui faire part de sa décision. Mike avait parlé au médecin. Une absence « fortuite » du personnel hospitalier était envisageable si Mike et Frank souhaitaient débrancher les appareils de survie.

— Je ne pourrai jamais faire ça, dit Frank.

— Tu n'es pas obligé, rétorqua Mike. Il suffit que tu me donnes ton accord et je m'occupe de tout.

— Je ne sais vraiment pas, Mike.

— Peut-être fait-elle un mauvais rêve, Frank. A sa place, j'aimerais qu'on me débranche.

Ils tombèrent d'accord pour le faire. Après le décès de sa mère, Frank se demanda à quel moment elle était morte : quand cette décision fut prise, ou quand son pouls s'arrêta et que la température de son corps commença de baisser ? Ce fut bel et bien Mike qui débrancha le... truc, les appareils, les tubes. Ses dernières paroles, qui remontaient déjà à plusieurs semaines, venaient d'une émission de Johnny Carson qu'elle avait vue à la télévision, un détail qu'ils n'auraient jamais soupçonné si, ce soir-là, Mike n'avait pas regardé la même émission. D'une voix de crooner lointain, elle répéta les mots d'un célèbre mannequin, invitée sur le plateau télévisé, et qui parlait de son safari-photos en Tanzanie. Leur mère semblait devenir ce mannequin, adoptant jusqu'à des expressions d'enthousiasme telles que « complètement géniaux » :

— Les lions étaient complètement géniaux !

Ils attendirent longtemps après que Mike eut débranché les appareils de survie, car elle vivait toujours. Ils décidèrent de se relayer à son chevet. Mike rentrait chez lui pour manger avec sa famille ; Frank restait et regardait. Elle ne remuait jamais. Frank pensa un moment à elle, puis il pensa à lui. Il réfléchit aux cases qu'ils avaient occupées au fil des ans, à commencer par son père le fermier-entrepreneur, puis sa mère la beauté locale au célèbre festival des géraniums, Frank le directeur des investissements et Mike l'orthodontiste. Gracie allait rejoindre la catégorie des anciennes épouses, et sa mère avait glissé dans celle des agonisantes. La fille de Frank appartenait à la catégorie des étudiantes, elle entrerait bientôt dans celle des femmes salariées ou des épouses au foyer et elle les rejoindrait tous dans leur grande marche vers le rebord de la terre plate. Il décida de cesser de penser à lui et à tout ce que cela signifiait selon sa conception de la terre plate, il décida d'écouter. Il n'entendit rien. Il se leva et s'approcha de sa mère. Sa petite main était ouverte sur le lit. Son poignet était affreusement mince. Il posa la main près du poignet de la mourante, ses doigts touchèrent ce poignet. Rien. Il se rappela qu'elle le considérait comme une entité superflue. Elle disait que Frank était le garçon qui tenait la lanterne pendant que sa mère fendait le bois.

— Voici une de mes patientes, dit Mike. Tu vois cette jolie jeune fille, là-bas ? Avec son milkshake ? Eh bien, tu aurais dû la voir quand elle est arrivée à mon cabinet. Elle ressemblait à une clef d'église.

— Elle a une belle dentition.

— Rien ne l'empêche désormais de s'intégrer à la vie sociale de notre chère ville. Sans moi, elle était bonne pour vivre seule ou avec un cultivateur de blé.

Frank se demanda comment deux frères pouvaient connaître des évolutions si différentes. Partout, Mike voyait certitude, netteté, sens. Pourtant, pendant leur croissance, Frank avait toujours été optimiste et Mike méfiant. La méfiance de Mike avait payé. Il savait avec une absolue certitude où il allait ; que ce fût d'une bouche à la suivante ne l'ennuyait guère. Les événements inévitables de l'existence ne le dérangeaient pas davantage. Même la mort lui faisait l'effet d'un banal épisode folklorique, d'une célébration nostalgique.

— Frank, à quoi diable penses-tu ?

— Je pensais simplement que nous étions rudement différents, tous les deux.

— Tu viens de t'en apercevoir ?

— Non, mais j'ai toujours eu du mal à comprendre ça.

— Pas moi. Tu as un an de plus que moi. C'est toi qui as débroussaillé le chemin. En plus, je me suis toujours senti plus proche de papa que toi. C'est pour ça que tout m'a paru tellement plus évident. Tu as toujours semblé prendre papa pour un cinglé.

— Sans doute.

— Peut-être que je passe à côté d'un tas de choses, tu sais, ajouta Mike. A cause de mon sérieux. Mais je ne me torture pas comme toi. Tu me donnes parfois l'impression d'être un avion qui roule sans arrêt sur la piste sans jamais s'envoler. Moi, je me contente bêtement de voler.

— J'ai volé pendant un moment.

— Peut-être. Mais je ne cours pas après les ennuis. J'adore ma vie. Tout marche comme sur des roulettes et j'aime autant que ça se passe comme ça. Je suis un gros bêta heureux de son sort, avec une grosse bonne femme heureuse de son sort et plusieurs enfants extrêmement moyens. Ça me plaît. Je vole.

— Je ne te reproche rien, dit Frank.

Levant les yeux, il vit entrer Dick Hoiness, l'ancien guitariste caché sous son costume d'été. Il lui fit signe de les rejoindre.

— Salut, Dick, lui dit froidement Frank quand Hoiness fut près de leur table. Je voulais te remercier d'avoir quitté le bar discrètement l'autre jour.

— C'était indispensable.

— Indispensable... répéta Frank avec perplexité. Je devrais annuler mes contrats d'assurance.

— Bah, la vie continue.

— Si tu annules les tiens, j'annule les miens, dit Mike toujours loyal.

La situation risquait de tourner vinaigre.

— Quelle journée, dit Hoiness en se dirigeant vers le comptoir. Quand vous serez décidés, faites-moi part de vos intentions, les gars.

— Nous te pardonnons, dit Frank. Nous aimerions simplement que tu sois un peu plus réglo.

— Les musiciens ne sont pas toujours réglos, lui lança Hoiness du comptoir. Nous sommes de doux tire-au-flanc — tu sais, des réformés de l'Armée.

— Et tes experts ès compensations ? demanda Mike.

— Une race entièrement différente, dit Hoiness. Des durs à cuire, mais pleins de compassion, réalistes mais généreux, universellement appréciés. Des natifs du Montana, tous jusqu'au dernier. Tarifs bas et compétences étendues. Nos experts défendent les valeurs familiales et une plus grande indépendance de notre économie par rapport au pétrole importé de l'étranger.

Il se retourna vers la fille qui lui souriait derrière le comptoir et passa sa commande. Il montrait du doigt chaque article sur l'immense menu accroché derrière elle, comme si elle n'en avait jamais entendu parler.

Frank regarda la scène en regrettant que les choses ne changent pas plus vite chez McDonald. Pour lui, les Américains avaient rattrapé leur chaîne de production et ils attendaient maintenant McTruc et McBidule. Si seulement il y avait quelques départs en vue ou un minimum d'innovations — McMerde dans les toilettes, n'importe quoi —, ce serait tellement plus facile de s'asseoir dans ce lieu de rendez-vous américain sans ressentir cette impression désespérée que le monde continuait sans vous.

— Comment vont tes affaires ? demanda Mike.

— Ça va. Je ne m'en suis pas beaucoup occupé ces temps derniers. J'ai échangé un peu de bétail. Tout le monde se fait virer de la forêt nationale. Le marché est soumis à une bande de négociants timorés. J'ai failli louer des prairies quelque part, peut-être à Billings, mais vu la tête des bêtes d'un an, le prix du fourrage et le reste, j'ai pas eu assez de cran pour me lancer dans l'opération ; tout ça est trop risqué.

— Et le plan d'eau de Helena ?

— Je l'ai vendu.

— L'agence Hertz à Helena - il faut que je t'en parle, Frank, on me répète sans arrêt que tu te diversifies trop.

— C'est vrai, mais je m'en tire bien. L'agence Hertz est d'un excellent rendement. J'aimerais même en trouver quelques autres.

— Frank !

Mike, d'abord incrédule, se plongea bientôt dans ses pensées.

Des jeunes envahirent alors l'endroit en propulsant vers le plafond les emballages en papier de leurs pailles. Frank eut l'impression de jeunes gens décidés, prêts à tout. Ceux qui se trouvèrent écrasés repoussèrent les envahisseurs. Ceux qui avaient trop chaud et qui venaient du dehors enlevèrent leur manteau et s'éventèrent vigoureusement.

— Et si on laissait tomber le ranch ? proposa Mike.

— Bonne idée, dit Frank qui regardait toujours les jeunes réclamer leurs hamburgers.

Ç'aurait dû être un signal pour s'atteler plus sérieusement à son affaire de bestiaux. Il avait acheté et vendu des milliers de têtes comme d'autres jouent au jaquet le jeudi après-midi et il avait accompli toutes ces transactions avec l'argent d'autrui et le sien propre. Il pensait maintenant qu'une fois ses prêts remboursés, il ne voudrait peut-être plus prendre tous ces risques, assumer ces responsabilités. Alors, bien sûr, vendons le ranch. Cela marquerait la fin de la maison ancestrale d'une famille américaine.

— Tu veux passer une annonce ? demanda Frank.

— Rédigeons-la ensemble.

— Mike, pourquoi ne fais-tu pas ça tout seul ?

— D'accord, je vais l'écrire, acquiesça Mike. Tu sais, je ne suis pas du genre à me prendre la tête entre les mains, mais à un moment comme celui-ci ce serait bien de trouver quelques mots pour la maison de famille.

— Tu veux faire ça maintenant ?

Dans sa poche de chemise, Mike prit un stylo-bille qui avait laissé sur le tissu une tache bleue de la taille d'une pièce de dix cents.

— Vas-y, commence, dit Mike en retournant le dessus de table en papier. Trouve-moi un titre.

— Ancienne maison de famille, dit Frank. En majuscules, ANCIENNE MAISON DE FAMILLE.

— D'accord, et juste en dessous : « Dans la même famille depuis quatre générations. » C'est bien notre grand-père qui s'y est installé ?

— C'étaient les parents de papa. Ils engraissaient des bœufs qui venaient des caravanes de chariots des immigrants.

— J'ai trouvé : « Dynastie locale décide de se séparer de son quartier général ancestral. » Ça me plaît vraiment, ne proteste pas. « Décision longuement mûrie. Estimations en cours. Capitaux uniquement. » C'est ça. Je vais faire passer cette annonce dans le *Wall Street Journal.* Je vais raconter que des requins de Hollywood nous ont chassés du commerce du bétail. C'est une des meilleures façons de trouver un acheteur à Hollywood.

— Ajoute : « Orignals, chevreuils, ours, élans, grouses, truites. »

— Pourquoi ?

— Ça figure dans toutes les annonces locales. C'est même une touche-fonction du clavier IBM. Tu ne veux pas que ton annonce donne l'impression d'avoir été rédigée à Los Angeles, tout de même. Là-bas, ils ne mentionnent même pas la seule espèce animale qu'ils ont dans la région : le serpent à sonnettes.

— Très bien, fit Mike en écrivant. Quoi d'autre ?

— Comment est la vue ?

— Y en a pas.

— On ferait mieux d'en trouver une si on ne veut pas continuer à traîner ce ranch comme un boulet. On pourrait pas dire simplement : « Ciel immense » ?

— Je trouve ça pas mal. C'est même plutôt assez fidèle. Quoique l'immensité soit une notion relative. En tout cas, les acheteurs potentiels de vieilles maisons de famille adorent ces conneries-là. C'est comme le viol par consentement mutuel. Pour se faire baiser, il faut d'abord écarter les jambes.

— Tu es formidable, Mike. Tu vois toujours les choses si clairement. Alors que moi, je m'emmêle les pinceaux à force de penser aux gens qui ont vécu là-bas, aux récoltes qu'on y a faites, aux veaux qu'on a élévés.

— Tout ça ne sert à rien, Frank.

Frank s'en remit aveuglément à Mike et sortit dans le parking tandis que son frère saluait un grand nombre de gens normaux qu'il connaissait à l'intérieur. Chaque fois qu'ils parlaient affaires, Mike aimait jouer les fiers-à-bras. Moyennant quoi il manquait de souplesse. Frank s'en moquait tout en regrettant la raideur de son frère ; une ruse bien dissimulée lui rendait de tels services depuis si longtemps qu'il avait dangereusement diversifié ses activités. Et maintenant, soit il coulait à pic, soit il allait de l'avant avec la même énergie.

Le parking était plein de voitures, dont les toits colorés reflétaient les gros nuages blancs. Levant les yeux, Frank eut l'impression de scruter l'espace intersidéral. Une camionnette bourrée de bûches jaunes se gara dans la queue des voitures, il y avait deux cow-boys hilares derrière le pare-brise, leur chapeau repoussé sur la nuque, la radio beuglait *Yellow Moon* des Neville Brothers.

Frank s'arrêta pour mettre son détachement à l'épreuve face à toute cette intensité palpitante qui s'offrait quotidiennement à lui. Chaque fois qu'il voulait y plonger, il ratait son coup ; quand il essayait de rester raisonnable, il ressemblait à un cambrioleur dans la maison de gens ordinaires, ou à un individu entré par effraction dans le zoo le jour de la fermeture. La rue était très animée ; les gens entraient dans le restaurant et en sortaient. Assis dans leur voiture à la portière ouverte, les pieds posés sur le trottoir, les gens mangeaient des glaces. Et l'immense ciel vide semblait pourtant proclamer leur isolement. Frank trouvait ça séduisant d'une manière qu'il savait être ridicule, comme cette impulsion qui envoie les grands timides dans un camp de nudistes. Ou celle qui l'avait expédié parmi les Eskimos. Voilà pourquoi les gens ternes achètent des voitures de sport, pensa-t-il ; le monde s'anime soudain autour d'eux et ils sautent dans la mêlée au volant de leur voiture. Il se rappela les nuits blanches que ses amis et lui passaient à danser devant des orchestres de rock, dont les plus radicaux étaient sans doute le *Violet Twilight* de Dick Hoiness, ou les hurleurs du *Standing Start* de Great Falls, ou *Arthur and the Agnostics*, l'orchestre psychédélique de la réserve assiniboin, avec son incroyable chanteur, Arthur Red Wolf, ou le délirant orchestre de hard rock féminin, les *Decibelles*. Et puis quel plaisir ils tiraient de ces fichues drogues ! Merveilleux univers inclinés, pointes de vitesse et dérapages multiples au milieu d'une civilisation tout aussi incontrôlable. Et c'était formidable, quoique bref, d'avoir des idées aussi tranchées sur tout : chacun descendait de la montagne avec les tables de pierre. Difficile de dire aujourd'hui à quoi tout cela rimait. Vieux crânes dans le désert.

Frank se dirigea vers le ranch en se sentant de meilleure humeur ; la perspective de ne plus posséder une chose qui avait toujours fait partie de leur existence plaçait brusquement cet endroit sous le feu des projecteurs. Il s'en souvenait maintenant dans ses moindres détails : les sources, les portillons d'écoulement, les odeurs de la cave, les planches disjointes du salon, la peinture sur les portes du placard avec sa sous-couche de couleur contrastée, les huches à farine avec leurs souris inodores et mommifiées. Oui, pensa-t-il, un foyer perdu, les portes de l'enfer.

Il y avait peu de circulation. Les nuages étaient si précis qu'on aurait pu se guider sur eux. Un tracteur lointain labourait un champ en jachère pour l'été, il traînait derrière lui un panache de poussière brillante qui montait très haut dans le ciel. La barrière du passage à niveaux, hachurée de bandes jaunes et noires, se détachait le long des voies devant toute la verdure environnante.

— « Glissant et vadrouillant, chantonnait Frank, planqué et claquemuré ».

Quelle journée. Quelle liberté, quelles brises. Quelle vie devant soi !

— « On m'a dit, chérie, que tu étais partie ! »

Quand il entra en voiture dans la cour de la ferme, quand il regarda la vieille et belle maison blanche avec ses galeries et ses cheminées, l'escalier de pierre qui descendait vers la cave, ses petits bardeaux en cèdre, les dépendances, les petits champs enclos et irrigués qui s'étendaient un peu plus loin, il sentit tout cela s'éloigner déjà vers l'abstraction, tel un diplôme, vers une région lointaine et prestigieuse.

Tout semblait parfaitement en ordre, exactement comme après le départ de Boyd. Cet incident était tout à fait regrettable. Il pensa, avec une légère excitation, qu'il ferait bien d'aller rendre visite à Boyd pour lui exprimer son regret que les choses en soient arrivées là.

19

Il y avait une voiture garée devant la maison des Jarrell, mais ce n'était pas la camionnette Chevy noire de Boyd. Frank marcha d'un pas décidé vers la maison. Il tendit brusquement le bras gauche pour regarder sa montre, suggérant ainsi qu'il avait de nombreux rendez-vous ce jour-là. Quand il frappa, ce fut selon un petit rythme allègre. Sifflotant, il lança un coup d'œil admiratif à la végétation rabougrie. La porte s'ouvrit et Mme Jarrell apparut : taille moyenne, cheveux fournis, maillot de bains bleu et des yeux qui voyaient tout. D'une main, elle maintenait fermée la porte grillagée. Frank fut étonné de la trouver là.

— Je ne veux pas vous parler, dit-elle.

Il remarqua le semis de petits points rouges irrités sous son aisselle rasée. Les ombres qui tombaient de la porte sur son visage la rendaient encore plus grave et inaccessible que le ton déjà menaçant de sa voix.

— Je ne veux pas vous prendre du temps. Mais j'ai besoin de contacter Boyd. Juste pour affaires. Rien d'autre.

— Vous désirez peut-être entrer.

Elle entrouvrit la porte grillagée, juste assez pour que Frank puisse se glisser par l'ouverture, ce qu'il n'avait pas la moindre envie de faire. Mais en déclinant son offre, il risquait de la mettre en colère. Ainsi, aussi obséquieusement que possible, conscient de tout l'espace situé derrière lui, il se faufila en biais dans l'ouverture. Elle le saisit alors par le devant de la chemise et attira le visage de Frank tout près du sien, un nœud de haine, l'ocre pâle des yeux d'un Weimarien, des paroles comme autant de crachats.

— Viens surtout pas frimer ici, siffla-t-elle. T'écoutes bien ? Maintenant, fous-moi le camp.

Il se retrouva face au panneau blanc et décoloré de la porte fermée de l'intérieur. Il franchit l'angle de la maison jusqu'à une fenêtre entrouverte.

— Je suis sûr que vous êtes aussi une excellente cuisinière ! s'écria-t-il. Vous avez sans doute un million d'amis et toute une tripotée de neveux et de nièces qui vous aiment.

Il y eut une explosion de verre au-dessus de lui quand un fer à repasser électrique traversa la fenêtre. Il retira quelques éclats de verre dans ses cheveux.

— Je vous revaudrai ça. *Ciao*!

Au volant de sa voiture, il n'avait plus de plaisir à conduire. Le trajet pour sortir de la ville avait été plein d'espérances. D'ailleurs, pensa Frank, c'est presque toujours le cas ; tous ces films, tous ces vieux westerns devaient leur charme à cette fameuse route qui permettait de quitter la ville. En revanche, on revenait presque toujours en ville bredouille, la queue entre les jambes, après une série de bévues ; c'était là une destination sans joie ni aucune promesse d'aventures. Mais rentrer en ville avec des éclats de verre pleins les cheveux et le crachat d'une inconnue au front aurait suffi à décourager n'importe qui. Frank prit plaisir à imaginer Mme Jarrell la main sur le ventre, remâchant sa frustration, cherchant le lait de magnésie. Pourtant, hormis les conditions déplorables de la vie moderne, il n'y avait aucune raison pour qu'ils ne soient pas aimables l'un envers l'autre.

— Bonjour, madame Jarrell. Je viens prendre de vos nouvelles. Je sais que vous avez eu quelques problèmes dernièrement. Vous avez besoin de quelque chose ? Puis-je vous aider ?

— Oh, monsieur Copenhaver, ne vous faites donc pas de bile pour moi. Je me débrouille pas trop mal, merci bien. En fait, je commence aujourd'hui même un programme pédagogique qui doit m'emmener jusqu'à l'université. Je ne sais pas si je vous en ai déjà parlé, mais l'an prochain j'envisage d'être candidate au Sénat des Etats-Unis. Le moment est venu pour moi de prendre ma vie en main. Je devrais sans doute vous remercier d'avoir viré Boyd. Il a trouvé un boulot formidable à la Maison-Blanche : il y accueille les personnalités du monde entier. George Bush n'a pas son pareil pour dénicher les talents cachés.

— C'est un vrai coup de chance. Histoire de blaguer, Boyd a fait tomber mon chapeau. Quand je me suis arrêté pour le ramasser, j'ai soudain deviné sa vraie vocation.

— Chacun a besoin de trouver sa voie, dit Mme Jarrell.

Elle sentit que le moment était venu pour Frank de faire plus ample connaissance avec son corps, car elle...

La camionnette s'arrêta près de la portière de Frank ; son conducteur appuyait sur le klaxon de manière continue. En tendant le bras, Frank aurait presque pu le toucher. A voir cet homme rubicond marteler son volant avec ses poings, Frank comprit qu'il avait sans doute manqué d'attention sur la route. Il inclina la tête d'un air contrit, puis démarra. Fais attention, ou meurs, se dit-il.

20

Merveilleux quartiers résidentiels ! Splendides rues tracées au cordeau, délicieuse rivalité des pelouses ! Ils étaient aussi parfaits que ces organismes agglutinés pour former un récif coralien. Frank déambulait à travers les rectangles réjouissants d'Antelope Heights, savourant les mariages de couleurs, l'ordre impeccable des voitures en stationnement, la forte personnalité des boîtes à lettres — certaines juchées sur des roues de chariot, d'autres en fibre de verre, avec des faisans multicolores moulés dans les parois (un chasseur vit sans doute ici !), certaines n'attendant que des lettres, d'autres conçues pour accueillir d'énormes paquets. Une ou deux pelouses arboraient les contours d'un berger rottweiler coléreux et aux yeux rouge vif, au sommet d'un bâton fiché en terre pour signaler la présence d'un chien de garde, mais tout le monde savait désormais qu'on se contentait d'acheter la pancarte et qu'on économisait la nourriture pour chien. Il régnait une douce cacophonie où se mêlaient la télévision, la radio, la hi-fi, des instruments de musique plus ou moins martyrisés et le bruit assourdi des ateliers installés en sous-sol pour pratiquer un hobby. Frank désirait être là, parmi ces familles, les regarder dans leur banalité, la plus impalpable de toutes les qualités. Aller simplement de l'avant sans se soucier de l'impensable semblait requérir un don spécial ; en fin de compte, le monde appartenait à ceux qui ne pensaient jamais à l'holocauste nucléaire, à la destruction de la biosphère, ni même à leur propre mort parfaitement prévisible. Aller de l'avant ! Qui joue la finale du championnat ? Mangeons ! A table !

Frank passa discrètement devant une pancarte de berger rottweiler avant de se diriger vers le contour bien éclairé d'une petite maison en faux style Tudor, peinte selon les gais coloris des Bahamas, le rose et le bleu. Sur le côté, un jardin séparait cette maison de sa voisine, une maison avec un écriteau « A Vendre » dans le jardin, et parfaitement obscure si bien que Frank pouvait observer cette famille sans devoir surveiller ses arrières. Malheureusement, dès qu'il pénétra dans le jardin, le chien de garde se rua vers lui, arc-bouté à l'extrémité d'une faible longueur de chaîne en acier. La rage et la stupéfaction qu'il éprouvait en découvrant la présence de Frank sur son territoire réduisaient son grondement à une rumeur si lointaine qu'elle n'était plus un avertissement, mais déjà le prélude de l'attaque.

— Ooh, le gros chien-chien, murmura Frank en reculant.

Entre deux vagues de terreur, il s'obligeait à ressentir une véritable affection pour ce chien, car il croyait qu'au moindre signe suspect de sa part, le chien arracherait sa chaîne et lui déchirerait le visage, sans même lui laisser les lèvres intactes pour plaider sa cause auprès du propriétaire. Frank imita les roucoulements d'amoureux transi des dimanches après-midi télévisuels tout en reculant dans le jardin voisin où il tomba à la renverse sur l'écriteau « A Vendre ». Un projecteur s'alluma aussitôt et, bien que Frank fût assis sur la pelouse, le pinceau de lumière éblouissante jeta derrière lui une longue ombre noire. Il y avait quelqu'un debout sur la galerie de la maison.

— Frank ?

— Oui ?

— Frank Copenhaver ?

— Oui ?

— C'est Steve Jensen.

— Oh, salut, Steve !

Steve, l'un des médecins qui louaient la clinique de Frank, passait de merveilleux moments au-dessus de Kathy, la femme de Phil, écart de conduite remarquable dans une existence sinon parfaitement réglée. Frank avait conscience de l'acrimonie due au problème du loyer. Mais l'inquiétait bien davantage son impression d'être un intrus.

— Frank, que faites-vous ?

Frank décida de répondre au ras des pâquerettes :

— J'ai trébuché sur cette saleté de pancarte, dit-il. Je suis tombé sur le cul !

Il tenait le bâton de la pancarte, dont il examinait les lettres de très près. Il distingua même les coups de pinceau dans la couche de peinture.

Jensen descendit jusqu'à l'endroit où Frank, maintenant debout, essuyait son fond de pantalon. Il dévisagea Frank sans la moindre expression, puis très lentement il se mit à sourire. Il riait à part lui. Frank se contentait d'attendre. Jensen, souriant toujours, tourna la tête, puis regarda de nouveau Frank.

— Vous examinez cette maison, Frank. Je vous connais. Vous ne voulez pas que les gars de l'immobilier sachent qu'elle vous intéresse. Mais question discrétion, on fait quand même mieux !

— Vous allez vendre la mèche ?

— Non, bien sûr que non.

Frank lui assena une tape joueuse sur l'épaule.

— Vous me promettez de ne rien dire ?

— Motus et bouche cousue.

— Steve...

— Quoi ?

— A charge de revanche, dit Frank en inclinant la tête d'un air pénétré.

Frank déclina la proposition de Steve de boire un verre. Il n'avait pas envie de parler de la clinique en tête à tête et encore moins d'évoquer les parties de jambes en l'air de Steve avec la femme de Phil. Tendant le bras vers la maison voisine, Frank déclara qu'il l'avait assez vue, ce qui était en effet le cas ; mais le désir de banalité le taraudait toujours, un désir exacerbé dès qu'il envisagea de retourner dans sa maison déserte. Steve hasarda qu'il était amusant que Frank eût même pris la peine de garer sa voiture ailleurs, qualifiant cette attitude de « peur extrême des promoteurs ».

Frank dut supporter en silence ces mots d'esprit exaspérants. A notre époque, pensa-t-il, la moindre chose exigeait tellement d'explications que les gens les plus intelligents se réfugiaient dans le mutisme. Pour Frank, la combinaison du regard sagace et de l'esprit vide était le *nec plus ultra* de la socialité contemporaine et il se dit que, sur ce chapitre, il était imbattable. Ce médecin ne devinerait jamais qu'il avait en face de lui un nouveau Frank, et certes pas celui qui gérait la clinique de manière si judicieuse depuis des années. C'était le Frank nocturne. C'était le solitaire qui craignait que son bonheur ne fût derrière lui. C'était le chien errant.

Quelques rues plus loin, il eut une chance inouie : un père et une mère de famille aidaient leur fille, âgée d'une douzaine d'années, à faire ses devoirs. Ils étaient assis à la table de la cuisine, la mère serrée contre sa fille concentrée, le père buvant un café et intervenant chaque fois qu'il tenait une réponse. Frank essaya de se rappeler s'il avait souvent fait la même chose avec Gracie et Holly. Il essaya de considérer avec ironie la lumière dorée qui tombait du gros globe de verre sur la table et ces trois personnages. Le manuel scolaire était ouvert devant cette belle enfant, à côté d'un tas de papiers merveilleusement froissés. Des volutes de vapeur s'élevaient au-dessus de la tasse de café. La mère avait remonté ses cheveux avec des épingles pour qu'ils ne lui tombent pas devant le visage. Le père taillait un crayon. Frank pensa que ces gens n'avaient pas toujours vécu en ville et qu'ils étaient ravis par les agréments de leur quartier, les magasins tout proches, le collège populeux. Bon Dieu, quelle belle famille américaine ! Frank laissa son menton reposer sur le rebord de la fenêtre et contempla cette scène fascinante, absout par le temps, le visage couvert de larmes. Nous étions comme eux, se dit-il. Nous tenions cela entre nos mains.

21

Frank gara sa voiture au parking de courte durée, puis il entra dans l'aéroport, un terminal moderne, bas, d'allure rustique, au-delà duquel on apercevait l'immense queue argentée d'un avion. La nuit tombait et la carlingue de l'avion reflétait le rose poussiéreux du soleil couchant. Frank fut certain que ce n'était pas l'avion de Holly et, en entrant dans l'aéroport, il découvrit qu'il était en avance de près de dix minutes.

Il s'arrêta au kiosque à journaux pour acheter un quotidien, puis il survola les nouvelles locales et laissa son journal sur un siège plastique. L'avion tout proche accueillait ses passagers et il y avait une petite queue devant la machine à rayons X. Quelques-uns des voyageurs les plus âgés et les moins habitués aux transports aériens placèrent leurs sacs et leurs valises sur le tapis roulant avec une méfiance extrême. Frank chercha des yeux une séparation larmoyante et en trouva bientôt une : la fille laide en pantalon bleu marine et blouson serrait la main d'un garçon au regard flou, doté de longues rouflaquettes et d'une moustache de poisson-chat ; elle pleurait en silence. Elle fixait un regard implorant sur le visage de son ami, tandis qu'il jetait des coups d'œil inquiets autour de lui, comme pour dire :

— Vivement que ce soit fini.

Frank voulait savoir à tout prix lequel des deux s'en allait. Quand le responsable de la compagnie fit sa dernière annonce d'embarquement immédiat, la fille lâcha la main du garçon et monta dans l'avion. Le jeune homme jeta des coups d'œil effarés autour de lui pour voir si on l'avait par hasard remarqué et, au cas où quelqu'un aurait observé la scène, il s'essuya le front avec le dos de la main et d'un geste sec fit tomber à terre les gouttes de sueur imaginaires. Bientôt, pensa Frank, ce beau rapport amoureux se transformerait en mariage.

Frank rejoignit une foule bigarrée devant la baie vitrée pour scruter le ciel à la recherche de l'avion dont l'arrivée était imminente. Curieusement, il se rappela un voyage hivernal à St. George, dans l'Utah, en compagnie de Gracie et de Holly. Gracie et lui s'étaient disputés à leur motel, pendant que Holly faisait semblant de se noyer dans la piscine. Elle fit une imitation très réaliste de la noyade : le visage tourné vers le fond, les membres s'enfonçant peu à peu. Cela mit fin à leur querelle. Frank et Gracie n'en revinrent pas que Holly ait pu recourir à de telles extrémités. Le désert leur parut soudain absurde.

Une lueur apparut au nord, au ras de l'horizon, et se mit à grossir. Une minute plus tard, l'avion roulait sur une piste perpendiculaire au terminal, très loin, puis il vira et s'approcha, pur, argenté et rose dans le crépuscule, suivi de vagues de chaleur frémissantes. Un grand bruit pénétra soudain dans le bâtiment.

Frank regardait tous les passagers qui émergeaient du tunnel collé au flanc de l'appareil. Quelques passagers prirent tout leur temps pour descendre et retardèrent les gens situés derrière eux. Après la première ruée, il ne resta plus que quelques passagers et Frank craignit que Holly ne figurât pas parmi eux. Mais elle arriva alors, chargée d'un bagage à main, de revues et de journaux roulés, arborant ce sourire rayonnant qui emplissait toujours Frank d'un bonheur absolu. Elle imita l'allure chaloupée et impatiente d'un marin jusqu'à ce que les derniers passagers se fussent écartés de son chemin.

Il prit dans ses bras Holly avec ses bagages et les serra contre lui. Quelle merveille de ressentir l'amour pur, voire l'amour niais, ce transport soudain. Il prit le sac de Holly et le mit à son épaule.

— Tu n'as pas de valise ?

— Non, c'est tout.

Ils se dirigèrent vers la sortie. Frank la regardait de côté tandis qu'elle marchait près de lui, les yeux fixés droit devant elle, lui souriant de temps à autre. Holly avait un beau visage serein et mat, des yeux marron foncé, presque noirs, au regard aussi intense que ceux d'un animal très vif, au poil luisant. Mais quand elle souriait, chaque partie de son visage exprimait sa joie d'une manière qui faisait fondre Frank. Elle portait un pantalon large en coton et un chandail rose et délavé de sports d'hiver. Elle avait pris un vieux sac vert à bandoulière, qui rappela à Frank ses années d'étudiant. Elle portait aussi une grosse montre bon marché, sans bracelet, fixée à la manche de son chandail par une épingle à nourrice. Elle ressemblait un peu à sa mère, mais elle avait surtout hérité la beauté insouciante de Gracie et la certitude dénuée de toute prétention qu'on l'admirait en toute circonstance. Notre seule enfant, pensa Frank. C'est vrai !

Ils montèrent dans la voiture et démarrèrent vers la ville. Alors qu'ils roulaient vers la Septième Avenue, des nuées de mainates tombaient des fils électriques et y remontaient en chandelle. Holly prit une des cassettes de Frank et sourit.

— Je peux la mettre ?

Neil Young emplit la voiture avec ses feedbacks de guitare. Holly monta le son et regarda par la fenêtre les fossés herbeux qui défilaient rapidement, le ciel bleu, hallucinant et impavide, du Montana, tandis que Neil Young moulinait sa complainte lugubre : « *Your Cadillac got a wheel in the ditch and a wheel on the track* » (« Ta Cadillac a une roue dans le fossé et l'autre sur la chaussée »). Bizarre, pensa Frank, qu'on n'entende plus jamais ces tonalités apocalyptiques.

A la fin de la chanson, Holly arrêta la cassette et regarda Frank avec affection.

— Papa, dit-elle.

— Drôle de papa, dit Frank.
— Drôle de papa, répéta Holly en éjectant la cassette.
Quand elle l'examina, cette cassette se mit à ressembler à un objet artisanal.
— Où trouves-tu ce genre de truc ?
— On les trouve en démolissant les vieilles maisons.
— C'est ce que tu faisais autrefois, non ?
— Oui. Récemment, on a démoli la villa d'un magnat du cuivre à Butte. Les murs étaient bourrés de Bob Dylan. Quand ils se sont attaqués au grenier, ils ont découvert une montagne de posters de Big Brother and the Holding Company et d'albums du Jefferson Airplane presque entièrement bouffés par les rats.
Frank se prenait au jeu. Il vit la main noire des temps révolus posée sur ce trésor.
Pour une raison indéterminée, Holly aimait jouer avec l'idée de la grande et irréversible ancienneté de ses parents. Elle adorait les anecdotes relatives aux années soixante, qu'elle associait à son père ; elle le considérait comme un rebelle romantique et ambigu. Elle savait qu'il ne se battait pas, qu'il ne protestait pas davantage, mais démolissait les demeures et détruisait l'héritage de l'Amérique insouciante. Il contribuait à l'aménagement de restaurants spécialisés dans les salades — et il ne mangeait jamais de salade. Il détestait les salades. Il aimait les énormes steaks et les patates. Il avait même essayé de bousiller la plantation d'indigo de maman ! Tout cela faisait partie du folklore familial, même si maman n'avait jamais possédé de plantation d'indigo. Papa l'opportuniste apparaît sur la levée de terre, un pied-de-biche à la main, un contrat avec une chaîne de restaurants de Los Angeles glissé dans sa poche arrière comme un Derringer à quatre coups. Gracie ajoutait un zeste de canaillerie sauvage à son récit pour raconter comment Frank avait fomenté une épidémie de néons le long du Mississippi. Holly désirait toujours entendre les détails de leur rencontre et de leur mariage.
— Qu'as-tu envie de manger ?
— Tu fais la cuisine pour moi ?

— Est-ce que j'oublie jamais ?

Holly fut d'abord déroutée par ce présent, puis elle répondit :

— Non, tu n'oublies jamais.

Frank avait déjà mis en route le menu préféré de sa fille, une monstruosité de calories et de simplicité connue sous le nom de « repas bouilli de Nouvelle-Angleterre », qui incluait corned beef, rutabagas, pommes de terre nouvelles, moutarde piquante et le pain noir qu'il achetait à la boulangerie Blue Moon, dont les gourmandises odorantes étaient prohibées par tous les médecins sérieux de la région. Et de la bière. Il aimait descendre les boîtes jaunes de bière Coors avec sa ravissante fille et parler de football, de travail scolaire, de l'Amérique, d'argent, d'amour, de la vie changeante du Grand Ouest américain.

Elle l'interrogeait toujours sur la pêche. Il lui montrait parfois une nouvelle canne, un moulinet anglais ou des mouches curieuses comme les subimagos étincelants, les émergeants couleur olive ou les *buggers* laineux *flashabous.* A la maison, ils ouvraient le tiroir de son bureau et regardaient les boîtes à mouches couleur étain, avec leurs mystères exotiques de soies, d'acier et de plumes. Il citait ses noms de rivière préférés : la Sixteen, la Ruby, la Madison, la Jefferson, la Bow, la Crow's Nest, la Skykomish, la Dean. Quand Holly était petite, il inventait des histoires qui se passaient dans les grands bassins de la Columbia, de la Skeena ou du Missouri, et le nom de tous ces lieux restaurait les années partagées. Il réussissait toujours à la passionner avec l'histoire de l'énorme truite brune qui avait entraîné son canoë au-delà de la ville de Helena au beau milieu de la nuit, loin au-delà de ses lumières sous le ciel nocturne d'août, et Frank avait été contraint de couper la ligne aux abords de rapides écumants dont les vagues immobiles déferlaient à près de deux mètres de haut dans la lueur blanche et froide du clair de lune.

Ils écoutèrent les nouvelles locales et la météo pendant que Frank finissait de préparer le repas et que Holly mettait la table. Elle installa les couverts et les serviettes, posa le dessous de plat au centre, puis Frank servit le repas et la bière. Ils s'assirent et Holly soupira.

— Voilà, dit Frank.

— Rien à manger dans l'avion. Je meurs de faim.

Frank considéra avec fierté le résultat de ses efforts. D'habitude, il se préparait des plats de cuisine minceur au micro-ondes, une soupe Campbell à la tomate ou des restes qu'il mangeait avec des tacos ramollis tout en examinant les fluctuations des prix du bétail, l'indice global des principaux indicateurs, les nouvelles valeurs phares, le cours du brut intermédiaire de l'ouest du Texas ou toute autre folie qui lui donnait le sentiment d'être en prise directe avec les jeux économiques auxquels il fallait jouer. En un sens, il aimait l'argent ; il aimait indubitablement les effets sédatifs de sa poursuite, et si c'était là l'effet que l'argent avait sur lui, ce n'était déjà pas si mal. L'année où il essaya de trouver un dérivatif dans l'observation des oiseaux, dans les rituels complexes de la fauvette printanière et la compagnie de doux amateurs, il aboutit à cette conclusion inévitable que rien ne le tirait mieux du lit avec cette suave bouffée de pouvoir — comme disaient les pubs pour Chrysler — que la poursuite du dollar tout-puissant. De plus, c'était un bon. Sa mère avait déclaré qu'il possédait le flair de son père : il humait les bonnes affaires de très loin, comme les requins repèrent, paraît-il, l'odeur du sang. En fait, il avait même davantage de nez que son père.

— Je considère ceci comme une excellente atmosphère familiale, dit Frank à Holly.

La superbe lumière dorée du soir traversait les feuilles de l'érable norvégien argenté, puis les fenêtres de la salle à manger avant d'éclairer leurs visages et la table.

— Qui est ton petit ami en ce moment ?

— Un garçon qui s'appelle Mark Plante.

— Je n'aime pas beaucoup ce nom. A quoi ressemble-t-il ?

— Un petit crétin assez comique. Il ne va pas faire long feu.

— Ce gars-là me plaît de plus en plus.

— Il y en a plein qui lui ressemblent dans sa région. C'est comme des puces sur un chien. J'ai déjeuné plusieurs fois avec le président d'une association de citoyens. J'ai aussi fait l'objet des attentions d'un jeune professeur d'histoire.

— Ils commencent à s'intéresser aux étudiantes, n'est-ce pas ?

— Je croyais qu'ils s'y étaient toujours intéressés.

— Eh bien, avec ces généreuses bourses fédérales, ils ont plus de temps pour draguer qu'à mon époque.

— Ils avaient d'autres problèmes à ton époque : il fallait vous empêcher de faire irruption dans le bureau du directeur, de fumer ses cigares, de brûler des drapeaux, de décrire au prof de biologie les araignées roses qui sortaient de votre bureau.

— Ne te moque pas, Holly. Tous ces trucs vont revenir. Et ce type avec son association de citoyens ? Je ne le connais pas, par hasard ?

— On parle parfois de lui dans les journaux. Il veut garder le Montana pour les natifs du Montana. Une pomme de terre nouvelle empalée sur sa fourchette, Holly sourit. Est-ce que tu te laisserais repousser les cheveux ?

— Non. Je crois qu'aucun de nous n'accepterait ça. Mieux vaut cacher ses secrets. Infiltrer l'ennemi. Enregistrer scrupuleusement les actions des charognards qui nous ont suivis sur la grande route américaine.

— Le vagabond secret.

— Le vagabond secret.

— Tu es bien un vagabond, papa, non ? Au fond de ton cœur ?

— Un vagabond.

— Mais tu ne bouges plus beaucoup.

— Ceci est mon foyer. Mais j'ai récemment rendu visite aux Eskimos.

— Et alors ?

— Tout ce que j'attendais, sauf les igloos. Ils habitent une région ingrate, qui semble leur casser le moral. Ils regardent la télé. Ils savent ce qui se passe. Ils veulent savoir pourquoi on leur a refilé toutes ces terres gelées. Là-bas, des anthropologues et des sociologues leur apprennent à maudire leur sort et à s'en prendre à tout le monde.

— Je ne comprends pas ce que tu faisais là-bas.

— Je voulais prendre le large. Tu te souviens de Lucy, l'amie de maman ? Elle s'occupe d'une agence de voyages. Je lui ai demandé de m'organiser une petite virée quelque part, histoire de me changer les idées. Je lui ai dit que j'étais prêt à partir là où elle m'enverrait.

— Au fait, comment va Lucy ?

— Elle s'ennuie, elle est adorable. Elle reste assise sous ses affiches des îles tropicales et elle se fiche de savoir si quelqu'un part en voyage ou pas. Ça se devine à sa voix. Elle n'a vraiment pas le feu sacré, les gens qui veulent partir en croisière sur un paquebot la rasent. Elle ne voit vraiment pas pourquoi ils meurent d'envie de voyager. Et bien sûr, le bilan annuel de la boîte reflète son manque d'enthousiasme.

Il se tut brusquement. Il s'entendait parler exactement comme s'il s'adressait à Gracie. Quand il regarda Holly, qui ne mangeait plus mais le dévisageait d'un air à la fois tendre et pensif, il comprit qu'elle se disait la même chose, ou quelque chose de très approchant.

— Sais-tu pourquoi j'ai arrêté de parler ? s'enquit-il.

— Moui.

— C'est bien ce que je pensais. Bah, comment faire ?

— Je m'occupe de la vaisselle et toi, tu essuies, dit Holly.

Il alluma la radio, une station qui diffusait de vieux morceaux, et Van Morrison chanta pendant qu'ils s'activaient :

Prends donc tout le thé de Chine,
Mets-le pour moi dans un grand sac brun,
Traverse les sept océans,
Et balance-le au plus profond de la mer bleue.

— En rythme dans la mousse, dit Holly, les bras plongés dans l'eau savonneuse tandis que Frank, perdu dans ses rêves, maniait le torchon. « Je sais bien que tu penses à maman », ajouta-t-elle.

Ce soir-là, Frank allongé dans son lit regarda la pleine lune par la fenêtre, cette grande forme pure qui montait derrière les lignes téléphoniques, la cime des arbres et les toits pour filer dans le ciel, froide, lisse et solitaire. Sa lueur pâle éclairait à peine les montagnes lointaines. Frank ne trouvait pas le sommeil. Il croyait presque qu'il s'était assuré une bonne prise sur la lune et qu'elle l'entraînait dans l'air glacé.

Il se demanda ce que deviendrait Holly. Elle était certainement la personne la plus fiable qu'il connaissait, elle débordait de projets qu'elle était capable de mener à bien. Selon lui, elle ne risquait pas de se laisser embobiner par quelqu'un qu'elle aurait mal jugé. Il aimait les hasards de l'existence, son absurdité flagrante, ses coq-à-l'âne, mais il n'en voulait pas pour sa fille. Les scénarios de sa propre vie devenaient à chaque seconde plus réduits et c'était sans doute de nouveaux hasards qu'il avait besoin. Holly, pensa-t-il, avait besoin de scénarios moins luxuriants. Allongé dans son froid rectangle de clair de lune, Frank ne pensa bientôt plus qu'aux désaxés, aux chauffards, aux jolis garçons, aux professeurs flamboyants, au président de l'association de citoyens, aux carriéristes. Bref, il se faisait un sang d'encre pour Holly.

22

Frank et Holly emportèrent leurs cafés dehors, dans l'air froid du matin. Quelques rayons de soleil traversaient la rue entre les rangées de spruces et d'érables argentés. Cette rue montait rapidement vers le sud, bordée de chaque côté par les vieilles maisons de pionniers à l'architecture éclectique et excentrique. Puis ils marchèrent en regardant les antiques galeries, les portes décentrées et masquées, les planches impeccables des murs, les hautes cheminées aux conduits encastrés, aux sommets crénelés et fantaisistes.

Frank ne voulait pas se rendre au Holiday Inn, de peur d'y rencontrer June, que Holly appréciait mais qui, en présence d'un public, semblait à Frank beaucoup trop dévergondée. Par ailleurs, elle essayait régulièrement de convaincre Frank d'offrir une Buick à Holly, alors qu'elle possédait déjà une excellente voiture, une sémillante Honda Civic jaune. Frank pensait qu'il faisait déjà beaucoup pour l'amitié en conduisant une Buick qu'il détestait, une voiture aussi délabrée et laide que Rossinante. Ils se rendirent donc au *Dexter*; mais il faisait tellement beau qu'ils commandèrent le Spécial Voyageurs afin de ressortir de l'hôtel au plus vite. Il pensa que Holly aimerait peut-être pêcher, mais ce jour-là elle avait seulement envie de rendre visite au ranch. Il ne lui dit pas que Mike et lui avaient décidé de le vendre.

Trois fois, alors qu'ils marchaient dans la grande rue, des voitures firent un écart pour s'approcher d'eux.

— Qui est-ce ? demandait Frank à chaque fois.

C'était toujours une vieille connaissance du lycée. Il dit qu'elle avait beaucoup d'amis et elle acquiesça distraitement. Quand il ajouta que les amis de Holly conduisaient comme des pieds, elle lui lança un regard d'exaspération comique. Elle flattait plus ou moins son père depuis qu'elle avait six ou sept ans et, en période de crise, elle tolérait ses caprices et ses piques.

Assise dans la voiture à la portière ouverte, un pied posé par terre, Holly regardait les pâtures. Frank envisagea de lui annoncer que Mike et lui comptaient vendre la propriété. Il savait qu'il ne surveillait pas d'assez près la gestion de la ferme et des terres. Le père de Frank avait désiré que Holly possédât un jour une partie des terres familiales. Holly était la seule personne à qui le père de Frank eût jamais manifesté la moindre affection et quand sa mère avait dit à Frank que c'était pour le vieillard la seule manière de manifester à Frank un amour qu'il n'avait jamais su exprimer, Frank ne la crut pas. En tout cas, il ne voyait pas pourquoi on lui demandait d'y croire. A trente-huit ans, il s'était retrouvé en larmes, disant à sa mère :

— S'il m'a aimé, il aurait dû me le dire.

Il frémissait d'embarras au seul souvenir de cette scène. Mais cela non plus n'était pas juste. Pour sa mère, tout était de sa faute à elle. Il se sentit encore plus mal et il méritait de souffrir. Car il avait passé la moitié de sa vie à faire payer à sa mère les griefs qu'il nourrissait envers son père. Est-ce que ça intéresse encore quelqu'un ? se demandait-il aujourd'hui. Ou bien le monde continue-t-il de tourner, comme l'une des Buicks de June, le pied d'un crétin enfonçant le champignon à travers la plaque d'amiante ? Cela relevait peut-être davantage de cet incroyable concept de sa jeunesse, « les larmes solitaires », la quintessence de la solitude romantique, transformée en mode de vie chez un homme d'âge mûr.

Ils se mirent à marcher en suivant la petite rivière qui traversait le corral, un ruisseau aux berges boueuses, qui grossissait à mesure qu'ils le longeaient dans une pâture de fléoles, où il se séparait en deux bras. Mais plus bas, il grossissait encore et prenait de la vitesse, encastré entre deux talus de terre. Enfin, quand ils se trouvèrent tous deux essoufflés, c'était un vrai torrent de montagne bondissant parmi les genièvres. Les masses d'air matinales qui remontaient les pentes transportaient des odeurs d'herbe sauvage dans la lumière bleutée. De l'autre côté de la vallée, ils voyaient le ciel immense, absolu.

« Je suis avec la plus gentille de toutes les filles, pensa Frank. Pourquoi se priver d'une constatation aussi agréable ? »

— Asseyons-nous ici.

— Avec plaisir, dit Frank.

Il se laissa tomber à terre en écartant les genoux, puis il joignit les mains en imitant une posture de méditation.

— Non, non, non, dit Holly en adoptant la véritable position du lotus, le visage parfaitement levé vers la lumière du début de journée. Comme ceci.

— J'y arriverais si j'avais une bière, dit Frank.

— Oh là là, tu as l'air crispé.

— Oui, je suis crispé.

Holly regarda pensivement la vallée. Ils entendirent sans le voir le train qui allait à Bozeman. Toute la vallée était une mosaïque vert et or de terres cultivées, de routes de campagne et de canaux d'irrigation argentés. A l'ouest, un gros canon à eau lançait un pâle éventail liquide sur un champ de luzerne vert foncé. Vue sous cet angle, la vallée ne semblait pas très peuplée. La chaleur du jour nouveau rendait l'air brumeux au-dessus des terres irriguées.

— Ce qu'on va faire maintenant, dit Holly, c'est parler de maman.

— Hum *hum.*

Frank allongea les jambes devant lui et inclina le buste pour essayer de toucher ses doigts de pied.

— D'accord ? fit Holly pour le secouer un peu.

— Laisse-moi réfléchir.

— Je crois sincèrement que tu me dois bien ça.

— Je te *dois* ça ? Ah bon.

La première réaction de Frank fut qu'elle ressemblait beaucoup trop à sa mère pour que la conversation ne vire pas à l'aigre.

— Je ne sais pas par où commencer, dit-il.

Elle ne le regardait pas ; en fait, elle ne regardait rien de précis devant elle. Un petit tourbillon s'empara d'une poignée de feuilles jaunes de peuplier et les brassa vers le ciel.

— Alors c'est moi qui commence. D'abord, je crois que la veillée funèbre ou l'enterrement ou je ne sais quoi était vraiment superflu.

— Ça m'a paru nécessaire.

— En quel sens ?

— Il fallait que je ferme ce chapitre de mon existence, ma chérie. Je souffrais énormément.

Elle tendit le bras pour lui prendre la main, mais sans que son expression déterminée ne s'adoucît pour autant. Il sentit son cœur s'emballer.

— Et je considère que les hommes qui portaient le cercueil n'étaient qu'une bande de traîtres.

— Mon cœur, c'étaient tout simplement mes amis. Ils voulaient mon bien. Ils voulaient que je sois heureux. Ils savaient que j'avais le cœur brisé. Je leur serai toujours reconnaissant de m'avoir aidé à supporter ma douleur.

Frank était conscient de la grandiloquence affectée qui teintait sa voix, dans le but évident de maintenir Holly à distance. Son esprit essayait sans arrêt de s'échapper vers le projet d'achat d'une voiture de sport ou de mille autres bêtes d'un an. Le temps avait retiré un peu de solennité à l'enterrement.

— L'un de vous s'est-il demandé ce que j'ai bien pu ressentir pendant cette mascarade d'enterrement ?

Frank réfléchit un moment.

— Nous aurions peut-être mieux fait d'y réfléchir à deux fois, concéda-t-il enfin.

— Descendre la grande rue avec *un cercueil*? Une sono montée sur une camionnette pour diffuser *Paint It Black* des Rolling Stones ? Les porteurs du cercueil étaient tous... défoncés. Très peu de gens, dans cette foule immense, connaissaient maman. Certains croyaient qu'elle était morte pour de bon ! C'était une honte et maintenant c'est devenu une honte célèbre, l'événement majeur de ces dix dernières années.

— Bah, beaucoup de gens se sont bien amusés. On se rappelle toujours les bons moments.

— Oh, là là...

Frank grattait la terre avec le bout d'un bâton. Holly lui posait problème.

— Tu veux faire un morpion ?

— Non.

— Alors, qu'y a-t-il ?

— Un de ces quatre, je vais passer ma licence et je reviendrai vivre ici. Maman traverse une période difficile. Elle voudra peut-être revenir, elle aussi. Mais comment le pourrait-elle, après cet enterrement stupide ? A moins qu'il ait servi seulement à ça ?

Frank s'allongea dans l'herbe drue et ne vit plus que le ciel, quelques nuages blancs, rien que du ciel bleu.

— Je ne sais pas quoi te répondre.

On aurait dit un petit garçon. Il se sentait tout drôle.

Holly le regarda.

— Tu ne sais pas quoi me dire, hein ?

— J'ai l'impression que ce n'est pas la conversation que je devrais avoir avec toi.

— Ça te met mal à l'aise ?

— *Oui, je me sens mal à l'aise.*

Quand ils eurent faim, ils retournèrent en ville et Holly le fit déjeuner au magasin macrobiotique, avec ses serveuses extraterrestres et ses plats insipides. Ils se rendirent ensuite à la librairie de livres d'occasion, où il trouva *la Conspiration de Pontiac*, de Francis Parkman, et Holly acheta *Ainsi parlait Zarathoustra*, qui lui avait hélas été recommandé par le président de l'association des citoyens, un certain Lane Lawlor. Puis ils allèrent à la quincaillerie et achetèrent un arroseur Rainbird ainsi qu'un bac en plastique pour colibris. Plus tard dans l'après-midi, Holly alla voir ses amies et Frank rentra chez lui pour essayer de rattraper un peu le travail en retard.

23

Il rêvait :

— J'aimerais bien faire l'amour avec toi, disait Gracie.

— Bonne idée.

— C'est à peu près gratuit, tu sais.

— A peu près ?

— Gratuit. Mais sans les options, les impôts, le pourcentage de l'intermédiaire. J'espère que ça te soulage.

— Oui.

Où étaient-ils au juste ? Frank se réveilla et regarda le plafond sans le distinguer parfaitement dans la faible lumière qui venait de la rue. Ils étaient au Texas, c'est ça. Victoria ? Corpus Christi ? Il ne se souvenait pas très bien. Cela se passait à l'extérieur de la ville, dans un vieux motel, comme l'indiquait l'enseigne « Motor Court », où le mesquite et les ronces poussaient jusqu'au parking en terre battue. De l'autre côté de la route, il y avait une petite épicerie, « Smith Gro. » La ville commençait là. Quelqu'un avait peint sur un viaduc « *El* Quartier Nord ».

Frank se retourna sur le ventre et fit pivoter le réveil vers lui. Il était trois heures passées. Ces derniers temps, il voyait avec horreur défiler toutes ces heures interminables qu'un sommeil magnanime avait occultées pendant des années. On entendit un chuintement de freins de camion et, le visage en sueur au creux de l'oreiller, Frank prit sa queue dans son poing jusqu'à ce qu'elle tressaute. « Ce n'est pas une façon de vivre », pensa-t-il vaguement. Le téléphone sonna et fut aussitôt décroché dans la chambre d'en face. Holly qui parle à un ami dans l'obscurité. Trois heures du matin. Coup de fil torride vers Missoula.

Frank partit avant le réveil de Holly. Il lui écrivit un mot en prenant son petit déjeuner, à l'affût d'un bruit dans la chambre de sa fille. Elle avait peut-être passé beaucoup de temps au téléphone. Sur le chemin de son bureau, il remarqua la cascade musicale des oiseaux dans les plates-bandes du jardin public. « Les oiseaux sont très importants », se dit-il en essayant de s'accrocher à une valeur en ce début de journée. Un vieil homme retirait des poignées d'herbe verte et humide sous sa tondeuse à gazon. De l'autre côté de la rue, le bras articulé jaune d'un camion de la compagnie du téléphone s'élevait lentement à travers les branches d'un érable.

Eileen le salua du plus imperceptible mouvement de menton dont elle était capable. Il l'avait abandonnée, prisonnière d'une montagne de papier, sans la moindre consigne depuis maintenant des semaines. Elle pouvait tout supporter, l'assassinat, le chaos, mais pas l'absence de directives, et chaque jour il la voyait se renfrogner davantage. C'était comme avec Boyd Jarrell. Frank était devenu ce que les Mexicains appellent un *perro enfermo*, un chien malade ; au plus profond de lui-même, quelque chose ne tournait pas rond.

Il était parfaitement conscient de tout laisser partir à vau-l'eau. Néanmoins, il passa devant elle pour rejoindre son bureau, il s'assit et tenta de se convaincre à nouveau de l'importance des adjudications immobilières, des factures des ventes de bovins, des contrats de métayers, des reçus de loyers, des évaluations foncières et des redressements fiscaux, ce qu'il appelait volontiers la malédiction paperassière ; lettres hostiles des Eaux et Forêts, du Bureau de la Gestion des terres, des poissons et de la vie sauvage ; offres d'investissements et tuyaux divers pour s'enrichir rapidement, compte tenu du contexte limité des affaires locales. Il eut envie de chasser à nouveau dans les quartiers où habitaient les assureurs coriaces, les concessionnaires automobiles et les médecins en vue. Il eut envie de voir un vice-président de banque, ravagé par l'alcool, se curer distraitement le nez au-dessus d'une brochure publicitaire pour le livre du mois, dans le repaire lambrissé de son bureau. Il aimait ces rares moments où l'on surprenait les gens sans leur masque de joueur. Quand il se mit au travail en milieu de matinée, le monde faisait déjà ses pompes, appuyé de tout son poids sur ses phalanges. Frank désirait retrouver cette posture, réapprendre ce qu'il avait connu autrefois mais qui l'avait apparemment quitté en même temps que sa femme.

Il avait passé sa vie avec la garde baissée et il voulait récupérer ses billes. Il se rappela l'époque où ils s'étaient installés en ville ; tous les soirs avant Noël, les épiscopaliens chantaient dans la rue. Frank et sa famille se sentaient tout penauds et décontenancés derrière leur fenêtre, tandis que les épiscopaliens portant de longues écharpes et des livres de cantiques, avec leurs voix saisissantes de ténor, de basse, de soprano et de baryton, les lèvres rondes et les joues rougies comme les gens sur les cartes de vœux de fin d'année, chantaient pour ces cinglés de catholiques devant leur maison.

— Regardez-les, disait son père en contemplant la neige qui tombait doucement sur leurs visages distingués. Si je n'en mets pas quelques-uns sur la paille, j'aurais vécu pour rien.

Leur premier séjour en ville avait été éprouvant. Les querelles incessantes de ses parents dans leur petite maison aboutirent à une décision radicale de son père, qui tendit un fil de fer barbelé au milieu du lit conjugal pour s'assurer de l'absence de tout contact avec son épouse. Sa mère se plaignit de ce qu'elle avait beaucoup de mal à changer les draps, ajoutant qu'elle n'avait de toute manière aucune envie d'aller du côté de son mari.

— Comme ça, il n'y a plus de danger, dit le vieil homme qui essayait toujours d'apprendre à gérer son immeuble en habitant la ville.

Il y logeait une bande d'Indiens, des Cheyennes bruyants de la réserve qui cuisinaient toujours au beau milieu de la nuit et écoutaient leur radio à plein volume.

Frank décrocha le combiné et demanda à Eileen de venir le voir. Il avait dressé une liste de menus détails, dont elle ne pouvait pas se souvenir, et glissé la feuille de papier dans le tiroir central de son bureau, laissé entrouvert pour qu'il pût lire ses notes, un vieux truc de son père. Eileen entra en se demandant sans doute quel mouche avait encore piqué Frank. Son mécontentement prenait chaque jour des formes inédites.

— Tout va bien, Eileen ?

— Très bien, chantonna-t-elle.

— Tant mieux. Je crains d'avoir été un peu distrait ces derniers temps, ce qui n'a peut-être pas été très agréable pour vous. Silence. « Mais je suis sûr que vous vous débrouillez parfaitement bien sans moi. » Silence. Eileen esquissa un sourire et Frank baissa les yeux vers la liste glissée dans le tiroir. « Eileen. Deux choses. Le terrain de Willow Creek. Je vous ai demandé d'obtenir du comté des informations sur l'adjudication des droits hydrologiques. Puis-je les avoir tout de suite ?

— Quand était-ce ?

— Je vous ai demandé d'obtenir ces informations il y a deux mois. »

Eileen bougea à peine pour répondre :

— Il faut que je m'en occupe.

— Je vois, Eileen. Bien. Et la double facture des géomètres. Est-ce réglé ?

— Il faut que je vérifie.

— Où est la vidéo de la vente aux enchères de bétail que je vous ai demandée ?

— Je ne sais pas.

— Vous ne savez pas...

Frank referma le tiroir et se balança sur sa chaise. Il attendit que les derniers échos de leurs voix se soient tus dans la pièce. Maintenant, Eileen ne pataugeait plus dans le vide directorial que Frank avait créé, elle avait toute sa tête à elle. Mais il ne voulait pas la libérer tout de suite. Il y avait autre chose. Il ne savait pas encore de quoi il s'agissait, mais il sentait avec une légère terreur cela monter vers la surface. Soudain, ce fut là.

— Dites-moi, Eileen, est-ce que ma femme vous appelle parfois ?

Eileen baissa les yeux.

— Je vois. Et que veut-elle ?

Un haussement d'épaules impuissant.

— Veut-elle de l'argent ?

— ...

— Elle veut de l'argent, donc.

— Non.

— Elle ne veut pas d'argent. Alors que veut-elle ?

— Je ne sais pas.

— Elle veut des informations. Où est-elle, Eileen ? Et cette fois, je veux une réponse.

Eileen répondit :

— Trouvez vous-même, playboy.

C'était trop ahurissant. Il avait forcément mal entendu. Il essaya de penser à d'autres mots qui sonnaient comme *playboy.* Frank marcha jusqu'à la fenêtre, les tempes bourdonnantes. Il avait poussé Eileen dans ses derniers retranchements. Il chercha machinalement des yeux le couple âgé, il se rappela le vieillard déballant la barre de chocolat de son épouse. Les rayons du soleil s'inclinaient comme le pinceau lumineux d'un projecteur de recherche fouillant les angles du jardin. Une colonne de poussière, brillante et immobile, témoignait du récent départ d'une voiture. Une pie était posée sur l'unique fil téléphonique qui traversait l'encadrement de la fenêtre jusqu'au mur. Il comprit enfin qu'Eileen avait sans aucun doute prononcé le mot qu'il croyait avoir entendu. Il lui faudrait modifier son angle d'attaque.

— Très bien, Eileen, dit Frank. Dernièrement, je n'ai pas été à la hauteur de la situation. Nous verrons ce que nous pouvons faire.

Eileen écouta et Frank imagina qu'elle le comparait de manière pernicieuse à son propre père. Cela lui laissa l'impression qu'en parlant à Eileen, il ne parlait jamais tout à fait en son nom propre, mais parmi les relents d'une époque révolue.

24

Frank posa la lampe à col de cygne sur la table en chêne de son cabinet, puis il approcha deux chaises pour Holly et lui-même. Holly avait travaillé durant presque toute la journée et elle s'était attaché les cheveux avec un foulard.

— Voyons voir ça, dit-elle.

Frank ouvrit le tiroir et en sortit deux boîtes en aluminium, qui contenaient des mouches. Holly tira ces boîtes vers elle, puis elle en fit basculer le couvercle. Chacune était divisée en douze compartiments fermés par de petits rectangles de papier cristal qu'on pouvait ouvrir en faisant jouer un minuscule verrou en fil de fer. La moitié des compartiments environ étaient occupés par des mouches. Holly fronça les sourcils.

— Où sont les subimagos *pale morning* ?

— Je crois que j'en ai plus.

— Ne va jamais pêcher sans les subimagos *pale morning.*

— La Cahill légère fait tout le boulot pour moi.

— Pas avec les gros poissons, objecta Holly, seulement sur les poissons crétins. Je vois que tu as environ dix-neuf tailles d'Adams.

— Je crois à l'Adams.

— L'Adams est très vague.

— Elle n'est pas vague. C'est une puissante généralisation.

— Où sont l'étau et les outils ?

Frank sortit son étau à mouches, un vieux Thompson A, et l'installa sur la table. Il ouvrit le tiroir inférieur gauche, qui contenait toute une collection de plumes, de morceaux de cuir d'élan et de chevreuil, des petites boîtes bleues et blanches d'hameçons, des bobines de fils de couleurs différentes et de la soie floche. Une agréable odeur de camphre monta du tiroir et Holly prit une profonde respiration.

— Oncle Mike et toi, vous comptez vraiment vendre le ranch ?

— Si nous y arrivons ! Il nous suffit de trouver un acheteur ! Avec du bon argent américain ! Qui t'en a parlé ?

— Oncle Mike.

— Je ne voulais pas t'en parler.

— Peut-il être vendu avant mon prochain séjour ici ?

— Ce serait trop beau pour être vrai, mais pourquoi pas ?

— Alors j'aimerais y retourner une dernière fois avant de reprendre l'avion.

— Qui vient te chercher à Missoula ?

— Maman.

— Maman !

— Eh oui, ça t'en bouche un coin. Elle voulait voir à quoi ressemblait mon petit ami. Peut-être qu'elle t'enverra un rapport. Mon copain est spécial, je tiens à ce que maman et toi le rencontriez.

— Eh bien, transmets-lui mes meilleures pensées.

— D'accord pour tes meilleures pensées. Je ne sais plus si je t'en ai parlé, mais j'ai changé de tuteur à la fac pour ce trimestre.

— Non, tu ne m'as rien dit. Tu es toujours en histoire ?

— Toujours en histoire.

— Alors pourquoi as-tu changé ?

— Oh, je ne sais pas. Depuis mon arrivée à la fac, le docteur Carson — c'était son nom, à ce gros rouquin — le docteur Carson n'arrêtait pas de lire toutes ces statistiques sur l'ignorance croissante des Américains. Combien d'Américains n'ont jamais entendu parlé de la guerre de Sécession, jamais entendu parler de Roosevelt, sont incapables de citer les dates de la Première Guerre mondiale à cinquante années près, et ainsi de suite. Il rassemblait toutes ces statistiques pour blaguer... » — elle plaça un hameçon de 16 dans l'étau et se mit à enrouler dessus un fil couleur crème, presque trop vite pour qu'on pût suivre ses gestes — « ... et il me les gardait pour me manifester son amitié. C'est devenu une obsession chez lui, une forme répugnante d'intimité. J'ai essayé d'abonder dans son sens. Mais il trouvait apparemment que je n'étais jamais assez négative pour dénoncer cette horreur généralisée. »

Holly frotta de la cire d'abeille sur le fil, puis elle y mêla des poils de fourrure jaune pâle ; elle enroula le fil sur l'hameçon jusqu'à ce qu'il ressemble au corps gracile et ovoïde d'un insecte.

— Il tenait à me voir une fois par semaine, mais nous ne parlions jamais de mon travail, car la bêtise des Américains devenait à ses yeux si terrifiante qu'elle le paralysait ; d'ailleurs, moi aussi ça commençait à me paralyser. Pour finir, il y a deux semaines de cela, je suis entrée dans son bureau, bien décidée à suivre un cours sur la Révolution française, même si je n'avais pas les unités de valeur nécessaires pour ça. Alors il m'a demandé : « Savez-vous combien de livres l'Américain moyen lit entre sa sortie du lycée et sa mort ? » Je lui ai répondu que je l'ignorais et que je m'en moquais, car je n'avais pas l'intention de devenir une Américaine moyenne. En même temps, je voyais bien qu'il n'en démordrait pas. « Devinez ! » m'a-t-il dit. Ou plutôt, il m'a hurlé ça au visage. J'ai refusé de deviner. Il a tendu les bras et serré ses petits poings. Il était tout rouge. « Devinez ! » Quand je suis sortie de son bureau à reculons pour la dernière fois, il criait : « Moins d'un livre, selon les statistiques ! Moins d'un livre ! » J'ai donc trouvé un nouveau tuteur.

Holly fixa deux minuscules plumes blanches au-dessus de l'hameçon et enroula le fil en huit autour d'elles jusqu'à ce qu'elles soient dressées.

— Qui est le nouveau ?

— Un nabot très doux, très sympa, qui a un doctorat de Harvard.

— Tu le qualifies de nabot parce qu'il a fréquenté Harvard ?

— Mais non, j'en parle comme d'un nabot parce qu'il mesure un mètre trente.

— Ah bon ! Tu as pu t'inscrire à ce cours ?

— Oui, j'ai réussi.

Holly enroula le hackle autour du corps de l'hameçon et les pointes du hackle s'écartèrent pour former un petit nuage brillant autour de la base des ailes. Elle enroula le fil jusqu'à la partie antérieure de l'hameçon et le noua habilement pour former une petite protubérance imitant la tête de la mouche. Elle ouvrit ensuite le flacon de laque et, lorsque son odeur agréable toucha ses narines, elle leva les yeux vers Frank et sourit. Elle y plongea l'extrémité de son poinçon et déposa une goutte de laque limpide sur la tête de la mouche. Le liquide brilla pendant une seconde, puis pénétra dans le fil. Elle retira la mouche de l'étau, y mit un autre hameçon et s'attela à une mouche identique.

— J'ai été assez surpris quand tu m'as annoncé que tu comptais revenir ici après ton diplôme.

— Ici, c'est chez moi.

— Je sais, mais ce n'est pas un endroit débordant de possibilités pour les gens de ton âge.

— Tu en connais beaucoup, des endroits comme ça ?

— C'est vrai.

— Je vais peut-être même réouvrir l'*Amazing Grease.*

— Je t'en prie.

— Peut-être.

Frank regarda Holly terminer une autre mouche. Autrefois, quand elle était au lycée, elle gagnait son argent de poche en fabriquant des mouches pour le magasin de pêche. Elle avait toujours pêché avec Frank. Quand elle était en forme, elle le surpassait parfois. Elle ne lançait pas aussi loin que lui, mais elle lisait admirablement l'eau, elle excellait dans ses approches de la truite et ne lançait qu'avec la quasi-certitude de ramener une prise. Elle avait eu un petit ami au Nouveau-Mexique, qui pêchait lui aussi ; elle l'avait même invité une fois dans le Montana. Frank ne l'aimait pas, ce Miles Machin. Il croyait que son statut de pêcheur le dédouanait de tout le reste. C'était un jeune homme avide, excité, convaincu que Frank et lui étaient comme cul et chemise. Pour lui, cela faisait partie de la camaraderie entre pêcheurs. Mais Frank le méprisait. Plus tard, Miles abandonna la pêche pour travailler à la Chambre de Commerce de Chicago, où il devint drogué et disparut de la circulation. Holly prit un autre hameçon et commença d'y enrouler le fil.

— Où as-tu pêché dernièrement ? demanda Frank.

— Nulle part. Je suis allée deux fois sur la Tobacco River, surtout pour m'éloigner un peu de la fac. C'est une jolie petite rivière, avec beaucoup de petits poissons. Si tu viens me voir, je t'y emmènerai.

Frank se réjouissait du retour de sa fille dans la région, même s'il trouvait que c'était une mauvaise idée. Holly avait un peu trop d'énergie pour ses anciens amis et sa langue acérée n'en ferait guère mystère. C'était une jolie fille qui ne s'efforçait presque jamais de paraître séduisante. Frank avait bien du mal à l'imaginer tombant amoureuse d'un des jeunes hommes prometteurs de Deadrock. D'ailleurs ils ne lui plaisaient pas, il les trouvait creux et vantards.

— Quel genre de pêcheur était grand-papa ?

— Honnêtement ?

— Oui.

— Pas très bon, dit Frank.

— Ça m'étonne, fit Holly.

— Il n'était pas très bon, mais personne n'aimait davantage ça que lui.

— Je me rappelle qu'il pêchait sans arrêt.

— Oui, quand il avait le temps. Mais son approche était trop directe. Il essayait d'écraser la truite, de foncer droit sur elle. C'est l'un des nombreux points sur lesquels la pêche et la vie n'ont rien de commun — ou du moins la pêche et les affaires. Le problème de ton grand-père, c'était qu'il ne faisait confiance à rien ni à personne d'autre que lui. Il lui fallait tout contrôler. Le bon pêcheur de truite doit comprendre l'importance d'une ligne molle. La ligne molle est tout. Mais c'était trop pour grand-papa. Dès qu'une ligne n'était pas tendue, il croyait qu'elle lui échappait. Je ne l'ai jamais vu attraper un seul gros poisson. Les gros poissons se pêchent avec une ligne molle.

— Quel genre d'homme était-il ?

Frank réfléchit un moment. Il n'avait jamais considéré les choses ainsi.

— C'était un assez brave type. Toute son éducation l'avait formé à regarder droit devant lui. J'ai l'impression que les gens qui ont grandi avec lui sans apprendre ce regard implacable, fixé droit devant soi, ont été balayés, enterrés, broyés. Il ne comprenait pas et ne respectait pas les gens qui n'avaient pas vécu la Dépression.

— Tu as dû avoir du mal avec cette attitude implacable ?

— Bien sûr. Tu ne me poses pas cette question sérieusement ?

— C'est pour ça que tu es devenu un hippie ?

— Je l'attendais...

— Non, sans blague.

— Je ne sais pas pourquoi je suis devenu un hippie. Et peut-être que je n'en ai pas vraiment été un. Je ne me suis jamais considéré comme un hippie à l'époque. J'aimais la musique. Je suis toujours un enfant du rock and roll. Beaucoup d'entre nous n'échapperont jamais à ça. Et quand on sera vieux, sans doute qu'on se laissera à nouveau pousser les cheveux, s'il nous en reste. Mais pour l'instant, on est au cœur des choses. Ce n'est pas parfait, mais au moins c'est tangible, tu vois ce que je veux dire ? C'est nous qui faisons tourner la boutique. Tu comprends ?

— Je ne suis pas sûre de comprendre.

— Tu es jeune. Tu passes sans arrêt d'une possibilité à la suivante. Dieu t'affirme que rien ne compte, en dehors de trouver le partenaire idéal. Tu as toute la vie devant toi, mais rien n'est réel. Le monde se réduit à des idées. Tu te précipites vers tous ces ballons que les courants aériens emportent régulièrement dans une autre direction. Mais en vieillissant, tu rattrapes quelques ballons. Tu règles tes comptes et tu n'as plus l'impression que le monde te file entre les doigts. Je sais que j'ai fait mon trou dans le cadre restreint de l'élevage du bétail, des biens immobiliers, de la culture céréalière, sans parler de la personnalité ridiculement limitée de mes amis et de mes propres manquements plutôt fascinants. Mais tout cela est tellement réel ! Je perçois mes limites comme la surface de marbre touchée par le sculpteur. Et puis il y a tellement de prés à louer cet été, même les terres mal irriguées peuvent produire tellement de quintaux de céréales, mais Budweiser et Coors vont seulement accepter une partie de tout cet orge à brasser, même si nous le récoltons, le livrons et passons avec succès tous les examens de taux d'humidification. Les seules ombres à mon bonheur sont impalpables.

— Par exemple ? demanda Holly.

— Oh, je ne sais pas.

— Donne-moi juste un exemple.

— Je ne peux pas.

— Le regret ?

— Oui, bien sûr.

— Te sens-tu parfois seul ?

— Evidemment. Et c'est moche. Ça te sape le moral. La solitude t'affaiblit, elle te rend plus mauvais. Je crois qu'on peut devenir cruel à force de solitude.

— Encore deux subimagos *pale morning* et j'arrête, dit Holly.

Elle leva les yeux et regarda pensivement son père. Puis elle sourit. Il haussa les épaules. Elle rit, tendit le bras vers Frank et lui tordit affectueusement le nez.

— Mon pauvre petit papa, dit-elle.

25

Le soleil se levait à peine. Ils distinguaient la lueur de l'aube dans la cime des peupliers. Le disque pâle de la lune aux couleurs somptueuses sombrait doucement dans le ciel. Ils avaient l'impression d'être dans une grande église en milieu de semaine et que la seule lumière tombait des vitraux supérieurs. Ils installèrent leurs cannes côte à côte contre le capot de la Buick. Frank ouvrit le sac de beignets et les sortit pendant que Holly inclinait le thermos en acier pour servir le café.

— Il fait déjà chaud, dit-elle.

Elle revissa le bouchon du thermos et le posa d'un geste décidé. La vapeur montait au-dessus de leurs tasses. Un peu de sucre en poudre des beignets était resté collé à la peinture noire du capot.

— On a bien fait de partir de bonne heure.

Holly tourna la tête et tendit l'oreille. Puis Frank aussi l'entendit, le cri pur et égrelet d'un coyote, une stridence qui semblait se fondre dans le ciel. Il se sentit presque emporté avec lui vers l'immensité bleue.

— Tu comptes prendre une épuisette ? demanda Holly.

Son visage restait tourné en direction du coyote. Elle sourit pour montrer qu'elle l'avait entendu. Ces petits loups étaient là depuis des milliers d'années.

— Je ne crois pas. La lanière se coince toujours dans les buissons et cette saleté s'enfonce dans mes reins. Tu sais quoi, pourtant ? Je ferais peut-être mieux de la prendre. Songe que, si jamais on en attrape une grosse, on ne pourra pas la sortir de l'eau.

— Bon Dieu, ce café est délicieux. Ce hurlement de coyote était chouette, non ?

— Très beau.

— Oui... Très beau.

Frank partit en tête et trouva un sentier de vaches à travers les rosiers sauvages et leurs modestes fleurs roses. Ils quittèrent bientôt l'abri des peupliers pour arriver sur une large plate-forme. Il y avait çà et là des massifs de fléoles et l'eau restait invisible. Tandis qu'ils se frayaient un chemin à travers les broussailles sur une sente d'animaux, ils entendirent le gibier d'eau commenter bruyamment leur intrusion parmi eux. Quand ils furent presque arrivés à la rivière, ils passèrent sous un énorme peuplier mort, splendide et gigantesque candélabre festonné de corbeaux qui arpentaient leur perchoir d'un pas nerveux en croassant vers le sol et les deux humains. Un oiseau fit une pirouette près de sa branche, il se laissa tomber comme une feuille noire et se posa devant eux sur le sentier. Ils s'arrêtèrent et Frank lui lança son dernier morceau de beignet. Le corbeau sautilla jusqu'à la friandise, la prit dans son bec, s'envola et retourna sur sa branche.

— Ce n'est pas la première fois qu'il fait ça, commenta Frank.

Avant d'atteindre le bord de la rivière, ils se retrouvèrent au soleil. Il n'y avait pas de berge à proprement parler, juste la lisière des rosiers sauvages et un ressaut de terrain couvert d'épineux où les pies saluèrent l'arrivée des deux humains par des cris rauques. Mais ils entendirent la rivière couler dans une série de lisses tout proches où l'eau bleue restait à température constante, été comme hiver. Frank aimait arriver au bord d'un cours d'eau qu'il connaissait aussi bien que celui-ci. On pouvait l'aborder à n'importe quel endroit et savoir où on était, comme lorsqu'on ouvre au hasard l'un de ses livres préférés.

Ils s'arrêtèrent au bord et regardèrent le courant profond et soyeux. Deux becs-en-scie tyrans se chamaillaient bruyamment au-dessus du cours d'eau dont les berges étaient émaillées de massifs violets d'iris sauvages. Holly lâcha un « Ah ! » ravi. Bizarrement, elle ressemblait à une petite fille avec ses waders qui lui montaient jusqu'aux aisselles ; chaque fois qu'elle s'arrêtait, elle tenait sa canne à pêche près d'elle comme un soldat, tandis que Frank effleurait les iris du bout de la sienne. Il regarda le courant régulier.

— Rien ne bouge, dit-il. Il faut que l'air se réchauffe un peu.

— Comment rejoint-on le bassin des loutres à partir d'ici ?

— Eh bien, juste en amont il y a le long rapide...

— Avec l'écume qui s'accumule dans un coin ?

— Oui, et puis la grande barre rocheuse avec sa dépression centrale.

— D'accord, maintenant j'y suis. Le bassin des loutres est juste au-dessus.

— Holly ! Nous ne sommes pas très bons pour les détails.

— Je fais une licence d'histoire. Les premiers plans restent flous pour les étudiants en histoire. Nous aimons les perspectives cavalières.

Ils cheminèrent sur la berge, lançant au jugé vers la rive opposée, peinant vers l'amont jusqu'à ce qu'ils entendent la musique sourde du rapide. Frank essaya d'observer Holly à la dérobée. Elle lançait avec précision jusqu'à la mi-distance, sa ligne décrivait une boucle bien nette et elle savait parfaitement ralentir sa ligne, qui semblait sur le point de tomber lorsqu'elle présentait la mouche. Elle ferra bientôt un poisson.

— Tu as mis quoi, comme mouche ? demanda Frank tandis qu'elle luttait contre sa prise et que sa canne s'incurvait.

Le poisson bondit très loin au-dessus de l'eau pendant qu'ils parlaient.

— Une phrygane avec des poils d'élan. Un truc qui flotte bien.

Elle avança au bord de l'eau et passa la main sous le poisson, une belle truite d'une livre. Elle la relâcha, se redressa et sourit à Frank tandis qu'elle faisait aller et venir la soie en l'air pour sécher sa mouche.

En arrivant à la barre rocheuse, chacun put occuper un côté de la rivière pour pêcher, lançant vers le liséré bouillonnant sous les rochers. Holly tendit la main vers la dépression centrale et dit à Frank :

— Après toi, mon petit papa.

Frank lança juste au centre de la dépression. A peine la mouche était-elle posée qu'il ferra une arc-en-ciel qui se débattit violemment sur les hauts-fonds et lutta longtemps contre l'arc de la canne, une bande rose argenté resplendissant dans la lumière matinale. Frank tint bientôt sa masse compacte et froide au creux de la paume, les yeux baissés vers l'eau tandis qu'il retirait l'hameçon. Il relâcha sa prise et se rinça la main. Regardant vers l'amont, il dit :

— Le bassin des loutres.

— Tu as oublié de me remercier pour ce poisson.

— Merci, Holly.

Comme le soleil était encore trop bas, ils attendirent tranquillement avant de repartir vers l'amont. De grandes laîches poussaient si près de la berge qu'il leur fallait rester dans la rivière pour la remonter vers le bassin des loutres. Ils pataugèrent au centre, là où le courant avait nettoyé le fond, ne laissant qu'un sable dur. L'eau montait jusqu'aux hanches de Frank et arrivait presque en haut des waders de Holly. Elle tenait sa canne en l'air et comprimait le haut de ses waders contre sa poitrine pour éviter que des éclaboussures n'y pénètrent. Ils laissaient deux grands V derrière eux.

— C'est la pleine lune, dit Holly, et je suis sur la pointe des pieds.

— Tu sens l'air froid à la surface de l'eau ?

— Arrête, dit Holly en scrutant la rivière.

Ils se tenaient de part et d'autre du courant principal et des éphémères commençaient d'apparaître, déroulant leurs ailes minuscules et se débattant pour flotter correctement. A chaque instant, des éphémères trouaient la surface, certaines encore au stade de la nymphe; leur enveloppe se fendait et libérait les ailes poisseuses; d'autres, dressées, naviguaient comme de pâles sloops jaunes.

— *Ephemerella infrequens*, dit Holly.

— Petits soufrés, ajouta Frank.

— Subimagos *pale morning*, décida Holly, comme je t'ai dit hier soir.

Frank, qui n'avait jamais appris le latin employé par les pêcheurs de la génération de Holly, s'en tenait à ses bonnes vieilles appellations. «Subimago *pale morning*» était une solution de compromis raisonnable, comparée aux soufrés, aux *sallies* jaunes, aux larves de phrygane et aux olives bleutées de l'enfance de Frank.

A la courbe de la rivière, on aurait dit que les iris sauvages allaient basculer dans l'eau. L'étroite bande de boue où poussaient les laîches portait de nombreuses traces de rats musqués et sur cette même bande se dressait un héron bleu parfaitement immobile, la tête renversée comme un chien de fusil. Ses pattes fléchirent légèrement, il croassa et s'envola avec une lenteur merveilleuse et un faible sifflement des rémiges, disparaissant enfin au-dessus du mur des herbes, comme aspiré dans leur masse verte.

Au-delà de la courbe se trouvait le bassin des loutres, ainsi appelé parce que, quand Holly eut dix ans, Frank et elle avaient observé une famille de trois loutres de rivière qui chassaient la truite au fond de l'eau. Holly déclara alors que ces trois loutres étaient comme sa propre famille: l'une était Frank, la deuxième Holly et la dernière Gracie. Quand les trois animaux s'emparèrent de la même truite et la déchiquetèrent, Holly s'écria:

— Oh, pauvre truite!

Les trois loutres paniquées s'enfuirent aussitôt vers l'amont.

Ils s'arrêtèrent doucement dans la partie inférieure du lisse, large et profonde, entourée de trembles et de peupliers. A l'autre bout du bassin, l'eau dégringolait un escalier rocheux. Il y avait là tout un bouillonnement argenté qui se prolongeait sur le tiers supérieur du lisse. La surface de l'eau adoptait enfin les rides du courant à l'autre extrémité. Tout le long de ces rides, les truites montaient à la surface pour gober les éphémères sous la tapisserie miroitante des feuilles de peuplier.

Ils s'arrêtèrent pour regarder.

— Hum, fit Holly.

— Quelle abondance de richesses.

Sous leurs yeux, un poisson monta à la surface au milieu du lisse, un gobage paisible mais qui déplaça davantage d'eau que les autres et envoya des cercles concentriques vers les berges. Holly saisit le bras de son père.

— Tu as vu ? fit-elle.

— Mm-mm.

Le poisson goba encore, puis, une minute après, recommença.

— Suit-il un rythme précis pour se nourrir, demanda Holly, ou bien les gobe-t-il comme elles se présentent ?

Le même poisson creva encore la surface, sa nageoire dorsale laissant une légère trace sur l'eau.

— Je crois qu'il a trouvé son rythme. Il y a trop d'insectes qui éclosent en ce moment. Quel bas de ligne as-tu monté ?

— Douze pieds, du cinq-X, répondit Holly. Tu ne vas pas me faire lancer contre lui, j'espère ?

— Est-ce que je ne t'ai pas remerciée pour la dernière arc-en-ciel ?

— Tu crois que je vais m'en tirer avec ces brins de fourrure ?

— Tu n'as pas le choix. Je n'ai pas le temps de changer de mouche. Je ne sais pas si tu pourras tenir ce poisson avec un truc plus léger, à condition que tu réussisses à l'atteindre.

— A condition que je l'atteigne...

Une légère brise effleura l'eau, qui passa du noir à une teinte argentée, une faible risée qui obscurcit le monde aquatique.

— Le vent vient de la droite, dit Holly d'une voix sinistre.

Soudain, tout redevint d'un noir luisant.

— Est-ce que je risque d'effrayer tous ces petits poissons en essayant de l'atteindre ?

— A mon avis, il faut que tu tentes ta chance, dit Frank en se déplaçant vers la berge pour se replier jusqu'au rocher où le héron se trouvait. Mais si tu penses trop à eux, ça va te déconcentrer.

Les poissons remontèrent pour gober les éphémères. Même Frank avait l'estomac noué. Immobile, Holly regardait.

— Je vais essayer de monter sur la berge pour mieux voir les poissons, dit Frank. Tu devrais te mettre en position.

Frank posa sa canne au bord de la rivière et se fraya un chemin à travers des herbes qui lui arrivaient au visage. Puis il fut sur la berge. Il avança parmi les broussailles et vit bientôt le bassin briller entre les branches. Il se mit à quatre pattes et rampa jusqu'à la légère élévation qui dominait le plan d'eau. Il s'y allongea à plat-ventre, parfaitement invisible. Il voyait jusqu'au milieu du bassin.

— Prêt à envoyer l'artillerie, dit-il.

— Je ne te vois même pas, dit Holly.

— C'est le calme plat.

— Tu crois qu'il est parti ?

— Non.

De petits poissons continuaient à gober parmi de menues éclaboussures. Frank était suffisamment bien placé pour distinguer les insectes. Le menton appuyé sur le dos des mains, il n'attendit pas longtemps. Il repéra un éphémère ocre qui émergeait dans les bulles du haut du bassin, puis un autre, puis encore un autre. Quand ce dernier atteignit le milieu du lisse, une forme monta des profondeurs, qui se révéla être une truite brune mâle dotée d'une barbule très nette sur la mâchoire inférieure. Elle goba la mouche à la surface de l'eau. C'était un poisson d'une taille étonnante, moucheté de taches foncées, avec une nageoire dorsale proéminente qui émergeait au-dessus de l'eau. La courbe de son ventre pâle semblait jaillir des profondeurs mêmes du bassin. Il replongea, presque invisible, mais même après qu'il se fut nourri, Frank continua de distinguer sa présence à l'affût tout au fond du bassin, une espèce d'intelligence.

— Tu as vu ?

Au lieu de répondre, Holly se mit à dévider de la ligne hors de son moulinet. Elle tenait la mouche dans sa main et soufflait dessus.

— Je vais lancer, dit-elle. Je gamberge trop. Il est gros ?

— Oui.

— Oh, je regrette de t'avoir demandé ça.

— Tu as bien repéré où il était ?

— Oui. J'y vais.

Frank observa le faux lancer de Holly, mais la mouche se prit dans la boucle et s'accrocha à la soie.

— Merde !

Holly ramena sa ligne et libéra la mouche.

— Tu vas trop vite, Holly. Prends ton temps, lance comme tu le fais toujours. Pas de panique. Elle recommença. « Lentement, lentement. »

Holly retrouva sa cadence élégante. La boucle de la ligne s'ouvrit. La mouche se posa et le poisson monta régulièrement des profondeurs.

— Ouah, ouah, fit Frank. Ne ferre pas, il en gobe une juste devant la tienne. Laisse le courant emporter ta mouche.

Le poisson remonta, brisa la surface de l'eau, puis plongea de nouveau. Frank entendit l'air sortir enfin des poumons bloqués de Holly tandis qu'il regardait le gros poisson gober un autre insecte. Le poisson se tenait juste sous la surface de l'eau, la nageoire dorsale et le bout de la queue émergeant à l'air libre ; ses ouïes s'ouvrirent, écarlates, une faible turbulence troubla l'eau de part et d'autre de sa tête.

— Essaie encore pendant qu'il est à la surface, dit Frank.

L'instant suivant, la mouche de Holly descendit en papillonnant, juste dans la veine de la truite. Frank vit la mouche dodeliner sur ses plumes brillantes que Holly avait fixées à l'hameçon la veille au soir, puis s'approcher du poisson. La truite monta lentement et la mouche disparut dans un minuscule tourbillon liquide.

— Voilà, dit Frank à voix basse.

Le mince bas de ligne se tendit soudain au milieu de gouttelettes pâles.

— Tu l'as !

Frank se dressa parmi les broussailles pendant que la truite jaillissait au-dessus du bassin. Holly tenait sa canne très haut, à deux mains, en disant :

— Oh, Dieu Dieu Dieu Dieu Dieu.

— Donne-lui du mou.

— Je lui *donne* du mou.

— Ne touche pas à ton moulinet.

— Je ne touche pas au moulinet !

Frank redescendit vers le bassin et pataugea jusqu'à Holly. Le moulinet vrombissait. Elle regardait droit devant elle, en direction de la ligne. Sa canne accusait un arc prononcé. Elle se tourna légèrement vers Frank.

— J'en peux plus, dit-elle.

Le poisson se mit à fuir et le cliquet du moulinet à hurler.

— Je crois que je vais mourir.

Frank voulut soulager un peu l'angoisse de Holly. Il approcha son oreille du moulinet en folie et leva les yeux vers Holly :

— Ma chérie, dit-il, on joue notre chanson préférée.

— Arrête, papa. Ça me tue !

— Je croyais qu'on pêchait pour s'amuser.

— C'est une vraie torture. Oh, Dieu !

Le poisson restait dans le lisse. Il avait peut-être senti que Frank et Holly bloquaient l'issue inférieure ; au-dessus de lui, les rapides étaient sans doute trop peu profonds pour qu'un poisson de cette taille pût les franchir. S'il était parti vers l'amont, le bas-de-ligne se serait très vite cassé sur les rochers. Holly devait se contenter de maintenir une pression constante en espérant que le poisson était bien ferré et qu'aucune de ses dents ne couperait le nœud de l'hameçon. Holly jouait parfaitement son rôle. Le poisson se mit à faire le tour du bassin en restant au fond.

— Je crois, dit-elle sombrement, que nous allons bientôt savoir s'il y a des souches au fond de l'eau.

La truite effectua un tour complet, prouvant ainsi sa ruse extraordinaire ; mais elle ne trouva rien à quoi accrocher le bas-de-ligne de Holly. Et elle avait de plus en plus de mal à rester au fond du lisse. Holly, qui maintenait une courbure constante de sa canne, suivait attentivement des yeux l'endroit où la ligne s'enfonçait dans l'eau. Enfin, le poisson s'arrêta et attendit, puis il se laissa lentement hâler vers la surface. Pour la première fois, Holly moulina prudemment.

Frank détacha l'épuisette fixée au dos de son gilet et il la plongea dans l'eau pour en mouiller le filet. Le poisson venait vers eux.

— Laisse-moi avancer devant toi, Hol, dit-il calmement.

Quand le poisson fut tout près, Frank tendit l'épuisette vers lui et sous l'eau. Il entendait le rythme régulier du moulinet, sans jamais quitter le poisson des yeux. Alors la truite fit demi-tour et repartit vers le centre du bassin, accompagnée du gémissement strident du moulinet de Holly.

— Oh, je n'en peux plus ! gémit Holly.

Mais quand le poisson s'arrêta, elle se remit au travail.

— On va l'attraper, cette truite, Hol.

— Tu crois ?

— Evidemment.

— Tu dis ça histoire de causer, pas vrai ?

— Non, je vois déjà ce poisson dans mon épuisette.

Quand le poisson réapparut, Frank écarquilla les yeux pour le repérer et orienter son épuisette face à lui. Mais le filet semblait repousser le poisson. Holly l'approcha encore, le filet le repoussa, mais il ne s'éloigna pas de la même manière.

— Je mets le paquet, dit Holly en tirant assez fort pour rapprocher la truite de Frank.

Le poisson fit alors demi-tour, il partit vers la berge opposée, mais fut incapable de plonger. Holly le ramena une fois encore ; ensuite, la truite scintillante céda à la tension de la canne et Frank fit jaillir son épuisette en l'air, toute scintillante d'eau et lourdement lestée de la forme luisante et mouchetée du poisson.

— Je suis tellement heureuse ! Tellement heureuse ! s'écria Holly tandis que Frank remettait l'épuisette dans l'eau pour garder la truite dans son élément. Je n'ai jamais attrapé un poisson aussi gros !

Il passa la main à l'intérieur du filet, autour du ventre lisse de la truite, libérant délicatement le poisson des mailles du filet. Avec la main gauche sous le poisson et la droite autour de la queue, il le tenait fermement. La petite mouche jaune pâle était fichée juste au bord de la mâchoire supérieure. Holly se baissa pour la libérer et la mouche tomba dès qu'elle y toucha. Frank maintint le poisson dans le courant jusqu'à ce que les mouvements de sa queue deviennent violents.

— A toi l'honneur, dit-il.

— Non, à toi.

— Prends-la, dit-il.

Holly saisit la queue de la truite juste au-dessus de la main de Frank.

Puis Holly lâcha, et Frank lâcha, sentant le poids de la truite dans sa main gauche et la courbe du ventre dans sa main droite. Sous l'eau, la truite sembla retrouver ses esprits et son équilibre. Puis, d'un coup de queue, elle se libéra, glissant pour disparaître au milieu du bassin. Ils se mirent alors à hurler comme des chasseurs de sangliers, faisant de grands gestes vers le ciel, Frank avec ses mains, Holly avec sa canne.

— Je suis championne du monde ! s'écria Holly.

Il n'avaient apparemment rien d'autre à faire que de se remémorer la taille stupéfiante d'une truite qui, au cours de sa longue existence, avait sans doute rarement baissé sa garde. Ils étaient certains qu'elle ne commettrait plus jamais cette erreur. C'était étrange de ressentir de l'affection pour une créature qui nageait en secret, presque à l'écart de la lumière, troublant le fond sablonneux du jet de ses larges ouïes. Ils restèrent silencieux parmi le scintillement des feuilles de peuplier.

Plus tard, sur le chemin du retour, ils chantèrent. Frank s'écarta du volant pour brailler plus à l'aise et Holly se tortillait en rythme sur son siège.

— Hey !

— Hey !

— *You* !

— *You* !

— *Get offa my cloud* !

Et la visite de Holly s'acheva. Quand l'avion s'envola et que la tache argentée disparut dans le ciel, Frank sentit sa poitrine se soulever, brusquement étreinte d'une émotion qui envahit son visage avant qu'il ne pût la contrôler. Avec tant de membres de sa famille disparus, des gens qu'il avait connus, il trouvait bouleversant de voir quelqu'un qu'il aimait autant que Holly prendre si tôt son essor dans la vie et s'en aller sur la terre plate. Aujourd'hui, il avait eu toute l'attention de sa fille, mais il savait que ce ne serait pas toujours le cas. C'était une vérité difficile à accepter.

26

Eileen se tenait au seuil du bureau de Frank, la mine renfrognée, hésitant apparemment à révéler ce qu'elle avait sur le cœur. Elle avait souvent recours à cette espèce de télégraphie faciale et Frank pensait qu'elle aimerait traverser l'existence en dispensant ces petits spectacles muets et significatifs, tel un Indien dans un film de cow-boys, montrant des objets, écoutant le vent nocturne, des signaux de fumée sur une colline voisine, des messages tapotés sur la plomberie. Eileen avait beaucoup de mal à ne pas tourner autour du pot. Cette attitude n'avait jamais agacé Frank du temps de Gracie, mais la pauvre Eileen était maintenant synonyme de travail et tout ce qui touchait au travail rebutait singulièrement Frank.

— Oui, Eileen.

— Vous avez un visiteur, monsieur Copenhaver.

— Ce genre de situation s'est déjà produite par le passé, Eileen. Y a-t-il une raison pour ne pas le faire entrer ?

— Il s'agit de M. Jarrell, monsieur Copenhaver.

C'était encore le ranch, ce malheureux héritage.

— Faites-le entrer, s'écria-t-il.

Il regarda ses papiers sans les voir. Pour une fois, les tergiversations d'Eileen avaient un sens. Frank posa la main sur le combiné. Boyd franchit la porte et la referma dès qu'il aperçut Eileen tendre le cou pour mieux voir.

Frank remarqua qu'il avait les mains vides. Boyd salua. Frank salua. Sans savoir pourquoi, il se retrouva en train de dire :

— Je ne vous ai pas revu depuis la soirée du savon.

— Non.

— Pas pris de douche depuis, hein ?

— Non.

— Bon. Aujourd'hui est un autre jour. Que puis-je faire pour vous ?

— Hier, je suis allé jeter un coup d'œil au ranch. Il a vraiment pas bonne mine.

— Nous n'avons pas trouvé de remplaçant. Je considère que vous nous avez laissés en plan.

— La luzerne est toute cramée, les chevreuils traversent les clôtures...

— Je crois que Mike a fait passer une annonce dans *Agri-News.*

— ...même un endroit où les gens des camping-cars ont fait sauter le cadenas de la pâture est, ils se baladent partout et écrasent l'herbe.

— Comme je viens de vous le dire, je vais vérifier auprès de Mike si nous n'avons pas déjà eu quelques réponses.

— Mais quand j'ai vu les tranchées et que j'ai constaté qu'il n'y avait plus de sel, j'ai compris...

— Vous avez compris quoi ? demanda Frank lorsque Boyd se tut.

— J'ai compris qu'on avait fait une bêtise. Vous et moi, ça compte pas. Mais faut que les vaches aient leur sel.

— Que voulez-vous me dire au juste ?

— Je reprends le boulot aujourd'hui même.

— Et... notre petit conflit, Boyd ? Soyez honnête.

— Faudra qu'on laisse ça de côté, monsieur Copenhaver. Comme je viens de vous dire, les vaches ont plus de sel.

— Je dois vous mettre au courant d'une chose. Mike et moi avons décidé de vendre le ranch.

— Vous allez pas faire une chose pareille.

Frank réfléchit pendant une minute. Boyd était un parfait cow-boy. Il s'intéressait seulement aux vaches, mais chez lui cet intérêt relevait davantage de la passion. A trois kilomètres de distance, il pouvait repérer une vache qui avait mal à la patte ; d'ailleurs Frank l'avait personnellement constaté. Boyd était aussi doux avec les vaches qu'imprévisible avec les gens. Frank aurait sans doute mieux fait de ne pas se mettre aussi souvent en travers de son chemin. Boyd faillit un jour assommer Mike avec une poêle à frire ; mais Mike, qui considérait tout le monde comme cinglé, ne prit pas cette agression au tragique, même si son infirmière se plaignait qu'il titubait dans son bureau depuis deux jours et demi et qu'il souffrait peut-être d'un traumatisme crânien. Frank pensa aux vaches abandonnées à leur triste sort, privées des soins de Boyd. Ces grosses bêtes dociles et impuissantes, amenées sur cette prairie par les Blancs, toujours pleines, manquant sans cesse de quelque chose, avaient besoin de quelqu'un pour essayer de combler ce fossé entre elles et un environnement qui ne leur était pas toujours favorable. Frank dut reconnaître en son for intérieur qu'on avait vraiment plaisir à voir Boyd chevaucher parmi un troupeau de bestiaux, car on savait que, lorsqu'il aurait vu la dernière bête, il en aurait autant appris sur elles que l'apprenti vétérinaire moyen à la fin de ses études. Si j'en savais autant que lui dans un domaine quelconque, pensa Frank, je serais odieux avec tout le monde ; c'est seulement mon ignorance crasse qui m'oblige à être aimable avec les gens.

— Vous n'émargez plus chez nous. Il faut d'ailleurs que vous préveniez Eileen. Débrouillez-vous.

— Oui.

— Je ne blague pas. Mike et moi envisageons de vendre la propriété.

« Pourquoi ? pensa Frank. Boyd pourrait s'en occuper comme d'un héritage. »

— Consultez-moi d'abord, dit Boyd. Vous n'avez pas besoin de vendre des bonnes terres comme ça. Vous allez tout bousiller.

— Vous croyez ?

— Je crois pas, j'en suis sûr.

27

Samedi, il téléphona pour s'assurer que Holly était bien arrivée à Missoula. Un homme lui répondit.

— Dites-lui simplement que son père a appelé.

Frank eut l'impression d'avoir déjà rencontré ce type, un transfuge de Colgate, des frisettes jusqu'aux épaules et un anneau dans la narine. A l'époque, cet individu avait émis quelques commentaires sarcastiques sur Missoula, sur la ruine de l'Ouest. Des remarques imbéciles.

Frank sortit et regarda sa rue qui montait de manière spectaculaire vers le sud à travers des pinceaux de lumière hachurés d'érables. Les voitures au bruit feutré semblaient naviguer placidement en ville. Leurs formes colorées jaillissaient dans les fenêtres des maisons, puis elles les quittaient. Des étudiants juchés sur des bicyclettes apparaissaient au sommet de la colline, puis ils descendaient avec insouciance en roue libre avant d'entrer en ville. La ligne brisée du trottoir gravissait la colline, interrompue çà et là par des massifs de lilas ou de caraganas.

Il passa en revue ses obligations avec le sentiment qu'elles l'empêchaient de prendre son essor dans ce paysage, comme une de ses couleurs. Holly, facile. Et Gracie — s'agissait-il d'une obligation ? Il l'ignorait. Il avait provisoirement oublié que Holly lui avait dit que Gracie n'allait pas très bien. La malchance ? Ou alors elle marinait dans son jus ? Il ne savait pas. Mais Holly allait voir Gracie et cette perspective était excitante. Elle contribuerait peut-être à accélérer le divorce et tous deux pourraient ensuite repartir sur un nouveau pied, sans trop de souffrances.

Il sortit dans la rue. Le samedi, jour abhorré des professions libérales, avait quelque chose de superflu. Eileen était sans doute chez elle, à s'occuper de sa sœur aînée qui souffrait de sclérose multiple et d'un manque d'argent chronique. Il passa devant Sainte-Anne, l'église de sa famille qui se dressait au carrefour de Shoshone, et il remarqua sa porte entrebâillée, la bande sombre du linteau éclairée par la lueur jaune de la nef. Cédant à l'antique attraction, il y entra ; il s'arrêta, puis fut emporté comme par un courant violent. L'odeur de la pierre et du vieil encens brûlé, celle des prie-dieu en pin verni étaient réconfortantes. Il avança jusqu'au milieu de la travée centrale, fit une génuflexion, puis il s'assit en regardant l'autel vide. Il se demanda si c'était tellement différent des tumulus des druides, des anneaux de fées, des cercles de la danse du soleil, ou si cette architecture suggérait un apauvrissement. Peut-être exprimait-elle une zone de l'inconscient qui engendrait les papes assassins et les ayatollahs sanguinaires. Et s'il n'y avait rien ici, hormis la croyance de nombreux fidèles à une chose qui n'existait pas ? Cela ajoutait certainement à l'importance du problème. Il avança et alluma des cierges pour sa mère et son père. Puis il retourna sur son banc. Il n'y a personne ? Lâchez tout de suite l'oiseau blanc, s'il vous plaît. Qu'un rayon de lumière passe au-dessus de moi. Je veux entendre le faible tintement d'une cloche. Vous voyez, nous sommes désespérés. Nous sommes ici pour *pierre, eau* et *sacrifice* ; *maison, récolte, poisson.* Pour prononcer clairement ces mots. Et pour dire *Gracie.*

Il regretta d'avoir inclus *poisson* dans sa liste, car ce mot aiguilla son esprit vers des préoccupations très prosaïques. Il sortit de l'église, rentra chez lui et rassembla son équipement. Moins d'une heure plus tard, il barbotait jusqu'à la taille dans la Gallatin River. Les hirondelles plongeaient au-dessus de sa tête en attrapant les éphémères. Les truites se déplaçaient comme des fantômes à la lisière du courant. L'obscurité l'engloutirait quelques mètres plus loin, au cœur d'un mystère.

Frank s'arrêta au Valley News et acheta le journal. Devant le magasin, il y avait un jeune homme aux longues nattes crasseuses. Le retriever doré et bien dressé qu'il tenait près de lui au bout d'une ficelle regardait la circulation d'un air navré.

Lucy passa devant le Valley News au moment où Frank en sortait avec son journal. Il lui adressa un léger signe de tête. Elle fit de même, le croisa, s'arrêta et fit demi-tour. Elle était jolie, avec sa jupe de coton bleue et un grand chandail gris.

— Frank, dit-elle.

— Lucy, répondit Frank.

Il tenait à rester aimable, à ne pas lui décocher un sourire en plein visage. Mais il se rappela soudain être allé avec Mike dans un bordel de Livingstone et avoir entendu la grosse voix de Mike tonner derrière une porte fermée :

— Par le fantôme du grand César, quel con !

Alors il se mit à rire. Il aurait mieux fait d'oublier toutes les idées de Mike sur les femmes, y compris sa conviction que les seuls hommes qui comprenaient les femmes étaient les Africains qui pratiquaient la circoncision, tranchant le clitoris avec un coquillage. Et Mike de mimer l'action du coquillage.

— Pourquoi ries-tu ? demanda Lucy.

— Je viens d'avoir un souvenir complètement déplacé et malvenu. Excuse-moi, Lucy, veux-tu dîner avec moi ?

Il se sentait vaguement honteux.

— Il est un peu tôt, non ?

— J'ai faim.

— Moi aussi. Eh bien, d'accord.

— Tant mieux. Merci, Lucy.

— Pas de quoi, Frank.

Ils descendirent la rue jusqu'à *O'Nolan's*, un restaurant calme et sans prétention, fréquenté par les nouveaux venus dans les Rocheuses, des gens polis dont l'amour invétéré des lieux publics fascinait Frank. Ils s'installèrent l'un en face de l'autre, puis examinèrent leur menu en silence comme s'il s'agissait de documents secrets. Ils se connaissaient suffisamment pour regarder leur menu sans bavarder ou commenter nerveusement les plats proposés. Frank se sentait néanmoins dans un état bizarre.

— C'est incroyable que cet endroit soit déjà si animé à cette heure-ci, dit Lucy.

— Les clients tiennent sans doute à se coucher de bonne heure. Demain matin à l'aube ils ont un séminaire sur les champignons sauvages.

— Quoi ?

— Moi aussi, ça m'étonne.

— Frank, nous sommes restés sur une note assez amère. Mais nous sommes adultes. Je crois que nous abordons une phase nouvelle de notre relation et je trouve ça très encourageant.

— Ou tout simplement rageant ?

— C'est toi qui m'invites, non ?

— Bien sûr.

— Puis-je te dire que je n'avais pas le droit de t'imposer mon romantisme en l'absence d'un investissement plus important de ta part — s'il te plaît, garde tes blagues stupides pour toi.

— D'accord.

La serveuse arriva et récita la liste des spécialités de la maison. Frank ne s'intéressait pas à la gastronomie. Il eut envie de lui rétorquer qu'il se fichait de sa liste comme de l'an quarante. Mais il s'intéressait toujours à la manière dont les serveuses accompagnaient leur liste de spécialités avec de brèves descriptions des sauces et des recettes. Des expressions telles que *fines herbes** ou *crème fraîche** avaient un charme mélodieux qui semblait séduire les autres clients, moyennant quoi Frank désirait qu'elles le séduisent aussi. Il y avait pourtant une côte de bœuf aux dimensions splendides, qu'il choisit. Il mangeait si vite qu'au restaurant il commandait toujours des plats copieux pour éviter d'avoir trop de temps à tuer. Lucy commanda deux bizarreries. Ils n'oublièrent pas la boisson.

Frank prit bonne note de surveiller scrupuleusement les boissons afin de ne pas devoir affronter l'éveil, aux conséquences immensément compliquées, du ver lubrique de son entrejambe. Lucy était très réelle pour Frank. Parfois, une femme devenait tellement réelle qu'on ne pouvait plus coucher avec elle : cette personne trop réelle et vous-même deviez alors trouver un troisième terme pour recréer l'atmosphère d'intensité adéquate. Ce pouvait être un enfant, une affaire à régler, une image pornographique ou le désir d'éliminer les ennemis de votre famille. Ainsi, des couples de banlieusards lubriques arraisonnaient lâchement de pauvres innocents pour les soumettre à leurs caprices bigarrés. Scènes de coucherie dans des voitures, sur un toit ou un plongeoir. « L'amour. » Frank rêvassait à tout cela au sein de ce qu'il croyait être une atmosphère agréable.

— Frank ?

— Oui ?

— J'ai le sentiment de ne pas avoir toute ton attention, Frank.

Bon, d'accord, comment se tirer de ce mauvais pas ?

— Désolé, dit-il.

— Ne sois pas désolé.

— Très bien. Au fait, qu'est-ce que j'ai commandé ?

— Une côte de bœuf.

— Et toi, ma chérie ?

— Veau bolognese.

Il savait parfaitement qu'il ne s'agissait pas de veau à la polonaise. Mais l'image d'une tranche de viande, solitaire et mince, d'un objet qui semblait incongru même pour un déjeuner de cantine, lui traversa l'esprit.

— J'ai hâte d'avoir mon steak, dit Frank.

Il pensa à son contrat de bestiaux. Il pensa à ses bêtes d'un an ralenties puis arrêtées par la densité de l'herbe sur sa pâture de l'Armée du Salut. Il vit tous ces kilos de viande prendre corps sur les côtes des veaux.

On leur servit l'apéritif. Le bourbon imprégna aussitôt ses pensées tandis qu'il regardait la salle de restaurant. Il prit conscience de leurs quatre mains posées sur la table. Lucy s'excusa. Il fit un léger signe de tête et la suivit machinalement des yeux jusqu'au moment où il s'aperçut qu'elle ne se rendait pas aux toilettes, mais qu'elle franchissait la porte du restaurant et que, si ses yeux ne lui jouaient pas un tour, elle avait réussi à attraper son manteau en chemin.

Il retrouva aussitôt toute son attention et franchit la porte à sa poursuite. Il la rejoignit au bord du trottoir. Elle avait des larmes plein les yeux.

— Je suis parfaitement capable de me payer à dîner, dit-elle.

— Qu'est-ce que j'ai fait ? Dis-moi ce que j'ai fait, Lucy.

Il sentit que, sans leur triste camaraderie, il n'aurait jamais pu poser cette question sérieusement.

— Tu t'es absenté. Tu n'étais tout simplement pas là, Frank.

— Oh, Lucy, c'est vrai. Je suis coupable. Viens, rentrons au restaurant. J'ai signé un gros contrat de bétail et je me suis fait une trouille bleue. Je m'inquiétais. Allez viens. Mon steak et ton veau à la polonaise seront là dans une seconde. Donne-moi encore une chance.

— Et elle gobe tout ça, dit Lucy. Elle retourne dans ce restaurant médiocre. La vie se traîne lamentablement. Il a ses soucis, leurs regards ne se croisent jamais, sans parler de leurs pensées. Elle commence à s'interroger : quel remise puis-je proposer aux méthodistes pour le Machu Pichu ? La Royal Holland Lines a-t-elle des invités intéressants cette année ? Etait-ce Viking qui avait fait venir ces mauvais comédiens ?

Les yeux de Frank brillèrent d'excitation.

Ils retournèrent à leur table juste à temps pour les entrées. Lucy paraissait décontenancée, comme si elle avait obligé Frank à faire davantage attention à elle. Frank crut discerner chez Lucy la décision de prendre sa vie en main. Elle avait fait un mariage désastreux ; la plus grosse réserve de Frank à propos de Lucy, c'était qu'elle se dirigeait tout droit vers un autre mariage désastreux. Elle ne savait apparemment jamais quelle carte jouer, et Frank ne se sentait pas attiré par les femmes qui avaient besoin qu'on les aide à jouer leurs cartes. Néanmoins, il aimait tout le reste chez elle. Depuis un moment, il souffrait d'un tel somnambulisme que c'était peut-être la gaucherie de Lucy au lit qui le ramenait vers les lumières brillantes d'une réalité dont il avait tant besoin. Il s'était toujours intéressé aux activités des gens et, par son travail, Lucy était en contact direct avec la communauté de Deadrock. Les gens désiraient s'en aller de temps à autre et elle les aidait efficacement à le faire. Elle avait une excellente intuition de leurs désirs spécifiques et c'était une bonne vendeuse. Elle avait accompagné quelques voyages organisés et même guidé un groupe d'universitaires dans le Pacifique sud pour leur montrer les oiseaux exotiques, accumulant les anecdotes sur ces oiseaux et parvenant à rester à la tête d'un groupe qui se vantait d'avoir davantage d'informations qu'elle. Avant les célèbres performances des télévangélistes, Lucy avait une clientèle fidèle pour la Terre sainte, mais cette destination lui rapportait de moins en moins d'argent, d'autant que la réputation de violence de cette région avait découragé ses derniers clients.

— Frank ?

— ?

— A quoi rime tout ça ? demanda-t-elle d'un air radieux.

— Je savais que tu allais me poser cette question.

— Peux-tu me répondre ? Nous avons chacun un métier. Nous gagnons notre vie confortablement. Qu'essayons-nous de réaliser ?

— Hum.

— Eh bien moi, je trouve ça important de le découvrir.

Frank cessa de manger pendant un moment. Il se définissait volontiers comme un simple homme d'affaires, et le plus souvent cela lui suffisait. Il se sentait directement concerné par les premiers pas de Holly dans la vie. Mais peut-être couvait-il trop sa fille. Il comprit soudain que son désir compulsif de regarder les gens vaquer à leurs occupations, de les observer derrière leurs fenêtres comme s'ils se trouvaient dans un laboratoire, s'expliquait par l'inconsistance de sa propre vie. S'il fallait qualifier son existence, elle lui semblait mince. Elle avait un air de faux-semblant. Il devina que tout le monde vivait dans une atmosphère de perpétuels ajournements.

Il se demanda pourquoi les gens refusaient de reconnaître cette évidence. Si le président Bush avait déclaré qu'il lui semblait faire semblant de diriger l'assaut contre l'Iraq, Frank aurait considéré cela comme un premier pas vers la vérité. « Tout se passe comme si des bombes tombaient sur des gens. » Mais c'étaient d'autres individus, bien réels ceux-là, qui recevaient ces bombes, qui menaient des luttes nationalistes, qui perdaient leur récolte, qui souffraient de la marée noire, qui ressentaient une joie profonde au volant de leur nouvelle Audi, qui se faisaient arnaquer en savourant le café instantané qu'on leur servait en douce chez *Antoine* à La Nouvelle-Orléans, qui découvraient déçus toute la bourre de coton qui remplissait leur tube d'aspirine. C'était pourtant avec un authentique courage que Lucy décrivait les oiseaux de Micronésie à ces messieurs je-sais-tout qui, malgré les innombrables journées enneigées du Montana, n'avaient pas pris le temps de s'initier à la hiérarchie complexe qui régnait à bord d'un paquebot de croisière. Cela permit aussi à Lucy de se rapprocher du biologiste du bateau et, au bout d'un laps de temps relativement bref, ils purent faire semblant de concevoir un bébé dans la cabine dudit biologiste. Elle avait déjà évoqué cet épisode devant Frank, en se demandant si avec un minimum de flair on réussissait toujours à repérer une situation de drague.

— Les Beatles appelaient leurs petites amies leurs « oiseaux », répondit Frank. Je me rappelle John Lennon présentant sa copine en disant : « mon oiseau ».

— « Mon oiseau »...

— Oui.

— Merde, Frank, pourquoi me parles-tu de ça ?

— Tu m'as dit que tu avais étudié les oiseaux pour ton voyage et que tu avais toi-même fini métamorphosée en oiseau.

— Ça y est, j'ai pigé. Je ne me souviens pas bien des années soixante.

La nuit était tiède quand ils sortirent du restaurant. Cela parut facile, tout naturel, de flâner dans les quartiers qui s'étendaient au nord, derrière la grande rue. Entre deux rues, il y avait souvent un chemin de terre qui séparait l'arrière des deux rangées de maisons, une allée où les gens rangeaient leurs poubelles, leurs barques, leurs tas de bois et où leurs fenêtres donnaient directement sur cet aimable capharnaüm. Frank entendit le son d'un instrument à cordes et se dirigea vers lui. Il repéra la fenêtre, rampa vers sa lumière en faisant signe à Lucy de le suivre. A quelques pas du carré de lumière, il saisit le bras de Lucy et se sentit assez courageux pour regarder. Un homme en sous-vêtements blancs jouait du violoncelle, le front couvert de sueur, les traits concentrés devant sa partition. Près de lui, dans un berceau en plastique, un bébé regardait ses poings menus s'agiter devant son visage. C'était une pièce vide, au plancher de bois, dont tout le mobilier se résumait à la chaise sur laquelle le musicien était assis. Frank ne réussit pas à localiser la source de la lumière, mais il n'y avait pas la moindre ombre nulle part.

Quand ils retournèrent dans l'allée, Lucy dit :

— J'ai eu peur.

Frank lui serra affectueusement le bras pour la rassurer.

— Une scène typique, tu ne trouves pas ?

Ils marchèrent encore un peu jusqu'à une zone d'ombre et là, ils se mirent à s'embrasser. Ils restèrent ainsi un moment, puis il abaissa le bras de Lucy jusqu'à ce qu'elle ait la main entre les jambes de Frank. Il lui tenait les fesses par derrière et il fit remonter sa robe de façon à glisser les mains dans son slip. Les deux hémisphères charnus étaient frais. Il se recula un peu pour placer sa main devant et glisser les doigts en elle. Debout dans l'allée, elle se mit à gémir et à remuer contre sa main qui devenait poisseuse.

Il l'entraîna dans un garage. Il y avait une vieille Buick à l'intérieur et Frank ouvrit la portière arrière. Dieu, c'était exactement comme la Buick de Frank. Lucy hésita, puis elle s'assit au bout de la banquette, avant de se glisser à l'intérieur. Dès que Frank baissa son pantalon, sa queue jaillit et il tendit le bras pour placer le pied de Lucy sur le dossier du siège avant. Elle déboutonna son corsage et l'ouvrit pour permettre à ses seins laiteux de se dresser dans la pénombre. Elle se mordit le côté de la main en le regardant entrer. Perdant toute prudence, elle essaya de jouir avant lui. Les gros tendons de l'intérieur de ses cuisses rentraient dans les hanches de Frank et Lucy avait les deux pieds collés contre le toit de la voiture. Il voulut émettre quelques sons quand il se sentit gicler en elle, mais il resta silencieux.

— Je veux bien me retourner si tu continues de bander, dit-elle.

Il répondit « d'accord », pour voir, et il resta debout à côté de la voiture, remarquant la courbe pâle du derrière de Lucy. Une folle stupéfaction le submergea quand des expressions comme « tour operator » ou « le charme du Vieux Monde » lui traversèrent l'esprit. La seconde partie de leurs ébats se solda donc par un fiasco.

Frank regretta que Lucy mît autant de temps à sortir de la voiture, la blancheur maladroite de son postérieur émergeant dans l'encadrement de la portière tandis que son pied droit battait frénétiquement vers le sol. Incapable de relever son pantalon parce qu'il marchait sur l'ourlet, Frank ne s'en tirait guère mieux.

« Un couple de crétins », pensa-t-il.

Ils poursuivirent leur chemin dans l'allée qui aboutissait à un petit jardin public. Lucy pleurait en silence. Levant la main dans l'obscurité, il sentit l'averse des larmes froides. Il ne pouvait rien dire, il n'avait pas le droit de parler. Des larmes se mirent à lui envahir les yeux. Que se passait-il donc ? Il prit Lucy dans ses bras de façon à lui faire sentir ses propres larmes, jusqu'à ce qu'une espèce de solitude confortable les pousse à rire tandis que d'affreuses bulles de morve se formaient à leurs narines. Bientôt, ils éclatèrent de rire. Ils essayèrent d'abord de rire calmement. Puis Frank tenta de rire plus fort. Lucy l'imita. Ils se mirent alors à éclater d'un rire tonitruant, comme deux chanteurs d'opéra. Enfin, ils s'amusaient.

Frank raccompagna Lucy jusqu'à sa voiture. Elle était garée à un bloc de la grande rue et, au passage, il égrena les noms des anciens magasins : des épiceries, des quincailleries, même un forgeron. Depuis longtemps, ces magasins en étaient devenus d'autres : des fleuristes, des boutiques de luxe, des magasins de vêtements, des papeteries.

— C'est une quoi ? lui demanda-t-il.
— Une Toyota Corolla.
— Bonne voiture ?
— Oui, excellente. Eh bien, Frank...
— Lucy...
— Je suis très contente de cette soirée.
— Moi aussi.
— Un bon gros rire à la fin.
— Peux-tu répéter ça ? demanda Frank.
— Un bon gros rire à la fin.
— Tant mieux, Lucy.
— A demain au bureau.
— Oui, à demain au bureau.

28

Frank aimait à penser qu'il occupait une position intermédiaire entre son père et son grand-père. Son père avait été un scout « aigle » et un bon élève. Il avait aussi éprouvé un désir insatiable d'amélioration financière, une grande fierté face à ses réussites, un peu comme l'athlète bien décidé à courir le mile en moins de quatre minutes avant la fin de la saison. Le grand-père de Frank était un fermier renfrogné qui ouvrait rarement la bouche, mais semblait tout voir avec ses grands yeux au regard sévère. Quand le père de Frank commença à gagner de l'argent, il emmena Frank, alors âgé de neuf ans, et son propre père dîner au country club. Il obligea tout le monde à manger du homard. Il but beaucoup trop et fourra des billets froissés dans la main de la serveuse. Le grand-père de Frank observa tout cela en silence, mais finit par tonner au-dessus des carapaces de homard :

— Si tu ne tiens pas mieux l'alcool, Bill, tu ferais mieux de ne pas boire du tout.

Tout le country club l'entendit. Stupéfait, Frank constata la brusque déconfiture de son père, il vit son visage et sa fierté s'effondrer en même temps, il comprit l'étonnant pouvoir d'érosion que les pères ont sur leur fils. En un sens, cet épisode cruel rendit Frank heureux de ne pas avoir de fils, car lui aussi aurait alors risqué d'utiliser par mégarde cette arme terrible, cette bombe atomique. Au demeurant, il rencontrait le problème inverse avec sa fille : il n'osait pas dire un mot contre le garçon à l'anneau dans le nez, de peur de recevoir un bon sermon. Ou contre le président de cette association de citoyens, qui voulait conserver le Montana pour les natifs du Montana. Il ne lui restait plus qu'à se convaincre qu'il lui manquait une chose essentielle, un anneau en or dans la narine, un papillon tatoué sur la fesse.

Lundi, il n'alla pas au bureau. Cela ne lui était presque jamais arrivé. Et au lieu de demander à Eileen de garder la forteresse, il l'appela de bonne heure pour lui dire de prendre, elle aussi, une journée de congé.

Elle en fut ravie et déclara qu'elle irait à Helena regarder un match de base-ball de deuxième division.

— Merci, monsieur Copenhaver. Je serai là, fraîche et dispose, demain matin.

— Très bien, Eileen.

— Puis-je vous demander ce que vous comptez faire de votre journée ?

— Je cherche un professionnel de la santé mentale qui n'habite pas trop loin de chez moi.

Il y eut un long silence, puis Eileen dit avec un accent prononcé, presque britannique :

— Je vais courir ma chance, monsieur Copenhaver, et supposer que vous parlez sérieusement. Je vais vous répondre que, selon moi, c'est une excellente idée. J'espère que vous comprenez qu'il n'y a rien de honteux à cela.

— Tout à fait, Eileen, dit Frank, laconique.

En fait, il avait déjà pris rendez-vous avec un thérapeute. Il regardait la photo d'une vedette de cinéma, dans le magazine *People*, qui participait à une cérémonie de danse du soleil des Indiens crows, suspendue aux poteaux d'un tipi gigantesque par des crochets enfoncés dans la poitrine.

Un peu plus tard, Frank crut bon de s'attarder discrètement sur le parking de la quincaillerie Mullhaven, pour observer les gens garer leur voiture. Ses yeux se réduisaient à deux minces fentes. Un vieux rancher arriva, gara sa grosse Toronado à la peinture rose et blanche, puis il en descendit et glissa les clefs dans sa poche. Une grosse rouquine en pantalon de jogging arriva ensuite dans une Wagoneer verte, elle lança les clefs sous le siège et descendit. Un homme qui semblait vaguement déguisé en jardinier apparut alors dans un break Ford blanc, puis il en descendit sans avoir fait le moindre geste vers le cendrier, le pare-soleil ou le dessous du siège. Dès qu'il eut disparu, Frank s'approcha de la voiture et y monta.

Les clefs étaient en place. Il y avait un exemplaire tout frais du *Wall Street Journal* sur le siège et Frank parcourut les titres pendant un moment. La banque fédérale avait encore baissé ses taux d'intérêt, mais on ne s'attendait pas à ce que cette mesure enraie la récession. Il fit démarrer la voiture, puis quitta sa place dans la frise pour rejoindre l'allée. Il s'engagea dans la grande rue et bifurqua vers l'est, heureux de tout l'espace situé derrière lui, l'imaginant rempli de vélos d'enfant, équipé d'une barrière pour chien ou fleurant bon une vieille tondeuse à gazon à lames rotatives, aux angles verts usés jusqu'à l'éclat de l'étain sous une pellicule d'huile multigrade. Malheureusement, c'était un break flambant neuf, aussi familier, déconcertant et utilitaire que le surnaturel matériel de musculation qui encombrait tous les videgrenier d'Amérique.

Cette impression se dissipa dès qu'il franchit le col, regardant les diverses entailles sur les versants tout proches, savourant déjà le plaisir qu'il prendrait à vider son sac devant un inconnu. Alors, brutalement, il ne comprit plus ce qu'il faisait dans cette voiture et il se mit à surveiller le rétroviseur en s'attendant à y découvrir une voiture de police, scrutant ensuite les bandes d'asphalte gris-argent ainsi que les sphères blanches des nuages piquetées sur le dôme bleu du ciel : pas de flics en vue. Sa peur passa et il retrouva le plaisir d'occuper ce break, de tenir le volant frémissant, d'appuyer sur l'accélérateur si moelleux, tandis que le col s'ouvrait vers les plaines toutes proches et leurs pâtures.

Il remarqua alors la présence d'un téléphone cellulaire. Elle le réconforta, comme si un vrai voleur de voitures ne dépassait jamais les limitations de vitesses et ne téléphonait jamais. Il appela d'abord Lucy à son bureau.

— J'ai regardé si tu étais là, dit-elle, mais tu n'es pas encore arrivé.

Elle ne semblait pas vexée et pas davantage réticente à l'idée de le chercher.

— J'essaie de procéder à quelques rectifications, Lu.

— Tout le monde en est là, Frank. Comptes-tu venir aujourd'hui ?

— Je ne crois pas.

— Bon, alors je vais te confier ce que j'ai sur le cœur.

Frank pensa à la poitrine de Lucy, à la courbe inférieure de ses seins au repos. Cette image merveilleusement familière aidait à passer le temps.

— Vas-y, Lu.

— Frank, je ne crois pas que ces « épisodes » me fassent du bien.

— Ah bon ?

Il revit l'intérieur de la Buick, Lucy les pieds en l'air, la protubérance ourlée de la chair rose offerte.

— Non. Bien sûr, c'est agréable. Mais en ce moment, ils rendent mon sort encore plus, hum, pénible et le remords dure plus longtemps que le plaisir. Je l'ai remarqué plusieurs fois.

— Oh, Lu...

Cela semblait égoïste, mais il ne pouvait aborder l'énormité d'un sujet qui concernait désormais tout le monde, ce profond dégoût que les hommes et les femmes éprouvaient les uns pour les autres depuis un moment, les trêves précaires des nouveaux mariages, les liaisons meurtrières. Frank espérait qu'ils avaient dépassé ce stade dans une avalanche de pure luxure, mais de toute évidence ce n'étaient que des vœux pieux. L'indélicatesse n'était pas une panacée.

— Bref, reprit Lucy, j'étais déjà arrivée à cette conclusion avant l'autre soir, mais je me suis soudain retrouvée avec les pieds contre le toit de cette voiture...

A cette seule pensée, Frank sentit le sang affluer vers son visage. Des panneaux d'affichage émergeaient des pâtures, couverts de skieurs, de plongeurs exécutant un saut carpé, sur fond stylisé de Ciel Immense.

— ... et j'ai compris que je devais simplement te demander, comme à un ami, de t'assurer que cela ne se reproduirait plus. Les gens comme nous ont très souvent besoin de la compagnie de leurs semblables, mais ce que nous avons fait m'a été néfaste.

Elle me demande, comme à un ami, d'arrêter de la baiser ? Avec toute cette énergie dépensée pour le sexe, cette recherche complexe, souvent déroutante, se transformerait en poison. En pur poison ! Et en culpabilité, pensa Frank, à cause de Gracie. Nous sommes passés du *Heartbreak Hotel* au *Heartbreak Bed-and-Breakfast*.

— D'accord, Lucy.

— Tu dis ça d'une voix tellement plate, dit Lucy.

— Bah, ça m'a échappé. Mais sans doute que ça me met à plat de te dire une chose pareille.

Frank croisa une Mazda fantaisie verte qui roulait sans doute à cent cinquante à l'heure. Elle sembla laisser dans son sillage comme un frisson de vitesse pure, tandis qu'elle gravissait la longue colline avant de disparaître hors de vue.

— Pourquoi ?

— Pourquoi ? Parce que ça m'a plu, Lucy. *Tu* m'as plu.

— Toi aussi, tu m'as plu, Frank.

A la bifurcation, où deux péninsules de semi-remorques se rejoignaient sur le bas-côté de l'autoroute, une fille faisait du stop avec un sac à dos à l'armature en aluminium, brandissant une pancarte où on lisait « Madison ». Elle allait vers l'est, sans doute vers la ville de Madison, dans le Wisconsin, et non vers la rivière Madison. Ce n'était pas la sortie de Frank, mais il allait oublier sa destination initiale pour prendre en voiture cette jeune femme, cette inconnue au visage neuf. Frank se gara sur le bas-côté et lui fit signe de monter, en souriant, lui montrant qu'il téléphonait et ne pouvait donc pas l'aider. Elle mit son sac à dos à l'arrière et monta. Il sourit encore et grimaça afin d'essayer de lui signifier qu'il n'en avait plus pour longtemps.

— Mais si tu le désires vraiment, Lu, nous pouvons bien sûr en rester là.

— Je me demande si j'ai vraiment envie d'en rester là.

Il aperçut la courbe interne de ses cuisses à la périphérie de son champ de vision. La fille sentait la sauge. Brune, avec de longs cheveux retenus sous la nuque par un nœud de tissu bleu. Il se mit à transpirer. Il avait le bout du doigt au bord de l'abîme, mais la voix de Lucy parut à nouveau l'absorber.

— Je crois que je ne peux pas répondre à ta place, Lucy.

— Il suffit que je m'entende parler pour savoir que je mens.

— Ah bon ?

Quelle noix, pensa Frank.

— Oui, que je mens.

— Que veux-tu dire au juste ?

— J'ai envie de toi, Frank. J'ai envie de toi.

— Hum-*hum*, dit Frank comme si, soulevant le capot pour mettre un peu d'huile dans le moteur, il voyait soudain de la fumée monter autour des soupapes.

— Tu veux que je te dise comment ? proposa-t-elle d'une voix atone, presque malgré elle.

— Bien sûr, répondit-il, absolument confondu dans son effort pour mettre un terme à leur conversation.

Alors elle céda à la transe, submergée par la puissance érotique du téléphone. Frank jeta un coup d'œil à la fille, qui haussait les sourcils avec une expression aimablement perplexe. Pour souligner son impuissance, Frank éloigna le téléphone de son oreille. La complainte de Lucy, réduite à l'infime nasillement d'une poupée maléfique, envahit l'intérieur de la voiture :

— ... quand tu t'enfonces jusqu'au fond de ma bouche et que je sens tes grosses couilles...

— Arrêtez cette voiture ! cria la fille.

Elle avait déjà pivoté sur son siège et saisi la poignée de la portière comme pour suggérer qu'elle allait sauter en marche s'il ne s'arrêtait pas.

— Frank ! s'écria Lucy au téléphone. Tu es avec quelqu'un ?

— Je te rappelle.

Il raccrocha et se gara au bord de la route ; la fille bondit hors de la voiture et ouvrit violemment la portière arrière pour récupérer son sac à dos.

— Je suis vraiment désolé, dit Frank.

Mais elle s'éloignait déjà, avalant les kilomètres à longues enjambées, sa maison sur le dos, loin de toute souillure. Frank avait la chemise collée à la peau. Il était furieux contre lui-même de ne pas être au bureau. Et puis, à quoi bon voler une voiture ? Il se mit à reculer le long de la chaussée, pour retrouver la bifurcation et sa route normale. Il avait déjà reculé sur six cents mètres environ, quand une voiture de police franchit le sommet de la colline avant de se garer devant lui. Le flic fut bientôt accoudé à la fenêtre de Frank : un vieux de la vieille, lassé du monde, aux traits indéfinissables et pourvu d'une impressionnante série de fanons qui brinquebalaient sous son menton.

— Z'avez raté l'embranchement ?

— Oui, dit doucement Frank. Je crains bien que oui.

— Vous savez que vous n'avez pas le droit de reculer comme ça sur l'autoroute.

— Excusez-moi, susurra Frank avec une telle conviction que le flic le considéra longuement. Je sais que je suis coupable et je m'en excuse.

— Montrez-moi votre permis de conduire.

Frank se pencha en avant pour atteindre son portefeuille et le flic fit le tour de la voiture avec son bloc-notes afin de relever le numéro de la plaque minéralogique. Il leva les yeux au moment même où il commençait d'écrire et il dit avec un agacement considérable :

— Et zut, v'là encore une de ces étudiantes auto-stoppeuses. Ça fait dix ans que c'est illégal. Tapotant le bloc-notes contre sa hanche, il s'approcha à nouveau de la fenêtre de Frank. Je vais vous laisser reculer et changer de bretelle. Mais vous n'êtes pas censé faire ça et je ne suis pas censé vous le permettre. Alors ne recommencez pas.

Frank repartit en marche arrière et laissa le flic alpaguer Miss Pimbêche.

A la demande de Gracie, il avait un jour consulté une thérapeute, mais l'entretien s'était très mal passé depuis le début. Dès qu'ils entrèrent dans le cabinet de la spécialiste et qu'il lui tint, ou ne lui tint pas la porte, elle se répandit en persiflages sur sa politesse et Frank sentit une espèce d'électricité émaner de la région de ses omoplates quand elle contourna son bureau pour s'asseoir en face de lui.

Il y avait une grande photographie d'une scène de foule accrochée derrière elle, avec cette légende : « Combien de formes d'agressions comptez-vous ? » Regardant cette femme, il pensa au mot *cochon.* Non pas, assez curieusement, qu'il la comparât à une truie, mais il devinait qu'elle avait déjà décidé qu'il en était un. Il savait que c'était l'animal totémique non seulement des femmes laides, mais des boulimiques et des hommes à la virilité excessive. Il avait essayé de feindre un pas traînant pour son arrivée, mais ils avaient aussitôt eu cette petite épreuve de force à propos de ce qu'il « essayait de dire » en lui tenant la porte. Sa présence ici relevait de la bévue. D'une voix conciliante, il lui avoua qu'il ne pouvait s'empêcher d'agir comme un cochon parce qu'il possédait certains des plus beaux cochons de concours de tout l'Etat. Elle ne réagit pas. Le problème des sexes devint soudain tellement brûlant qu'il ne sut même plus comment s'asseoir. Ils se retrouvèrent néanmoins assis de part et d'autre du bureau. La fenêtre se trouvait derrière elle et, pour répondre à ses questions, il lui fallait plisser les yeux.

— Buvez-vous ?

— Oui.
— Avez-vous déjà été ivre ?
— Oui.
— Plus d'une fois ?
— Je crains bien que oui.
— Avez-vous déjà pensé que vous étiez peut-être alcoolique ?
— Non.
— Avez-vous déjà pensé que vous étiez en pleine dénégation ?
— Dénégation ?
— Que vous refusiez de reconnaître votre alcoolisme en tant que tel ?
— Non. J'oublie parfois de boire pendant six mois.
— Connaissez-vous l'expression « alcoolisme sec » ?
— Vaguement.
— Souvent, quand on ne boit pas et qu'en même temps on ne cherche aucun soutien, on devient ce qu'on appelle un alcoolique sec.
— Je ne vous suis pas. Etes-vous une alcoolique sèche ?
La thérapeute s'empourpra.
— Certainement pas ! Essayez-vous de transformer l'aide modeste que je peux vous apporter en paquet de boue que vous me lancez au visage ?
— Excusez-moi.
— En tant que psychothérapeute, je suis prête à accepter, dans l'exercice de mes fonctions, une certaine dose de punition. Mais autant que vous sachiez qu'en dehors de ce cabinet ce que vous venez d'essayer de faire équivaut à une insulte verbale. Et cela équivaut aussi à un diagnostic de déni.
Conciliant, Frank opina du chef sans pourtant comprendre de quoi il retournait.
— Et combien ça va me coûter ?
Mirabelle prit le temps de réfléchir. Car c'était son nom, mais elle tenait à ce qu'on l'appelât docteur Mirabelle, en un bizarre mélange de componction et de familiarité. En pleine confusion, Frank la considérait toujours

comme une alcoolique sèche, sans trop savoir ce que cette expression signifiait.

— Vous essayez de modifier le scénario, Frank. Nous parlons de colère détournée. Toute tentative faite pour me contrôler par des questions sournoises sur mes dispositions financières avec vous ou tout autre patient est vouée, vous le découvrirez, à l'echec.

— Inutile de monter sur vos grands chevaux. C'était une question innocente.

— Soixante dollars ! Je n'ai pas honte d'être récompensée pour mon dur labeur. Allez poser ailleurs vos questions sournoises. Moi, je ne mange pas de ce pain-là.

— Tout ce que je dis semble vous déplaire prodigieusement, rétorqua-t-il agacé en prenant son carnet de chèques dans sa poche de chemise.

— Le problème n'est pas de plaire ou de déplaire ! s'écria-t-elle. Je ne mange pas non plus de ce pain-là !

Il griffonna d'une main frénétique, avec l'impression de dépenser soixante dollars pour sortir de prison. Puis il fit glisser son chèque sur le bureau vers docteur Mirabelle. Elle feignit de ne pas le voir. Elle ourlait tellement les lèvres qu'on imaginait que quelqu'un venait de lui arracher son cigare.

— Très honnêtement, reprit Frank, ce genre de chose ne me convient apparemment pas. Aussi incroyable que ça puisse vous paraître, j'ai vraiment l'impression d'être agressé, d'être tombé dans un piège.

— Bienvenue parmi la race humaine ! dit-elle. Car il s'agit de bienvenue, il s'agit d'accepter votre banalité, il s'agit de trouver un sens au quotidien.

Frank comprit qu'elle essayait de lui fourguer quelques conseils rassis pour lui faire avaler l'amère pilule de ce marché de dupes à soixante dollars.

— Il s'agit de se laisser aller, Frank, d'accepter ce sentiment de partage que connaissent si bien ceux qui acceptent leur humanité.

Frank la laissa assise derrière son bureau, convaincu qu'elle empocherait son chèque dès qu'il aurait franchi la porte, et qu'aussi douloureux que cela pût être, il s'agissait avant tout de fric.

En même temps, il se sentait malheureux. Presque tous les gens qu'il connaissait étaient incrits à un quelconque programme d'amélioration de soi. Il s'était senti isolé de ne participer à aucun, il n'en avait jamais vraiment trouvé un seul qui le tentât, mais on lui fit fermement comprendre qu'il n'avait pas suffisamment essayé. Gracie désirait beaucoup qu'il s'inscrive à un tel programme et il aurait volontiers accepté de faire la moitié du chemin, mais ils se perdirent parmi tous les choix disponibles, parmi toutes ces initiales. Et maintenant, après sa première et sans doute sa dernière escarmouche, il avait échoué. Il aurait mieux fait de ne jamais rien tenter plutôt que d'échouer aussi abruptement. C'était aussi pénible que de se sentir en pleine forme, quand tout le monde interprétait apparemment ça comme un signe de son détachement loin de ses vrais sentiments. A croire qu'il était en train de rater sa vie. Le dialogue s'interrompit et jusqu'à ses boniments pieux et utopiques sur « l'enfant intérieur » tournèrent lamentablement court. Il se sentit dans la peau d'un sombre crétin qui n'abritait plus aucun enfant intérieur. De toute évidence, Edward Ballantine, lui, en abritait un, d'enfant intérieur, sans doute aussi massif et poilu que lui. Cet échec avait sûrement accéléré le départ de Gracie.

Au lieu de se rendre à son rendez-vous avec le thérapeute, un nouveau spécialiste répondant au nom de Bob, Frank fit demi-tour vers la ville, il alla au *Long Haul Saloon* et but un verre de bière. Il utilisa la cabine téléphonique pour appeler la réceptionniste et annuler son rendez-vous. Il lui expliqua qu'il souffrait « d'une crise qui lui jouait des tours ». Quand il ressortit du saloon en plissant les yeux dans la lumière crue, il trouva des policiers en train d'enlever le break et il fut impressionné par l'efficacité avec laquelle ils avaient repéré le véhicule volé. Il marcha jusqu'à Powell Street, acheta le journal et prit un car qui partait vers l'est avec trois autres passagers. Deux filles, âgées d'une douzaine d'années et qui semblaient être sœurs, arboraient d'anachroniques coiffures de page sans doute faites par leurs parents - des filles de la campagne qui détournaient les yeux, échangeaient des regards en tapinois et pouffaient de rire en baissant la tête. L'autre passager du car était un camionneur portant une barbe de quatre jours, un gilet de cuir et une chaîne chromée aboutissant à sa poche-revolver.

Rentrant chez lui sans la moindre obligation de conduire le véhicule, assis en compagnie d'inconnus, il savoura son anonymat et se demanda si sa douce euphorie s'expliquait par le simple mouvement ou par l'absence de toute responsabilité. D'un autre côté, où étaient ses responsabilités ? Il mangeait à sa faim, il était correctement habillé, il vivait à l'abri de la pluie. Il progressait peu à peu vers le rebord de la terre plate. Il n'était pas aussi sournois que ces salariés qui, pour protéger leur propre marque de bière, répandaient la rumeur selon laquelle la Corona contenait de l'urine de chien, ou ces fabricants new-yorkais de boissons qui déclaraient que le soda Tropical Fantasy était fabriqué par le Ku Klux Klan à partir d'ingrédients destinés à stériliser les Noirs. Les appareils d'Air Sununu étaient cloués au sol. Le marché de l'art était en pleine récession. « Contrairement aux actions et aux obligations, de nombreuses œuvres d'art sont uniques », disait le *Wall Street Journal*. Après l'incendie d'une raffinerie du groupe Royal Dutch/Shell, le prix du brut montait, tandis que la poitrine de porc connaissait un sérieux marasme. Les affaires, toujours les affaires, pas le temps de réfléchir, mais dans ce car nous sommes tous les quatre perdus dans nos pensées, notre sort confié à cet homme en gris là-bas au volant, qui nous emmène sans rien trahir de ses intentions. Frank laissa son regard s'attarder sur le conducteur et il se sentit submergé de désespoir en voyant les mouvements fluides de ses mains sur le volant.

29

L'été commençait et le dentifrice Crest était désormais disponible dans un tube révolutionnaire qui aspirait la pâte inutilisée dès qu'on arrêtait d'appuyer dessus. Cela annonçait indéniablement un bel été. La reine Elizabeth II envisageait d'assister à son premier match de baseball, elle essaierait même peut-être un hot-dog, mais son porte-parole avertissait sans équivoque qu'elle prendrait éventuellement ses distances avec ledit hot-dog, car selon la tradition britannique la reine ne saurait exprimer d'opinion personnelle.

Même si ses médecins quittèrent son immeuble sans préavis et avec un loyer mensuel impayé, Frank évita tout d'abord d'y penser. Mais quand, passant devant le bâtiment en voiture, il remarqua toutes les lumières éteintes et un adolescent qui faisait des chandelles à vélo sur la pelouse soigneusement entretenue, il comprit que sa clinique avait besoin de soins urgents, de nouveaux locataires et d'une gestion plus attentive. Il eut soudain envie de jeux-vidéos avec de gros camés au crack dans le Grand Nord. Ces Eskimos surineurs auraient réglé leur compte en un tournemain à ces petits Blancs qui refusaient de payer leur loyer. Il était lent à affronter toutes les conséquences de l'inoccupation de sa clinique. Il s'agissait, comme on dit, d'une transaction à fort bras de levier.

Si la perspective de l'échec l'effleurait depuis le départ de Gracie, elle se ruait maintenant sur lui au grand galop.

Il se demanda bientôt s'il pourrait ralentir ce processus. Il avait conscience d'une espèce de force jouant contre lui. Il rentra chez lui en voiture, mais s'arrêta devant son bureau. Il descendit et regarda autour de lui comme s'il vérifait l'adresse. Le vent qui soufflait dans la rue l'effraya. On aurait dit ce vent qui, dans les films, efface les traces de pas.

Deux acheteurs de bétail, originaires du Nebraska, étaient dans son bureau. Ils sentaient les enclos, les vapeurs de Diesel des camions à bestiaux, ils portaient des chemises en coton fermées par des pressions, ils avaient des chiques de Copenhagen coincées sous la lèvre inférieure et un Stetson *Open Road* enfoncé jusqu'aux yeux. Le plus âgé des deux hommes portait des lunettes à monture transparente. Il avait les dents saillantes et donnait l'impression de n'avoir jamais souri, pas une seule fois de sa vie. Son collègue avait un visage arrondi de tamias et des yeux châtains au regard vif.

Frank commença par tout nier en bloc. Il parla avec cette voix de stentor qu'il réservait aux seuls acheteurs de bétail. Son esprit explorait calmement plusieurs hypothèses ; l'une d'elles était que sa banque, remarquant les mauvaises perspectives de récolte et donc de fourrage, essayait désespérément de se mettre à l'abri d'un grave revers, et Frank avec elle. Son banquier avait sans doute alerté ces deux olibrius. Pour l'obliger à éponger ses pertes dès maintenant en faisant jouer sa garantie. Le vent effaçait bel et bien ses traces de pas.

— Comment ça, j'ai volé ce bétail ? tonna Frank.

— Je ne veux pas dire que vous l'avez littéralement volé, concéda le vieux.

— J'ai payé tout ce que les propriétaires en voulaient, s'écria Frank d'une voix que sa propre mère n'aurait pas reconnue. Mais j'ai choisi le moment adéquat pour les acheter. Si vous voulez ces bêtes, c'est une chose. Mais je ne permets à personne de discuter d'évaluations de cette manière. Je sais où ces bêtes vont aller, ce qu'elles vont manger. Je peux m'occuper d'elles jusqu'à la saint-glinglin, vous le savez très bien. Je vous ai dit comme un homme blanc ce qu'il me faut, alors pourquoi me regardez-vous comme deux chinetoques ? Vous me racontez que, non seulement j'aurais volé ce bétail, mais que je n'aurais pas le droit de le vendre au cours du marché. Soit quatre-vingt-quatre cents les cent livres, avec un bonus de dix cents à partir de combien, six cents livres ?

— Un bonus de cinq cents soixante-quinze, rectifia le plus jeune.

Frank haussa les épaules. Confondu, il fit quelques pas dans la pièce. Même Frank devina une espèce de fatalité qui s'acharnait contre lui. Au moins, ces deux-là ne lui rendaient pas la pilule trop amère. Il régnait une atmosphère agréable de politesse feutrée.

— Cinq cents soixante-quinze, répéta Frank.

Lors d'une négociation de bétail, il fallait savoir perdre des points sans pour autant perdre la face. La faiblesse de ce bonus suffoqua Frank, mais il n'en laissa rien paraître. Son cerveau travaillait vite. Il savait qu'il devait se débarrasser de ce bétail, mais ce bonus dérisoire était un sacré emmerdement. Frank avait été beaucoup trop optimiste en achetant ces bêtes, il ne surveillait même plus leur cours depuis un certain temps et, si cette négligence se prolongeait, elle risquait de lui coûter la peau du dos. Maintenant que les médecins avaient déserté sa clinique, la banque se posait sûrement des questions sur lui. Il était temps de trouver une issue honorable avant que les gars du ministère de l'Agriculture ne publient l'un de leurs rapports catastrophiques ou des conneries innommables sur le jeune bétail, ou encore diverses allégations ruineuses sur l'érosion saisonière du marché des bestiaux. Autrefois, il repérait ce genre de choses comme un radar, mais depuis le départ de Gracie il remarquait de plus en plus souvent qu'il n'était même pas au courant de l'actualité. En l'occurrence, il était très mal informé, mais il ressentait le besoin de prendre la tangente, la poudre d'escampette.

— Je pense que nous pourrions vous laisser des arrhes, dit l'homme aux lunettes.

— Non, je ne crois pas, rétorqua Frank en essayant de ne rien précipiter, de ne rien gâcher, en essayant de leur cacher qu'il voulait coûte que coûte se tirer de ce guêpier.

Il voulait aussi aller au fond des choses. Ils devaient savoir qu'il souffrait.

— Monsieur, nous sommes rudement loin de chez nous.

— Ouais, dit Frank, celle-là aussi je la connais. Vous n'osez pas vous pointer sans dix wagons de bêtes d'un an. Vous n'osez même pas frapper à votre propre porte sans avoir mille têtes de bétail derrière vous, vu tout ce qu'on attend de vous dans les Sand Hills.

Il se dit que cela accélérerait les choses et il avait raison.

— Ils attendent des choses de notre part, je peux pas le nier, concéda le vieux.

— Si vous expédiez ces bêtes aussi vite que vous le dites, j'exige un paiement global. Sortez votre carnet de chèques et commencez d'écrire.

En fait, Frank sous-entendait ceci :

— Ne me racontez pas de bobards : je sais que vous êtes pleins aux as et que vous pouvez me signer un bon gros chèque pour ce bétail.

Le plus vieux des acheteurs échangea un coup d'œil avec son collègue, puis rectifia très légèrement la position de son menton. Ils allaient laisser à Frank un semblant de dignité. D'ailleurs, cela ne leur coûtait pas grand-chose. Le jeunot au visage poupon glissa la main à l'intérieur de sa veste en regardant le plafond, puis il sortit son carnet de chèques de sa poche de chemise.

— Je connaissais un gars qui signait des chèques d'un million de dollars, dit Frank, avant d'allumer son cigare avec. Vous pouvez me dire qui je peux appeler pour vérifier votre solvabilité ?

Frank se retrouvait une fois de plus sur la touche du commerce du bétail. Si ce chèque n'était pas en bois, il pourrait aller à la banque et leur dire qu'ils avaient peut-être perdu cinquante mille dollars, mais que ç'aurait pu être bien pire, bla bla bla. Ils ne seraient guère surpris. Les temps changent et ça ressemble à un lavement à l'eau glacée. Ils lui avaient envoyé ces deux gars. Ils savaient qu'il y aurait de la casse. Restait seulement à évaluer quelle casse Frank pouvait supporter. Ce soir-là, en rentrant à pied de son bureau, il fit un détour par Endrin Street et le petit immeuble de magasins qu'il y possédait, où se trouvait l'*Amazing Grease*, l'ancien restaurant de Gracie, une modeste institution qu'elle qualifiait de « mangeoire bio-alimentaire ». Au seul souvenir de cette expression, Frank se rappela avec amertume l'absence d'humour des gens qu'il fréquentait depuis. Non, c'était injuste de sa part ; mais ces gens ne lui procuraient pas le même plaisir que Gracie, pour ne pas dire plus.

Il entra et s'assit à l'une des six tables. Il regarda autour de lui, observant les choses dans la lumière qui entrait par la vitrine avant de franchir le petit comptoir et la porte jusqu'à la cuisine. Près du seuil de la cuisine, le tableau noir était toujours accroché au mur et Frank réussit à y lire quelques mots. Il se leva et s'en approcha. Il déchiffra « *Etouffée* * d'écrevisses », écrit de la main de Gracie, traces précaires d'une craie poudreuse. Il retourna s'asseoir à sa table et, tourné vers la vitrine, il contempla la lumière déclinante du jour.

Il avait la nette impression d'avoir perdu son toucher magique, et la conviction qu'à partir d'une certaine vitesse sa dégringolade ne s'arrêterait que lorsqu'il toucherait le fond. Il frissonna.

— Gracie, dit-il à voix haute, parfaitement conscient qu'il n'était pas bon de se mettre à parler tout seul. Je crois que je vais me retrouver sur la paille.

30

Cette impression dura si longtemps que ce ne fut pas exactement une surprise quand son comptable lui demanda un rendez-vous. John Coleman était l'un des meilleurs comptables de la ville et Frank trouvait excitant de se rendre à son bureau, une pièce fraîche à l'atmosphère sereine où l'on entendait les bruits assourdis de la circulation en contrebas. Il montra un fauteuil à Frank, puis fit pivoter le sien pour s'y installer après avoir demandé à sa secrétaire de ne lui transmettre aucune communication. Il donnait toujours l'impression à Frank de lui avoir réservé davantage de temps que nécessaire.

— Comment te sens-tu ? demanda-t-il.

John portait encore de larges cravates aux nuances douces, retenues en leur milieu par une pince métallique reliée à une chaînette.

— Je vais bien.

— Je ne t'ai pas vu depuis longtemps.

— Il ne se passe pas grand-chose. Il faut presque un an pour encaisser le choc des impôts de l'an dernier.

— Tu as réussi, Frank, et ça coûte cher de réussir.

Coleman se passa la paume sur le front.

— A de nombreux égards.

— Très juste. C'est soit trop, soit pas assez, n'est-ce pas ? Le plus souvent, les gens trouvent que ce n'est pas assez. Mais toi, Frank, tu as un joli toucher de balle, un sacré talent pour apprécier lucidement une situation.

— John, n'en jette plus, la cour est pleine. Qu'y a-t-il ?
— Je ne sais pas.
— C'est quoi, à ton avis ?
— Je crois discerner quelques problèmes.
— Tu parles de mon contrat de bétail ?
— Par exemple.
— Je vais te dire de quoi il retourne. C'était un contrat foireux et ça arrive à tout le monde.
— La clinique ?
— Il m'a fallu poser des limites. Au fait, où sont donc partis ces connards ?
John répondit avec la voix d'un instituteur de l'école primaire :
— Ils sont partis ailleurs. Ils se sont installés dans la nouvelle clinique.
Il avança les lèvres, haussa puis abaissa les sourcils.
— Il y a une nouvelle clinique ?
— Près de la Dix-Neuvième Rue.
— Oh ! Je croyais qu'ils ne faisaient que des soins de jour.
— Tu vois, Frank ? Avant, tu aurais été au courant de cette info.
— Peu importe, nous allons trouver de nouveaux locataires.
— Tu vas les trouver.
— Evidemment.
John croisa les doigts au-dessus de sa tête et regarda Frank droit dans les yeux. Frank trouva cette posture très peu naturelle.
— Et Gracie ? demanda le comptable.
— Que veux-tu que je te dise ?
— Tu as des nouvelles ?
— Non.
— Elle a déjà divorcé ?
— Pas encore. Je m'en fous. Je crois qu'elle va y venir. Si tu savais comme je m'en tape.
— J'essaie simplement d'imaginer les conséquences de tout ça sur ta situation financière.

— Je crois qu'elle va me faire la peau. Frank bâilla. Un peu d'intox de son petit ami et ils vont voir la vie en rose. Avec un joli paquet de fric. Une maison fastueuse à Sedona. Oak Creek Canyon. J'ai des problèmes avec le futur. De tous les temps de la grammaire, c'est celui que j'aime le moins.

— Frank, je suis ton comptable. Es-tu en train de me dire que tu t'en bats l'œil ?

— Non, je te dis seulement que j'ai la tête ailleurs. Il avait envie de partir. Fais ce que tu peux, John. Je ne peux vraiment pas t'aider en ce moment.

— As-tu un plan ?

— Oui, bien sûr que j'ai un plan.

— Et quel est-il ?

— J'ai l'intention de me balader dans les environs. De regarder le paysage.

Frank se sentait très lourd dans son fauteuil. L'intérêt amical de John lui paraissait insupportable. Ce bureau confortable était devenu une cellule. Frank décida d'effectuer une sortie en douceur pour ne pas sembler troublé ni inquiet à John, qui avait toujours à cœur de défendre au mieux ses intérêts. Curieux comme l'aisance s'en allait soudain pour laisser place à une gaucherie inquiétante ; curieux, aussi, comme la légèreté se transformait en lourdeur. Il en fut bientôt réduit à regretter de ne pas être ailleurs. Il se crut à deux doigts de sauter par la fenêtre ou de fuir en trottinant comme un infirme.

Malgré tout, Frank feignit la sérénité :

— John, tu connais l'histoire des vaches maigres et des vaches grasses. En ce moment, ce serait plutôt les vaches maigres. Mais ça va s'arranger.

Il leva les mains et les fit retomber sur le bureau où elles claquèrent comme deux poissons morts sur un étal. Ce n'était pas vraiment léger ni serein, plutôt un geste de cinglé. On aurait dit qu'il venait de vider un panier contenant deux mains amputées.

— J'en suis certain, dit John d'une voix chaleureuse mais machinale qui indiquait que le malaise gagnait du terrain.

— Bon, faut que j'y aille, hasarda Frank sans savoir où regarder.

— Merci d'être venu, dit John en détournant les yeux.

Cet entretien était maintenant une torture pour les deux hommes.

— Salut, John, dit Frank qui suait sang et eau.

— Salut, Frank. J'espère que tout ira bien.

— Mais oui, John.

— Tant mieux, Frank.

— Me voilà en route vers de nouveaux succès, bêla Frank.

Il franchit la porte avec l'impression de renaître, il descendit jusqu'à la rue, retrouva sa voiture et se sentit soudain à nouveau épuisé. Il eut envie de se recroqueviller sur la banquette arrière pour dormir.

Il alla jusqu'à son bureau. Eileen, décidément en verve, fit semblant de ne pas le reconnaître. Hésitant entre la virer et la tuer, il rit avec indulgence. Il ferma sa porte derrière lui et contempla la surface de son bureau couverte d'avis et de courrier. Les taux d'intérêt à court terme, dont on attendait une reprise de l'économie, restaient impuissants à enrayer la crise et ils ne pouvaient bien sûr pas sauver un aussi piètre négociant en bétail que Frank. Shell et Chrysler annonçaient des pertes si énormes que Frank en conclut que les siennes étaient une bagatelle. Un groupe de défenseurs des droits de l'homme rentraient très inquiets de leur visite en Chine et l'interdiction de toute publicité pour le tabac au Canada était levée. Israël se déclarait peu convaincu de la nécessité des discussions de paix. En comparaison, pensa Frank, l'échec de mon mariage est une broutille. Nous n'avons jamais bidouillé dans les eaux troubles de la Bourse ; contrairement aux Ceausescu, nous n'avons jamais fait construire de labyrinthe souterrain ni organisé des partouzes avec des soldats nazis. Mais pendant que je faisais l'andouille dans une voiture volée, Cadbury Schweppes enregistrait une légère hausse, due à la réussite de certaines opérations en Amérique du Nord. La première du nouveau spectacle très excitant de Charles

Keating, un procès pour délit d'initié, va avoir lieu dans la belle et fascinante ville de Los Angeles. Vraiment, malgré toutes les frasques de Frank, Deadrock, dans le Montana, semblait bien paisible et aucun arbitragiste ne se rencontrait dans ses rues innocentes.

La banque accepta de considérer les pertes de Frank comme une simple dette, remboursable en un an à un taux d'intérêt simple, un point au-dessus de la norme habituellement pratiquée. Ils essayèrent d'abord d'exploiter leur position de force pour empocher la clinique, mais Frank leur dit où ils pouvaient se mettre leur position de force. Son vague-à-l'âme était si intense qu'il contempla la pile des reçus du *Miniprix*. C'était peut-être du picaillon, mais ces rentrées étaient régulières. Il se mit à envisager une existence entièrement nouvelle, financée par un réseau de *Miniprix* implantés dans toutes les villes moyennes du Montana. Il pensa que cette nouvelle existence pourrait avoir pour cadre les étendues sauvages de Tongass, en Alaska, avec un avion Otter de Havilland pour le transporter au-dessus de la forêt à demi submergée. Cette perspective inédite lui remonta un peu le moral.

Holly téléphona pendant que Frank, armé d'un calme médico-légal, essayait de nettoyer le réfrigérateur : une seule olive flottant dans un grand bocal de saumure, un bout de fromage en pleine décomposition, un tube en plastique couvert de vieux ketchup, un petit carton de crème à l'odeur fétide, une énorme part de gâteau desséchée, toute recroquevillée. Frank avait l'estomac en capilotade.

— Tu veux bien m'acheter un petit ordinateur ? Je te rembourserai.

— Bien sûr, dit-il en refermant la porte du réfrigérateur.

— J'ai pris quelques cours pour voir si ça me plaisait, et j'adore ça.

— Pas de problème, si tu penses que tu en as besoin. Aujourd'hui, tout le monde s'en sert.

— Merci, papa. Dis donc, je suis amoureuse.

— Ah non, *encore* ? Celui-ci a un anneau dans le nez ?

— Non. Je ne veux pas t'en parler. Chaque fois que je te le décris, tu te fais des idées fausses. Faudra que tu viennes voir par toi-même.

— Pas le moindre indice ?

— Juste un, alors : il est plus âgé que toi.

— Plus âgé que moi !

— Maman fait sa connaissance ce soir. Elle n'est pas très contente.

Frank fit le tour du pâté de maisons à pied, puis il descendit en ville, où il crut apercevoir Smokie qui sortait du magasin de disques *Sage*. A l'époque où le loup était une espèce éteinte, on pouvait acheter une cassette de bruits de loups chez *Sage*. Frank eut le sentiment que sa situation serait moins douloureuse si l'on pouvait trouver une bonne cassette de lui-même.

En ce début de vendredi soir, Frank marchait sur le trottoir devant l'immeuble qui avait autrefois abrité sa clinique. C'était une forme basse, nette et fonctionnelle, soulignée d'une haie régulière de potentilles et barrée par des spécimens de bouleaux à papier et de peupliers aspermes qui dépassaient d'une terre recouverte de morceaux d'écorce. Un vieil homme poussait une tondeuse Weed Eater le long de la base du bâtiment ; le moteur hurlait, les lames sectionnaient les brins d'herbe avec le sifflement d'un fil de soie propulsé à travers l'air. Les murs en briques étaient d'un ocre pâle sous le cobalt profond du ciel et la blancheur immaculée des nuages. La rue paraissait monter vers une magnifique contrée de nuages.

L'homme à la tondeuse regarda Frank entrer dans le bâtiment avec une clef. Les portes, équipées d'un groom, émirent un bruit feutré quand elles isolèrent Frank du monde extérieur tout en soulignant le silence des pièces. Frank se hissa sur le bureau des réceptionnistes et regarda la salle d'attente. Revues, rideaux ignifugés, fauteuils couverts de vinyl vert (« vinyl fœtal », disait Gracie), tables basses ; aucune angoisse, personne n'attendant d'apprendre une mauvaise nouvelle, par exemple la présence d'un bébé indésirable, pas de rapport technique sur des corps fatigués, pas de grosse fille au cœur brisé retournant d'un pas traînant vers le cabinet du médecin en serrant son dossier sous le bras. C'était une authentique zone de mort, décorée par Cézanne, Matisse et Charlie Russell. Il décrocha le téléphone : rien. Le Rolodex était ouvert au chapitre Pharmacie pour Bungalow et quelqu'un avait écrit sur le buvard de la réception : « Va mourir et bouffe ta merde, enculé de ta mère. »

Il retraversa le hall devant le bureau des réceptionnistes, regarda le labo vidé, essaya la balance, examina une affiche d'anatomie et s'allongea pour finir sur la table d'examen en se demandant ce que, bon sang de bonsoir, on pouvait bien faire d'une ancienne clinique ; faux-plafonds insonorisés, lampes anti-éclat : un petit auto-examen ? Oh non, une minute, pas encore. Commençons par trouver de nouveaux locataires.

C'était une si bonne petite vache à lait, une fois qu'on avait comparé les reçus avec les crédits et la dépréciation. Dans ses moments de mesquinerie, il avait agité le dossier de la clinique sous le nez de Gracie qui se débattait avec son *Amazing Grease*, son cuistot lunatique et défoncé, ses grouillots et plongeurs irascibles, le chauffage central défectueux, les fanas de la sauce piquante et les rois du chèque en bois, les gastronomes et les œnologues, les universitaires qui ne savaient jamais très bien s'ils étaient de sortie en ville ou s'ils observaient avec ironie les touristes. Tranquillement, dans toute cette confusion, la clinique vache à lait poursuivait son petit bonhomme de chemin. Et maintenant ? Morte en plein océan. Les bateaux s'agglutinaient autour de la carcasse, les couteaux de dépeçage brillaient... Machinalement, Frank passa en revue la liste de ses biens, remarquant à chaque fois l'érosion de son capital. Il avait grand besoin d'une convalescence introspective. Trop de choses allaient de travers et il n'avait jamais pris le temps de se lamenter ni de s'inquiéter. Les soucis prenaient du temps et sans doute consommaient-ils aussi beaucoup d'énergie, car ils engendraient souvent une faim de loup. Les chow-chows au cœur brisé étaient certes des personnages familiers. Mais il lui faudrait prendre ce temps avant que sa vie ne tourne définitivement en eau de boudin.

Il était intéressant d'observer la couleur de viande de l'homme au bras étendu, représenté sur l'affiche anatomique. Il regarda tous ces noms que les médecins sont obligés d'apprendre par cœur s'ils veulent décrocher leur diplôme. Cette affiche était offerte par les fabricants du valium, mais ce gros type musculeux au visage d'écorché et au sourire grimaçant n'était pas du genre tranquillisant. Néanmoins, personne ne pouvait se passer de la tranquillité et peu importait comment on l'obtenait. Frank imagina qu'il s'agissait du petit ami de Holly, dépecé pour la science, hurlant de douleur au moindre courant d'air. Le vol d'enfant n'était-il pas le plus répréhensible des crimes ?

Frank eut soudain l'impression de ne pas être seul. Tendant l'oreille, il entendit des pas dans un bureau voisin, plusieurs individus qui marchaient. Il entrouvrit la porte de quelques centimètres et regarda. Il distingua bientôt des silhouettes masculines qui transportaient la balance : c'étaient les médecins, en jogging synthétique. Comme il ne se rappelait plus très bien à qui appartenait cette balance, il hésita avant d'entrer dans le couloir ; quand il s'y décida, les médecins hésitèrent pendant une seconde, puis ils firent comme s'ils avaient tout le temps su qu'il était là. Lorsqu'ils hissèrent la balance sur leurs épaules, les poids filèrent le long des barres avant de s'arrêter bruyamment et le docteur Frame dit :

— Frank.

— Prenez tout, les gars, dit Frank. Ce ne sera plus jamais une clinique.

Sous ses frisettes, le docteur Jensen précisa :

— Nous prenons seulement ce qui nous appartient.
— C'est mon jour de chance, conclut Frank.
D'un geste de la main apparemment sincère, il leur signifia de se remettre au travail.

31

Il conduisit pendant cinq longues heures jusqu'à Whitefish, où il prit une chambre donnant sur le lac. Durant presque toute la journée du lendemain, il regarda les risées aller et venir sur l'eau bleue et il écouta un train passer dans la forêt au-dessus de la plage sombre et pierreuse. Allongé sur le ponton, il observa les truites mouchetées nager autour des piliers. Il y avait de nombreux restes de feux d'artifice et Frank, couché à plat-ventre, le nez entre les planches, respirait l'odeur de la poudre. Il adorait cette odeur. Il se disait même parfois que ce serait bien agréable de revolvériser quelques individus, car les coups de feu s'accompagneraient de cette merveilleuse odeur. Un avion passa dans le ciel ; il n'y avait aucune raison pour que Frank ne fût pas dans cet avion. Un bateau glissa devant lui ; il n'y avait aucune raison pour qu'il ne fût pas dans ce bateau.

Au coucher du soleil, il pagaya sur un coussin flottant jusqu'au milieu du lac, les jambes traînant dans l'eau verte et fraîche, où il rencontra une radiologue d'une quarantaine d'années, elle aussi juchée sur un coussin, mais décoré d'hippocampes multicolores et agrémenté d'un oreiller gonflable. Elle travaillait à Kalispell, elle venait ici, lui dit-elle, chaque fois qu'elle découvrait un cancer chez un patient, afin de flotter entre ciel et terre et d'entretenir, sur son hippocampe flotteur, un sentiment de temps immuable susceptible d'accepter la vie et la mort. Frank regarda le long visage mélancolique de cette femme, ses lèvres charnues, apparemment enflées, ses cheveux raides, son petit front carré, et il dit :

— Vous faites un boulot difficile.

Elle réfléchit un moment.

— Oui, je crois. Mon travail consiste à chercher une chose que j'espère toujours ne pas trouver. Oui, c'est vraiment un boulot difficile, monsieur.

La nuit tombait en un cercle d'ombres qui gagnaient à partir du rivage, quelques étoiles brillaient faiblement dans le ciel. Il n'y avait pas un souffle d'air ; quand Frank tendit le bras pour saisir l'extrémité du doigt de la radiologue, il tira son coussin vers lui sans le moindre effort. Le visage de la femme se trouva bientôt à quelques centimètres du sien et tous deux se déplacèrent imperceptiblement pour échanger un baiser. Elle avait la bouche ouverte, il y surprit un goût de bonbon mentholé contre la toux. Il glissa la main dans le soutien-gorge et sentit un mamelon durci. Ouvrant les yeux, il crut discerner le frémissement de l'eau autour du coussin flottant. Le bas du maillot de bains de la radiologue était tendu entre ses hanches pointues, au-dessus d'un ventre plat.

Très doucement, Frank se déplaça pour monter sur le coussin de la femme, une entreprise délicate qu'il réussit admirablement, jusqu'au moment où elle capota ; emportée dans une violente gyration, la radiologue disparut brutalement hors de vue.

— Hé ! cria Frank en explorant l'eau entre les formes fugaces des flotteurs.

Il sentit alors la tête de la radiologue sous la plante de son propre pied et il essaya de trouver une prise. Elle remonta en crachant de l'eau et, avec un minimum de gaucherie, réussit à s'installer à plat-ventre sur ses coussins, après quoi elle se mit à pagayer vers le rivage. Frank la suivit.

— Quel est votre problème ? demanda-t-elle quand il l'eut rattrapée.

— Le même que tout le monde.

— Oh, je sens qu'on va s'amuser, dit-elle. De quoi s'agit-il ?

— J'essaie tout bonnement de trouver un sens à ma vie.

Frank avait l'impression de sauter très vite d'une réplique à la suivante.

— Ah ah...

Ils marchèrent ensemble le long de la voie de chemin de fer dans la nuit tombante. La courbe de la berge était assez accentuée pour que les rails disparaissent toujours devant eux dans les bois parmi la géométrie des traverses couvertes de créosote. Le chèvrefeuille sauvage poussait le long des rives escarpées, où l'eau du lac scintillait entre les troncs de vieux pins immenses. Elise, c'était son nom, bavardait agréablement, elle connaissait le nom de tous les oiseaux qu'ils rencontraient, la fauvette des haies, le gorge-jaune, le roitelet. Quelque chose dans la manière qu'elle avait de toucher du bout du doigt les gouttelettes de résine sur l'écorce des pins convainquit Frank qu'il avançait à grands pas vers une bonne partie de jambes en l'air.

Dans la chambre de Frank, elle examina sa queue avec attention.

— Le sinistre instrument de la procréation. Ooh, s'écria-t-elle en serrant fort, je constate que je n'aurais jamais dû dire une chose pareille.

— Ne t'inquiète pas.

— Tu passes un bon moment ? s'enquit-elle.

— Comme disait mon grand-père : si c'est pas le cas, je peux plus rien pour toi.

Ils s'embrassèrent et elle fit glisser de sa bouche dans celle de Frank un bonbon mentholé ; ce fut comme une brise fraîche. Il descendit le long du corps d'Elise et, prenant le creux de ses genoux à pleines paumes, il se mit à la lécher au plus profond. Elle gémit, mais bondit soudain sur ses pieds et courut au milieu du mobilier.

— Ce bonbon contre la toux m'a mise en feu ! cria-t-elle en allant à la salle de bains.

Il entendit l'eau couler et se demanda comment se débarrasser de ce bonbon mentholé. Il finit par le cracher contre le mur, derrière le lit. Il essaya ensuite de se sécher la langue contre le papier-peint. Elise revint avec une serviette serrée autour des hanches, elle se mit au lit puis expédia promptement la serviette dans la salle de bains.

— Arrête de tourner autour du pot, dit-elle, mets-le-moi.

Elle avait un long corps ferme qu'elle devait entretenir assidument pour le conserver ainsi et chacun de ses mouvements témoignait d'une grande confiance dans son apparence. Frank ne se rappelait pas avoir jamais fait l'amour avec une telle passion. Il se sentit de plus en plus heureux jusqu'au moment où il se demanda brièvement si l'énergie d'Elise n'était pas liée, d'une certaine manière, à sa découverte d'un cancer ce jour-là. Mais il exultait tant qu'il n'envisagea même pas de l'interroger.

Ensuite, quand ils eurent terminé, il y repensa. Allongé là, il avait l'esprit ailleurs et elle s'en aperçut. La chambre était silencieuse. Elle passa au-dessus de lui pour prendre le téléphone, puis elle composa un numéro. Deux secondes plus tard, elle parla. Elle dit seulement :

— Salut.

Puis l'autre personne répondit. Puis elle dit :

— Désolée, je n'ai pas pu venir.

Elle raccrocha. Il était hors de question de lui demander qui était à l'autre bout du fil ; quelque chose dans la familiarité de sa voix souffla à Frank qu'elle était censée baiser avec cette autre personne et non pas être ici, au bord du lac, en train de baiser avec lui.

Comme il était tard, ils trouvèrent seulement à la télévision la chaîne de la météo. Elise était intelligente et parler du temps avec elle devenait amusant. Il y avait une haute pression sur leur région et ils la virent sur la carte météo de l'Amérique. Elise savait où l'anticyclone irait quand il déciderait de partir ; il se dirigerait vers les deux Dakotas. Debout et nue devant le poste de télé, elle lui montra l'endroit où il irait. La sécheresse était terminée pour eux, mais elle commencerait sans doute pour d'autres. Puis Elise revint dans le lit. Frank vit la vague de chaleur quitter Bullhead City, en Arizona, pour se diriger vers l'ouest, se heurter à une espèce de mur du Pacifique, puis s'installer là, remontant lentement la côte de la Californie... Elle avait maintenant la bouche sur lui et les balivernes du météorologue armé de sa règle perdirent tout sens.

Après l'amour, Frank coupa la météo et se remit au lit. Ils parlèrent un moment de propriété. Frank dit que l'immobilier redémarrait dans la partie de l'Etat où il habitait.

— Les entrepreneurs qui ont peiné pendant les années quatre-vingt ont maintenant leurs carnets de commandes remplis. Tout le monde travaille. Nous essayons tous de profiter de ces nouveaux marchés, mais nos taux de chômage sont si bas et nos entrepôts si pleins que nous sommes mal placés sur leurs listes d'achats. J'ai un petit immeuble que je loue à quatre médecins qui en font une clinique.

— Oh, formidable.

— Ouais.

— Moi je travaille au Valley Hospital. Ça me va. Je n'ai presque rien chez moi. Tout au fond de moi, je suis restée une hippie.

— Tu as été hippie ? demanda-t-il.

— Oui.

— Moi aussi.

— Je veux dire, j'étais rudement motivée, comparée à d'autres, mais je me considère toujours comme une ancienne hippie. Que crois-tu que je fais ici ?

— Les gens faisaient déjà ça avant l'époque des hippies.

— Pas dans le même esprit, dit Elise. J'ai parcouru toute l'Europe en stop ; en Italie, on nous appelait *I amici di Liverpool*, parce qu'ils croyaient que tous les hippies venaient de Liverpool, comme une séquelle de l'époque des Beatles.

— Les Italiens reçoivent sans doute les nouvelles avec un peu de retard.

— Il suffit de les demander pour les obtenir... Un moment, elle sembla perdue dans ses pensées, puis elle reprit : Dans quel état est ta brosse à dents ?

— Tu peux t'en servir.

— Bon.

Il la sentit dériver à nouveau loin de lui, le dos tourné. Il l'enlaça et envisagea de regarder la météo avec quelqu'un d'autre... averses diluviennes dans l'Indiana... crues soudaines... « Etre vivant », pensa-t-il.

Il se réveilla dans le noir. Il était seul. C'était sans doute cela qui l'avait réveillé. Il y avait de la lumière dans la salle de bains. Il distingua un genou au-delà du seuil éclairé, ainsi que l'angle d'un journal posé dessus. Il entendit un pet profond, sonore. Il se rappela une scène d'un film sur la guerre de Sécession, où les personnages lisaient une carte et où l'on avait assourdi le fracas des canons pour rendre compréhensible le dialogue des stratèges.

Elle devina quelque chose.

— Tu es réveillé ?

— Oui.

— C'est ton *Journal* ?

— Oui.

— Tu l'as lu ?

— Non, je ne l'ai pas lu.

— Il paraît que « le gaz naturel est le combustible du futur ».

— Je vois.

— C'est une blague, dit Elise. Je sais que tu étais réveillé quand j'ai fait ce petit bruit.

— Je crains que oui.

— « Les années quatre-vingt-dix devaient être l'âge d'or de l'industrie du gaz. Des menaces répétées de pénurie de pétrole, une législation anti-pollution de plus en plus stricte, des crédits fédéraux remboursant jusqu'à soixante-dix pour cent des coûts d'exploration, tout cela semblait concourir pour faire du gaz naturel le combustible fossile de demain. » Qu'en penses-tu ?

— Je n'ai pas vraiment d'opinion sur le sujet.

— Pourtant, tu restes allongé là comme une petite souris sournoise parce que j'ai lâché un bon pet dans l'intimité d'une salle de bains de motel.

— Je ne suis pas sournois. Je dormais.

Elise retourna dans le lit comme une bouffée de chaleur et se pelotonna contre lui.

— Tu es marié ?

— Séparé.

— Depuis quand ? Depuis le petit déjeuner ?

— Depuis longtemps. Et toi ?

— Oui, un mari charmant et deux beaux enfants, des garçons.

— Alors à quoi rime tout ça ?

— J'appartiens au club de la bite du mois.

— Sans blague ?

— Comment veux-tu que je te réponde ? On pagaie innocemment jusqu'au milieu d'un lac du nord du Montana pour être seule, et voilà un type assez mignon qui vous rejoint et vous fait chavirer. Il n'y a personne d'autre là-bas. C'est le déterminisme, le destin. Le destin dit : Elise va baiser. Alors Elise baise. Tu as apparemment accueilli le destin d'Elise à bras ouverts, ainsi que son atmosphère festive. Tu as étreint le cœur d'Elise la tricheuse.

— C'est inhabituel pour toi ?

— Pas vraiment.

— C'était ton mari au téléphone ?

— Non.

— Et cette histoire de cancer ?

— Elle est vraie. Mais j'avoue que c'est aussi pour moi une espèce de prétexte irréprochable. Tu ne crois pas que la liberté la plus personnelle est due au malheur d'autrui ?

— Bon Dieu...

— Je ne regarde jamais un dossier de radiographies sans penser à la brièveté de la vie. La luxure suit aussitôt.

C'est comme de vivre dans une ville assiégée. Tiens, une autre pensée bizarre : je détesterais radiographier un homme avec qui j'ai couché.

Quelques minutes plus tard, Frank laissa ses yeux se fermer. Quelle femme adorable, pensa-t-il en se sentant vaguement tomber amoureux ; pleine de vie et maintenant endormie comme un ange. La sérénité d'Elise était contagieuse et il sombra bientôt dans le sommeil avec l'impression que cela ressemblait beaucoup à de l'amour.

Le lendemain matin, ils prirent un café avec des beignets au comptoir d'une épicerie station-service. Le ciel était dégagé, à l'exception d'un énorme nuage blanc à l'ouest, qui reflétait la lueur rose orangé du soleil matinal. Elise se glissa au volant de sa Jeep Cherokee jaune. Les voitures filaient derrière elle vers Flathead. Elle hocha la tête, sourit comme pour dire « oui » ou « bah » ou « hum hum », puis elle rejoignit le flot de la circulation. Il savait qu'elle l'aimait.

Il finit son café et retourna au motel pour prendre ses affaires. Il ressentit une fierté hilare devant les draps froissés du lit en désordre.

— Bon boulot, Frank, dit-il à voix haute.

Il entra sous la douche et laissa les aiguilles brûlantes de l'eau s'enfoncer dans sa chair rajeunie. Puis il se rasa. Frank adorait se raser. C'était un défi quotidien que d'atteindre la petite anfractuosité de sa lèvre supérieure et de tailler ses favoris à la même longueur. Il lui fallait tendre la peau de son cou pour le raser correctement, car elle avait désormais tendance à s'affaisser. A quoi bon avoir la chair bien ferme, pensa-t-il plaisamment, puisque de toute façon elles veulent baiser ? Cette petite partie de jambes en l'air m'a ragaillardi. Je suis comme le joyeux canard qui repère les leurres au premier coup d'œil.

32

Il quitta le motel, puis partit vers le sud et Missoula ; il imagina qu'il y rencontrait Gracie par hasard, lui-même en pleine détumescence, indifférent, aimable et superficiel. La seule nouveauté dont il aurait pu lui parler concernait la perte éventuelle de son « toucher magique », et il n'avait pas la moindre envie d'évoquer ce problème avec Gracie.

Il y avait une circulation assez dense sur la route 93. L'été semblait révéler les ranches situés au bord de la route dans toute leur nudité : cours pleines d'ordures, petits corrals contenant deux bœufs ou trois moutons, modestes bacs à fleurs, enclos qui semblaient uniquement conçus pour leurs occupants et non pour les touristes qui filaient sur la 93. Des vendeurs de myrtilles apparurent entre Whitefish et Kalispell, puis, alors qu'il descendait vers le lac Flathead aux berges encaissées comme celles d'un fjord, des vendeurs des incomparables cerises de Flathead, ainsi que des voitures pointant le nez hors d'une voie d'accès pentue pour rejoindre la grand-route. Une résidence se dressait au-dessus de son reflet blanc à la surface noire et lisse du lac.

Frank se gara sur le bas-côté pour acheter un kilo de cerises, qu'il plaça près de lui sur le siège. Il tourna la poignée de la fenêtre pour baisser la vitre et cracha les noyaux tout en conduisant, jusqu'à ce que les bourrasques d'air chaud le rendent presque sourd de l'oreille gauche. Il remonta la vitre et se mit à cracher les noyaux contre le tableau de bord. Il mit la radio et écouta une vieille chanson intitulée *Big John*: tout le monde tombe dans un puits de mine ; personne ne peut les tirer de là, à cause de la présence d'un énorme obstacle ; Big John arrive alors et sauve tout le monde, mais se retrouve lui-même coincé dans le puits de mine ; fin de Big John. Frank pensa que c'était ce qui risquait d'arriver à ceux qui se trouvaient tout en haut de la chaîne alimentaire.

Suivit une radio de vieux succès et la joie de retrouver Bob Dylan : « *You've got a lot of nerve to say you are my friend* » (« Tu as un sacré culot de te prétendre mon ami. ») Personne n'arrive à la cheville de ce type, pensa Frank. Je plains sincèrement les jeunes d'aujourd'hui avec leur putain de musique décérébrée ; c'est peut-être un problème de génération, mais j'en doute. Frank y réfléchit un moment, puis il comprit qu'il se préparait ainsi à son arrivée à Missoula. Pris dans un ouragan de camions grumiers, il entendit, tombant du ciel, la voix de Sam Cooke : « *But I do know that I love you.* » (« Mais je sais que je t'aime. ») Frank se mit à transpirer. « *And I know that if you love me too, what a wonderful world it would be.* » (« Et je sais que si tu m'aimes aussi, le monde sera merveilleux. ») Il coupa la radio, regarda la grille chromée d'un White Freightliner qui arrivait en face de lui, et hurla :

— Mon empire s'écroule !

Il fit pivoter le rétroviseur de façon à pouvoir observer ses expressions. Il se permit alors de penser à Gracie. Il savait qu'elle était peut-être à Missoula, il voulait se préparer à une éventuelle rencontre, mais il ne savait pas comment s'y prendre. Il était nerveux.

Toutes ces petites questions agaçantes. Se désintéressait-on de vous quand vous n'aviez plus d'argent ? Sam Cooke : « *Give me water, my work is so hard.* » (« Donne-moi de l'eau, je travaille si dur. ») Quel travail ? Difficile de croire que Sam Cooke et Otis Redding étaient morts. En route vers un monde de Blancs : chemises-polo et bière d'importation. Pelouses impeccables. Ronds de jambe. Epstein-Barr. Puis il pensa avec irritation à la pêche à la truite. Les Noirs avaient l'air de s'en foutre. Mais ils aimaient pêcher debout sur un pont. Difficile, pourtant, d'imaginer Otis Redding et Sam Cooke en train de pêcher sur un pont. Peut-être l'avaient-ils fait avant de devenir célèbres ?

L'appartement de Holly se trouvait dans une ruelle transversale située derrière l'université, à trois rues de la Clark Fork River. Frank s'arrêta d'abord près de la rivière pour la voir filer à travers la ville. A trois mètres environ des voitures, quelques petites truites ridaient l'eau à la frontière de deux courants. A cause de la nuit précédente, Frank sentit qu'il serait hors de question de prendre des airs supérieurs. Mais il tenait à s'en tirer avec panache. Il y avait plusieurs voitures garées devant l'immeuble : la Civic verte de Holly, une vieille Mercedes 190 SL beige, bien entretenue, et une voiture de location National immatriculée dans l'Utah. A la porte voisine, une belle étudiante accrochait des serviettes humides sur une corde à linge pendant qu'un solo rocailleux de Louis Armstrong tonitruait par la fenêtre. L'espace situé entre les deux maisons révélait une colline pentue, verte et mouchetée de petites pierres blanches. Frank respira l'odeur de l'usine de pâte à papier toute proche et aperçut le sommet rouge d'une grue qui tournait au-dessus des toits. Il avait des grenouilles dans l'estomac.

La porte de l'appartement de Holly s'ouvrit et, au lieu de Holly, Gracie apparut. C'était exactement ce qu'il craignait. Frank était à moitié descendu de sa voiture, toujours protégé par la musique de la radio et par l'atmosphère feutrée d'un quartier de résidences universitaires temporaires ; mais son cœur faillit s'arrêter et ce qu'il ressentit fut si intense que cela frisait la panique. Il crut que son cerveau photographiait tout avec un hyperréalisme harassant et insupportable. Des symptômes de grippe arrivèrent au galop.

— Ferais-je mieux de partir ?

— C'est comme tu veux, Gracie.

Il ne parvenait pas à croire à la froideur de sa propre voix.

— Comme je veux ?

— Comme tu veux.

— D'accord, je reste.

Pour la seconde fois du week-end, Frank crut deviner l'imminence d'une baisade échevelée. A défaut d'autre chose et dans la confusion qui était la sienne, une pensée aussi puérile était réconfortante. Puis il fut submergé par le mépris de soi. Il n'eut même pas le temps de se demander qui était lésé en cette affaire ni, pire encore, qui était responsable de sa panique. Il redoutait plus que tout le vieil amour têtu, tragiquement enraciné au fond de lui, tel l'affreux diagnostic d'un médecin.

— Gracie, comment vas-tu ? demanda-t-il en atteignant le seuil de l'appartement.

— Je vais bien, Frank, et pour toi ?

Mauvais anglais, pensa Frank, mais il répondit :

— Ça va. Holly est là ?

Gracie devina la petite réflexion que Frank venait de se faire et elle lui lança un coup d'œil avant de répondre. Un coup d'œil parfait, éternel.

— Oui, elle est là. Avec... Lane.

— Qui est Lane ? demanda Frank en distillant un soupçon d'intimité complice dans sa conversation.

Gracie resta de glace. Apparemment, elle ne voulait plus entendre parler de lui. Frank était un crétin.

— Lane est le monsieur qui est l'ami de Holly. Nous y allons ?

Elle s'écarta de l'étroite porte grillagée pour laisser passer Frank. Il entra et Gracie lui emboîta le pas en une brève chorégraphie paniquée. Il y avait un porte-parapluie en cuivre, qui rappela à Frank qu'il se trouvait dans une région pluvieuse. Derrière une double porte vitrée, il découvrit le salon, que Holly avait meublé de bric et de broc avec une table de bridge pliante, un fauteuil inclinable couleur crème, un poste de télévision dont on voyait les entrailles futuristes, une étagère en parpaings et planches de bois, et une grosse fontaine publique. Sur un mur il y avait une affiche dont la décrépitude stupéfia Frank. Elle représentait le bombardier *Enola Gay* devant le champignon atomique d'Hiroshima, accompagné de cette légende : « Le Temps des Assassins ». Il y avait aussi tout un fourbis de petites chaises métalliques et inconfortables ; Holly, qui gesticulait fièvreusement, était assise sur l'une d'elles, tandis qu'une autre était occupée par un personnage sévère doté d'un toupet de boucles grises, d'un costume trois-pièces et de bottes de cow-boy à laçage montant, Lane Lawlor. Il s'habillait exactement comme le grand-père de Frank autrefois, mais c'était soixante ans plus tôt et le vieil abruti roulait en Maxwell. Qui était donc ce couillon déguisé en cow-boy qui faisait la cour à sa fille ? se demanda Frank.

En tendant la main, Lane Lawlor dit à Frank :

— Serrez m'en cinq.

— Papa, intervint Holly, voici Lane Lawlor. Elle lissa le devant de sa robe et haussa une épaule. Tournant la tête vers Frank, elle ajouta : « Maman a déjà été présentée. »

Gracie arriva par derrière et choisit très discrètement une chaise. Tout le monde la regarda et elle expliqua de nouveau :

— Nous avons déjà été présentés.

Frank dévisagea Gracie. L'amour avait viré à la rage. Cela sortit sous la forme d'une question assez sèche posée à Lane :

— Vous êtes d'où, Lane ?

— Je suis de Fort Benton, dit-il, là où elle a commencé.

— Là où quoi a commencé ?

— L'histoire du Montana, le commerce des fourrures et tout le reste.

— Oh, l'histoire des *Blancs* dans le Montana.

Ce n'était pas très juste, car cela sous-entendait que Frank consacrait une bonne partie de son temps à soutenir la lutte des Indiens pour leurs droits. En fait, il voulait parler d'Otis Redding.

— Vous bossez dans quoi ?

— L'eau.

— Maître-nageur ?

— Je suis avocat. J'ai orienté ma pratique vers les problèmes liés à l'eau : répartitions, adjudications, priorités, etc.

— Vous bossez là-dedans depuis pas mal d'années, j'imagine, dit Frank en laissant son regard dériver vers les boucles grises.

— Bien sûr, répondit Lane, prêt à un affrontement qui semblait inévitable.

Holly tendit les mains vers sa mère comme pour la présenter. Son affection pour Lane la rendait un peu niaise. Elle arborait une expression atterrante de dévotion, un regard ému à la Nancy Reagan, pointé sur la tempe grisonnante.

— Alors, qu'en penses-tu ? demanda Holly.

— Elle a l'air en forme, dit Frank.

Il ne contrôlait pas très bien le ton de sa voix. D'habitude, il s'en tirait mieux. Soit l'enjeu l'intimidait, soit le contexte inquiétant de ses propres affaires le minait insidieusement. Il essaya encore :

— Elle a l'air en forme.

Cette fois, cela sonna comme s'il voulait dire qu'elle n'avait pas l'air en forme du tout ou qu'elle était horriblement laide.

— Toi aussi, tu as l'air en forme, dit Gracie.

— Merci. C'est quand tu veux.

— Oooh, fit Gracie.

Ces phrases leur échappaient presque. Holly restait médusée. Frank remarqua la colère de Gracie.

— Tu veux savoir comment nous nous sommes connus ? demanda Holly.

— Oui, dit Frank. Comment ?

— A une réunion publique pour le *Montana c'est Nous*.

— Je suis vraiment navrée, ma chérie, dit Gracie, mais ton père et moi ignorons de quoi il s'agit.

Frank remarqua avec plaisir l'élégance des tournures de Gracie, ce qui ne l'empêcha pas de déclarer sombrement :

— Moi je sais de quoi il s'agit.

Le Montana c'est Nous était une organisation de citoyens qui espéraient empêcher un seul litre d'eau de quitter l'Etat, grâce à des barrages et des détournements de rivières. Ils étaient, semblait-il, liés au groupe d'extrême droite *Posse Comitatus* ainsi qu'aux revendications contre les impôts dans les deux Dakotas. Ils parlaient ironiquement aux journalistes de leur intérêt pour « l'eau blanche », signifiant par là l'eau réservée aux Blancs. Frank se rappelait surtout leurs archétypes de la Famille de l'Ouest : le mâle à la John Wayne, flanqué d'une épouse belliqueuse à la gâchette chatouilleuse, leurs enfants blonds au regard froid.

— Ensuite, nous avons fréquenté ensemble les tirs au pistolet, reprit Holly.

— Pourquoi cet intérêt soudain pour les armes à feu, ma chérie ? demanda Gracie.

— Pour être capable de me défendre, répondit Holly sans sourciller. Je tire deux cents chargeurs par semaine.

— Je n'ai jamais eu le sentiment que tu étais en danger, dit Frank.

— Tu n'es pas en danger, expliqua Holly, tant que tu n'as pas quelques convictions personnelles. J'ai découvert ça. Il y a sur le campus quelques étrangers à l'Etat qui te donnent l'impression que le bonheur se défend à coups de revolver.

— C'est sans doute pour ça que nous avons vécu dans une telle sécurité, dit Gracie à Frank.

Elle semblait déroutée par cette nouvelle Holly. Frank n'en croyait pas ses oreilles.

— J'espère que vous comprenez avec quel amour je dis tout ça, reprit Holly. Votre génération, surtout avec toutes vos expériences hors de l'Etat, s'est beaucoup intéressée à la découverte de soi. Mais c'est une autre paire de manches quand les valeurs s'en mêlent.

Quelque chose échappait à Frank, qui demanda :

— C'est quoi, les expériences hors de l'Etat, ma chérie ?

Holly éclata de rire.

— Les expériences en dehors du Montana !

— Hum *hum*. Tout à fait ce que je pensais...

Gracie se tourna lentement vers Lane.

— Lane, devons-nous vous remercier pour tout ceci ?

— Je ne sais pas ce que vous entendez par « ceci », mais sans doute faut-il d'abord remercier Holly.

— Maman, tu n'es même pas d'ici !

— D'où êtes-vous, madame Copenhaver ? demanda calmement Lane.

— De la Louisiane.

— La Louisiane... répéta Lane d'une voix rêveuse. J'ai souvent entendu dire que c'était une région très haute en couleurs.

— Ne faites pas le malin, dit Gracie. C'est un endroit formidable. Lane opina du chef d'un air patelin. « On y mange de délicieux sandwiches aux coquillages, que vous ne risquez pas de trouver ailleurs. »

— J'ai beaucoup entendu parler de votre organisation, Lane, dit Frank. Qu'espérez-vous accomplir ? Faire élire quelques personnes ?

— D'abord, ce n'est pas *mon* organisation. Nous sommes tous égaux au sein de *Le Montana c'est Nous*. Nous ne voulons faire élire personne. Nous souhaitons simplement créer une atmosphère de réelles responsabilités dans cet Etat.

— Qui essaie de cacher l'eau...

— Exactement. Voilà l'aimant qui attire la limaille de toutes nos autres convictions. Nous exigeons qu'aucune eau ne sorte du Montana, point final. Et c'est tout ce que vous avez besoin de savoir. Cela vous explique aussi ce que valent les amoureux des arbres, les fanas des loups, les barjots du grizzly, les gagas de la truite...

Frank jeta un coup d'œil à Holly pour voir si lui-même était devenu un gaga de la truite aux yeux de sa fille. Elle le fusilla du regard.

— Bon, Lane. Certaines parties de l'Etat se trouvent à quatre mille mètres d'altitude et, euh, si je me souviens bien, l'eau a tendance à descendre vers le bas. On dirait bien qu'un peu de cette eau doit forcément quitter l'Etat...

— Pas si on la capte.
— Pas si on la capte...
— Exactement.
— Mais alors, il faudrait capter et endiguer tous les torrents et toutes les rivières, tous ces beaux cours d'eau.

Holly et Lane entonnèrent alors en chœur, pour essayer de l'aider à voir la lumière :

— Un repas gratuit, ça n'existe pas !

Cette phrase était apparemment d'une grande portée philosophique à leurs yeux.

— J'ai rencontré l'un de ces fanas des loups, dit Frank d'un ton neutre.

— Ces gens — ces amoureux des oiseaux, des abeilles, du loup et du bison — doivent apprendre que le Montana n'est pas un zoo, dit Lane.

Il se leva, alla à la cuisine et revint avec une assiette couverte de petits disques brun rougeâtre. C'était du pâté d'orignal qu'il avait lui-même préparé. Il fit circuler son assiette.

— Je commence toutes mes réunions publiques en offrant du pâté à mes amis républicains.

— Nous sommes démocrates, dit Gracie. Qu'offrez-vous aux démocrates ?

— Un canapé de ma cervelle. Non, je plaisante. J'essaie de leur donner un sentiment juste de notre idéologie. Les libéraux confondent volontiers victimariat et idéologie : il suffirait de trouver les victimes pour que la politique en découle. Mais c'est pas le cas, Lucas. Il y a une autre manière de regarder le monde, cette nation et, plus important encore, cet Etat qui commence avec le cuir des selles et un regard lointain, perdu dans les immensités du paysage. Sans oublier l'eau. Le gouvernement américain est une roue grinçante qu'il faut huiler sans cesse. Dans le Montana, non seulement nous n'avons pas besoin d'huile, mais nous n'avons pas besoin de cette roue. Nous avons besoin d'eau *et nous allons garder jusqu'à la dernière goutte de cette eau qui nous appartient.*

Frank regardait le petit pâté circulaire qu'il tenait entre le pouce et l'index. Il essayait d'y enfoncer un ongle tout en se demandant quelle sorte de famille ou de ville pouvait engendrer un connard de ce calibre. Lane avait la voix vibrante des vrais croyants, mais ses paroles contenaient aussi une sourde menace. La seule existence de gens comme Lane faisait craindre à Frank de ne pas mener ses affaires assez rondement. Et puisque Lane et Holly sortaient ensemble, Frank sentit que, s'il vivait dans un pays arabe et que lui, Frank, était un émir ordinaire, il n'hésiterait pas une seconde et ferait décapiter Lane sur-le-champ. Il s'arrangerait peut-être pour que la tête tombe discrètement dans un sac, afin de ne pas traumatiser Holly. Et pour que le cadavre décapité flotte jusqu'à la mer après la tombée de la nuit ; essayer de faire ça dans les règles de l'art. Peut-être faire venir un orchestre. Adieu, ô tête.

Frank s'excusa avant d'aller à la salle de bains, qui se trouvait au bout du couloir, derrière l'escalier abrupt. Lane fut aussitôt sur ses talons. Frank s'en étonna.

— Je vais à la salle de bains, dit-il.

— Juste un mot rapide, dit Lane.

Frank s'arrêta.

— Qu'y a-t-il ?

— Qu'en pensez-vous ?

— De quoi, Lane ?

— De moi et de Holly ?

— Comme couple ?

— Comme couple.

— Quel âge avez-vous ?

— Cinquante-trois ans.

— Vous avez plusieurs dizaines d'années de plus que Holly. Je trouve ça un peu excessif, Lane.

— Vous n'allez pas vous en tirer aussi facilement, Frank. Dites-moi le fond de votre pensée.

Frank le jaugea pendant un long moment, avec le sentiment d'avoir un défi à relever. Puis il dit :

— L'important n'est pas tellement ce que je pense, Lane. Il s'agit plutôt d'un impression.

— Quelle impression ?

— L'impression d'avoir envie de gerber.

Lane eut un sourire serein et dit :

— Très bien.

Frank entra dans la salle de bains et referma la porte derrière lui, heurtant une poire à lavement suspendue à un crochet. On aurait dit un objet fatigué mis en vente à un vide-grenier. Il y avait de petits fragments de porcelaine, figurant un ange, attachés au mur, des serviettes d'enfant décorées de scènes de cow-boys et d'Indiens, un rayon de soleil sur le siège des toilettes et une baignoire aux pattes griffues. Il comprit qu'il n'avait aucun besoin d'utiliser les toilettes et que ce parcours jusqu'au bout du couloir avait eu pour seul motif l'espoir que Gracie l'y rejoindrait afin de parler enfin à cœur ouvert, échanger des remarques venimeuses ou évoquer à voix basse la répartition des biens. Il mourait d'envie de lui révéler qu'il avait toutes les chances de se retrouver sur la paille, mais il ne voulait pas que Lane ou Holly l'entendît. Il tenait à tout prix à ce qu'elle sût qu'il risquait d'échouer. Sa brève absence provoqua néanmoins un changement. A son retour dans le salon, Gracie, Holly et Lane étaient debout. Holly avait un cours et Lane devait retourner à son bureau. Frank entendit leurs explications avant de laisser son regard dériver vers Gracie. Elle l'observait.

— Je suis libre pour déjeuner, dit-elle, si tu l'es.

Frank se contenta d'un sourire, puis il fit une mauvaise plaisanterie :

— Au plaisir, dit-il à Lane. Surtout, n'oubliez pas votre bilan de santé annuel.

Les deux femmes le dévisagèrent avec une stupéfaction à peine dissimulée. Cette remarque était impensable, même pour Gracie.

— Vous non plus, rétorqua Lane sans broncher.

— Ma fille unique est adulte, dit Frank.

— Yippee ! lança Lane. Au fait, je serai bientôt dans votre ville pour une conférence. Venez donc me voir au milieu de mes électeurs, avant que votre esprit ne se fossilise complètement.

— Allons, allons, allons, fit Gracie.

Lane restait là, immobile, rendu encore plus grand par ses bottes au laçage montant qui dépassaient, incongrues, sous le bas de son pantalon dépourvu d'ourlet. Aucune envie de me laisser embobiner par ce déguisement d'empoté : les types comme lui vous balancent aussi sec un rapport de Dun et Bradstreet. A la place, il regarda sa fille, qui était devenue un peu boulotte, l'un des quelques effets prévisibles du fanatisme. Dès qu'il aurait un téléphone sous la main, il lui offrirait un voyage autour du monde. Le moindre élargissement de l'horizon réduirait ce Lane à la dimension risible d'un point. Par ailleurs, il soupçonnait que, pour Gracie, Lane était le genre d'accroc prévisible lorsque Frank fonctionnait en parent solo. S'il parvenait à l'entraîner dans un restaurant, il s'évertuerait à la convaincre du contraire.

Ils accompagnèrent Lane jusqu'à sa camionnette. Holly s'embrassa le bout des doigts, puis tendit le bras par la fenêtre ouverte pour toucher les lèvres, couleur foie, de Lane. Frank le regarda battre des paupières en un simulacre de connivence ; ce fut insupportable. Lane enroula une boucle grise autour de son index et dit à Holly :

— A plus tard, *partner*.

Puis il adressa un signe de tête poli à Frank et Gracie.

— Réserve-nous une table au *Red Lion*, j'arrive dans une minute, dit Gracie.

— D'accord, dit Frank.

Il se tourna vers Holly et la prit dans ses bras.

— Salut, trésor.

Leur étreinte fut maladroite. Holly restait de marbre.

33

Il dépassa plusieurs rues en voiture jusqu'au restaurant, puis entra dans la pénombre fraîche de la salle. Il acheta le journal à un stand à côté d'un distributeur de cigarettes et s'installa à une table donnant sur la Clark Fork River. Il y avait davantage de serveurs que de clients. Il commanda une Löwenbrau et s'adossa à la baie vitrée avec son journal en essayant de chasser les problèmes familiaux hors de son esprit. Il s'absorba dans le soja évoqué par le rapport de la chambre de commerce de Chicago, puis se rappela qu'on ne pouvait pas savoir à quoi s'en tenir, car leurs exigences hygrométriques ne seraient publiées que dans un mois. Et voici de vraies nouvelles de la sécheresse dans les autres Etats : les stocks de maïs étaient les plus bas depuis huit ans, avec un déficit estimé à cent millions de boisseaux. Son regard papillonna parmi ses valeurs préférées : l'orge, le lin, le bétail, le jus d'orange, le coton, le fuel — pas de surprise, aucune occasion mirifique à saisir, mais peut-être parce que, le cas échéant, il ne l'aurait pas reconnue, cette occasion mirifique.

Dans le monde des affaires régnait le désir du coup juteux. Un coup, voilà ce que Frank désirerait si jamais Lane essayait d'enquêter sur la santé de ses finances. Un bon coup empêcherait sa banque de coopérer avec Lane ou tout autre avocat. L'absence de coup fumant envoyait les politiciens consulter les organismes de sondages.

Frank voulait trouver un coup. Un coup vous permettait d'envoyer votre fille en voyage autour du monde. Sans le moindre coup en vue, autant se prendre les chevilles à deux mains et attendre que les malabars mettent en pièces vos sous-vêtements. L'envie qu'avait Frank d'un coup juteux l'envoyait reluquer à travers les fenêtres des autres pour voir ce qu'ils faisaient en dehors des heures de bureau. Il lui semblait judicieux de rassembler discrètement ses informations, ce que dans la police on appelait une « opération de pêche ».

Un hasard domestique négligeable, comme sa récente rencontre avec Lane, créait chez Frank le désir de fomenter une émeute, un désordre public susceptible d'atténuer son propre malaise et son impression de péril imminent. Frank sentait depuis des années que le nouvel homme en lui était prêt à naître, mais qu'il restait prisonnier d'un perpétuel ajournement. Un crétin en voulait à son bébé.

— Je suis atterrée par ce rustre, dit Gracie comme si elle lisait dans les pensées de Frank.

Debout près de la table, elle avait ôté son manteau de ses épaules.

Il la regarda en essayant de réfléchir.

— Qui ne le serait pas ?

Ce n'était pas très malin. Frank aurait pu trouver une meilleure entrée en matière. Il désirait simplement bouger, ne pas se laisser surprendre à l'arrêt, mais sa repartie n'était pas très aimable. Il bondit néanmoins sur ses pieds pour tenir la chaise de Gracie. Elle s'installa avec un petit sourire. Il regarda le haut de sa chère tête, puis, désespéré, reprit sa place. Il distinguait à peine la soupe du jour sur le tableau noir : crème de broccoli. Sa vie roulait sans arrêt sur la piste d'envol, mais elle s'envolait rarement. Quand la serveuse arriva, ils rivalisèrent d'efforts pour commander un apéritif, vodka Absolut et jus de pamplemousse pour tous les deux, un cocktail puissamment pharmaceutique.

— Curieusement, dit Gracie d'une voix traînante comme s'ils n'avaient jamais cessé de parler, je ne crois pas que nos soyons du genre à pouvoir achever une entreprise de longue haleine, comme l'éducation d'un enfant. J'aurais dû me douter que ce que nous pensions avoir accompli avec Holly était une pure illusion. Ce plouc est loin de ce que je rêvais pour elle.

— Ton grand slogan était : ne renonce jamais à tes illusions.

— Il y a illusion et illusion.

— Eh bien, Holly se fait l'illusion que ce magouilleur d'eau douce est un héros romantique.

Il semblait difficile de s'en indigner. Frank ne savait absolument pas où Gracie était allée et l'expression de défi à laquelle il s'était attendu n'était pas là. Gracie avait surtout l'esprit pratique et elle manifestait toute la tristesse que son sens pratique lui autorisait. La chose la plus palpitante qu'ils partageaient autrefois, c'était eux-mêmes et non un troisième terme, ni une collaboration, ni un enfant, ni même une conception commune de l'avenir, rien d'autre que cette connivence qui avait duré si longtemps — qui avait duré, en fait, jusqu'à la seconde même où elle avait volé en éclats. Et depuis, elle était partie pour de bon.

— Comment es-tu venue ici ?

— En voiture. Frank, tu sais quoi ? Je ne crois pas pouvoir rester assise dans ce lieu déprimant jusqu'à ce qu'on nous serve à manger. M'en voudrais-tu beaucoup si nous allions ailleurs ?

— Mais non, pas du tout. Je... Pas du tout.

— Nous pouvons peut-être demander à la jeune fille de servir nos apéritifs dans des gobelets en carton. Non, je vais te dire, on les boit et puis on s'en va.

— De toute façon, je n'ai pas faim.

— Moi non plus.

Ils allèrent en voiture jusqu'à un petit jardin public entouré de maisons modestes, avec un court de tennis en béton et sans filet, une balançoire et une hampe de drapeau en acier. Le ciel était légèrement couvert, il faisait une fraîcheur agréable. Les seules personnes présentes dans ce jardin étaient les passants qui le traversaient pour se rendre ailleurs, ainsi une femme âgée qui avançait avec une affreuse lenteur en s'aidant d'une canne. Assis sur l'un des bancs de bois, Frank regardait autour de lui en pensant qu'il était très facile de se laisser couler dans l'un de ces endroits où le monde défilait sous vos yeux. Il pensa aux médecins quittant en douce sa clinique, maintenant une coquille vide, et au bouillon qu'il avait pris avec ses bêtes d'un an, le genre de faux pas qu'il ne faisait jamais autrefois. On pouvait rester assis dans ce jardin public, mettre un chandail bien chaud d'ici deux mois pour s'y attarder encore un peu et se sentir immergé dans les modestes routines d'une ville, ou bien juché sur une froide planète qui fonçait à travers le temps et l'espace. Au choix.

Il ne comprenait pas comment il se retrouvait assis près de Gracie. C'était une illusion, ou alors elle n'était jamais partie, jamais partie pour de bon ; ou si elle était partie, elle reviendrait dans un instant ; ou bien, encore mieux, elle était partie mais elle avait *dû* partir et elle reviendrait. Quel plaisir de penser ainsi en petites cellules délirantes, quel délice d'éviter les vastes concepts. Gracie avait été là, elle était partie, puis revenue. Elle suivait sa bonne étoile ! Il restait englué dans la boue. La fortune souriait à Gracie. Il tirait le diable par la queue. D'autres fois, c'étaient la bonne étoile de Frank et la boue de Gracie. D'autres fois encore, c'était pour tous les deux comme de quitter la maison afin d'aller travailler pendant que le vieux chien fidèle les regardait sur la pelouse en se demandant pourquoi il ne les accompagnait pas. Dans sa jeunesse, le brave toutou avait aboyé ; âgé, il se contentait de regarder ; bientôt, il serait mort et enterré.

Alors Frank se rappela le mal qu'il avait à supporter la solitude — autant ne pas oublier ça, car il allait la retrouver, cette solitude — il se rappela aussi ses errances de coyote, ses rencontres avec d'autres prédateurs solitaires, tous ces moments fugaces, sans joie, le terrain perdu à chaque instant, sa régression régulière. Comment s'appelait cette fille rencontrée au magasin de photo ? Qui venait chercher les photos d'école de son neveu ? Evaporée. Il prit la main de Gracie dans la sienne. Elle la retira aussitôt en riant. Son rêve de baisade mystérieuse s'évapora lui aussi.

— Pourquoi ris-tu ? dit Frank en se demandant si elle lisait dans ses pensées.

— Tu te souviens quand Holly était petite et qu'elle buvait l'eau destinée aux colibris ?

— Oui.

— Je pensais à ça.

— Bah, la vie continue.

— Bien sûr.

— Je trouve ça drôle, pourtant.

— Quoi donc ?

— Toutes ces choses enfuies.

— Enfuies, répéta Gracie. Elles se sont bel et bien enfuies.

— Je crois que, lorsque j'aurai dépassé le stade de l'amertume, je penserai que nous avons passé de bons moments ensemble.

— J'en suis déjà là. Je n'ai jamais été amère.

— Pourquoi aurais-tu été amère ?

— Oh, Frank, ne commençons pas.

— D'accord.

Il sentit poindre en lui un absurde désir de fuite tandis que les arbres du jardin public s'assombrissaient comme au cours d'une éclipse. Il regarda autour de lui les sentiers tracés dans l'herbe, qui témoignaient d'autant d'itinéraires anonymes. Il aurait voulu qu'ils vivent ensemble dans un quartier moderne du sud-ouest des Etats-Unis, au soleil, sans passé.

— Je me sens un peu coupable, dit Gracie. J'avais promis que mon séjour ici serait uniquement consacré à la situation de Holly.

— Je ne te suis pas.

— Je ne désirais pas faire renaître l'intimité.

— Tu crois que c'est ce que j'ai en tête ? « Inutile d'essayer de la duper », pensa-t-il. J'imagine que tu es fidèle à Ed...

— Ce n'est pas ça. Il n'a apporté aucune solution à mes problèmes. D'autant que ses problèmes sont peut-être plus graves que les miens et je ne peux pas trop le bousculer, car à mon avis il a de gros ennuis.

— De quel genre ? demanda Frank.

Son cœur bondit. Qu'espérait-il ? Un cancer ? Une faillite ? Le sida ?

— Je veux le tenir à l'écart de tout ça. Lui aussi est toujours marié.

— Quitte-le ?

— Mon Dieu, quelle idée !

— Je ne peux pas tout cacher, Gracie.

— A quoi bon, Frank ? Tu aurais trop hâte de te débarrasser de moi en allant chercher un juge. Au fait, il va falloir que je prenne quelques affaires à la maison, dit-elle.

Comment interpréter cela ? « A suivre » ? En tout cas, elle était nettement troublée.

— D'accord, dit Frank avec audace. D'une certaine manière, tu as donc mis un terme à cette relation et, comment dire, l'heure des comptes a sonné ?

— Je t'emmerde, Frank.

— Hum hum.

— Je déteste toutes tes rodomontades. Tu es vraiment écœurant, Frank. Oui, écœurant.

— Tu te comportes comme si tu venais de perdre la balle de match, mais je ne vois pas du tout les choses ainsi, Gracie, mais alors pas du tout.

— Tu aimerais découvrir un colossal mâle alpha pour expliquer la lubricité qui m'a attirée hors de mon foyer. Je connais toutes tes pensées, espèce de salaud.

« Un colossal mâle alpha », elle n'était pas mauvaise, celle-là. Etait-ce pour ça que, de la fenêtre de sa chambre, il avait regardé ce couple d'étudiants qui attendaient la fin de l'averse estivale, en se masturbant dans son rideau ? Etait-ce le comportement typique d'un mâle alpha ? Frank savait parfaitement qu'il sombrait parmi les ombres tandis que plusieurs de ses rêves tombaient en poussière. L'un d'eux brillait encore faiblement, mais presque tous les autres se réduisaient à une vaste bouche d'ombre.

— En tout cas, reprit Gracie, je croyais que nous devions parler de Holly.

— Mais oui.

— J'ai réfléchi.

— Et alors ?

— Ça ne nous regarde pas.

— Gracie, cela reviendrait à abdiquer. *No mas abdication.*

— Oui, je pense que oui. Mais je crois aussi que tu ne fais pas autre chose. Tu abdiques. En fait, je vais m'y mettre moi aussi, et sur plusieurs fronts. Je vais battre tous les records d'abdication.

— J'ai déjà essayé. Ils me piquent tous mes biens.

— Ça doit être palpitant pour toi, champion.

— Pas autant que tu le penses. Tu ne m'as jamais compris aussi bien que tu le croyais.

— Passe-moi un coup de fil le jour où tu apprendras à accepter l'échec, dit-elle. Je suis dans l'annuaire.

Elle baissa les yeux vers le fouillis de son sac à main, en sortit un tube de rouge à lèvres et entreprit de s'en servir. Elle lui lança un regard machinal pour voir s'il avait vu son doigt toucher ses lèvres, puis elle détourna les yeux d'un air renfrogné.

— Au ton de ta voix, Frank, on a l'impression que tu dictes une lettre. C'est insupportable.

— Ils me piquent tout ce que j'ai. Le ton de ma voix a disparu en premier. Ensuite, découvrir Holly amourachée du Grand Couillon des montagnes Rocheuses...

— Ne rends pas les choses pires qu'elles ne sont.

— Ne rends pas les choses pires qu'elles ne sont !

Un adolescent à coiffure d'Iroquois, juché sur un vélo tout-terrain, une main tenant le guidon et l'autre un soda à l'orange, fila devant eux à quelques centimètres de leurs orteils. Frank lui cria de ralentir. Le jeune punk décrivit un grand cercle, revint encore plus vite en agitant sa boîte de soda et arrosa le visage de Frank d'une grande giclée en passant devant le banc. Frank bondit sur ses pieds et s'élança à la poursuite du punk, mais sans le moindre espoir. Quand il revint vers le banc, le visage et les cheveux tout poisseux et humides, Gracie riait à gorge déployée.

Frank s'essuya le visage avec sa manche et s'assit. Il décida de ne pas commenter cet incident. Il se laissa aller à une brève rêverie où il faisait tomber le petit punk de son vélo, il lui coinçait la tête dans les rayons de la roue avant, puis il lui bottait le train à loisir. Frank sourit en pensant qu'il faisait de moins en moins la distinction entre la réalité et les produits de son imagination. Ses branlettes insouciantes lui semblaient plus agréables que toutes les alternatives dévoreuses de temps. Mais c'était en fait de la paresse ou de la lassitude, un effondrement des utopies ordinaires de sa jeunesse où l'extase se trouvait toujours au coin de la rue.

Il regarda une jeune femme au pantalon bouffant qui apprenait à son chien à rapporter un frisbee, quelques grives qui lavaient des vers sous un jet d'eau. Une Asiatique toute rabougrie, âgée d'une soixantaine d'années, installa un chevalet face aux collines jaunâtres qui s'élevaient derrière les maisons. Il sentit la présence de Gracie à côté de lui. Une érection robuste déformait malicieusement son pantalon pour le transformer en tente asymétrique.

— Mon Dieu, je crois que j'ai un gros problème, dit-il en acceptant l'évidence.

Gracie regarda autour d'elle en feignant de chercher l'objet de son enthousiasme.

— Quel gamin tu fais, Frank.

— Merci, Grace. Bon, pourquoi ne reviens-tu pas à la maison ? La cafetière est au chaud. J'ai entravé la vieille chèvre...

— Et puis quoi encore ? Nous pourrions préparer un peu de féta ensemble ? C'est hors de question. Autre chose : une condamnation pour exhibitionnisme affaiblirait sérieusement ta position face à celui que tu appelles le Grand Couillon des montagnes Rocheuses.

Frank réfléchit un moment.

— J'ai entièrement confiance en Holly. Elle va traverser cette épreuve sans coup férir.

— Je l'espère. Je crois aussi qu'il s'agit d'une chose que nous utilisons à nos propres fins.

— Exactement.

Et voilà un autre piège, la discussion sincère qui élevait le débat à une altitude glaciale, souvent accompagnée d'un mauvais jeu d'acteur et d'une effroyable solennité. Ce fut un moment pénible. Frank mourait d'envie de fondre sur sa femme comme un Sarrasin.

Alors Gracie se mit à sangloter.

— Oh, ma chérie, que se passe-t-il ? dit Frank sans savoir quoi faire.

Au moindre faux pas il risquait de se joindre aux pleurs de Gracie, mais il tint bon, regarda dans le vide pour se maîtriser et il se sentit très déprimé. Ses canaux lacrymaux le picotèrent, une pellicule translucide voila soudain le jardin public, comme si le générique allait se superposer à la dernière scène du film. A cet instant précis, le punk à vélo passa une fois de plus à toute vitesse devant le banc. Frank leva son visage décomposé vers le garçon, juste à temps pour recevoir une nouvelle giclée de soda à l'orange ainsi que la boîte en fer qui ricocha sur sa tête.

Frank bondit sur ses pieds et se lança à la poursuite du gamin qui s'éloignait sur son engin cabré vers le ciel. Il le suivit hors du jardin public, dans le flot de la circulation. Le punk zigzaguait entre les voitures qui lui fonçaient dessus en klaxonnant, sa chemise verte rapetissait, puis il bifurqua à droite dans une rue latérale. Frank s'y engouffra derrière lui et marcha sur un bloc et demi jusqu'à une ruelle qu'il remonta en partie, avant de se cacher dans une poubelle où il attendit au milieu d'une profonde puanteur de légumes, en essayant de réconcilier son désir de tuer le gamin avec celui d'être auprès de Gracie. Il était sur le point de vomir, mais il devinait que le garçon repasserait par là pour jeter un dernier coup d'œil. Frank avait l'intention de jaillir hors de la poubelle, de percuter le visage du gamin et de faire ensuite ce qu'il devait faire. En attendant, il essaya de se rappeler ce que cela coûtait d'assurer des bêtes d'un an. Personne ne le pratiquait, mais c'était sans doute une idée valable et originale dans cette partie du monde. On pouvait compter sur les banquiers pour vous aider à la réaliser. Enfin, peut-être pas les trouillards de banquiers de Frank.

Gracie n'allait pas l'attendre indéfiniment. La fureur de Frank décrut. Il pensa aux larmes de Gracie et désira la retrouver tout de suite. Il se leva brusquement dans sa poubelle et se retrouva nez à nez avec une vieille dame en peignoir, qui poussa un grand cri. La dame lâcha son sac en plastique noir et fila par une porte qui donnait dans la ruelle en hurlant « Police ! » d'une voix où Frank décela un accent prolétaire, car elle séparait les deux syllabes de manière trop emphatique. Levant les yeux, il vit alors le petit punk faire demi-tour en dérapage contrôlé avant de s'enfuir de l'autre côté.

Frank rejoignit rapidement la rue, où il essaya de se fondre à la foule tout en ôtant de ses vêtements les ordures qui s'y étaient collées. Il traversa le jardin public dans un sens inédit, mais leur banc — qu'il reconnut à cause des positions relatives de la balançoire et de la hampe de drapeau — était désert. Alors, assez loin, il vit le garçon guider deux policiers vers lui. Frank n'eut pas le temps de réfléchir ; il prit les jambes à son cou, quitta l'espace dégagé du jardin, pénétra dans un quartier cossu de fonctionnaires, traversa des cours, passa sous des cordes à linge, renversa une écuelle en plastique dans une grande gerbe de graines pour oiseaux, retrouva la maison de Holly malgré sa panique, ouvrit violemment la porte d'entrée et faillit tomber dans les bras de Lane Lawlor. Frank était douloureusement conscient de son odeur de sueur et d'ordures.

— Rebonjour, lâcha-t-il, le souffle court.

Il inclina la tête avec un sourire, faisant un effort aussi affreux qu'inélégant pour se montrer charmeur.

Lane le considéra quelques instants avant de réagir.

— Laissez-moi vous préparer un verre, dit-il en s'obligeant à sourire d'un air supérieur. Je suis revenu pour utiliser le téléphone de Holly.

Lawlor se tut, comme s'il s'attendait au pire de la part d'un individu légèrement voûté qui dégageait indubitablement une forte puanteur d'ordures.

— Laissez-moi reprendre mon souffle, dit Frank en s'effondrant sur une chaise du salon.

Il se rappela avoir vu un rouquin qui venait d'avoir une crise cardiaque à l'aéroport de Salt Lake, assis par terre dans une salle bondée de voyageurs pressés qui l'évitaient comme un obstacle, une expression gênée sur son visage couvert de sueur, un journal du matin posé par terre près de lui. Seule sa mère aurait sans doute pu le réconforter. Ses pupilles étaient dilatées comme des pièces de dix cents et il semblait fixer une entité qui se dirigeait droit vers lui.

Lane lui apporta un verre, le genre de cocktail corsé qu'on se prépare pour se mettre en roue libre. Frank se promit d'être sur ses gardes. C'était néanmoins un soulagement que de se retrouver là en compagnie d'une créature aussi prévisible que Lane. Ç'avait été trop pénible avec Gracie. Toutes les tentatives de Frank pour modifier ses propres émotions avaient échoué. Il s'était senti comme un fauve en cage et cela avait tout gâché. Il ne voulait plus se laisser emporter par ce genre de réaction sauvage. Il aspirait à cette régularité que l'on vantait sans cesse, dans le sport, dans la vie, partout. Avec Lane, ce pouvait être pesant mais poli, comme une bataille navale à l'ancienne mode: des capitaines courtois mettaient leurs canons en position, sans qu'il soit jamais question de laisser libre cours à la moindre sauvagerie.

Lane s'assit.

— Vous traversez actuellement une période assez mouvementée, commença-t-il.

— J'en ai peur.

— Il est parfois utile d'avoir quelque chose à opposer à toutes ces tribulations.

— Ouais, dit Frank, un truc du genre : nous dormirons pendant l'éternité...

— Rien d'aussi lugubre. Peut-être quelques valeurs.

— Quel type de valeurs, Lane ?

— Ces valeurs que l'on découvre au fond du désert, ces valeurs qui vous aident dans l'adversité, celles qui vous rapprochent de vos propres parents.

Lane marquait sans doute un point. Les gens qui désiraient détourner toutes les rivières, massacrer tous les animaux gênants et transformer toutes les forêts en pâte à papier manifestaient une solidarité remarquable. Ils croyaient que tous les éléments du monde naturel conspiraient contre la gamelle bien pleine, contre les scooters des neiges aux réservoirs remplis à ras bord et contre l'utilisation adéquate d'un gros chargeur de cartouches. Frank le considéra en essayant de l'imaginer enfant et aboutit à cette conclusion que Lane n'avait jamais été enfant. Lane était né tribun.

— Vous savez, dit Frank, j'ai l'impression que, si nous confrontons nos philosphies de la vie, nous allons finir par saccager cet appartement, mais nous ne sommes pas chez nous.

— Ha ha ha, fit Lane.

— Je ne blague pas.

— D'accord, essayons un autre angle. Vous êtes un homme d'affaires. Nous travaillons dans le même milieu.

— Je suis un homme d'affaires de plus en plus inefficace.

— Je vous parie à trois contre un que c'est à cause du climat négatif dans lequel nous opérons — les syndicats ouvriers, etc.

— Non, ce n'est pas ça. C'est autre chose. C'est plus proche du syndrome de la fatigue chronique.

Il ne parla pas à Lane de sa théorie de la terre plate, ni du ravissement qui le submergeait parfois quand il pensait à cette grosse planète brusque et bariolée poursuivant son chemin sans lui, tel un galion espagnol laissant dans son sillage un baigneur qui venait de sauter de la fameuse planche. Cette vision s'achevait toujours comme un vieux film comique projeté à l'envers : le baigneur s'élevait d'une grande gerbe d'eau, il jaillissait vers le ciel et remontait au bout de la planche, puis il la parcourait à reculons et en courant jusqu'à la foule des marins rassemblés sur le pont. Jamais il ne quitterait la terre de son plein gré, compte tenu des lugubres statistiques publiées sur les autres planètes merdiques, avec leurs canaux palôts, leurs halos nauséeux.

— Je me sens très motivé pour développer avec vous une relation agréable, dit Lane. Votre fille m'attire énormément. (Frank eut à nouveau cette affreuse impression). Mais elle ne me donne pas beaucoup d'encouragements. (Il rit.) C'est sans doute grâce à vous et à votre épouse qu'elle a acquis une personnalité aussi riche et complexe. J'aimerais qu'elle me fournisse des indications plus significatives à propos de notre avenir commun.

— Je m'en félicite, dit Frank. Votre relation est parfaitement grotesque.

— Je crois que les intéressés et seuls les intéressés ont voix au chapitre.

— Vous ne pourriez pas vous trouver une Américaine conservatrice de votre âge ?

— Je pourrais.

— Vous pourriez ?

— Mais je ne le désire pas.

— Ah.

— Par ailleurs, Frank, votre fille devient chaque jour plus conservatrice. Et je m'en réjouis. C'est nous qui veillons sur notre nation, nous qui désirons la même chose : une justice rapide et sévère.

Frank réfléchit à cette expression inquiétante et manifestement préméditée, sans comprendre ce qu'elle signifiait vraiment.

— Au fait, savez-vous quand elles doivent revenir ? demanda-t-il.

— Pas dans l'immédiat. Mme Copenhaver est partie pour Deadrock, je crois, et Holly est en cours.

34

Les lampadaires défilaient lentement tandis qu'il se dirigeait à pied vers un bar du centre de Deadrock, parmi les courbes admirables des voitures aux carrosseries joliment peintes et aux plaques minéralogiques personnalisées vantant le Ciel Immense, la fierté du Montana. Un vieil infirme, qui avançait sur le trottoir avec une détermination farouche, cria à Frank :

— Fais un peu gaffe où tu marches, espèce de freluquet imbécile !

Cette apostrophe rassura Frank : l'homme était bel et bien indomptable. Il s'arrêta pour regarder à gauche et à droite dans une rue transversale, remarquant le sifflement sonore de son nez et le vignetage ombreux de son champ de vision. Quand il éclata d'un rire sonore, une voiture ralentit pour permettre à ses occupants de l'examiner. Salue donc ces gens en agitant la main ! Ils ne lui rendirent pas son salut. On s'en moque ! Encore un grand éclat de rire. Ha, ha ! Encore un grand geste de la main...

Frank s'aperçut soudain qu'il était dans le bar. Il ne savait pas depuis combien de temps il se trouvait là ni combien de verres il avait bus, mais il décida d'aller réclamer un morceau à l'orchestre, traversant pour cela le bar vers la piste de danse, se frayant un chemin entre tous ces couples jusqu'à l'estrade et demandant au chanteur, qui d'habitude menait l'orchestre, de jouer un morceau choisi. Tiens, Lucy Dyer ! Un morceau de choix !

Lucy était installée au bar, assise sur son tabouret face à la piste de danse. Elle était flanquée de deux hommes quand Frank s'approcha d'elle pour lui demander quel morceau elle voulait entendre. Mais il eut beau la presser, il ne réussit pas à en tirer le moindre titre. Finalement, l'homme situé sur sa gauche, un grand cow-boy patibulaire en chemise noire, dit :

— Elle a pas de chanson à vous demander. Vous comprenez donc rien ?

— Frank, dit Lucy, j'aimerais te présenter mon amoureux, Darryl Pullman.

Frank fut aussitôt devant le cow-boy, avec un grand sourire et une poignée de main chaleureuse.

— Que faites-vous dans la vie, Darryl ?

— Pilote d'épandage.

— Beau métier.

— Et guide pour le gros gibier.

— Et vous, Darryl, il n'y a rien que vous aimeriez entendre ?

— S'ils connaissent un truc de Dwight Yoakam, ça me va.

— C'est donc Dwight Yoakam ?

Frank détestait paraître aussi enjoué en présence de ces ternes échantillons d'humanité, mais il réussit à transmettre sa demande à l'orchestre, qui entonna *Guitars and Cadillacs*. Il revint auprès de Lucy et de Darryl et dit :

— Puis-je tenter ma chance et inviter Lucy à danser ?

— Si ça te botte, fonce, dit Darryl.

— Merci, Darryl. Merci beaucoup.

La piste de danse était encombrée de ce qui ressemblait à un vaste groupe d'individus désorganisés. Frank ne remarqua aucun rapport direct entre la musique et les gestes des danseurs. La densité élevée des chapeaux de cow-boy semblait diminuer encore l'espace vital. Mais Frank prenait plaisir à la chaleur et au poids familiers de Lucy entre ses bras. Il les identifiait à une profonde simplicité, une luxure banale. La protubérance accentuée de son pantalon se passait de commentaires.

— Tu as du toupet de me brandir ça sous le nez, dit Lucy.

— Le juge le plus inflexible du monde ne saurait condamner personne pour ce qui est involontaire.

Frank promena sa cavalière autour de la piste en se sentant assez audacieux pour la serrer contre lui. Ce fut délicieux. Quand la chanson se termina, Lucy s'écarta et Frank retourna vers l'estrade. Le chanteur se pencha au-dessus de sa guitare, éloignant le micro de sa bouche pour écouter la demande de Frank.

— Vous jouez « Joyeux anniversaire » ?

— Et comment. C'est pour qui ?

— Darryl Pullman. Il a cent ans ce soir et il est venu ici spécialement pour vous entendre jouer.

Frank savait imiter parfaitement l'accent de Gracie.

— C'est parti ! lança le chanteur en jouant les six notes bien connues qui ponctuent chaque année notre marche vers les confins de la terre plate. « Jo-yeux-za-nni-ver-saire ! » Puis il se pencha vers le micro pour parler du coin de la bouche pendant que Frank allait retrouver Lucy. « C'est pas souvent dans notre métier qu'on a l'occasion de fêter les *cent ans* de quelqu'un, mais c'est ce que nous allons faire tout de suite ! Cette chanson est dédiée à Darryl Pullman, qui est parmi nous ce soir. Darryl, c'est parti pour cent autres années ! »

Frank regarda Darryl dans le blanc des yeux et lui dit :

— Je croyais que le prénom *Darryl* n'existait pas il y a un siècle.

— Il existait pas, dit Darryl qui se mit à chanter « Joyeux-za-nni-ver-saire » avec les autres. Mais je tiens une occase en or d'envisager l'avenir avec sérénité, espèce de sale connard.

Quand la chanson fut terminée et que les applaudissements se turent, mettant fin aux grandes claques dans le dos qui obligeaient Darryl à garder le sourire, Frank lui dit :

— Darryl, je vais jouer cartes sur table. Tout ça est peut-être trop pour toi et je ne te le reprocherais pas. Tu peux me prendre un verre là-bas ? » Frank le vida d'un trait. Mais il faut absolument que je dise un mot à Lucy, j'en ai vraiment pour une minute. Il faut absolument que je lui parle. Darryl ne pipait mot. Darryl, il le faut. C'est indispensable. Il y a trop de malentendus entre nous. Ce ne sera pas long. S'il te plaît.

— C'est une urgence ?

— Oui ! C'est exactement le mot que je cherchais. Une urgence !

— Combien de temps ?

— Six minutes vingt et une secondes. Il n'y aura ni arrêts de jeu ni retard dû à la pub.

— Ça m'inquiète pas des masses, dit Darryl, si tu veux savoir. »

Dès qu'ils furent sortis du bar, Frank commença à se bagarrer contre lui-même. Il leva les yeux vers la devanture du cinéma situé de l'autre côté de la rue et lut la pancarte bien connue, « Fermé pour la saison ». Il remarqua la faiblesse de ses membres inférieurs.

— Il y a un endroit où on pourrait s'asseoir un moment ?

— Oui, dit Lucy d'une voix ferme de femme d'affaires. Allons dans la camionnette de Darryl. Je sais qu'il ne m'en voudra pas, parce qu'il n'est pas mesquin. Il n'est pas mesquin et il ne manque jamais d'égards envers moi.

Elle entraîna Frank vers le parking de l'hôtel *Dexter*, où ils trouvèrent la camionnette Ford, dont le plateau était entouré de barrières à bestiaux. Frank s'installa au volant et Lucy fit le tour pour monter de l'autre côté. Frank lui sourit et fit semblant de conduire sur la route, écrasant la pédale des freins de temps à autre.

— Qu'as-tu en tête ? s'enquit Lucy.

Frank aperçut les clefs et fit démarrer le moteur. Lucy lui lança un regard inquiet, mais il se contenta de mettre le chauffage.

— Je ne t'ai pas vue depuis longtemps. Je ne suis pas allé au bureau.

— Ça, nous l'avons remarqué.

Ce « nous » regroupait Lucy et Eileen. Il comprit aussi que Lucy lui annonçait du même coup le retour de Gracie en ville.

— Oh, Lucy.

— Je déteste quand tu me dis : « oh, Lucy. »

— Aie un peu d'égards pour moi. J'ai bâti un empire.

— Et tu le laisses partir à vau-l'eau.

— C'est toujours comme ça. Relis ton Histoire. Aucun empire n'y a échappé.

— Et Gracie alors ? Une fille merveilleuse. Comment as-tu fait pour gâcher ça, Frank ? C'est à cause d'elle que je me suis sentie attirée par toi. Je voulais vraiment découvrir ça. Depuis cette soirée de Halloween où nous nous sommes déguisés en *ménage à trois* *. Mais Gracie était mon amie. Tu as quelque chose de spécial, mais ce n'est pas forcément très joli et ça ne m'étonne pas qu'elle soit partie. Non, ça ne m'étonne pas ! Vraiment, Frank, je la comprends très bien. Et puis je vais te dire une bonne chose : dans ton cas, l'absence ne nourrit pas l'amour. Dès qu'une femme s'éloigne de toi, même pour un temps très bref, cette femme se pose une excellente question : mais comment, comment ai-je pu faire une bêtise pareille ?

— Elle se sent souillée par ma baguette magique ?

— Frank, s'il te plaît.

— J'essayais simplement de détendre l'atmosphère. Et puis j'ai fait de sacrés efforts. Quand tu m'as envoyé sur le Cercle arctique, j'y suis allé. Est-ce que ce n'est pas le vivant témoignage de mon affection ?

— Tu essayais juste, tu... c'était affreux. Quelle tentative complètement artificielle pour étaler un peu de vernis romantique sur les choses. Tout ce que tu as fait avec sincérité, c'est de me baiser, de m'emmener au cinéma et de me baiser, de m'inviter à dîner et de me baiser — autrement dit, *me baiser me baiser me baiser* !

Regardant par la fenêtre de la camionnette juste à temps pour saisir la fin de ce discours, apparut Darryl Pullman. Lucy surprit le regard de Frank, elle regarda à son tour vers la fenêtre et poussa un grand gémissement désespéré. Frank enclencha la première et partit dans la rue.

— Il ne faut pas parler comme ça devant un cow-boy, dit Frank. Ensuite, tu n'as plus qu'à numéroter tes abatis.

Darryl appela un autre cow-boy qui se tenait à l'entrée du bar. Ce dernier montra sa propre camionnette, un gros Dodge vert, puis Darryl et le cow-boy coururent vers ce véhicule. Frank tourna sèchement dans une ruelle, en ressortit à l'autre bout, il s'engagea en sens interdit dans la voie d'accès d'une banque fermée à cette heure, puis prit une autre allée — enfant, il avait joué dans toutes ces ruelles — et arriva au milieu d'un dépôt de Chevrolet d'occasion.

— Laisse-moi descendre ici, Frank.

— Tu ne veux pas descendre. Tu as envie de vivre ça jusqu'au bout, Luce.

Frank observait la rue obscure au-dessus du toit des voitures. Elle paraissait dangereuse. Sentant la chaleur et respirant ce parfum, il pensa que la sensation du danger était très proche de la luxure : une présence écrasante, une attention aiguisée, une espèce de désir. Et aucun but, une splendide absence de but. Il se fraya un chemin zigzaguant parmi les véhicules du dépôt de voitures.

Voilà Darryl et son ami dans le Dodge qui arrivent devant la gare de chemins de fer. Frank éteignit les phares et se tassa sur son siège. Lucy l'imita et cette complicité le ravit. Il regarda attentivement le Dodge passer juste derrière une rangée de voitures d'occasion ; leurs formes se fragmentaient dans la lumière des phares. Les deux cow-boys ne regardèrent jamais de son côté et, quand ils se furent éloignés d'un bloc et demi vers l'est, Frank redémarra et partit vers l'ouest. Il alluma ses phares pendant qu'il roulait dans l'obscurité. Alors il entendit un hurlement de freins derrière lui. Jetant un coup d'œil dans le rétroviseur, il vit le Dodge décrire un demi-cercle, le pinceau de ses phares braqué vers le ciel quand la camionnette se cabra sous l'effet de l'accélération.

— Et merde, dit Frank tandis que Lucy se prenait le visage entre les mains.

Sur la grand-route, ils réussirent à conserver leur avance sur l'autre véhicule, mais ils roulaient à cent soixante à l'heure et Frank n'avait aucune envie de continuer longtemps à cette allure.

— Je ne sais pas si tu te souviens de Sterling Moss, dit-il par-dessus le vacarme du moteur. Un pilote formidable, mais il bousillait toutes les voitures qu'il conduisait. Juan Fangio était encore plus rapide, mais on avait l'impression qu'il ne conduisait même pas ses bolides. Une espèce de sympathie mystérieuse entre Juan et ses machines...

— Frank, s'il te plaît.

— Je ne peux pas m'arrêter maintenant. Tu imagines l'humeur de ces deux cow-boys ? Mon seul choix, c'est de les dégommer avant qu'ils me dégomment.

Soudain, il eut l'impression de faire du sur-place. Il regarda les étoiles à travers le pare-brise et pensa qu'il éprouvait simplement de l'affection pour Lucy. Mais la lumière aveuglante des phares qui le suivaient le ramena à la réalité. De l'audace, encore de l'audace, pensa-t-il en freinant brutalement avant de s'engager sur un chemin de gravillon, où il éteignit à nouveau les phares.

— Frank ! s'écria Lucy.

Il distinguait assez bien le chemin et il était certain de sa quasi-invisibilité.

Il bifurqua sur un autre chemin bordé d'arbres denses, mais il distinguait toujours de la lumière derrière lui. Un ou deux kilomètres plus loin, la route tournait vers le nord pour gravir une colline. Il roulaient maintenant beaucoup plus lentement dans une forêt. Il y avait un chemin de bûcherons qui s'enfonçait plus profondément à travers bois ; sachant que Darryl penserait qu'il s'y était engagé, il ne le prit pas, laissant à sa droite un autre chemin de bûcherons. Il bifurqua dans le troisième chemin. Comme il était boueux, Frank dut descendre de la camionnette pour verrouiller les essieux en position quatre roues motrices. Une fois près de la cabine, il entendit le Dodge qui peinait dans une côte, sans pouvoir dire s'ils l'avaient trouvé ou pas. Ils étaient apparemment à moins d'un kilomètre derrière eux.

Le véhicule de Frank et de Lucy dérapait violemment sur le chemin. La boue devenait de plus en plus profonde et le moteur s'emballait dès que les roues se mettaient à patiner. Le chemin était tellement bombé que Frank devait absolument empêcher la camionnette de glisser à droite ou à gauche. Mais le véhicule avait tendance à gravir la pente de guingois comme un vieux saumon fatigué remontant une rivière. Il dérapa soudain à l'écart du monticule central et le capot s'enfouit brusquement dans la gadoue. Frank et Lucy se retrouvèrent avec tout leur poids sur leurs jambes, comme s'ils se tenaient debout sous le tableau de bord. Lorsque Frank enfonça le champignon, les roues arrière devinrent des fontaines de boue. Quand il coupa le moteur, il s'aperçut que la radio était allumée à faible volume et Merle Haggard chantait : « Il n'y a pas si longtemps, tu tenais le biberon de notre bébé, mais aujourd'hui c'est un autre biberon que tu préfères. »

— Je ne peux pas continuer de vivre comme ça, dit Lucy.

— Je sais ce que tu ressens.

— Non, tu ne le sais pas, espèce de salaud !

— Tu essaies simplement de me blesser, Lucy.

Le pare-brise était couvert de buée. Elle le gifla en pleurant de désespoir. Puis elle se calma.

— On ne peut pas attendre ici qu'ils nous trouvent, dit-il. La lune brille. Continuons à pied.

Il ouvrit sa portière en luttant contre la gravité et regarda le sol.

— Il y a un petit saut à faire, dit-il.

— Ne te mets pas à parler comme les Anglais ! s'écria Lucy.

Elle semblait complètement déchaînée. Frank lui prit le bras et l'attira vers lui. Quand il eut sauté et qu'il se retourna pour l'aider, il s'aperçut que le siège lui arrivait à hauteur de la poitrine. Il lui prit la main. Elle chercha un endroit où atterrir, puis elle effectua un grand saut qui déséquilibra Frank. Il s'enfonça dans la gadoue sous le poids de Lucy. Il essaya de minimiser la gravité de ce bain de boue, car il sentait qu'elle allait devenir folle. Mais il avait les narines bouchées et la nécessité de respirer l'empêcha de rester aussi impassible qu'il l'aurait voulu.

Au lieu de patauger pas à pas pour sortir de cette fondrière, Lucy essayait obstinément de faire des sauts de kangourou entravé. Frank rampa vers elle, bien décidé à l'aider. Lucy ouvrit la bouche et se mit à hurler à la mort comme une chienne.

— Je ne t'en veux pas, je ne t'en veux pas, lui répétait sans arrêt Frank. Comment ai-je pu t'entraîner là-dedans ?

Elle lui lançait quelque chose, sans doute des poignées de boue. Mais maintenant, la boue n'avait plus aucune importance. Lucy aurait pu lui en jeter de pleins seaux au visage, cette boue serait restée purement théorique. Il savait qu'il était ivre mort, mais il n'éprouvait pas le moindre désir de lutter contre les effets les plus pernicieux de son ébriété. Il désirait avant tout éviter les conflits.

Deux mètres seulement les séparaient du sol sec et ils y furent bientôt, posant d'abord un pied sur la terre ferme, puis l'autre, tels des vétérans se rappelant sur le tard leur carrière de danseurs de comédie musicale. Frank sourit largement et tendit le bras vers l'ouest.

— La ville est par là. Quelle nuit magnifique pour une promenade !

L'air désespéré, Lucy hasarda quelques pas fatigués dans la direction qu'il montrait, sur le petit chemin vicinal qui partait à travers bois. Il y avait un ruban d'étoiles dans le ciel et Frank espérait retrouver un peu de sa lucidité. Quand il prit la main de Lucy dans la sienne, elle lui échappa aussitôt. Il laissa sa propre main retomber contre sa cuisse comme s'il ne comptait de toute façon rien en faire.

Ils débouchèrent bientôt dans une clairière où étaient garés plusieurs gros engins de chantier, dont un énorme tracteur articulé destiné aux billes de bois. Frank s'arrêta devant et le contempla pendant un long moment. Il comprit alors que la solution de ses problèmes se trouvait dans la technologie.

— Lucy, si nous arrivons à faire démarrer cet engin, je pourrais sortir notre camionnette de la boue en un clin d'œil.

— Laisse tomber.

— Pour accepter la défaite ? N'y compte pas !

Retrouvant toute l'habileté de sa jeunesse, Frank s'allongea sous le tableau de bord du gigantesque tracteur et coupa les fils du démarreur avec son couteau de poche. Quand il les plaça l'un contre l'autre, il sentit le moteur Diesel hoqueter. Il se redressa, tira le starter, mit les gaz, rampa de nouveau sous le tableau de bord et relia les deux fils. Le moteur Diesel eut quelques ratés, démarra et se mit à tourner normalement. La pression des gaz souleva le clapet métallique du tuyau d'échappement, de jolis volutes de fumée s'élevèrent et disparurent dans le ciel étoilé. Il sépara les fils sous le tableau de bord et les laissa pendre.

— Monte ! lança Frank à Lucy.

Lucy hésita une seconde, puis elle se hissa auprès de lui. Ils étaient très loin du sol. L'engin, équipé d'une fourche avant, semblait aussi gros qu'une locomotive. Quand Frank mit le moteur en prise, conduisant avec deux manettes, le monstre s'ébranla en zigzaguant et en aplatissant tout sur son passage. Lucy semblait presque fascinée, même si elle savait sans doute que la situation était désormais incontrôlable. Quant à Frank, il semblait obnubilé par la camionnette embourbée comme par l'emblème de tout ce qui l'empêchait de poursuivre son existence.

Il fit tourner le tracteur selon une trajectoire imprévue et ne réussit pas à le remettre dans la bonne direction, si bien qu'un ouragan d'arbrisseaux s'abattit devant eux, emplissant l'air de petits troncs brisés et de nuages feuillus. Cette machine grandiose traçait toute seule sa route et, du haut de leur perchoir qui dominait le chaos environnant, ils sentirent un peu de ce pouvoir serein qui ennivre les hommes en guerre contre la nature. Ils se retrouvèrent sur le chemin et la bande de ciel qu'ils distinguaient au-dessus de leur tête devint un bien meilleur outil de navigation que le ruban de terre sombre qui s'étendait devant eux.

— Où crois-tu que sont nos deux poursuivants ? demanda Lucy en élevant la voix au-dessus du rugissement du moteur.

— Partis depuis longtemps.

— Tu es sûr ?

— A l'heure qu'il est, ils sont rentrés en ville.

— Pour quoi faire ? Aller chercher le shérif ?

Frank sentit un frisson lui descendre le long du dos. Il refusait de penser aux conséquences de ses actes. Il avait toujours l'impression merveilleuse de vivre dans un rêve. Tout lui semblait permis, ouvert et gratuit. Il pensa aux vibrations du gros moteur Diesel qui secouaient les fesses de Lucy, faisant d'elle une alliée dans son combat contre la raison.

— Il ne va pas tarder à faire jour, dit Lucy.

— Oh, ne dis pas ça, fit-il en se retournant pour vérifier que la longue forme jaune de l'engin articulé le suivait toujours fidèlement.

Je suis incroyablement bon, pensa-t-il. Il savait qu'il avait fière allure aux commandes de son engin de dix tonnes, projetant les ombres de sa combustion à travers le corps de sa compagne.

Il avait un projet, en dehors de simplement sauver les apparences. Il guiderait le tracteur près de la camionnette, il dirigerait sa fourche par en dessous, il soulèverait le véhicule embourbé pour le remettre sur le chemin, après quoi il rentrerait tranquillement en ville. Il envisagea d'expliquer son projet à Lucy, mais comprit qu'elle s'en moquerait peut-être. Elle assistait à leur équipée en écarquillant les yeux pour voir comment tout cela se terminerait. Pour Frank, elle possédait le détachement lucide de l'authentique désespoir. Elle était folle à lier. Sa tête ballait en suivant les cahots de la machine brinquebalante. Sa mâchoire pendait.

Il retrouva la camionnette sans le moindre problème. Il lui fallait maintenant quitter la route pour s'en approcher latéralement. Le tracteur descendit du monticule central comme une énorme fouine. En aplatissant quelques massifs de broussailles, Frank réussit à se placer perpendiculairement à la camionnette. Il fit une pause pour s'initier aux commandes des fourches. C'était très simple : un levier hydraulique les abaissait et les faisait monter puissamment. Alors il s'approcha de la camionnette. Les deux fourches étaient dans la position presque idéale pour se glisser sous le véhicule embourbé, mais le rebord de l'ornière l'arrêta à deux mètres de son objectif. Il recula, essaya encore. Cette fois, il s'approcha un peu plus. Encore une fois, mais avec le même résultat : un ressaut de terrain glissant l'empêchait d'approcher davantage.

Il allait falloir mettre la gomme. Il recula et fit rugir le Diesel.

— Qu'est-ce que tu fais ? demanda sèchement Lucy au-dessus du vacarme du moteur.

Quand Frank embraya, ils bondirent en avant, franchirent aisément le ressaut de terrain, et les fourches d'acier empalèrent la camionnette.

— Oh, non ! lâcha Frank.

Il passa au point mort. Les deux fourches étaient enfoncées sur toute leur longueur dans le bas de la portière. Il fut certain qu'un levier le tirerait de ce mauvais pas. Il enfonça une manette hydraulique et la camionnette se mit à monter en perdant de la boue et de l'eau. Lucy poussa un cri de désespoir quand le véhicule se trouva soulevé au-dessus d'eux. Lorsque le tracteur cessa de soulever la camionnette, on en voyait le châssis, le pot d'échappement et le silencieux. Lucy poussait toujours son cri affreux.

— Ce bébé pourrait bien nous atterrir sur les genoux, expliqua-t-il.

Il changea très vite son fusil d'épaule : il s'agenouilla sur le sol de la cabine et plongea, tête baissée, sous la robe de Lucy. D'habitude, pensa-t-il, ça suffit à les allumer. Et il enfouit son visage dans l'entrejambe de Lucy. Ce fut de la pure magie. La robe parut en effet s'allumer autour de lui. Le cerveau de Frank, en proie à une illumation subite, distingua soudain le motif floral du tissu. Et il entendit la voix de Lucy :

— Frank ! Frank ! Frank !

Il sentit les ongles de la jeune femme s'enfoncer dans son cuir chevelu.

Elle n'aimait pas ça du tout. Elle se débattait violemment. Autant jeter un coup d'œil au-dehors. Il s'assit sur ses talons et rabattit la robe loin de sa tête.

Ils braquaient leurs projecteurs sur lui, le shérif Hykema, Darryl et le cow-boy ami de Darryl. Frank regarda autour de lui comme un opossum aveuglé en essayant d'assimiler toutes ces informations. Lucy coinçait sa robe entre ses genoux en se recroquevillant sur le siège de l'engin. Au-dessus de leurs têtes, la camionnette de Darryl lâchait des paquets de boue liquide sur le capot brûlant du majestueux tracteur. Frank se mit lentement debout, leva les mains et se rendit.

Ce fut seulement lorsqu'ils atteignirent la ville parmi les couleurs poignantes de l'aube que Frank comprit que Lucy aussi allait se faire coffrer. Darryl les suivit dans sa camionnette, qu'ils avaient transportée jusqu'à un terrain sec avec l'engin de chantier. Quand ils atteignirent le tribunal, Frank se mit aussitôt à négocier avec Darryl. Il aurait préféré discuter de tout ça loin du shérif au visage fermé et passablement inquiétant, mais ce fut impossible. Darryl refusa tout bonnement de lui parler. Frank savait qu'il devait conclure très vite un accord avec Darryl. Ils n'auraient même pas bénéficié de cette entrevue si le shérif s'était douté de la tentative de Frank pour trouver une solution à l'amiable.

Ils étaient assis dans une salle où Frank se rappelait avoir passé l'épeuve écrite de son permis de conduire. Il y avait encore un test optique accroché au mur.

— Darryl, il serait ridicule que je m'excuse. La situation nous a complètement échappé, le vieux mythe de l'homme contre la machine, réactualisé par l'alcool. Je vois bien que vous ne trouvez pas ça drôle. Mais... combien de kilomètres a votre véhicule ?

— Quatre-vingt-seize mille.

— Vous l'entretenez au poil.

— Je l'entrete*nais* au poil.

Frank s'aperçut qu'il avait touché un point sensible.

— Eh bien, écoutez. Est-ce que je pourrais garder votre camionnette et vous en offrir une neuve ?

Darryl le regarda droit dans les yeux. « Bienvenue dans le monde ténébreux de la prostitution qui t'accueille à bras ouverts », pensa Frank.

— Une neuve ?

— Une neuve.

— Et je dois faire quoi pour ça ?

— Renoncer à porter plainte, mon vieux.

Frank voyait les épaules du shérif monter et descendre au-dessus du dossier de son fauteuil. Lucy assistait aux tractations sans mot dire. Darryl resta longtemps silencieux et immobile. Le shérif se tourna vers Frank, qui se rappellerait longtemps son regard. Il semblait estimer tout le chemin déjà parcouru par Frank dans sa dégringolade.

Lucy, Frank et Darryl montèrent dans la camionnette de Darryl. Ils allèrent d'abord chez Lucy. Elle descendit et, pleine de honte, de rage, ou des deux, elle marcha vers sa porte sans adresser le moindre mot ni à Frank ni à Darryl.

— Je crois qu'elle est fâchée, dit Frank.

Il se sentait déprimé.

— Ouais.

Darryl aussi semblait déprimé. Ils restèrent un moment devant la maison de Lucy, tandis que les couleurs vraiment hideuses d'un jour nouveau embrasaient le ciel derrière les grands frênes qui bordaient la rue, et que les oiseaux s'agitaient fébrilement parmi les branches.

— Je me demande si on aurait pu lui dire quelque chose, fit Darryl.

— Quoi, par exemple ?

— Je sais pas. Tout ce truc est foireux.

— Vous n'y êtes pour rien, dit Frank.

— En tout cas, *elle* n'y est pour rien.

— Allons vous acheter une camionnette neuve. Ça me fera peut-être un peu de bien de prendre une bonne déculottée. Je suis trop suicidaire.

— C'est juste la lucidité qui revient.

— J'ai deux ou trois autres soucis.

— On appelle ça de l'apitoiement.

— D'accord, Darryl, je ne l'ai pas volé.

Darryl enclencha la première et roula dans la rue vers la maison de Frank pour qu'il y prenne son carnet de chèques.

— J'en ai pour une seconde, dit Frank avant d'aller chez lui.

Il ouvrit la moitié des tiroirs de la cuisine avant de trouver ce qu'il cherchait. Il aurait pu attendre un peu et passer à son bureau, mais il savait qu'Eileen était tellement démoralisée que son apparition suffirait à la faire craquer. Il savait aussi qu'il n'aurait jamais le courage de former une nouvelle secrétaire. Mais il avait le carnet de chèques en poche et il ressortit dans la rue.

Darryl était parti, un bout de papier était coincé dans le portillon du jardin : « Laisse tomber. »

35

Il était assis avec son matériel de pêche contre l'énorme tronc rugueux d'un peuplier noir dont les longues branches feuillues ombrageaient un bras de rivière encaissé. Il se laissa aller en arrière et regarda les gros nuages blancs qui se déplaçaient à peine vers l'est, dérivant avec un bel ensemble devant le bleu profond du ciel. Ils lui firent penser à une majestueuse arcade parfaitement rassurante où ses divers péchés occupaient de simples niches que l'on visitait avec plaisir. Il se demanda pourquoi Dante n'avait pas destiné l'un de ses cercles infernaux au libertin adepte de la chasse et de la pêche : mis en pièces par ses propres chiens, flagellé avec ses cannes à pêche, dansant au-dessus de sa chevrotine. Il laissait gaiement son esprit battre la campagne, humeur béate dans laquelle l'eau était l'eau, le ciel était le ciel, le vent était le vent. Il savait que cela ne durerait pas.

Il se releva, monta sa canne à pêche et il fut bientôt dans l'eau avec une boîte de mouches dans la poche de son short. Il discernait à peine la présence de ses affaires derrière lui, tourbillonnant vers le fiasco. Il n'avait même pas de waders, mais il se sentait à l'aise dans les eaux estivales. La rivière était basse, les bancs de gravillon affleuraient. Il se déplaça jusqu'au moment où il tomba sur quelques poissons en train de se nourrir. Il ne se passait rien à l'endroit où il avait dormi, près du bras le plus profond, même s'il y avait sûrement des poissons là-bas.

Rien non plus dans le déversoir étincelant situé en dessous du prochain grand lisse. Mais dans un mince canal latéral, il aperçut une file de poissons qui gobaient des fourmis volantes.

Avait-il une imitation de fourmi volante dans sa boîte à mouches ? Il en chercha une et la trouva. Il la fixa à son bas-de-ligne et fit une présentation très soignée au poisson situé le plus en aval. Le poisson exécuta une pirouette argentée qui trahit à peine la couleur de ses flancs. Frank donna un peu de mou à sa ligne ; le poisson recula vers des eaux où il ne pouvait effrayer ses camarades et, une minute plus tard, Frank le tenait dans sa paume, une truite mouchetée East Slope, un oiseau rare dans cette rivière. Il le relâcha, s'attaqua au suivant, qu'il attrapa, une petite truite brune *butterball* qui sauta quatre fois. Il ferra aussi la suivante ; il constata que c'était une truite brune en remarquant l'éclat jaune de son flanc quand elle goba sa mouche. Rusée, elle remonta le courant vers ses compagnes, qu'elle effraya, fit un écart et brisa le bas-de-ligne.

Deux heures s'étaient écoulées. Frank gravit la berge à quatre pattes en poussant sa canne devant lui ; une fois au sec, il roula sur le dos pour se sécher face au soleil. Une ombre légère lui traversa l'esprit quand il se dit que c'était mercredi, une journée conventionnellement vouée au travail. Mais cette ombre passa presque aussitôt. Travailler ? Cette perspective le glaçait. Il ferait bien de se décider vite. Soit il se mettait au boulot, soit il renonçait à occuper sa place au soleil. Mais quel mal y avait-il à occuper une place au soleil ? Personne ne lui avait demandé son avis. Il était un sous-produit de la vie sexuelle de ses parents, à moins qu'en cette période d'austérité il n'en ait été l'unique produit. Difficile à imaginer dans le présent contexte carnavalesque.

Le pire était qu'on l'avait destiné à devenir quelqu'un et qu'il était maintenant destiné à devenir personne. Il craignait qu'en ces circonstances, il ne fût plus bon à rien. Il n'était ni un savant ni un artiste. Il était un simple homme d'affaires. Il croyait pourtant poser les grandes questions. Il savait que les savants et les artistes se croyaient les seuls à poser les grandes questions. Ils pensaient que leur boulot consistait à poser des questions dont les gens ordinaires réclamaient les réponses pour leur bien-être, mais sans jamais se les poser eux-mêmes. Pourquoi ? Parce que, semblait-il, les gens ordinaires étaient trop cons pour ça. Cette conviction sous-tendait l'impression que les artistes et les savants faisaient souvent aux gens ordinaires, l'impression que ces derniers étaient des crétins ou des cons. Frank reconnaissait volontiers qu'il aimait les moments où il ne pensait plus à rien : le poisson arc-bouté contre la canne, l'inconnue qui lui souriait dans le couloir pendant que la lueur du distributeur de Coca se reflétait sur son rouge à lèvres, le chien qui aboyait de l'autre côté des voies de chemins de fer. Quand on analysait une chose, elle vous trahissait. Il fallait, comme disait la Bible, attendre et observer. Frank sourit à ses propres pensées, roula sur le ventre et observa la rivière.

Quand il arriva à son bureau, plusieurs choses avaient changé. D'abord, il avait abouti à cette conclusion qu'il lui fallait prendre la situation à bras le corps pendant qu'il en était encore temps. Il feignait de croire que ses émotions l'entraînaient vers une espèce de renouveau, mais son état physique et sa vague conviction d'être K.O. le niaient. Il avait évidemment retrouvé son ancien moi distant mais décidé, car sa secrétaire avait perdu son aura sarcastique et elle le suivit aussitôt dans ses routines retrouvées. Le bureau de Frank exhibait une netteté de mausolée qui sous-entendait l'absence et la négligence.

Ensuite, il couvait une maladie. Eileen lui dit que la grippe avait débarqué en ville. Fiévreux, il avait l'impression que les suées n'étaient pas loin. L'effet de l'aspirine disparaissait au bout de deux heures, mais il avait du pain sur la planche. Il se mit à réfléchir à ses diverses activités : son conflit avec les locataires de la clinique, son échec global à suivre les cours du bétail, son désintérêt manifeste quand il évoquait le sort du ranch familial. Il lui semblait se réveiller d'une hypnose. Nom d'un chien, mais où avais-je la tête ? se demanda-t-il.

Enfin, il avait appris, grâce à un appel téléphonique de sa fille, marqué par une froideur parfaitement inédite et si déconcertante qu'elle en masqua l'information essentielle que Holly voulait lui transmettre, il avait appris que Gracie était de retour en ville et qu'elle habitait désormais dans la Troisième Rue avec son ami Edward. Holly viendrait à Deadrock pour rendre visite à sa mère et accompagner Lane qui devait y faire une conférence.

Cela ne rendait les choses ni pires ni plus faciles. Gracie l'avait quitté et l'impact de ce coup, il en était certain, ne pourrait être accru par sa présence en ville. Du moins ne le pensait-il pas. Il y aurait bien la souffrance de la rencontrer par hasard. Mais rencontrait-il si souvent des gens par hasard ? Il y aurait aussi la tentation puissante de se glisser près de chez elle le soir pour voir ce qui s'y tramait. Mais il allait mettre un terme à tout cela ; ou alors, s'il continuait ses expéditions de voyeur, il reprendrait son observation de familles ordinaires poursuivant un but ancien dans notre pays, un but que lui-même avait perdu.

— Eileen, avez-vous suivi les aventures de cette Meute de Loups Centenaire ?

— Je crois qu'ils les ont tous tués, sauf un.

— Qui les a tués ?

— On ne sait pas.

— Combien y en avait-il ? demanda Frank.

— Il y en avait six, il me semble. Il y avait la femelle noire, la mère — celle qu'ils appelaient Alberta, parce qu'elle était censée venir de là-bas. Ils l'ont abattue...

— Qui ?

— On ne sait pas, dit Eileen. Le sénateur a déclaré que les écologistes les abattaient pour faire porter le chapeau aux ranchers.

— Ensuite, ils ont empoisonné le mâle, je crois. Deux louveteaux ont été abattus à partir de la grand-route. Ça en laisse combien en vie ?

— Oh, oui, monsieur Copenhaver, ils ont empoisonné un autre louveteau au terrain de camping, près de la Gallatin. Je crois que le sénateur a expliqué que les éclaireuses de Bozeman auraient fait ça pour protéger les faons. Mais j'ai entendu dire que les éclaireuses niaient tout en bloc et que leur cheftaine n'était pas très contente du sénateur. Il en reste donc un, et c'est le mâle argenté qu'ils ont filmé à la télé en train de traverser les collines Cayuse. Il est presque adulte. Ils lui ont mis un collier équipé d'un émetteur-radio. Le département des Eaux et Forêts affirme qu'il se porte comme un charme.

— Il se sent peut-être un peu seul, vous ne croyez pas ?

— Un loup ?

— En tout cas, j'ai une amie qui suit les loups. C'est une de ses passions. Mais je ne l'ai pas vue depuis un moment...

Eileen le considéra avec une légère perplexité. Elle n'était pas très forte pour saisir ces associations impromptues. Il connaissait ça par cœur. Tout ce qui s'écartait de la phrase purement déclarative éveillait chez elle le soupçon d'un complot. Et dans le cas présent, Frank complotait bel et bien pour localiser Smokie.

— Vous n'avez pas l'air très en forme, monsieur Copenhaver.

— Je tiens à peine debout, mais je ne peux pas m'aliter en ce moment. J'ai négligé trop de choses.

— C'est bien vrai, approuva Eileen. Je m'inquiète beaucoup pour mon emploi.

Frank encaissa cette vérité et regarda sa secrétaire pour se faire une idée de l'importance de ses soucis. Mais Eileen, qui n'était pas du genre à trahir ses sentiments, lui opposa un visage de marbre. Frank eut quelques dizièmes de seconde pour admirer la cohérence des vêtements démodés d'Eileen, ses lunettes qui la rendaient aussi peu séduisante que possible, un objet pâle cerclé de plastique qui constituait une pure solution médicale à une vue déficiante.

— Vous ne perdrez pas votre emploi tant que je conserverai le mien, dit Frank avec chaleur.

— C'est exactement ce que je veux dire.

— Je vois, dit Frank.

Autrefois, il contemplait tout cela avec un calme olympien. Sa bienveillance envers son vaste univers était acceptée sans la moindre réticence, pour cette simple raison qu'il était en mouvement et qu'il fournissait une espèce de ligne directrice. Il avait appris que les gens suivaient presque n'importe quel objet en mouvement et que, si cet objet s'immobilisait, ils en trouvaient promptement un autre qui bougeait et qu'ils suivaient comme le premier. Il avait un jour lu un essai de Robert Benchley sur un triton qui tombait éperdument amoureux d'une gomme à papier parce que celle-ci ressemblait à un objet présent dans l'esprit de tous les tritons. Frank trouvait que c'était là une excellente description de l'amour humain.

Ensuite, Frank s'entretint avec John Coleman, son comptable, l'homme qui s'écriait autrefois « Tu es un as ! » dès que le chiffre d'affaires de Frank dépassait un seuil quelconque. Il s'aperçut que John était encore plus inquiet qu'Eileen. Mais Frank aussi était inquiet. En fait, il savait tellement plus de choses que John qu'il eut tendance à réagir violemment aux soucis de son comptable. John avait une voix profonde et mesurée qu'il cultivait pour le simple usage des conversations téléphoniques. Il employait rarement cette voix téléphonique avec Frank, mais il l'utilisait maintenant pour se perdre en jérémiades à propos de quelques stratégies comptables, tout en sachant que Frank s'en moquait comme de l'an quarante. De toute évidence, il avait rencontré Edward Ballantine dans la rue et essuyé quelques questions très agressives d'Edward qui voulait savoir si Frank dévaluait volontairement son patrimoine en prévision du divorce. John désirait simplement faire comprendre à Frank que tout cela était désormais de notoriété publique et, justifié ou non, créait un climat peu propice aux affaires.

— Frank, dit-il, je crois que tu es terriblement près de l'échec.

Cette phrase aurait eu davantage d'effet si John n'avait pas employé sa voix téléphonique, mais elle fit néanmoins son effet.

— Dans le cas d'un divorce imminent, je ne vois pas comment tu pourras t'en sortir.

Frank refusait de se laisser entamer par ces gens.

— Je crois que je couve quelque chose, dit-il.

— C'est une assez bonne description de la situation présente.

— Je parle d'un virus. Je me suis fait vacciner contre la grippe, mais ce virus vole en dessous de la couverture radar.

— L'échec, dit John, cela revient presque à se faire tuer.

Après avoir raccroché, Frank essaya de s'imaginer sans argent, mais cette perspective n'éveilla aucune réaction en lui. Il jouissait d'une solide prospérité depuis maintenant un bon moment et cette richesse n'avait manifestement créé chez lui aucune hantise de sa disparition. Il essaya de se dire « J'ai échoué. » Rien.

Il s'imposa une journée de travail intensif, répondant aux lettres les plus urgentes, contactant par téléphone les gens les plus furieux ou les plus vexés. Il n'appela pas sa banque. Il n'était pas prêt à encaisser un diagnostic aussi lugubre que celui de John Coleman. Puis il rentra chez lui et se coucha. Il était malade.

Il se réveilla vers huit heures du soir, toujours malade, mais affamé. Il s'était entortillé dans les draps du lit et il transpirait. Le téléphone sonna, mais c'était une erreur, un vieillard. Il se retrouva en train d'essayer de faire durer la conversation, mais, pensa-t-il, c'était sans doute là un effet de la fièvre qui modifiait son sens du temps. Il se disait qu'il répondait tout simplement avec politesse, quand le vieillard lui lança :

— Ecoutez, monsieur, c'est une erreur. Vous me suivez ? Je ne peux pas vous parler toute la soirée.

— Il faut que vous alliez, répondit Frank en se croyant spirituel.

Il raccrocha et roula sur le dos. Il y avait encore un peu de jour qui filtrait à travers le rideau de la fenêtre élevée. Ce rideau rendait la lumière grise et Frank, allongé, regardait la lumière grise tomber sur ses mains. Il essaya de se convaincre que c'étaient les mains d'un d'autre. De quel genre d'individu étaient-ce donc les mains ? Il l'ignorait. C'étaient simplement des mains. Il sombrait dans le désespoir.

Peut-être une douche. Il laissa l'eau chaude ruisseler sur son visage en essayant de retrouver quelques sensations. Ça ressemble à quarante litres de larmes à la minute, réfléchit-il tandis qu'une cascade jaillissait de son menton. Il essaya le shampooing, une demi-paume de gel doré qui gonfla ses cheveux en une couronne d'écume blanche. Il se mit à pisser ainsi, la tête toute blanche, l'eau chaude en plein visage, le jet d'urine dirigé contre le mur. Il y avait cette séquence de film, elle lui taillait une pipe sous la douche, le savon, l'eau chaude, un montage alterné entre l'orgasme et l'eau qui filait par l'écoulement, quelques simagrées maniérées. Puis le film enchaînait une séquence complètement différente.

Il retourna dans son lit en pensant : mon père et ma mère ne m'ont pas aimé. Que me répondrait un psychologue ? Sans doute :

— Oh, Frank, ils vous ont aimé ; simplement, ils ne vous ont pas aimé de la bonne manière.

— Je ne marche pas dans vos combines, rétorquerait Frank au psychologue. Vous êtes pire qu'un connard d'artiste de mes deux, espèce de psychologue à la noix ! L'amour *est* la bonne manière. Si ce n'est pas la bonne manière, alors ce n'est pas de l'amour !

Il touchait le fond de l'apitoiement sur soi et il le savait, mais il était apparemment incapable de s'en sortir. Malade et seul. S'il s'agissait d'un avant-goût de ce qui l'attendait, alors c'était tout simplement terrifiant. Et sa propreté corporelle ne lui était d'aucun secours. Soudain, il se retrouva dans la salle de bains en train de vomir. Puis il se lava les dents, mais sans réussir à éliminer de sa bouche le goût de vomi. Il essaya de mettre la télévision. Il était seul et son comptable lui avait dit qu'il était en train d'échouer. Son père et sa mère ne l'aimaient pas. Le dernier poisson avait brisé le bas-de-ligne. Darryl lui montrait qu'il était davantage un homme que Frank. Lucy l'aurait aimé, s'il avait découvert qui était vraiment Lucy pour pouvoir lui offrir quelque chose. « Directrice d'agence de voyages » n'était sans doute pas une bonne piste.

Il prit le thermomètre et resta allongé en silence, les couvertures remontées jusqu'au menton, la tige de verre dépassant seulement de deux ou trois centimètres hors de sa bouche. Il avait 39°2. C'était une assez bonne fièvre Il se leva, enfila un peignoir de bains et un chandail par-dessus. Il descendit et but un quart de lait en mangeant un sandwich à la marmelade, puis il monta se recoucher. Il resta allongé au lit en essayant de se rappeler quelques détails à propos de la marmelade. Il y avait quelque chose concernant les oranges de Séville. C'était une marmelade d'importation, mais il avait lu quelque chose sur la famille qui la fabriquait, des informations qu'il avait complètement oubliées. Peut-être avait-il la maladie d'Alzheimer.

En revanche, il se rappelait sa première blague, associée au mot *marmelade.* Gamin, il l'avait entendue dans la bouche de son coiffeur né à Brooklyn. Quelqu'un met une orange dans un nid de rouge-gorge et, quand les petits rouges-gorges reviennent, l'un dit à l'autre :

— *Look at the orange Mama laid.* (« Regarde l'orange que maman a pondue. »)

A cause de l'accent du coiffeur, cela sonnait comme *orange marmelade.* Il y avait eu une époque où Frank trouvait cette blague désopilante.

Beaucoup de gens, à qui il avait parlé au téléphone avant de rentrer chez lui, avaient employé l'expression : « Que comptez-vous faire pour... » Frank repensa à cette locution comme à une tournure typique appartenant à une langue étrangère. Elle semblait impliquer que son destinataire était comparable à un puissant levier. Mais Frank souhaitait affirmer qu'il n'était pas un puissant levier. Il était un spectateur ou, lorsqu'il se sentait un peu mieux, un piéton. Il repensa à Holly et à lui-même chantant « *Hey, you, get offa my cloud* » ; suffoqué par une amertume silencieuse, il fondit en larmes. Le magazine *People* parlait toujours de « vedettes éblouissantes » ; Frank, de son côté, faisait simplement des dettes éblouissantes, des bourdes éblouissantes. Ce mauvais jeu de mots le fit éclater de rire, mais la morve jaillit de son nez sur les couvertures. Refusant de se laisser vaincre par la morve, il se boucha d'abord une narine, puis l'autre pour envoyer des giclées de morve tout autour de lui, après quoi il se rallongea, pensif. Il fit cela pour se prouver qu'il se moquait de tout. Il ouvrit la radio installée près de son lit, régla le volume très bas et s'endormit.

36

Il se réveilla le lendemain matin avec l'impression qu'un cataclysme se déchaînait dans la rue. Les klaxons retentissaient, un énorme engin de chantier reculait, toutes sirènes hurlantes. Les gens essayaient de se rendre à leur travail et, avec un automatisme admirable, sortaient de leurs gonds au moindre retard. Un soleil tout neuf dispensait généreusement sa lumière sur le fouillis des véhicules coincés entre les deux trottoirs. Un ouvrier du bâtiment marchait entre les voitures en brandissant le médius au nez des hommes et des femmes en route vers leur travail, à la barbe des étudiants et des familles.

— Vous voyez ça ? lançait-il aux pare-brise et aux vitres.

Les pies voletaient dans les arbres. Frank regardait les automobilistes qui eux-mêmes regardaient droit devant eux pour ne pas voir l'ouvrier fou furieux, dont chaque pas vacillant trahissait la rage. Il y avait toujours quelqu'un pour klaxonner et, de toute évidence, cet ouvrier aurait pris grand plaisir à trucider tout le monde.

Frank se jugea incapable de sortir pour s'acheter à manger. Il essaya de regarder les nouvelles, qui lui parurent complètement absurdes. Il y avait Gorbachev. Il ressemblait à une putain de souris. Un joueur de football universitaire montrait la décapotable flambant neuve, offerte par son directeur parce qu'il avait amélioré d'une seconde son précédent record sur quarante mètres. Puis un énorme météorologue, le bien-aimé Willard, complètement déchaîné. Frank coupa la télé et appela June. Elle était déjà au travail. Elle lui dit qu'il avait une voix terrible.

— Pour un grand nombre de motifs, tous meilleurs les uns que les autres, dit Frank, personne ne m'aime plus.

— Tu as sans doute raison, dit June.

— June, c'est vrai ?

— Mais non, bon Dieu ! Qu'est-ce qui cloche, Frank ?

— Je suis malade. Et je meurs de faim. Junie, je n'arrive même plus à m'occuper de moi. J'ai une fièvre de cheval. Tout va tellement mal que c'est peut-être psychosomatique, mais j'en doute. Eileen dit que c'était dans l'air.

— Tu as donc vu Eileen.

— June, s'il te plaît, je ne maîtrise plus rien.

— D'accord, j'arrive. Mais pas tout de suite. Il faut que je passe chez l'épicier.

June lui apporta des petits pains, du café et un carton de jus d'orange. Elle étendit une serviette sur le lit et posa le tout dessus. Puis elle approcha une chaise, s'y assit, croisa les jambes et, de son sac en papier blanc, sortit un gobelet de café. Adossé contre des oreillers, Frank avait conscience du désordre qui régnait dans sa chambre : tiroirs à moitié sortis, porte du placard ouverte, un angle du tapis relevé, une corbeille à papier qui débordait. Et il n'avait pas refermé le rideau après avoir regardé l'embouteillage dans la rue.

June souffla sur son café sans mot dire. Frank mangeait. Elle portait une robe bleu marine et un collier de perles. Elle avait remonté ses cheveux en un chignon. Elle avait un bon visage de l'Oklahoma, mince et asymétrique, atterrant et auto-suffisant. June était son amie. C'était une bagarreuse. Contrairement à la plupart des femmes qu'il connaissait, elle ne s'étonnait pas de constater que la vie était une perpétuelle bagarre. Sa pugnacité était entièrement dénuée de cette indignation blessée qui, ces temps-ci, empoisonnait les rapports entre les hommes et les femmes. Un jour, elle lui avait répondu d'une voix égale : « Je peux m'occuper de moi toute seule », quand Frank lui avait proposé d'intervenir auprès d'un fournisseur qui essayait de la doubler sur un contrat.

— J'ai sous-estimé à quel point la vie est une chose délicate, dit Frank. Je me suis démené comme un beau diable pendant plus de dix ans. Je savais bien que ça me pendait au nez avec Gracie. Mais je ne le désirais pas. Je pensais que j'y survivrais et je crois toujours que je vais y survivre. Mais je ne suis plus le même, je ne retrouve plus mes marques.

— J'aime bien quand tu es tout seul comme ça, dit June.

— Tu n'y es pas du tout.

— Je croyais qu'il y avait un virus dans le secteur.

— Il y en a un. Mais tu connais Gracie mieux que n'importe qui. Vous êtes toutes les deux du Sud. L'Oklahoma est bien dans le Sud ?

— Si on veut. Oui, ça explique une partie de nos ennuis. Vous n'aimez pas les gens comme nous on les aime. Ici, quand tu te casses la figure, tu tombes en chute libre. Les gens d'ici te regardent simplement tomber.

— Hum. Tu crois que Gracie est d'accord avec ça ?

Cette explication le blessait. Frank voulait que tout le monde aime l'Ouest.

— Elle t'avait. Elle avait Holly. Elle avait des amies. Elle commençait à se plaire. Mais cette région est habitée par les pires Blancs d'Amérique. Une fois que tes gosses ont grandi, ton mariage part en fumée et plus rien ne te tient.

— Qu'est-ce qui te tient, toi ?

— Les Buick de 92. Des vraies splendeurs. Elles me font saliver. Chacune est un petit univers en soi. Elle sourit. Celles de 93 seront encore plus belles.

Bon Dieu, c'était merveilleux d'entendre quelqu'un attendre avec excitation une chose qui allait effectivement se produire. Les voitures de l'année prochaine. Il le dit à June.

— Bah, ça ne va pas durer, répondit-elle. Il va falloir te reprendre, fils.

— Je sais bien.

— Et puis Gracie est en ville. Alors tu ferais peut-être bien de mettre un tigre dans ton moteur. Tous les deux, il faut que vous bougiez. Tu ne vas pas continuer à te laisser aller comme ça. D'autant que c'est la première fois de ta vie, depuis que je te connais en tout cas, que tu te fous apparemment de gagner du fric. Autant en profiter.

— D'accord. Mais Gracie va bien. Ce type est sans doute bourré aux as. Je sais que l'argent n'est pas tout...

— C'est un malin, ce Ed. Il sait s'y prendre. Au fait, sais-tu quel était son grand truc ?

— Jamais entendu parler. J'imagine que Gracie t'a mis au parfum.

— Oui et elle n'en était pas très fière. Il vendait des objets fabriqués par les Indiens, mais il a eu maille à partir avec la loi. Je crois qu'il a épousé une de ses riches clientes, mais elle a eu un grave accident de voiture. Aujourd'hui, il rachète des assurances vie à des gens qui ont le sida. Il les rachète à bas prix. Il dit que ça leur donne de l'argent pour se payer leurs médicaments, dont il connaît parfaitement l'inefficacité, et que ça leur permet de s'offrir un peu de dignité, pourquoi pas. C'est une sacrée idée, pas vrai, Frank ?

— Une sacrée idée, marmonna faiblement Frank.

— Il a toujours sa femme, mais elle l'a virée à cause de l'accident de voiture. Ça a fait de la peine à Ed, car elle a un joli magot. Alors, je t'ai aidé ?

— Merci, Junie, mon amie. Tu m'as aidé.

— Maintenant je te dis ça pour ce que ça vaut : je n'ai jamais entendue Gracie dire qu'elle était amoureuse de lui.

Frank se leva et descendit au rez-de-chaussée avec June. Il fit la vaisselle, elle l'essuya. Puis ils sortirent dans le jardin et hissèrent le drapeau américain. En peignoir, la tête levée, il lui sourit tandis que le vent frais de la montagne faisait claquer la bannière étoilée au-dessus de la rue animée. Il fit réparer la camionnette de Darryl, et June lui promit de trouver Darryl et de régler cette regrettable affaire. L'aspirine le soulageait, il reprenait confiance. Les rayons de soleil obliques tombaient contre le flanc des maisons le long de la rue. Un homme à l'énorme nez tavelé guidait une paire de setters irlandais, un dans chaque main, vers le haut de la colline. Il avait mis sa casquette à l'envers comme pour se préparer à descendre la pente en luge. Frank complimenta June pour la belle Buick jaune garée dans l'allée, ses courbes originales dans l'ombre du vieil érable.

Tout semblait nimbé d'une vibration à peine perceptible. Il repensa à ce qu'avait dit June sur l'Ouest. Il savait que Gracie avait ressenti la même chose. La tonalité affective de l'Ouest s'enracinait dans l'échec des domaines agricoles, et non dans l'héroïsme des convois de bestiaux. Cette tonalité se retrouvait dans l'amertume des discours politiques. Mais ce n'était pas toute l'histoire. Frank savait que l'Ouest était un bon endroit. Il savait que Gracie était venue pour le découvrir. Son altitude, sa sécheresse et ses lointains avaient quelque chose dont il n'aurait pu se passer ; et le moment était bien choisi pour se rappeler tout ça. Quand il marchait dans les collines et qu'il voyait le soleil se coucher à une soixantaine de kilomètres de là, quand il humait l'odeur de l'eau vive au fond d'un ravin de sauge, ou qu'il regardait la silhouette de ses braques devant la courbure de la terre avant de lever des nuages de sturnelles, il se sentait reconnaissant. C'était toujours un point de départ. Il se posta devant le miroir et se regarda dire :

— J'aime vivre ici.

37

Lundi matin dans l'Ouest américain. J.P. Morgan affolait le marché des valeurs en augmentant ses souscriptions. Me voilà de nouveau heureux, pensa Frank. L'homme est un loup pour l'homme. Les actions montent, les obligations s'envolent, Wall Street pulvérise tous ses records historiques pour la troisième séance consécutive. Des investisseurs nerveux cherchent des valeurs à fort revenu. John Deere licencie. United Technologies annonce des pertes pour ce trimestre, à cause de ses frais de restructuration. Pas un mot sur les poulets.

Dans l'espoir que la synergie existait même dans l'échec, Frank avait invité Orville Conway, de Wilsall, Montana, pour un entretien dans son bureau. Pendant le week-end, entre deux accès de morosité en peignoir, il avait lu que le neuvième éleveur de poulets du Montana était au bord de la faillite. Frank pensa qu'il s'agissait peut-être de la synergie manquante dont il rêvait pour son vieil hôtel. La défaite d'Orville Conway impliquait que les sept mois d'hiver gelaient aussi certaines opportunités dans le secteur des affaires. L'échec était particulièrement poignant dans le cas d'Orville Conway, unanimement admiré en tant que praticien moderne et efficace de la multiplication industrielle des poulets. Le seul mot d'« échec » donna à Frank l'envie de tendre une main fraternelle à Orville, moyennant quoi il l'appela et lui dit qu'il avait une idée.

Orville passa devant Eileen sans ralentir et il se présenta au seuil du bureau de Frank. Il avait un visage osseux de fermier, les yeux profondément enfoncés dans leurs orbites et les dents tellement saillantes qu'il se démenait pour les garder à l'abri de ses lèvres. Il arborait une coiffure gonflée au séchoir, qui formait une espèce de banane au-dessus du front, recouvrait la moitié de ses oreilles et descendait au-dessous du col de sa veste sport bleue rehaussée de coutures en cuir. L'hypothèse de l'échec planait au-dessus d'Orville Conway comme un nuage fétide et imperméable de désespoir et de méfiance. Frank se leva aussitôt et contourna son bureau pour propulser sa main dans la grosse patte calleuse d'Orville. Frank apprécia à leur juste valeur le poids et la rugosité de cette main dans ce contexte de fantaisie vestimentaire et du champignon de l'apocalypse imminente. Il constata que, malgré les dangers qui menaçaient sa propre vie professionnelle, il avait davantage d'allant qu'Orville Conway. Néanmoins, ils partageaient tous deux la même perspective de désastre financier, et cela l'inspirait.

— Asseyez-vous, Orville, je vous en prie.

— Merci.

— Puis-je demander à Eileen de vous servir un café ?

— J'ai déjà eu ma dose de café, dit Orville.

Frank décrocha son téléphone pour demander à Eileen de ne lui transmettre aucun appel.

— Orville, j'ai appris vos problèmes professionnels par le journal, dit Frank.

Orville rougit aussitôt jusqu'aux oreilles. Frank n'avait jamais vu une telle honte chez un adulte.

— Nous envisageons de restructurer quelques dettes, murmura Orville.

— Ça ne fait que repousser le problème et votre banque vous tient d'autant mieux à la gorge.

Frank se sentit aussitôt grisé par sa colère contre les banques.

Un ange passa tandis qu'Orville prenait son temps pour évaluer la situation.

— J'ai pas beaucoup de choix. J'ai jamais fait que ça. J'ai eu une occasion et je l'ai saisie. Je m'y connais pas bien pour faire autre chose. J'ai une femme et des enfants à la maison. On s'en est bien tirés jusqu'ici, tout compte fait. C'est pas un prétexte pour parler des temps qui changent. Je suis bien trop à l'écart des transports. La banque a une sacrée hypothèque sur mes biens. J'ai fait tout ça chez moi, mais j'habite sept cents mètres plus haut qu'ici et il fait franchement trop froid. J'ai déjà crevé la dalle une fois, quand je m'occupais de vaches. Les aliments pour le bétail coûtent cher, mais franchement, c'est trop haut, trop froid, trop loin de tout. Je déteste l'idée de plonger et je vais pas me laisser faire si je peux empêcher ça. Et puis, vous savez, je m'en veux à cause des gens qui s'attendaient à ce que je me batte et à ce que je réussisse.

Frank réfléchissait. Ce pourrait être la naissance d'un nouveau royaume de poulets. Il ressentait un léger vertige, une bouffée d'excitation familière qui lui donnait presque la chair de poule. Orville et lui allaient faire un malheur, Conway et Copenhaver (C & C), les gens allaient bouffer du poulet comme des chauves-souris dans un nuage de mouches domestiques.

— Orville, j'ai une idée.

Orville ne semblait pas très enthousiaste. Il venait d'essuyer quelques gros orages. Emu par son visiteur, Frank prit le temps de réfléchir encore ; lui-même avait le dos au mur et il voulait s'assurer qu'il ne transférait pas tout simplement sa malchance sur Orville. Il croyait que non. Tirer des poissons dans un tonneau n'était pas forcément la métaphore universelle des affaires, après tout.

— Orville, possédez-vous le terrain sur lequel vous élevez vos poulets ?

— J'ai une grosse hypothèque.

— Vous avez donc en face de vous une banque désireuse de réaliser son hypothèque pendant qu'elle vaut encore quelque chose.

— C'est la vérité.

— Je suis dans une situation comparable avec un bien immobilier que je possède ici en ville, une clinique. Elle est lourdement hypothéquée. Je n'ai pas réussi à m'entendre avec mes locataires et ils ont déménagé. J'essaie de gagner un peu de temps avant que la banque ne mette le grappin dessus, mais je ne suis pas sûr de réussir.

— Apparemment, nous sommes dans le même bateau.

— Pas tout à fait. Je possède aussi l'hôtel *Kid Royale* dans la grande rue. Comme vous le savez peut-être, c'est un bâtiment célèbre qui date de l'époque du Territoire du Montana. C'était le plus gros hôtel de la Frontière, mais je n'ai jamais rien pu en faire à cause du prix astronomique d'une éventuelle rénovation. Dans les années soixante-dix, quand je l'ai acheté, il y avait beaucoup d'argent pour ce genre d'opération, des bourses fédérales par exemple. Mais nous ne l'avons jamais eu. Tous ces fonds ont été dépensés dans l'Est, des histoires de pèlerins, la guerre de Sécession...

Pendant ce bref résumé, Orville multiplia les gestes de nervosité ou, peut-être, d'impatience : il croisait et décroisait les doigts, il se mordillait l'ongle du pouce droit, il jetait des coups d'œil effarés vers la fenêtre, il croisait les jambes. Frank sentait la pression exercée par les poulets affamés. Enfin, Orville parla.

— Je sais que dans l'Est et le Midwest on a déjà réussi à élever des poulets dans d'anciens hôtels. Mais, monsieur Copenhaver, faut je sois honnête avec vous. J'ai pas de quoi vous louer votre hôtel.

— Je ne vous demanda pas ça. Je vous demande simplement de vous y installer. Ce sera une entreprise commune. Si cela fait la différence pour vos affaires et si vous commencez à gagner de l'argent, alors nous envisagerons le paiement d'un loyer. Mais je ne toucherai quelque chose que lorsque vous serez sorti du rouge.

Orville n'eut pas besoin de réfléchir longtemps.

— Vous voulez que je vous fasse une proposition ?

— Ce serait parfait. Je sais que nous allons trouver un accord. Le principal, c'est que je sois le propriétaire de ce bâtiment. Laissez donc votre banque récupérer votre ranch de poulets. Laissez-la pondre quelques œufs. Tout le monde parle de retourner aux faits fondamentaux de la vie. Qu'ils commencent donc avec les poulets.

— Ces enculés, lâcha curieusement Orville.

— Exactement.

L'espace d'un instant, Frank se demanda si Orville parlait des banquiers ou des poulets. Puis Frank serra la main puissante d'Orville Conway pour la seconde fois de la journée. Orville donnait la très nette impression de savoir ce qu'il voyait quand il vous regardait. Et c'était la première sensation familière que Frank retrouvait depuis longtemps. Il ne pouvait quand même pas toujours compter sur June pour venir le voir et le remettre en selle.

38

Frank quitta son bureau et rentra chez lui à pied. Il longea les colonnades irrégulières d'érables de Schwedler — un arbre à la mode dans les années vingt —, les haies d'asters cognassiers, les tilleuls américains et, tout autour de la base des maisons datant du début du siècle, les spirées couronne de mariée. Devant la maison de Frank, la rue était une merveille de retenue, la perpétuation des espoirs des colons, le décor parfait pour le petit livreur de journaux qui arrivait maintenant d'un pas décontracté, lançant le quotidien du soir sur les pelouses ; pour la voiture de sport bleue qui passait lentement, le moteur ronronnant, tout près de caler ; pour la camionnette du plombier avec ses tuyaux galvanisés fixés au support du toit ; et pour la Saab noire qui déboucha dans la rue, tel un avion sans ailes, avant de se garer dans l'allée de Frank. Celui-ci s'arrêta afin d'observer la scène. Il était assez loin pour pouvoir se dérober à toute visite intempestive. Des écoliers commençaient de sortir de l'autre côté de la rue, le manteau noué autour de la taille, le cartable à la main, certains enfants marchant à reculons pour parler à ceux qui marchaient vers l'avant.

C'était Edward Ballantine. Frank profita de son anonymat pour l'examiner. Ballantine portait un pardessus léger au-dessus d'un blue jean, et des chaussures montantes de basketteur. Il portait aussi des lunettes de montagne aux reflets orange, retenues dans le dos par un cordon de cuir. Il enleva ses lunettes et les laissa tomber sur sa poitrine tout en regardant l'entrée de la maison. Il monta sur la galerie d'un pas assuré pour frapper à la porte de Frank. Lequel arriva d'un pas aussi décontracté que possible après avoir traversé la rue.

— Puis-je vous aider ?

— Oh, Frank, salut, dit Ballantine.

Il avait une particularité faciale que Frank identifia comme étrangère à la ville : ses yeux étaient animés tandis que la partie inférieure de son visage restait parfaitement inexpressive. Un hypocrite, conclut Frank, prompt à tous les changements d'humeur dictés par la politique du moment. Ballantine tendit soudain la main pour serrer celle de Frank, qui fit comme s'il ne l'avait pas vue.

— Pouvons-nous entrer pour parler une minute ? demanda Ballantine d'une voix déjà moins enthousiaste, modifiant avec habileté son expression vers la froideur.

— Non, répondit Frank, nous ne le pouvons pas.

Frank se rappela que Ballantine avait déjà cuisiné son comptable à propos de l'état de ses finances.

— Dois-je comprendre que vous refusez de me parler ?

— Pas du tout. Il faut simplement que vous fassiez ça sur le trottoir. Ceci est ma maison. Vous savez, la maison d'un homme, c'est son château inexpugnable.

— Je crois qu'il y a encore quelques problèmes de propriété commune, Frank, avec Gracie.

— Peut-être, mais pour autant que je sache, les neuf dizièmes des lois traitent de la propriété. Etes-vous ici pour discuter avec moi des conditions du divorce de Gracie ?

— Non, je...

— Parce que ce n'est vraiment pas votre boulot, n'est-ce pas, Edward ? Même si mon comptable m'a rapporté que vous aviez déjà fouiné dans le secteur.

— Si vous me laissez parler, je vais vous dire pourquoi je suis ici.

— Tout ça ne vous regarde absolument pas. Je suis certain que vous le comprenez, n'est-ce pas, Edward ? Il ne s'agit pas d'un concept très abstrait. Mais si vous avez du mal à l'assimiler, dites-moi jusqu'où vous l'avez compris et j'essaierai de vous aider pour le reste.

— Frank.

— ?

— La ferme.

Frank sentit une envie violente bouillonner brièvement en lui.

Alors Edward dit :

— Je crois que vous en êtes au point où vous devriez vous pencher un peu sur votre vie pour découvrir ce qui est arrivé à votre mariage. Je veux dire, ce ne sont pas les Comanches qui vous ont volé votre femme. Elle a tout bonnement pris la poudre d'escampette.

— Elle a filé, pas vrai ?

— Et comment.

— Eh bien, j'aimerais beaucoup la voir.

— Passez donc à la maison. C'est pour ça que je suis venu ici. Je voulais que vous sachiez où nous trouver.

— Où est votre maison ?

— 121, Troisième Rue.

— Laissez-moi réfléchir un peu. Mais je passerai peut-être.

— Bel endroit, dit Edward en levant la main vers la maison de Frank avant de la laisser retomber.

Frank se demanda pourquoi Ballantine se fendait de ce compliment.

— Vous voulez l'acheter ?

— Je ne pense pas.

— A un moment, cette maison a fait partie de nos rêves.

-- C'est ce que j'ai cru comprendre, dit Ballantine.

— Je me disais que ce serait bien si Gracie et vous l'aviez...

— Le mieux, c'est que vous voyiez Gracie.

— ... plutôt que je continue à y errer comme une âme en peine. Franchement, je serais plus heureux à l'hôtel.

— Je croyais que vous étiez propriétaire d'un hôtel.

— Ouais, mais c'est pour les poulets.

Edward lui lança un coup d'œil perplexe, puis il rappela à Frank qu'il ferait bien de parler à Gracie. Edward pivota sur ses talons pour rejoindre sa Saab. Frank remarqua qu'il était difficile de faire une sortie honorable et lui-même se sentit assez mal à l'aise au moment d'entrer chez lui. Il entendit le léger vrombissement d'avion de la voiture d'Edward, il prit son courrier dans sa boîte à lettres et il entra.

Il glissa un plat de cuisine légère dans le micro-ondes et l'alluma. Il mit la radio, toujours réglée sur la station des vieux tubes et tomba sur une rétrospective des Youngbloods qui le ravit. Le crooner Jesse Colin Young semblait s'adresser directement à lui à partir des ténèbres, pendant qu'il ouvrait son courrier. Qu'est-ce que c'est ? Eastman Kodak allait acheter le reste d'Amerilite Diagnostics Ltd ? Merde alors, je l'ai même pas vu venir ! N'étaient-ce pas ces ordures qui clamaient « Restons simple, crétin » ? Frank détestait se dire que, si jamais il quittait des yeux ces olibrius ne serait-ce qu'une journée, ils lui joueraient un tour pendable.

Le téléphone sonna.

— Monsieur Copenhaver ?

— Oui.

— C'est Gladys Pankov, du bureau de l'aménagement urbain. Je représente aussi l'association de sauvegarde à travers mes fonctions de planificateur et de secrétaire.

— Oui ?

— Je me demandais — je ne vous dérange pas ? — si vous pourriez m'aider à éclaircir un point concernant l'hôtel *Kid Royale*. Nous espérions qu'un programme de rénovation était en cours. Mais nous venons de recevoir une information très étrange au bureau de l'aménagement.

— D'accord, maintenant j'y suis. J'avais l'esprit ailleurs. Kodak est en train de faire un malheur à la Bourse. Bon, oui, d'accord, euh... non, il n'est plus question de rénovation.

— Ah bon ?

Frank crut deviner ce qui allait suivre.

— M'appelez-vous pour me dire que de nouvelles subventions mirifiques sont désormais disponibles pour ce genre de projet ?

— Non, en fait, je voulais vous parler d'une rumeur.

— L'hôtel va être transformé en ranch à poulets, dit sèchement Frank.

— Oui, c'est ça. Eh bien, j'aimerais vous poser une ou deux questions à ce sujet. Saviez-vous que l'une des pièces de l'hôtel était la suite de William Tecumseh Sherman ?

— Bien sûr, le gars qui a tué tous les Indiens. Il s'agit en effet d'une grande pièce qui contiendra plein de poulets.

— Calamity Jane, Buffalo Bill ont logé là-bas, George Armstrong Custer, trois parmi les premiers Vigilantes...

Frank la coupa :

— Ils sont tous morts, si je ne m'abuse. Il y a donc plein de place pour les poulets. Ecoutez, je regrette d'abréger cette conversation, mais je prépare des cannelloni.

Il raccrocha et se gratta le cuir chevelu. Il pensait à Gracie. Comme c'était tentant de pester contre les femmes. Toutes ces destructions dans le monde entier. A commencer par Hélène, Cléopâtre, lady Macbeth. Chercheurs fous. Il parcourut son journal. Les mouches blanches de la poinsettia dévastent deux comtés agricoles en Californie. Les hommes raffolent donc tant des poinsettias qu'ils veulent en envoyer par le courrier à leurs amis californiens ? Faire porter le chapeau aux victimes ? Ces victimes sont d'adorables légumes californiens dont les organes vitaux sont farcis de mouches tueuses ! Ces légumes et leurs consommateurs, des gens appartenant — l'une des expressions favorites de Frank — à « toutes les couches de la société ».

Ce soir-là, quand il s'allongea, au lieu de penser à sa solitude ou à l'imminence de certaines saisies d'hypothèques, il réfléchit au fossé qui séparait les taux d'intérêt à court et long termes, aux rendements des bons sur le Trésor à deux ans. Frank Copenhaver sombrait dans un destin voué aux poulets. S'il parvenait simplement à se remettre à flot, il allait foncer sur les entreprises de biotechnologie. Leurs noms l'aidèrent à trouver le sommeil : Regeneron, MedImmune, Genentech, Alkermes, Glycomed, Isis...

39

Mike arriva à l'aube. Il apporta à Frank son journal et le petit déjeuner de chez Hardee dans un beau sac blanc maculé d'une tache de graisse. Frank était encore sous la douche, laissant l'eau brûlante couler contre sa nuque raide pendant qu'il faisait ses projets pour la journée. Il apercevait par la fenêtre les formes floues des voitures dans la rue ; quand il eut fini de prendre sa douche, il passa le doigt sur la buée de la vitre pour regarder qui était garé devant la maison. Il repéra aussitôt la Country Squire de Mike. Curieusement, alors qu'il contemplait la ville selon cette perspective élevée, il réfléchit qu'elle serait beaucoup plus intéressante si tous ses habitants étaient en guerre — des chars d'assaut dans les rues, des partisans lançant des grenades dans les caves ou, encore mieux, la tentation de faire table rase et de repartir à zéro. Il soupçonnait que ce besoin d'une bonne guerre était fondamental. Mais ici, l'approximation la plus proche du siège de Vicksburg se réduisait à quelques échanges de gifles en période électorale.

Ainsi donc, Mike était là. Mike n'avait jamais couru de gros risques et il ne tomberait jamais de bien haut, mais il avait néanmoins ses qualités. C'était un homme profondément loyal, aveuglément loyal, trait splendide dans une région où les bars de salades vendaient la laitue au poids, dans une région dont l'authentique chef spirituel était Benedict Arnold, ce général américain de la guerre révolutionnaire qui était passé à l'ennemi. A la récréation, Frank n'avait jamais pu se bagarrer quand Mike était dans les parages ; car chaque fois qu'il perdait, Mike, déjà gros, gras et costaud, sautait sur le vainqueur et lui faisait la tête au carré. Plus tard, Frank devait reprendre la bagarre et cette fois il s'écroulait sous les coups d'un adversaire profondément indigné. Mike défendait un point de vue clair et net sur Gracie. D'ailleurs, il avait une opinion tranchée sur tout et chacune de ses déclarations devait renforcer l'esprit de corps. C'était un Copenhaver et Gracie n'était qu'une salope pleine de traîtrise.

Quand Frank descendit au rez-de-chaussée, Mike avait préparé des œufs au bacon pour accompagner le petit déjeuner de chez Hardee, et il avait tout installé sur la table. Mangeant d'une main, il tendit l'autre vers la chaise située en face de lui pour que Frank y prît place.

Frank s'assit.

— Mes dents sont en excellent état, dit-il. Je suis sûr que c'est la raison de ta visite.

Mike lui adressa un sourire sans joie, comme pour dire :

— Très drôle, Frank.

Puis il s'essuya la bouche avec une serviette.

— Elles sont un peu sensibles au froid, mais ce n'est pas nouveau.

— Frank...

— J'ai eu plein de caries il y a deux ans, au printemps, et mes gencives remontaient un peu.

— Frank...

— Tu laisses tomber le fil dentaire pendant une journée et ensuite tu mets un temps fou à reprendre cette bonne habitude. Et alors, que t'arrive-t-il ? Tes gencives saignent, elles te font mal, tu dois aussi t'attendre à...

— Frank, s'il te plaît, colle-toi un truc dans ta putain de bouche. Silence chez Frank. « Merci. Maintenant dis-moi, t'ai-je préparé un bon petit déjeuner ? »

— Oui.

— Ne suis-je pas un frère modèle, qui pense toujours à ton bien-être, car toi aussi tu es un Copenhaver ?

— Mais bien sûr que oui, Mike. Et j'accepte désormais ton conservatisme têtu où je vois le désir de construire un monde sur la base de ces jeux auxquels nous jouions ensemble autrefois : les légo, les bûches de la cabane de Lincoln, l'immortel Mécano.

— Tu n'as rien perdu de ton esprit sarcacastique, à ce que je vois, dit Mike. Le sarcasme est sans doute proportionnel à l'esprit, mais ça n'a pas beaucoup changé.

— J'apprécie, Mike. Je n'ai pas reçu beaucoup de compliments, ces temps derniers.

— Cela ne m'étonne pas. Les gens ont du mal à comprendre comment un homme d'affaires plein d'idées nouvelles décide tout d'un coup de se suicider économiquement.

— Fais-tu ici allusion au *management* des risques ? demanda Frank.

— Je fais allusion à ce qui se dit en ville.

— Tu n'as pas vu comment tout ça va tourner.

— Et comment tout ça va-t-il tourner, Frank ?

— Un poulet dans chaque marmite, pour commencer.

— Oui, je viens d'entendre parler de ça. Frank, sais-tu que je t'aime ?

— Merci, Mike.

— Je me suis dit : Frank croit peut-être que personne ne l'aime ?

— Je crois que cette pensée m'a aussi effleuré, Mike, dit Frank. Mais je te remercie de m'aimer.

— Tu sais, ce n'est pas parce qu'une putain opportuniste voit une lumière plus brillante au-dessus de l'allée d'un autre homme, que tu dois renoncer à mener une existence cohérente.

— Mike, s'il te plaît.

— Et puis pense à ta belle Holly.

— J'y pense. Mais ce n'est pas si simple. Tu sais qu'elle sort avec Lane Lawlor.

— Je sais. Et alors ? Elle en reviendra.

— J'espère. Moi aussi, je m'en remettrai. Mais oui. Arrête de te ronger les sangs. Je vais sortir de tout ça dans une tornade d'avis de dépôts.

— Frank...
— Je sais.
— Frank...
— Je sais, je fais ce que je peux. Il y a un peu de brouillard autour de la cible, mais la météo est bonne.
— Tu peux toujours t'installer au ranch. Ce n'est pas si loin. Ça te fera peut-être du bien d'entendre les oiseaux.
— C'est plus pratique ici. Je peux aller en ville à pied.
— Mais Frank, dit Mike dont le visage s'assombrit. A la vitesse où tu vas, tu auras de la chance de conserver ta maison.

Frank entendait cela pour la première fois. Il continua d'essuyer son jaune d'œuf avec l'angle d'un toast. Il pensa qu'il réagissait avec une réelle insouciance. Me prendre ma maison ?

— A leur guise, Mike. Ces choses-là ressemblent au temps qu'il fait. Il suffit de regarder Willard à la télé et d'attendre un autre système nuageux.
— Je veux simplement que tu saches une chose : je fréquente tous ces types, les banquiers, etc. Je fais ce que je peux pour ralentir le processus. Mais toi, de ton côté, Frank, il faudrait que tu essaies de changer d'attitude.
— D'accord.
— Et rappelle-toi que je t'aime.
— D'accord.

Mike partit travailler. Frank ne pensait à rien sinon à parler à Gracie. Il s'imaginait que cela se passerait à peu près ainsi :

— Salut, Gracie, ça me fait plaisir de te revoir. Non non non, je ne crois pas que nous devrions faire ça. Je crois que nous devrions nous préparer à cela, si vraiment il faut en arriver là. De toute évidence, tu aimerais assister à une reprise de mes activités, à une accélération de ma biographie, *après* ton départ mais *avant* mon — comment dire — déclin ? Tu n'as pas beaucoup changé, et moi ? D'accord, il y a eu de l'eau dans le gaz, mais cela ne nous empêche pas de parler. Est-ce ton avocat ? Sa présence ne me gêne pas, mais il a l'air d'un parfait crétin, je crois qu'il aura du mal à avaler tout ça. Vois-tu, Gracie, à un certain moment la foi m'a fait défaut. Cette pyramide qu'on appelle l'Amérique et dont je n'étais qu'une petite pierre s'est retrouvée la tête en bas et elle repose maintenant sur sa pointe. Comme tu l'imagines — car tu as étudié la physique —, cette configuration inédite crée un contexte plus instable que celui dans lequel nous avons grandi, avec la base de la pyramide posée sur le sol.

Il procédait maintenant à un examen extraordinairement attentif de son visage dans le miroir : cheveux, pores, dents. Il se rappela de ne pas serrer les lèvres, ce qui avait pour effet d'élargir son faciès en une espèce de, une espèce de... eh bien, c'était peu séduisant. Il n'allait pas travailler, décida-t-il ; il ferait d'abord sa visite. Et que pensait-il en mettant ces vêtements ternes, ce blazer en tissu grossier, gage de sincérité ? Les femmes ne veulent pas de la sincérité ni d'aucune autre qualité à la gomme. Elles veulent regarder un homme et se dire : « Cet animal va me sauter dessus comme un tigre du Bengale, soulageons ce gros levier jusqu'à ce qu'il reprenne des dimensions plus humaines. » Mais dans ce blazer bon marché, elle va penser qu'il est sur le point de baiser l'avocat ou la lampe, mais certes pas elle avec ce lugubre vêtement gage de sincérité. Monsieur l'agent, il est entré ici en roulant les mécaniques et, avant que j'aie eu le temps de dire ouf, il s'est retrouvé avec la queue coincée dans le pied du lampadaire. Enlevez-moi ça d'ici, j'essaie de regarder les nouvelles à la télé.

Frank revint en quelque sorte à lui, toujours debout devant son miroir. Doucement, vieux, se dit-il ; en avant, camarade ! Il mit son jean, de vieilles bottes de cow-boy et son plus beau chandail vert. Puis il se dirigea vers le numéro 121 de la Troisième Rue.

40

La Troisième Rue. Un quartier tranquille. Les jardins étaient proprets, mais pas assez bien entretenus pour que des jouets en plastique y semblent déplacés. Chaque année, les pelouses arboraient leur lot de fanions politiques, que ce soit pour les élections présidentielles ou locales. Des massifs de pétunias bordaient presque toutes les entrées et, quand il faisait chaud, l'odeur des barbecues atteignait le trottoir.

Frank passa devant un jeune homme qui chantait et jouait de la guitare sur une galerie en bois. Un bâtard sautait le long d'une clôture en aboyant bruyamment, comme si chaque fois qu'il retombait par terre l'impact chassait ses aboiements hors de ses poumons. Frank ne réagit pas et le chien renonça bientôt à manifester inutilement son agressivité. Un vieux Dodge aux pneus dégonflés était garé contre le trottoir. Son capot était levé et deux adolescents, allongés à plat ventre sous le véhicule, contemplaient le moteur avec une telle concentration qu'aucun des deux ne songeait à parler. Quand Frank était gamin, il désirait tant posséder une voiture qu'il se mit à étudier leur fonctionnement. Il apprit par cœur le cycle du moteur à quatre temps — admission, compression, explosion, échappement —, si bien que, le jour où il aurait une voiture, il saurait la réparer. Quelle chose était plus désirable pour un adolescent pubère qu'un nid d'amour ambulant, équipé d'une sono ? Cela suffisait à expliquer le regard rêveur des jeunes conducteurs.

Frank se sentait nerveux. Il n'était plus qu'à quelques maisons de sa destination. Il aperçut la Saab. Il fut bientôt devant un cottage de style anglais, à l'étroite galerie flanquée de hautes treilles couvertes de chèvrefeuille. Frank essaya de comprendre ce qu'il faisait au juste là. Il tenta de se rappeler qui vivait là autrefois. Il croyait que c'était un professeur de piano. Il hésita et aurait volontiers battu en retraite, eût-il été certain qu'on ne l'avait pas vu. Alors Edward Ballantine sortit sur la galerie et dit :

— Ah, je pensais que vous viendriez peut-être. Tant mieux.

Gracie apparut derrière lui. Frank ne distinguait pas assez bien son visage pour deviner ses pensées.

— Je crois que je vais vous laisser, reprit Edward. Je ne veux surtout pas vous déranger.

Il descendit les marches et rejoignit le trottoir en fixant Frank avec un sourire décidé.

— Tirez le maximum de votre visite, conclut-il. C'est pour le bien de tout le monde.

Enfin, Frank se retrouva devant Gracie sur le seuil. La Saab partit avec son bruit d'avion. Frank se sentait un peu hésitant. Il regretta de ne pas avoir apporté quelque chose. Des fleurs auraient certes été risibles, mais ç'aurait été une bonne idée malgré tout, une idée louable et impossible.

— Salut, Grace.

— Hello, Frank. Sans doute avait-il l'air hébété, car un sourire illumina le visage de Gracie, qui ajouta : « Bonjour, je m'appelle Gracie. »

Il se sentait engourdi par la panique. Il ne s'était pas attendu à cela et il doutait de tout ce qu'il aurait pu dire. Gracie portait sur les épaules un cardigan rose à torsades, elle avait les mains serrées devant elle. Ses cheveux relevés soulignaient la fermeté de ses traits, légèrement creusés par les ans. Ses yeux bruns étaient profondément enfoncés et parfois elle ressemblait un peu à une Indienne.

— Edward a suggéré que nous parlions ensemble, dit-il.

— Je t'attendais.

— Je me demande si je peux entrer.

— Je ne sais vraiment pas.

— Je crois que tu peux me faire confiance, Gracie.

— Ce n'est pas ça. Mais je ne veux pas te voir remarquer la manière dont nous avons meublé cette maison. Je te crois parfaitement capable d'en faire tout un plat.

— Je suis curieux. Je dirai sans doute quelque chose. Bah, tant pis, asseyons-nous sur la galerie. Ou allons manger quelque part. C'est presque l'heure du déjeuner. Honnêtement, je ne ferai pas tout un plat de votre mobilier. Je ne suis pas mesquin à ce point.

Gracie tendit la main vers la rue.

— Allons manger, alors.

Il y avait beaucoup de monde à *la Mine*. C'était un établissement italo-américain, qui proposait des plats italiens vaguement familiers ainsi que les habituelles formules de restauration rapide. Il était décoré pour suggérer une grotte compliquée, avec des murs blancs grumeleux et des bougies rouges dégoulinantes fichées dans des niches. Malgré sa nombreuse clientèle, l'établissement semblait au bord de l'abandon ; mais il donnait cette impression depuis plus d'une génération. Quand un jeune homme distrait les eut installés, tirant la chaise de Gracie et leur tendant machinalement deux menus, ils affrontèrent le silence rituel des débuts de repas au restaurant.

— Nous nous sommes déjà revus une fois.

— C'était différent, dit Frank.

— Pourquoi donc ?

— Tu étais toute seule. Au moins pendant cette journée. Et nous étions là pour Holly, n'est-ce pas ?

Gracie regarda le menu.

— C'est incroyable, dit-elle. Ta vie est chamboulée. Tu fais le tour du monde. Des nations s'écroulent. Des guerres éclatent. Mais ici le menu ne change jamais. Ça rend humble de penser que ta vie pourrait s'achever, ta famille pourrait s'en aller, cette « lasagne spéciale » resterait fixée à ce menu par un trombone.

Frank la percevait d'une manière palpable, qui était sans commune mesure avec le fait de la voir là, tenant son menu, une mèche de cheveux noirs lui tombant devant le visage. Elle saisit son menu dans une seule main, le pouce coincé dans la rainure centrale, libérant ainsi son autre main pour remettre ses cheveux derrière l'oreille. Frank croyait l'observer discrètement en train d'étudier son menu, mais Gracie releva les yeux et croisa son regard. Elle sourit.

— Que prends-tu ? demanda-t-il.

— Je n'ai pas vraiment regardé.

— Dépêche-toi. Ici, tu as le droit d'appeler le serveur une seule fois et après c'est fini.

Frank étudia le menu et pensa club sandwich avant même de l'y avoir trouvé. La première fois qu'il en avait mangé un, quand il travaillait comme jeune caddy et qu'il dépensait son salaire dans le patio du restaurant du country club en imaginant que le club sandwich exprimait la supériorité sociale des membres du country club, il s'était enfoncé dans le palais le cure-dent caché parmi les tranches de pain. Il s'était toujours demandé pourquoi ce moment pénible, où la douleur lui avait fait agiter sa main libre, avait marqué pour lui le début d'une longue histoire d'amour avec le club sandwich.

— Tu prends un club sandwich, je me trompe ? demanda Gracie.

— Dans le mille.

— C'est le sommet de la cuisine locale, n'est-ce pas ?

— Sans doute.

— Les républicains ont réussi à évoluer en douceur sur une longue période de temps, dit Gracie. Je sais qu'ils n'ont pas inventé le club sandwich, mais ils se le sont certainement approprié.

— Ce genre de remarque me fait toujours sourire.

— Tu n'as jamais été dans la norme, sauf pour tes habitudes alimentaires.

— Je te signale quand même que je n'ai pas encore commandé de club sandwich. Et je ne me sens absolument pas réduit à ce choix.

— Au fait, où est le serveur ?

Frank regarda de droite et de gauche.

— Je vais essayer de lui faire signe.

— Ne commence pas à faire un esclandre. Il viendra bien assez tôt. Ils sont très occupés. Tiens, je vais prendre des lasagnes. Ils en ont toujours, des lasagnes. Toujours.

Frank regarda une table où étaient assis quatre hommes d'affaires qu'il connaissait. L'un, Bob Klane, était courtier chez D.A. Davidson ainsi qu'excellent joueur de tennis. Terry Simcross et Vance James travaillaient pour Century 21. Ils avaient réalisé *l'Aire aux cailles*, au nord de la ville, un lotissement de quarante ou cinquante maisons individuelles. Ce projet immobilier avait fasciné Frank, car il n'y avait pas de cailles dans le Montana. Le quatrième convive était le docteur Alioti, un gynécologue qui avait travaillé dans la clinique de Frank, ce que Phil appelait « un toubib du con », investisseur actif dans les affaires locales. Frank comprenait très bien ça : ayant bâti une fortune en regardant au fond de toutes ces vulves variées et désincarnées, ce médecin avait besoin d'une activité sur une très large échelle. Le problème, c'était que Frank les avait surpris tous les quatre en train d'observer sa table avant de se pencher les uns vers les autres pour échanger quelques messes basses.

— Ça t'ennuirait beaucoup que j'aille chercher un serveur ? demanda Frank.

— Oui, ça m'ennuirait, dit Gracie. Je veux que tu sois patient et que tu restes tranquille. Nous devons parler de beaucoup de choses.

— Ces quatre couillons sont arrivés après nous et ils mangent déjà.

— Je veux que tu restes calme et que tu attendes qu'on te serve.

Un serveur arriva d'un pas glissant sous l'une des arches de la grotte. Il parut se diriger vers eux. Gracie surprit le regard de Frank et lui dit :

— Sois patient.

Le serveur passa près d'eux sans les voir et ressortit par une arche située de l'autre côté. Frank leva les yeux vers les gondoliers du chromo bariolé accroché près de leur table et essaya de rester calme. Il désirait parler à Gracie, mais ce qu'il prenait pour un service déplorable l'oppressait. Les quatre hommes d'affaires éclatèrent de rire. Frank riva son regard sur eux.

Gracie l'observait. Peut-être savait-elle ce qu'ils savaient : il s'en tirait mal, son talent pour gagner de l'argent avec désinvolture s'était émoussé, il était dépassé par les événements, l'homme qui avait toujours eu une longueur d'avance sur l'actualité s'essoufflait aujourd'hui à la rattraper. On le prendrait bientôt pour une victime. Il commençait déjà de remarquer chez les gens une attitude souriante à son égard. Il pourrait faire exploser une bombe quelque part, mais cette fanfaronnade servirait seulement à repousser les échéances. Et les gens le devinaient. Ils sentaient le désespoir chez les autres. Ils savaient que c'était le prélude à une période où il boufferait de la vache enragée. Mais Frank pouvait commencer tout de suite à s'amender en refusant de s'énerver sous prétexte qu'on ne le servait pas. Il allait suivre les conseils de Gracie : il se calmerait. Il attendrait son tour. Il n'en avait plus rien à faire : ce serveur pouvait bien se coller au cul son club sandwich.

— On se sent mieux ? demanda Gracie.

Elle l'observait attentivement. Elle le connaissait par cœur, et elle était bien la seule. Quel dommage que ce soit pour une simple broutille. Malgré tout, elle avait des bras splendides, lisses et potelés.

— Alors, dit Frank, il paraît que tu as voyagé.

— Oui.

— Un endroit en particulier ?

— Pas vraiment. Deux endroits avec des montagnes, un avec des cactus. Et une plage.

— Les chambres étaient confortables ?

— « Les chambres étaient confortables... » Oui, les chambres étaient confortables.

Il repensa à l'allure svelte, élégante, d'Edward Ballantine. Il repensa au plaisir qu'il prenait à être debout dans l'eau quand tout allait bien, à s'asseoir sur une colline pour regarder le temps changer ou à humer le vent du sud qui traversait une prairie détrempée par la pluie. Mais penser le fatiguait. Il eut envie d'acheter un déjeuner dans un fastfood et d'aller regarder un lave-voiture en pleine action.

— J'ai vraiment faim, dit Frank.

— C'est le coup de feu de midi. Ils font ce qu'ils peuvent. Il faut que tu sois plus positif avec les autres. Frank, tu peux me croire, c'est vraiment un problème chez toi. Tu t'attends toujours au pire chez les gens.

— Je veux manger quelque chose.

Il savait que ce n'était pas vrai. Peut-être s'attendait-il au pire de la part de Gracie.

Quelques minutes plus tard, les quatre hommes d'affaires se levèrent et discutèrent un moment du pourboire. Le médecin, qui souffrait apparemment d'une raideur des lombaires, se retourna tout d'un bloc et salua Frank d'un signe de tête. Terry Simcross, l'un des promoteurs, leva la main vers Frank. Le champion de tennis posa les mains à plat contre le mur pour faire quelques exercices d'assouplissement, puis tous les quatre franchirent l'arche basse vers la sortie. Il restait maintenant très peu de gens dans le restaurant. Frank mourait d'envie de parler librement à Gracie, mais il n'arrivait tout simplement pas à oublier qu'on ne s'était toujours pas occupé d'eux.

— Tu sais, je crois que je traverse une sale passe dans mes affaires.

— J'ai déjeuné avec Lucy hier. Elle m'a mis au courant.

— Je vois, dit Frank.

Gracie plissa les yeux, mais n'ajouta rien. Elle n'avait peut-être rien d'autre à dire. Il procéda à une rapide évaluation des risques et conclut que Lucy n'avait probablement rien confié de trop intime à Gracie. Néanmoins, le plissement d'yeux de Gracie ressemblait fort à un jugement. Appelons ça un coup pour rien.

Il se rappela son ancienne vie de famille : idéale, savoureuse, spatieuse, confortable, pleine d'habitudes agréables de leur propre invention, des habitudes auxquelles ils feignaient gentiment de vouloir échapper. Ils parlaient souvent de voyages à l'étranger, d'une résidence secondaire. Il regarda un couple installé à une table derrière eux payer sa note et se lever pour partir. Puis il loucha vers les gondoliers.

— En ville, l'époque n'est pas particulièrement faste pour les affaires, comme tu l'as constaté avec l'*Amazing Grease*. Et puis mon attention s'est un peu relâchée. Autrefois, c'était une qualité de se diversifier, mais aujourd'hui ça ressemble dangereusement à de l'éparpillement. D'ailleurs, ces temps-ci, j'ai l'impression d'être en pleine débandade.

— Pas d'allusion sexuelle, s'il te plaît...

— Je ne blague pas, je me sens paumé. Je crois que je traverse une phase d'adaptation, tu vois ? D'autres s'en tireraient sans doute mieux que moi. Il me faut seulement un peu de temps.

Gracie appuya les coudes sur la table et s'approcha tout près du visage de Frank. Il crut qu'elle allait l'embrasser et son cœur bondit. Alors, elle lui dit :

— Tu ne devrais pas baiser Lucy aussi souvent si ça ne signifie rien pour toi.

Puis elle se radossa à sa chaise.

— Je sais.

Que répondre d'autre ?

— Lucy était mon amie.

— Il faut être sacrément malin pour trouver une inconnue, dit Frank. Il faut vraiment le vouloir.

Gracie détourna le regard en battant des paupières. Frank essaya de se tirer de ce mauvais pas en évoquant la période où il pratiquait exclusivement la masturbation.

— C'était comme de jouer à la chistera.

Elle ne rit pas.

Le serveur arriva dans la salle, vide à l'exception de Gracie et Frank, et entreprit d'essuyer les tables avec un chiffon. Il portait un tablier blanc au-dessus d'un maillot de footballeur vert à rayures blanches, et de grosses chaussures de basket décorées de bandes argentées. Quand il se rapprocha d'eux, Frank lui dit, d'une voix aussi posée que possible, qu'ils aimeraient commander. Le serveur, qui possédait une voix beaucoup plus grave que son visage ne le laissait supposer, répondit :

— Désolé, mais nous sommes fermés.

41

— *Oh, non, vous n'êtes pas fermés.*

— Frank...

— Nous sommes ici depuis une heure, dit Frank.

— Vous auriez dû demander un serveur, dit le serveur.

Frank se leva si violemment que sa chaise traversa la salle à une vitesse considérable en rebondissant de droite et de gauche comme une créature vivante.

— Frank, s'il te plaît.

Le serveur bondit en arrière sur ses chaussures de basket et détala vers la cuisine. Frank essaya de le poursuivre d'un pas mesuré. Quand il eut franchi l'angle de la salle, le serveur avait disparu dans la cuisine et le patron du restaurant se tenait devant les portes battantes, un petit homme en veste sport, la peau mate, la racine des cheveux descendant très bas au centre du front. Une barbe drue recouvrait ses joues pleines.

— Puis-je vous aider ? demanda-t-il en souriant.

— Euh, oui. Ma femme et moi aimerions déjeuner.

— Mais nous fermons à deux heures.

Il regarda attentivement Frank.

— Cela, je le comprends, rétorqua Frank en choisissant cette expression étrange pour tenter de paraître aussi raisonnable que le patron. Mais nous attendons depuis plus d'une heure.

— Non !

— Si !

— Et vous pensez que je vais vous croire ?

— Je peux le prouver. Plusieurs de nos connaissances étaient ici en même temps que nous.

— Je m'appelle Federico, dit le patron en tendant la main.

Frank et le patron échangèrent une poignée de main.

— Frank, dit-il.

— C'est très désagréable pour votre dame, dit Federico, mais voyons si nous pouvons arranger ça.

Il serra l'épaule de Frank, pencha la tête et dévisagea Frank avec attention.

— Ça va bien ?

Frank prit une pose décontractée à la Robert Mitchum.

— Pourquoi est-ce que ça n'irait pas, en dehors du fait que je n'arrive pas à me faire servir ?

— Vous aviez l'air assez excité, Frank, en sortant de la salle. On aurait dit que vous aviez un ou deux fusibles de grillés.

— Ça commençait à me chauffer sérieusement, reconnut Frank.

— Frank, je vais préparer moi-même à déjeuner pour vous et votre dame. Ce sera un grand plaisir de cuisiner pour vous. Ensuite, vous vous demanderez comment vous avez bien pu manger ces trucs du menu.

Federico suivit Frank dans la salle à manger, maintenant complètement vide. Ce ne fut pas vraiment une surprise. Frank comprit aussitôt que Gracie n'allait pas rester assise les bras croisés pendant qu'il faisait un esclandre. Et puis, il était maudit. Son incapacité absolue à maîtriser ses impulsions l'avait à nouveau empêché de réaliser ce qu'il considérait pourtant comme essentiel. Il fut très secoué. Il resta là à regarder la salle vide jusqu'à ce que Federico se campe devant lui, lève les paumes vers le plafond en signe de perplexité et, ouvrant de grands yeux pétillants, lui demande :

— Où est la petite femme de notre précédente discussion ?

— Elle a filé, dit Frank sur la défensive, toujours coincé dans son rôle d'acteur décontracté des années quarante.

Il ne savait plus à quel saint se vouer. Ce petit bonhomme au type méditerranéen semblait être d'une précision affolante. Cela réveillait le crétin qui dormait en lui.

— Frank, je répète ma première question : est-ce que ça va ?

Frank décida d'essayer quelque chose.

— Non, ça ne va pas, dit-il.

Il laissa ses traits s'effondrer. Que toute cette frime aille au diable.

— Y avait-il réellement une épouse ?

— Bien sûr que oui. Je me moque que vous me croyiez ou pas. Nous avions faim, voilà tout. Nous voulions déjeuner ensemble. Puis il ajouta, en étouffant un désespoir qui aurait pu se muer en hurlement : « *Nous n'avons jamais eu de serveur.* »

— Frank, asseyez-vous. Je vais cuisiner pour vous. Ne paniquez pas, Frank. Je vous crois. Ne sautez pas sur vos pieds, je répète, ne partez pas à la poursuite de cette petite épouse dans toute la ville. Prenez le temps de déguster un repas magnifique. Il faut changer de rythme. Vous ressemblez à un fou. Cette petite femme va fuir un visage comme le vôtre.

Soumis, Frank s'assit.

— Je vais vous préparer un bon repas et ensuite je vais m'asseoir avec vous pour vous expliquer comment s'y prendre avec la femme.

Cela ressemblait à un défi légitime : ne pas péter les plombs, ne pas foncer dans la rue ventre à terre pour se lancer dans une course-poursuite effrénée, ne pas manifester un besoin aussi urgent, même s'il n'espérait pas cacher grand-chose à Gracie. Goûter à des plats mystérieux en compagnie de cet homme basané, dont le restaurant lui avait offert un service si désastreux que Frank venait de gâcher une chance unique de reprendre contact avec sa femme, cela allait mettre à l'épreuve son grand désir de sang-froid face à des circonstances adverses. Mais il ne tenait pas en place et il n'avait pas la moindre envie qu'on lui parle de la femme et de la manière de s'y prendre avec elle.

— Et maintenant, conclut Federico, je vais à la cuisine.

Frank resta vautré sur sa chaise et adressa un signe au patron. Sa main, posée sur le dossier de la chaise si récemment occupée par Gracie, s'agita mollement à partir du poignet. Oh, c'est rudement bon, pensa Frank. Il retroussa les lèvres en une expression nonchalante qu'il avait parfois observée, le regard fixé dans le vague. Il avait perdu tout sens d'un comportement naturel. Il s'aperçut qu'il avait faim et il essaya de se concentrer sur le repas imminent. Il imagina Gracie quelque part dans les parages, s'attendant à tout moment à entendre le bruit des pas de Frank. Ce n'est pas une idée complètement idiote, pensa-t-il.

De la musique sortit soudain des haut-parleurs : Elton John chantait *Daniel*. Quelques instants plus tard, Federico arriva et posa une bouteille de vin sur la table en disant :

— Valpolicella.

Puis il s'arrêta pour écouter la musique et chanter avec elle :

— « *Must be the clouds in my eyes* » (« Sans doute les nuages que j'ai dans les yeux »).

Federico quitta la salle et Frank regarda sa montre. Il but un verre de vin. Il devait en boire plusieurs d'affilée et il transpirait déjà un peu quand Federico revint, triomphant.

— *Il primo* ! dit-il en posant deux assiettes sur la table. *Spaghettini al carrettiere*.

Une variété de spaghetti, pensa Frank en commençant de manger. Il avait déjà un appétit féroce, mais ce plat aurait suffi à exciter sa faim. Il marmonna respectueusement et haussa les sourcils d'un air admiratif. Gentil petit gars, pensa-t-il. Je parie qu'il est italien.

— J'ai vu le pape ici à la télé, il y a un moment, dit aimablement Frank quand il eut enfin la bouche vide.

— Ce Polack, répondit Federico, dont le front se creusa de deux rides verticales. Ne parlons pas de lui. Embrassez ma bague, je vous prie !

— C'est délicieux, dit Frank.

— Oui, délicieux, répéta Federico.

Il se leva et retourna à la cuisine. Des cris en arrivèrent bientôt, dominés par la voix de Federico. Manifestement, quelqu'un l'aidait toujours aux fourneaux. Frank tendit brusquement le bras pour regarder sa montre. Il but un autre verre de vin. Il n'avait toujours pas appris comment il fallait s'y prendre avec la femme. Ce vin lui empâtait les dents. Il ne comprenait pas Federico, mais ce dernier avait brisé son élan aveugle. Les pâtes étaient délicieuses, mais c'était plus que suffisant comme déjeuner. Dehors, il faisait grand soleil ; Frank avait des problèmes urgents à régler, mais, de plus en plus contre sa volonté, il était emprisonné dans cette grotte kitsch en attendant le plat suivant. Le temps lambinait.

Enfin, Federico revint avec deux autres assiettes et une autre bouteille de vin serrée sous le bras.

— *Il secondo ! Fagioli dell'occhio con salsiccia.*

— C'est la première fois que je vois ça, dit Frank en regardant son assiette.

— Vous voulez un cheeseburger ?

— Non, non, non. Ça semble excellent.

Il prit une bouchée pour goûter. C'était en effet excellent. Federico déboucha la seconde bouteille de vin et remplit les verres.

— La femme... rêvassa Federico en portant son verre à ses lèvres. Elle est assise sur un trésor.

Frank sentit comme une lueur dans sa tête.

— Comment pouvez-vous être aussi vulgaire ?

Il baissa les yeux vers les textures magnifiquement variées des petits pois, des tomates et des saucisses baignant dans l'huile d'olives et la sauce à l'ail. Il n'avait apparemment plus le moindre problème et il avait renoncé à regarder sa montre. Il vivait une merveilleuse expérience sédative. Federico semblait certes un peu bizarre, mais comme un gnome inoffensif et plein de fantaisie.

— Encore un peu de *vino*, dit-il.

Frank servit.

— Vous êtes né en Italie ? demanda-t-il.

— Non, à Roundup.

— A Roundup ?

— Oui, on trouve tout à Roundup. L'accent européen disparut brusquement. « Une excellente planque pour les Serbes depuis je ne sais pas quand. Et... à une époque Dean putain d' Martin aurait pu devenir maire. *Hé* ! cria-t-il.

Une voix lui répondit dans la cuisine.

— Mets Dean Martin !

— Ecoutez, Federico...

— Fred. Federico est juste mon nom de restaurant.

— Fred, ça été un repas formidable et...

— Gratuit.

— Oh, eh bien, c'est parfait, ah oui, merci. Mais maintenant, faut que j'y aille. Il faut vraiment que je file.

Fred levait l'index vers le plafond, la première phalange au niveau des yeux de Frank.

— Une chose, Frank.

— Oui ?

— Avant que la banque ne s'en mêle sous prétexte de réorganisation, pourquoi ne pas me vendre votre clinique avec une bonne remise ? Vous savez qu'ils vont vous tomber dessus un de ces quatre. Et ils vont en tirer le maximum, comme tout bon Américain qui se respecte.

Frank constata avec horreur que cette information était de notoriété publique.

— Et pourquoi me tomberaient-ils dessus ? hasarda-t-il.

— Vous savez très bien pourquoi. Je vous connais, Frank. Je crois que, maintenant, vous avez pigé.

Frank réfléchit à la légère brume qui brouillait ses pensées et décida qu'il pouvait la dissiper. Il repoussa ses assiettes sur la table et sentit les choses ralentir doucement. Il regarda son interlocuteur, jaugea Fred et dit :

— Faites-moi une offre.

Le coude droit posé sur la table, Fred se tenait le visage au creux de la main. Il se redressa et dirigea sa main vers le plafond.

— Où commence-t-on ?

— Faites-moi une offre acceptable. Ça ira plus vite.

Fred sourit.

— Combien ça vaut, à votre avis ?

— Fred, je ne peux pas l'acheter et la vendre en même temps. Faites-moi une offre.

— Vous faire une offre...

— Oui, remontez votre calbard *Fruit of the Looms* et allez-y.

C'était là une allusion assez directe à ce qu'au lycée Frank et ses amis appelaient les bijoux de famille : en avoir ou pas Cette invite devait aller droit au cœur d'un fan de Dean Martin.

— Je crois que nous pourrions envisager de signer un accord. Comment voyez-vous ça, Frank ?

— En argent américain.

Fred resta un moment à réfléchir, le menton appuyé sur le poing, puis dit :

— Cinq cent mille dollars, ça vous irait ?

Frank ne répondit pas. C'était une proposition insultante. Ce type était un primaire. La main de Frank était posée sur la table. Il la leva légèrement et fit signe vers le haut.

Fred sourit et dit :

— Un petit plat de *spumoni* ?

— Non merci. Fred, qui vous a dit que j'aurais peut-être besoin de vendre la clinique ?

— La rumeur publique.

Frank associa aussitôt cela à Gracie. Ce devait être une information passionnante pour elle, un antidote au caractère prévisible et lassant de l'homme d'affaires jadis brillant. El Floppo. L'espace d'un instant, Frank vit l'échec comme une façon d'avancer en dansant. Toute créature qui progresse en ligne droite devient vite la victime des prédateurs. Sauf que le vieux Fred ici présent incarnait maintenant le prédateur.

— Avez-vous lu dans le journal que Pepsi se prépare à lancer une boisson transparente ? demanda Fred.

— Ils vont se casser la gueule, dit Frank.

— Je suis d'accord, dit Fred, mais vous savez, les *colas* sont naturellement incolores.

— Hum.

— C'est un fait peu connu. Ils ajoutent les colorants. J'ai vu un VIP de Coke coincé par les journalistes. Il criait : « Nous n'avons aucun projet de lancement d'une boisson incolore ! » On l'aurait cru assiégé par une meute de loups. Il avait la tremblote. Je l'ai presque plaint.

— Comment va-t-on s'apercevoir que ce truc est incolore ? demanda Frank. Ils vont le verser par terre ?

— Ce produit sera commercialisé en bouteilles, et non en boîtes.

— Oh.

Fred sortit son carnet de chèques hors de la poche intérieure de sa veste. Frank eut un sourire candide, mais qui relevait du camouflage. Fred ne pouvait pas savoir que cette somme ne couvrait même pas l'hypothèque. Frank essayait de se rappeler comment tous ses biens immobiliers se garantissaient mutuellement — l'hôtel, le *Miniprix*, le bureau, etc. Il se souvint d'avoir lu que le boa constrictor ne vous écrasait pas, mais qu'il resserrait tout simplement son étau chaque fois que vous chassiez l'air hors de vos poumons et qu'il ne vous laissait aucun répit. Le résultat ? *La mort**. En même temps qu'il envisageait ses pertes, Frank pensait : « Je ne comprends pas vraiment ce qui m'arrive. » Il essaya d'imaginer la soupe populaire. C'était comme de connaître l'échec en amateur.

— Vous voulez que mon gars prépare le contrat ? dit Fred.

— Il n'y aura pas de contrat.

— C'est là où vous vous trompez, Frank. Il y aura un contrat.

Cela arrivait. Le serpent resserrait son étau. Vous pouviez faire tout ce que vous vouliez, sauf respirer.

42

En marchant dans la grande rue, Frank pensait que l'histoire récente avait prouvé que la banqueroute financière et l'échec politique préludaient souvent à l'éveil spirituel. C'est peut-être ce qui m'attend, conclut-il. Frank s'était arrêté devant un magasin de chaînes hi-fi. Il y avait du Vivaldi et du Tina Turner dans la vitrine, ainsi qu'un présentoir montrant un homme vautré dans un profond fauteuil, les mains crispées sur les accoudoirs, les cheveux repoussés vers la nuque par la puissance des bafles. Frank se demanda pourquoi, aujourd'hui, tout n'était que juxtapositions délirantes, scènes de dessins animés ou exagérations criantes. Il se demanda pourquoi sa carrière avait volé en éclats tandis qu'il courait en tout sens pour essayer de la rattraper au vol comme une balle de base-ball jaillie en chandelle vers le ciel.

Devant lui se tenait Karl Hammersgard, l'entraîneur de base-ball, une cigarette vissée au milieu de la bouche. Il était plus petit que Frank, mais pour parler il penchait le buste en arrière plutôt que de lever la tête. C'était une posture adoptée par les gens de petite taille pour aborder les individus plus grands sans avoir l'air de loucher vers le sommet d'un tuyau de poêle. Une voiture ralentit près d'eux et se gara. Du coin de l'œil, Frank remarqua l'ovale bleu et le mot « Ford ».

— Où étais-tu passé ? demanda Karl Hammersgard.

— Je n'ai pas bougé.

— Ah bon ? Peut-être que je n'ai pas fait assez attention. J'ai vu Gracie. Y a-t-il... ?

— Quoi donc ?

— Anguille sous roche ?

— Pas avec moi, Karl. Hélas.

— Hélas, hein ?

— Enfin, à moitié hélas.

— Je crois que c'est hélas, mon pote.

— Peut-être, Karl. Je fais partie de ces gens dont on dit qu'ils ne sont pas vraiment en contact avec leurs émotions.

— Hé, pareil pour moi. Je ne veux surtout pas être en contact avec mes émotions. Quelle saloperie immonde !

— Tu l'as dit. Au fait, et Dick Hoiness ? Tu as vu Dick Hoiness ?

— Frank, j'ai vu Dick Hoiness il y a quatre jours. Dick a vraiment décollé, il a son propre bureau, une voiture toute neuve. Je suis fier de lui. Sacrée réussite, hein ? Alors que c'était lui le pire de toute votre bande de hippies.

Frank reprit ses déambulations sur le trottoir en pensant à Fred. C'était maintenant à Fred de capitaliser. Et à Dick Hoiness. Je ne vais plus rien capitaliser, se dit-il, quoi qu'il arrive.

Il entra dans son bureau par la porte latérale pour éviter toute rencontre malencontreuse avec Lucy à l'agence de voyages. Il y avait un mot d'Eileen qui lui annonçait sa démission et lui demandait de l'appeler. Il téléphona aussitôt et eut droit à une litanie de doléances ; Eileen essayait de rester équitable, mais elle évoqua d'une voix sarcastique son besoin d'atmosphère prévisible, d'un monde qui ne changeait pas quotidiennement. Elle lui dit qu'elle accepterait de travailler sur la base d'un contrat temporaire, pour faire un peu de comptabilité et de dactylo, si Frank en éprouvait le besoin. Il trouva que c'était une excellente idée. Il la remercia pour de nombreuses années de bons et loyaux services et, quand il raccrocha, il se sentit aussitôt soulagé d'avoir le bureau pour lui tout seul. Il se mit au travail. Les factures et les lettres étaient affreusement mélangées; tout comme les formulaires incompréhensibles de l'inspecteur des impôts, qui n'allait pas tarder à se manifester. Il se retrouva en train de feuilleter les prospectus publicitaires; non seulement le *Secret de Victoria*, mais les catalogues de jambons, les catalogues d'outils, les catalogues de jardinage, les catalogues de matériel sportif, les catalogues de cassettes vidéo, les catalogues de saumons, les catalogues de gadgets pour enfants, les catalogues de médecine individuelle. Il y avait tant de choses à acheter. C'était désolant.

Il s'étonna qu'au vu de ses problèmes personnels, il s'intéressât tant au fléchissement des ventes des boissons *light*. Il se rappelait 1982 comme l'année où le *Diet Coke* avait fait son apparition sur le marché, et 1984 comme l'année où le *Diet Coke* avait été détrôné par le *Nutrasweet*. Sa vie n'avait sans doute pas été parfaite à l'époque, mais aujourd'hui elle se caractérisait par de graves imperfections et il se concentra sur le *Clearly Canadian* comme la première boisson à concrétiser certaines énergies sauvages, ainsi ces sodas aux mûres des montagnes ou aux pêches de verger, vendus dans des bouteilles de verre bleu qui pesaient au creux de la main. Un porte-parole de Pepsi déclarait dans le *Wall Street Journal* que sa compagnie n'allait pas rester assise les bras croisés en regardant le *New Age* lui filer sous le nez sans que Pepsi réagisse. A côté de ça, Pepsi essayait de trouver la parade adéquate aux démonstrations de lubricité de sa vedette Michael Jackson qui, dans sa dernière vidéo, se secouait l'entrejambe d'une poigne fébrile. Choisissant l'attaque surprise, Kraft, une division de Philip Morris, testait le cappuccino en conserve dans l'Arizona. Frank soupira en comparant ces batailles nationales à sa propre déchéance au statut de gérant d'hôtel pour poulets. A son avis, ce n'était pas en rendant visite à ses poulets, la queue à la main, qu'il créerait un événement national et une soudaine envolée de la vente des poulets; sinon, il aurait foncé bille en tête et se serait aussitôt mis au boulot.

Quelqu'un se baladait dans le bureau de devant. Frank replia son journal et appela :

— Oui ? Je peux vous aider ?

— Papa ?

— Holly ? Hol, c'est toi ?

Frank alla dans l'autre bureau, autrefois occupé par la formidable Eileen. Holly était debout, avec son bon sourire d'ancienne lycéenne. Elle portait une chemise fermée par des boutons-pressions et un jean retenu par une écharpe en guise de ceinture. Frank jugea ce costume un peu trop « western » à son goût. Il la prit dans ses bras. Puis elle le suivit dans son bureau et l'autorisa à lui offrir un fauteuil.

Holly était revenue en ville. Elle avait pris un semestre de congé pour être avec Lane Lawlor. C'était mieux pour les contacts de Lane dans l'industrie du bétail, et Lane croyait que ses intérêts dans le bois de construction pouvaient se passer de lui pendant un moment. Il travaillait pour « quelques personnes » en usant de son influence et de son prestige. Frank essaya de demander doucement « quelles personnes », mais sa voix fut un peu trop hargneuse. Ils tombèrent d'accord pour en rester à « quelques personnes ». Frank bouillonnait intérieurement.

— Tu as vu maman ?

— J'ai vu maman, dit Frank.

— Alors ?

— Alors, nous avons partagé, euh, un déjeuner qui a tourné court.

— Vous vous êtes disputés ?

— Non, nous n'avons pas réussi à nous faire servir. Ça m'a agacé, et tu sais comment elle est quand je suis agacé.

— Tout ça me concerne.

— Quoi donc, Hol ?

— Que tu aies perdu ton sang-froid, la réaction de maman.

— Ah, oui. Eh bien, en un sens ç'a été comme autrefois.

Frank essayait de constituer deux piles de papiers sur son bureau.

— Le passé te manque, papa ?

— Tous les jours, dit Frank.

— Vraiment ?

— Mais oui, beaucoup de choses me manquent. Toi, par exemple. Ma vie n'est pas en très bon ordre.

— Je sais.

— Tu sais, moi aussi, ça m'ennuie.

— Tu n'as qu'à réagir.

— Certains éléments de la situation sont pour moi hors d'atteinte.

Il pensa que le béguin de sa fille pour Lane Lawlor n'arrangeait rien.

— Nous avons lu dans le journal que tu allais installer des poulets dans l'hôtel *Kid Royale*.

— Tentatives désespérées de gens désespérés.

— Mais papa, où as-tu été pêcher une idée aussi farfelue ?

— Je ne suis pas le premier à tenter ça. On a fait ça dans l'Est pendant des années avec les vieux hôtels. Ça fait des poulaillers parfaits à l'échelle industrielle. Nous croyons pouvoir gagner de l'argent. C'est l'association dont j'avais besoin. Je n'ai pas les moyens de rénover ce bâtiment.

Frank s'aperçut qu'il parlait trop. Il avait du mal à décrire le plaisir qu'il trouverait à recouvrir d'une mince couche de fiente de poulet les histoires d'amour, lunes de miel et autres découvertes du Vieil Ouest. Et puis il n'avait pas envie de s'attarder là-dessus. Il avait envie d'aller pêcher avec Holly. Il se croyait guetté par une mort subite s'il ne pouvait pas aller pêcher avec sa fille.

Ils passèrent chez lui pour prendre leur équipement. Celui de Holly s'y trouvait toujours. Lane ne pêchait pas ; il chassait l'orignal et il s'était même fait une belle réputation de chasseur émérite en abattant des bisons contagieux à la lisière du parc de Yellowstone. Quand Frank vit la photo de Lane dans le journal, il pensa qu'avec ses bottes dont le laçage montait jusqu'aux genoux, son large

Stetson et son blouson rouge à carreaux, il avait sans doute prévu l'arrivée d'un photographe. Le fusil au creux du bras, il avait prononcé quelques formules vigoureuses sur la Constitution et le droit de chacun à posséder une arme à feu. Lane connaissait son affaire, aucun doute là-dessus.

C'était une belle journée fraîche. La traversée des champs spacieux situés au nord de la ville, où des chevaux paissaient, ainsi que çà et là des lamas dans certains jardins, ressembla à une promenade de santé. Ils longèrent des collines basses au sol imperméable, puis suivirent le bras oriental de la rivière Bridger avant de prendre un chemin vers le cours d'eau où Holly avait connu son heure de gloire. Frank se félicitait de partager une activité avec elle, plutôt que de gaspiller toute leur énergie en discussions stériles. Ce jour-là, il n'éprouvait pas la moindre envie d'évoquer sa vie, son mariage, son rôle de père. Il voulait faire quelque chose avec Holly. N'importe quoi — jouer au *frisbee*, préparer un chili, pêcher.

Ils se glissèrent parmi les fourrés pour ne pas attirer l'attention sur leur braconnage. Frank sortit de leur tube les vieux éléments de bambou de sa canne Paul Young en humant leur bonne odeur de vernis. Il possédait cette canne depuis trente ans et elle valait probablement trop cher pour qu'il continuât de s'en servir, mais il s'obstinait à pêcher avec elle. Frank avait plaisir à la monter tout près de Holly. Elle fit passer sa ligne à travers les guides beaucoup plus vite que lui. Puis il ouvrit la boîte à mouches en aluminium cabossé, offerte par Gracie plus de vingt ans auparavant, et ils en examinèrent les compartiments.

— On pourrait attendre de voir s'il y a une éclosion, dit Holly.

— A mon avis, il vaut mieux être prêt à lancer dès qu'on y sera.

— Alors donne-moi une olive à ailes bleues, du 16.

— Avec les hackles ?

— S'il te plaît.

Il lui tendit une mouche en disant :

— Je sais que tu as les tiennes, mais je vais t'en trouver une.

Frank choisit une Blackfoot River 1930 surnommée Charlie's Special, qu'un ami de Missoula lui avait préparée. Un petit mot était arrivé avec les mouches : « Excuse le travail bâclé sur ces mouches. Les hackles étaient infects. Chaque plume avait un axe spiralé. Elles viennent sans doute d'un pauvre poulet indien qui a subi une mutation génétique après Bhopal. »

La taille de la truite qu'elle avait pêchée lors de leur dernière partie autorisait Holly à marcher en tête. Ils avançaient à travers bois, Frank tenant fièrement sa canne en bambou, le manche en avant. Il y avait moins de fleurs sauvages que la fois précédente, mais un splendide massif d'herbe à ours s'étalait au flanc d'une colline proche. Ils se frayèrent un chemin parmi des herbes qui leur montaient presque jusqu'au visage, avant d'arriver à destination et de découvrir que la rivière avait disparu.

A la place, un ruban de boue fétide commençait à se craqueler au soleil. A l'endroit où ils se tenaient, au milieu de l'ancien lit, les berges leur arrivaient loin au-dessus de la tête.

— On s'est perdus ? demanda Frank.

— Je ne crois pas.

Ils marchèrent un moment vers ce qui avait été l'amont de la rivière, et Frank s'arrêta soudain.

— Voici l'endroit où tu as attrapé ce fameux poisson, dit-il.

Il reconnut la berge profondément entaillée, cet espace caverneux qui avait constitué une retraite idéale où un gros poisson pouvait vivre en secret. Les fougères se desséchaient sur les berges et l'on voyait des restes épars de poissons, à moitié dévorés par les oiseaux et les ratons-laveurs. De la boue montait une odeur puissante, due à la décomposition des millions d'invertébrés qui avaient vécu là.

Poursuivant leur marche, ils atteignirent une clôture qui se trouvait maintenant loin au-dessus de leur tête. Ils passèrent en dessous et arrivèrent au cœur d'une ferme. Ils distinguèrent le toit des granges et des greniers à grains, le haut des poteaux électriques. Ils montèrent sur la berge. Frank comprit alors ce qui s'était passé. Les Caterpillars avec lesquels le fermier avait construit un large barrage de terre pour endiguer la rivière étaient garés à proximité. La terre retournée au flanc du barrage portait encore la trace des lames métalliques ; et le bassin situé derrière la levée continuait de se remplir si bien que les arbustes et les trembles maintenant à demi submergés vivaient encore. Des tuyaux en aluminium flambant neufs, destinés à un nouveau système d'irrigation, s'entassaient en pyramides sur des palettes. Frank eut brièvement envie de faire contre mauvaise fortune bon cœur.

— On dirait qu'il va falloir aller pêcher ailleurs. Holly acquiesça. Ce type est un ami de Lane ?

— Papa, je ne crois pas que tu puisses reprocher ça à Lane. Et puis, si cette eau quittait le Montana, je suis pour.

— C'est le genre de crétin fasciste qui engendre ce type de catastrophe.

— Je rentre.

— Je suis désolé.

— Je n'en doute pas. Et puis, oui, c'est peut-être un de nos partisans. Nous croyons que le stockage de l'eau en bassin constitue le fondement de notre avenir.

Elle s'exprimait d'une manière curieusement rhétorique, comme si elle récitait une phrase apprise par cœur. En tout cas, elle lui signifiait par là que c'était à prendre ou à laisser.

Frank raccompagna Holly à son appartement. Ils parlèrent très peu pendant le trajet. C'était quand même une sacrée malchance, pensa Frank, d'aller pêcher et de découvrir qu'un voleur avait escamoté votre rivière, surtout quand vous aviez besoin de cette rivière pour davantage qu'une simple partie de pêche.

43

Le téléphone sonna dans l'obscurité. Il devina que c'était peut-être Gracie, qui se levait environ deux heures avant l'aube. Elle s'inquiétait toujours de manquer quelque chose. Frank réussit à trouver le téléphone en tâtonnant dans le noir, sans allumer la lumière. C'était bien Gracie.

— On essaie encore ?

— Quand tu veux, si tu es d'accord pour réessayer, répondit-il.

— Je parle d'un déjeuner.

— C'est ce que je voulais dire, mentit-il. Un déjeuner. Tu croyais que je pensais à quoi ?

— A un déjeuner.

— Non, ne déjeunons pas ensemble. C'est trop contraignant. Retrouvons-nous à la bibliothèque.

— Quand ?

— A quelle heure ouvre-t-elle ? demanda Frank.

— A neuf heures, je crois.

— Je te retrouve devant, dit-il.

— D'accord.

— Eh bien, bonne nuit.

— A tout de suite.

Frank se leva à l'aube. Par la fenêtre de sa chambre, il aperçut une vague lueur sur les maisons de la rue. Quand une voiture passa, il en regarda le porte-skis vide. Un chien oisif apparut et leva la patte contre le poteau du stop, puis il en fit lentement le tour en grattant le sol d'une patte raide. Une pie se posa sur une branche de laurier et se mit à agiter la tête d'avant en arrière pour conserver son équilibre tandis que les oscillations de la branche s'atténuaient lentement.

Sous la douche, Frank pensa à cet adage ridicule auquel il avait toujours cru : si l'on perdait un clou, la chaussure était perdue, puis le cheval, puis la bataille et ainsi de suite selon une avalanche de catastrophes successives. Il acceptait cela comme un aborigène accepte les avions, comme les pauvres acceptent les républicains. Il savait qu'il s'agissait d'un processus mental utile qui s'interromprait en même temps que l'eau chaude. Comme le cumulus ne contenait que cent vingt litres, les capacités de Frank pour une méditation fructueuse étaient limitées.

Quand l'eau se mit à refroidir, il pensa qu'il devait en garder un peu pour se raser et il se hâta de réfléchir à cette solitude nouvelle, due non seulement à son isolement, mais aussi à son attitude ambiguë envers ses activités quotidiennes, même si ces dernières lui avaient longtemps procuré joie et confort. De toute évidence, en dehors de faire bouillir la marmite, le seul plaisir des affaires consistait à humilier ses voisins. Mais Frank ne les connaissait même pas ! Il ferait sans doute bien de s'y intéresser dès que possible. Dans son état présent, son vif désir de se faire humilier par des gens conduisant de grosses voitures neuves ou habitant de luxueuses villas semblait sain, la formule même du bonheur, un élixir spirituel, une souveraine panacée contre les excités aux chaussures pointues.

Le soleil se levait à peine, concentrant sa lumière pour la journée nouvelle, quand Frank descendit au rez-de-chaussée, où il découvrit Phil Page en train de se faire un café.

— Tu prends un petit déjeuner ? demanda Frank.

On avait toujours l'impression qu'il poursuivait une conversation interrompue depuis peu.

— J'ai déjà mangé des beignets.

— Je vais préparer quelque chose. Tu as encore faim ?

— Et comment que j'ai faim !

Frank battit quelques œufs dans un bol et sortit une miche de pain.

— Ça t'irait, des toasts avec du pain aux raisins ?

— Impeccable.

— Alors quoi de neuf ?

— Plein de choses.

— Ah bon. Attends que je m'occupe d'abord de ça. Tu veux bien prendre le jus d'oranges dans le frigo ? Mets-le sur la table.

— Bon sang, dit Phil devant le réfrigérateur ouvert, tu devrais faire un peu de ménage là-dedans. Y a une merde couverte de fourrure bleue. Putain, on dirait un vrai cauchemar de pénicilline.

Frank installa le petit déjeuner sur la table et s'assit. Quand Phil s'attabla à son tour, après s'être ostensiblement lavé les mains à l'évier, Frank lui dit :

— Allez, vas-y.

Il observait la longue barbe de Phil. Elle lui donnait l'air d'un vieux mineur des Appalaches. Phil devait la tirer sur le côté pour manger et elle semblait très gênante. Frank ne parvenait pas à comprendre comment elle pouvait contribuer positivement à la vie amoureuse de son ami, à moins que les femmes n'aiment qu'un tel appendice pileux ne leur balaie les seins. Mais cela paraissait improbable. Malgré tout, on ne savait jamais très bien ce qu'elles désiraient. Il se rappela sa propre terreur quand une psychiatre rencontrée à la station de ski de Big Sky lui confia, pour illustrer démocratiquement sa propre humanité, qu'elle adorait boire une bouteille de champagne Kristal bien frappée en se faisant administrer une bonne fessée.

— C'est passé à la radio hier soir, dit Phil. Un rancher a dit qu'il voulait descendre un loup. Il a ajouté qu'il voulait se faire pincer pour pouvoir ensuite débiter son laïus au tribunal.

— C'est répugnant mais ça ne m'étonne pas. J'ai entendu dire que le dernier survivant était un mâle, mais l'info venait de ma secrétaire et je crois qu'elle s'en fout.

— Il en reste un seul. Une grande femelle argentée.

— Comment sais-tu qu'il en reste un seul ? demanda Frank.

— Cette louve porte un collier équipé d'un émetteur-radio. C'est elle que les Eaux et Forêts traquent. Ils espèrent qu'elle ne va pas se faire descendre. C'est la dernière louve de la région. Mais ce rancher a dit qu'il y en avait plein d'autres et qu'ils allaient se débrouiller pour dégommer ce loup.

— Tu as assez de toasts ?

— Oui, c'est rudement bon.

— Rien de plus facile à faire.

— Suffit de mettre le pain là-dedans ? Et d'attendre que ça grille ?

— Exactement. Alors, nous parlons de Smokie, c'est ça ?

— C'est ça, dit Phil. A mon avis, elle essaie de suivre cette louve pour empêcher qu'elle se fasse descendre. Frank lui proposa le dernier toast. « Non merci, mange-le. J'en ai eu plein. Regarde ça. »

Phil posa sur la table ce qui ressemblait à un poste de radio portatif, équipé d'une grande antenne.

— Qu'est-ce que c'est ?

— Un détecteur de signaux. Je l'ai volé dans la camionnette des Eaux et Forêts.

— Oh, Phil... Et que comptes-tu en faire ?

— Je vais découvrir l'endroit où se planque cette louve et en même temps je découvrivrai Smokie, dit Phil. Peut-être que ça lui évitera un malheur.

— Hum. Bonne chance. Hé, tu sais quoi ? Je crois que je bois trop.

— Allons bon. Tu sombres dans l'alcoolisme ?

— J'ai lu un article du *National Geographic* sur la baie de Fundy, où ils ont des marées de dix mètres d'amplitude. A marée basse, tu peux t'aventurer sur des kilomètres dans la baie pour ramasser les poissons, les clams et les homards. Mais tu as intérêt à connaître l'heure de la marée montante. Si tu attends qu'elle te mouille les chevilles, tu n'atteindras jamais le rivage vivant. Je me suis dit que la gnôle fonctionnait peut-être pareil. Je crois que je ferais mieux de faire gaffe.

— Moi, j'en ai jusqu'aux chevilles, dit Phil, et je le sais.

Il se leva et marcha vers la fenêtre, il ouvrit les rideaux et regarda dans le jardin voisin.

— Je sais déjà ça, reprit-il. Mais écoute, voilà ce que je pense. Nous ferions sans doute bien de localiser Smokie. Qui sait ce que ces cow-boys risquent de lui faire, si jamais elle se retrouve entre eux et la louve, ce qui est justement son objectif ?

— Et où serait cette dernière louve ?

— Là-bas, dans les monts Tobacco Root.

— C'est pas l'endroit le plus facile où aller.

— Je veux que tu m'accompagnes là-bas pour m'aider à la retrouver, dit Phil. J'y arriverai pas tout seul.

— Peux-tu me laisser jusqu'à ce soir avant de te dire quand je pourrai y aller ? Frank savait que cette belle résolution ne ferait pas long feu. « Parce que tu sais ce que je fais aujourd'hui ? »

Frank se leva et ajusta un nœud-papillon imaginaire comme s'il se préparait en vue de l'événement qui allait matamorphoser son existence comme un coup de baguette magique.

— Tu fais quoi aujourd'hui ?

— Je vais voir Gracie.

— Gracie... dit Phil dont le visage s'obscurcit malgré lui. Que fait-elle en ville ?

— Comment veux-tu que je le sache ? Que fait Smokie dans le Montana ? Que fait June dans son magasin de Buick ?

— Que fait ma femme à baiser le toubib ?

— Et ainsi de suite. Exactement.

44

Une salle de la bibliothèque abritait les papiers de plusieurs des premiers gouverneurs du Montana. Il y avait une longue table, destinée aux chercheurs, et à côté une haute fenêtre donnant au sud où s'encadrait la silhouette d'un érable magnifique qui poussait dans une cour entourée de murets. Cet érable fragmentait la forte lumière du sud et diffusait dans la salle une lueur bleue, verte et argentée. Frank aimait imaginer ces savants contemplatifs dont l'horizon n'était pas limité par les cent vingt litres d'un cumulus d'eau chaude, et qui laissaient cette belle lumière éternelle irradier la vie de l'esprit.

— Ça te va ?

— C'est parfait, dit Gracie.

Elle posa son sac sur la table et saisit le dossier d'une chaise entre ses mains. Frank connaissait à l'avance le contenu de ce sac : un Walkman et des cassettes, une pomme, un imperméable en plastique, un carnet d'adresses, un portefeuille, un livre de poche et au moins une anomalie loufoque : tantôt un annuaire téléphonique de La Nouvelle-Orléans, tantôt un guide des araignées.

— Eh bien, asseyons-nous, dit-il.

Ils s'installèrent de part et d'autre de la table, comme pour une réunion. De fait, il s'agissait bien d'une réunion. Frank se sentait parfaitement à l'aise. Quelque chose, tout près de son centre, trouvait enfin le repos. Son cerveau se mit en veilleuse. Mais il savait que ce n'était qu'une question de temps avant que ce centre ne se remette à bouillir et que son cerveau ne reprenne les commandes.

— Juste pour éviter de commettre un impair, Grace, Edward est au courant de notre rencontre ?

— Mais oui.

Gracie s'était noué les cheveux avec une pièce de soie jaune. Quelques mèches tombaient devant son front et ses tempes.

— Je ne comprends vraiment pas pourquoi il accepte ça. Je sais bien qu'il y a une pléthore de nouveaux mâles un peu bizarres dans le secteur. Mais y en a-t-il même un seul qui n'éprouve aucun sentiment de possession ?

— Tu aimerais que je te dise que oui, n'est-ce pas ? Je crois que dans le cas d'Edward il est important qu'il sache que mon... passé amoureux est effacé. Si je peux te voir librement, je crois que cela satisfait à cette exigence.

— « Cette exigence... »

— Oui.

— Edward serait donc un homme nouveau, entièrement sain.

— Il ne le croit pas. Il est persuadé d'avoir une personnalité de drogué.

— Drogué à quoi ?

— A l'argent.

— On peut être drogué à l'argent ?

— Edward en est convaincu. Il croit que l'argent est une drogue tout aussi dangereuse que la cocaïne ou l'alcool. Sa femme est très riche et il craint de retourner vers elle à cause de son problème de drogue.

— Il a déjà cuisiné mon comptable sur la santé de mes finances. Peut-être qu'il a replongé...

— A ce que je vois, tu n'as toujours pas renoncé à tes sarcasmes.

— Mon taux de testostérone n'a guère varié. Toute créature à sang chaud me titille le doigt sur la gâchette.

Gracie fouilla dans son sac jusqu'à ce qu'elle ait trouvé son Carmex. Elle en retira le capuchon, fit pivoter la surface interne avec l'index, puis en appliqua sur ses lèvres.

— Ecoute, Frank, je vais être sincère avec toi. Edward a le sentiment que son rapport avec moi a commencé dans la duplicité et que c'est l'exemple même d'un comportement qu'il associe à son problème de drogue. Il dit que, dans presque tous les cas de figure, l'acquisition d'une somme d'argent est liée à la duplicité. Par exemple, dans le commerce, l'argent que tu gagnes est la différence entre la valeur réelle de l'objet vendu et le prix auquel, à force de baratin, tu as réussi à convaincre quelqu'un de l'acheter. D'un autre côté, tout ce que fait Edward se transforme en or.

— Est-il vrai qu'il rachète des polices d'assurance-vie à des malades du sida ?

— Oui, dit Grace sans s'émouvoir. Mais ce n'est pas ce que tu penses. Ces malades ont besoin d'argent et ils l'obtiennent. Dans ce cas, ils se trompent eux-mêmes en croyant que cet argent va les empêcher de mourir. Alors qu'Edward sait qu'il touchera bientôt le règlement de l'assurance. Ou si le malade ne se raconte pas d'histoire, alors c'est la compagnie d'assurance qui se voile la face en refusant de reconnaître que ces malades acceptent l'idée d'être condamnés et que ces gens vont vendre leur police au rabais à un parfait inconnu.

— C'est déprimant.

— Je trouve aussi, dit Gracie. Mais tant de choses sont déprimantes. Par exemple, c'est déprimant de constater que Holly a grandi.

— N'est-ce pas.

— J'ai l'impression que c'était hier qu'elle peignait dans sa chambre avec ses doigts, dit Gracie.

— Oui. Et son récital de piano, quand elle s'est levée en disant : « Je ne peux pas jouer *les Rues de Laredo* parce que j'ai mal à mon doigt de sol. »

— Terminé, tout ça. Holly est devenue une sémillante fanatique de droite, qui a sa vie à elle.

— Sèche tes larmes, Gracie.

— Une seconde.

— Alors, où en étions-nous ?

— Ces chaises sont dures, tu ne trouves pas ?

— Tu veux t'asseoir sur mes genoux ?
— Arrête, Frank.
— Je t'aime toujours, Gracie.
— Mais non. Et si c'est le cas, ferme-la.
— Pourquoi ?
— Tu portes tous ces jugements. En ce moment, je ne suis pas très bonne sur le chapitre des jugements.
— D'accord.
— Alors, tes jugements, tu te les gardes.
— D'accord !

Gracie se tut pour se moucher. Frank remarqua avec plaisir qu'elle soufflait bruyamment d'une narine, puis de l'autre, sans la moindre gêne. Il paria intérieurement qu'elle ne se comportait pas ainsi en présence d'Edward le Camé du Fric.

— Bref, reprit-elle, c'était tellement mieux quand nous étions plus jeunes. C'est sans doute une bonne chose que la plupart des gens n'aient pas la moindre idée des plaisirs qu'ont connus les hippies. Sinon, plus rien ne marcherait. La plupart des gens ont besoin d'être floués. C'est là où Edward et moi ne sommes pas d'accord. Il se drogue maintenant avec l'idée qu'il peut mettre un terme à toute cette tromperie.
— Dans le monde entier ?
— Chaque chose en son temps, comme dit Edward.
— Est-ce que ça signifie que, lorsqu'Edward arrivera à ses fins, je devrai pomper moi-même ma fosse septique ?
— Peut-être.
— M'arracher moi-même mes dents de sagesse ?
— Possible.
— Ce n'est pas un monde où j'ai envie de vivre, Gracie.

Gracie se leva de sa chaise et marcha vers la fenêtre. Frank la suivit des yeux en se rappelant qu'il aimait la manière dont elle poussait ses épaules en arrière, si bien que son dos paraissait concave et que ses omoplates disparaissaient sous une robe mince. Il remarqua aussi avec plaisir que sa robe faisait toujours un pli au-dessus des fesses.

— En tout cas, je vais essayer d'aider Edward à résoudre ce qu'il considère comme son problème. Je lui dois bien ça.

Frank pensa que cette idée de dette s'exprimait avec une assurance qu'il ne fut pas certain d'avoir réellement entendue. Tout rapport entre un homme et une femme équivalait à une dette croissante. Pourquoi Gracie insistait-elle sur son rapport avec Edward ?

— Alors, je ne te verrai plus... ?

— C'est pour ça que je t'ai demandé de me retrouver ce matin.

— Pour me dire au revoir ?

— Pas du tout. Edward voulait que je découvre si tu serais d'accord pour le rencontrer dans un but, euh, thérapeutique. Tu accepterais ?

Autant recevoir une lettre de votre bureau de recrutement quand l'état d'urgence a été décrété au niveau national. Frank pouvait bien mourir de trouille, mais pas question de refuser.

— Euh, oui, bien sûr.

45

Il se rendit à son bureau, entra et alluma les lumières. Plusieurs messages sortaient du fax, mais les téléphones restaient silencieux. Il trouva le *Wall Street Journal*, *Barron's*, l'*Economist*. Il savoura l'atmosphère surnaturelle d'un bureau moderne après les heures ouvrables. Il essaya le fauteuil de sa secrétaire, lequel possédait une flexibilité extraordinaire, et Eileen n'avait aucune vue pour la distraire des possibilités offertes par ce siège. Il arracha les fax, puis remarqua que deux messages, d'un ton assez ferme, émanaient de la banque. C'était loin d'être des mises en demeure, mais leur fermeté ne faisait aucun doute. Le dernier message venait de Jerry Drivjnicki, à Reed Point, pour lui rappeler leur association dans l'élevage de cochons. Frank avait oublié cette association avec Jerry, mais dans son message ce dernier lui demandait de le rejoindre à la foire aux bestiaux de Bozeman et de manifester au moins un peu d'intérêt pour leurs cochons de concours. Le message de Jerry aussi était relativement ferme.

Peut-être Frank devait-il y aller. Il connaissait le rituel par cœur : vêtu d'un manteau en poil de chameau et d'un chapeau d'éleveur, vous restiez debout à côté de vos cochons et vous scrutiez leur avenir génétique en attendant le juge. Il s'aperçut que son modeste investissement l'avait placé dans une position où il n'avait strictement rien à faire. Mais alors même qu'il souriait en s'imaginant affublé de son grand chapeau à la foire aux bestiaux, il comprit qu'il ne pouvait pas se défiler. Il se rappela que, lors de son association avec Jerry, les banquiers l'avaient averti que, dans ce cas précis, ils avaient « du mal à envisager la moindre rentrée d'argent ». Il ne comprenait plus comment il avait bien pu investir autant d'argent dans les veaux, les vaches, les cochons et les poulets. Avec une antenne parabolique, il aurait pu jouer à la Bourse en direct par satellite, mais c'était trop rapide, trop dangereux. Il avait vu beaucoup de braves types perdre jusqu'à leur dernière chemise à cause de ces couvercles de lessiveuse.

Frank se gara à l'écart, derrière les granges du concours, parmi les remorques de bétail. Il descendit de voiture et pointa ses grosses bottes de cow-boy en lézard loin devant lui. Plusieurs gamins des associations agricoles locales avaient attaché leurs animaux au flanc des remorques pour une ultime toilette. Il y avait un splendide bœuf luisant, à moitié endormi, qui se laissait brosser par une adolescente énergique ; il y avait un bélier plein de morgue qui se faisait coiffer sur le front par un gamin en chapeau de cow-boy, plusieurs chevaux isolés dans le parking comme de grands fantômes sous leur couverture et leur capuche. Les granges des stalles étaient obscures, elles sentaient la paille et le crottin. Çà et là, des gens préparaient leurs animaux dans les stalles, des radios portables jouaient près de plateaux en plastique couverts de brosses, de peignes et de bombes de laque. Il se sentait très élégant avec son manteau et son grand chapeau et il avait hâte de se retrouver parmi les cochons qu'il possédait, de magnifiques Duroc rouges qu'il avait autrefois serrés contre sa poitrine, mais que la génétique porcine avait transformés en monstres gros comme des poneys, aux yeux plissés par la ruse. D'un geste brusque, il repoussa la manche de son manteau pour regarder sa montre : il était juste à l'heure pour le clou de la saison porcine, tel qu'on la conçoit dans le nord des Rocheuses.

Il entra dans la salle principale et eut un hoquet de surprise : des groupes de cochons d'une taille réellement exagérée se tenaient avec leurs maîtres sous de puissants projecteurs. Les hommes et les bêtes enfonçaient de plusieurs centimètres dans une épaisse couche de litière pour chat. Les gradins, qui entouraient l'arène de toutes parts, étaient bourrés de fans du cochon. Un juge se promenait parmi les cochons, en chuchotant de brèves remarques à un assistant qui griffonnait sur un bloc-notes. Ce juge avait un visage menu surmonté d'un Stetson et une expression chafouine, patibulaire. Frank repéra Jerry Drivjnicki, qui sourit aussitôt et lui fit signe de le rejoindre. Il se tenait à côté d'un puissant Duroc rouge et luisant, baptisé Tecumseh. C'était comme de se camper près d'un vaisseau spatial.

— Je parie que c'est Cump, dit Frank.

— C'est lui en effet, dit Jerry en s'écartant d'un pas pour que Frank pût mieux admirer Tecumseh. Il a pas mal changé depuis que vous l'avez vu, hein ?

— C'était un cochon de lait à l'époque, Jerry.

— Rien que des champions dans cette portée, dit Jerry.

Frank se tourna vers les gradins et repéra presque aussitôt Gracie qui tenait une paire de jumelles de théâtre. A côté d'elle était assis Edward, son compagnon, qui n'avait pas l'air très en forme. Frank fut terrifié par la présence de Gracie, mais l'air déconfit d'Edward le réjouit. Frank entendit Jerry lui dire :

— Mais Cump a sauté sur un gars. Je savais bien qu'il était promis à un avenir glorieux.

Gracie n'avait pas remarqué Frank. Puis il vit Holly, et Lane assis près d'elle, un vrai tableau de famille. Pendant quelques instants, il se dit qu'ils ne le reconnaîtraient pas, mais il vit bientôt Lane tendre la main vers lui, après quoi tous les quatre se mirent à bavarder entre eux. Frank sentit une bouffée de chaleur envahir son manteau en poil de chameau et s'insinuer sous son lourd et large Stetson. Il sentit son corps s'affaisser un peu, comme une anesthésie de la chair et de la volonté. Et puis certains cochons ne semblaient pas parfaitement disciplinés : ils bousculaient volontiers leurs maîtres, qui tentaient de garder les animaux en ligne en attendant le juge. Frank sentit soudain une pression contre son postérieur, il se retourna pour découvrir un verrat d'une demi-tonne qui s'intéressait manifestement à lui. Frank croisa le regard du maître du colosse, un gros fermier à l'œil vide et aux énormes battoirs plats serrés autour de son bâton. Se retournant vers les gradins, Frank surprit le regard de Gracie et, pensa-t-il, l'ombre d'un sourire. Il savait qu'en jouant ainsi à l'éleveur, il montait sans doute dans l'estime de Lane Lawlor.

— Faut que vous participiez un peu aux réjouissances, dit Jerry. Je vais vous laisser présenter ce cochon au juge. Bah, il se présente de lui-même. Tecumseh sait bien que c'est un moment historique.

Frank voulut demander à Jerry de ne pas le laisser seul. Mais c'était trop tard et il ne voyait pas comment il aurait pu lui adresser cette demande sans trahir son sentiment d'une solitude irréelle. Plusieurs cochons couinaient maintenant en se répondant dans l'arène, ce qui engendra une vague d'inquiétude chez leurs maîtres. Ils savaient comment s'y prendre, mais Frank pouvait seulement espérer que Tecumseh resterait tranquille.

Jerry tendit son bâton à Frank avant de s'éloigner et de trouver une place confortable contre le mur. Le verrat situé derrière Frank lui donna un autre coup de groin dans le postérieur et Frank leva machinalement les yeux vers Gracie qui, de son programme roulé, désignait un animal qui avait attiré son attention. C'était aussi bien ; il n'avait pas spécialement envie qu'on remarque le groin fouineur du verrat et il envisageait déjà de flanquer une raclée au fermier s'il n'empêchait pas son monstre de récidiver. Quelques rangs plus haut était assis Boyd Jarrell, l'homme de peine de Frank, qui détourna poliment les yeux quand Frank remarqua sa présence. Frank, qui fut éberlué de découvrir tous ces gens dans le public, se demanda s'il ne devenait pas paranoïaque. Il se félicita néanmoins de voir Boyd constater l'intérêt qu'il portait aux cochons. Il pensait que tous comprendraient le costume qu'il portait, mais il n'en était pas certain. Car ses vêtements convenaient davantage à un séjour à Chicago ou à la réunion du National Western à Denver. Il ne pouvait quand même pas s'offrir une tenue spécifique pour chaque endroit où il montrerait un cochon, un poulet ou un bœuf avec le nom de Copenhaver inscrit sur la fiche de l'animal. Frank espéra qu'ils comprendraient. Malgré tout, il se sentait trop élégant, comme s'il s'attendait déjà à remporter le championnat toutes catégories. Bref, il se sentait ridicule.

Il se mit à réfléchir à l'attitude du juge. Frank n'avait pas la moindre idée de son propre rôle. Il remarquait simplement que les autres maîtres restaient debout auprès de leur bête, pour établir sans ambiguïté leur identité de propriétaire, pensa-t-il, ou leur responsabilité. Le juge au petit visage chafouin semblait ne regarder nulle part où l'on aurait pu croiser ses yeux. Il passait simplement d'un cochon au suivant, sans voir aucun humain, lançant des remarques extrêmement laconiques à son assistant, un adolescent efféminé en veste bleue des Futurs Fermiers d'Amérique, qui léchait toujours la mine de son crayon avant d'écrire. Ces deux individus concentraient tout le pouvoir sur leur personne et, comme il ne comprenait rien à son propre rôle, Frank essaya d'adopter un faciès de marbre en accord avec son manteau, son Stetson et cette conviction qu'on le jugeait aussi dans les gradins. Il remarqua avec soulagement que les maîtres des animaux et le juge n'échangeaient pas un seul mot. Pour Jerry, il voulait que Tecumseh, leur cochon de concours, fît bonne figure ; mais il se concentrait surtout sur son propre rôle, sans trop se soucier du comportement de la bête.

Frank se sentait fier de son monstre bien élevé qui demeurait immobile et s'abstenait même de se joindre aux couinements qui emplissaient la salle. Il y avait sans doute une espèce de message non verbal qui émanait du juge, car une femme d'âge mûr qui montrait un fringant Hampshire leva les yeux au ciel, les joues couvertes de larmes, dès que son cochon fut jugé. Peut-être avait-elle surpris les remarques adressées par le juge à la petite pédale agricole qui lui tenait lieu d'assistant, pensa Frank. Ou peut-être découvrait-elle un peu tard que son cochon bien-aimé n'était qu'un tocard.

Le juge était maintenant devant lui, le regard rivé aux yeux du cochon de Frank, comme s'il pouvait lire dans les pensées porcines et deviner si la bête transmettrait un peu d'intelligence à sa progéniture. Frank savait que les juges cherchaient souvent la « féminité » chez le bétail et ce juge-ci était peut-être à l'affût d'une telle donnée. Le cochon de Frank paraissait ne pas remarquer le juge, mais le monstre situé derrière Frank lui assena un nouveau coup de groin dans les fesses. Ses épaules se contractèrent sous le manteau en poil de chameau et il regarda au loin en sentant l'haleine brûlante du verrat s'immiscer à travers son short. Il se dressa sur la pointe des pieds, mais se retrouva coincé entre le juge et son propre cochon. Il se convainquit qu'il devait rester silencieux, comme il sied à tout éleveur bien élevé, mais les fouinements du groin devenaient insupportables. Il se retourna suffisamment pour voir le visage du fermier derrière lui et il crut y déceler un léger sourire. Cela suffit.

Il pivota sur ses talons et donna un violent coup de bâton au cochon. C'était une erreur. La brute poussa un couinement strident et plongea entre les jambes de Frank. Lequel se retrouva assis à califourchon sur le cochon, les yeux rivés au visage fielleux mais aussi stupéfié du juge, après quoi l'animal se lança dans un galop effréné, inconfortable, autour de l'arène, avec Frank sur son dos, semant la panique parmi les autres cochons et les maîtres qui essayaient de les retenir. Frank faisait l'impossible pour rester sur la bête dans l'espoir qu'elle s'arrêterait bientôt, mais chaque fois que le cochon lançait un coup d'œil derrière lui et voyait l'homme juché sur son dos, il avait un sursaut d'énergie et repartait dans une galopade sauvage et couinante.

Il y eut dans les gradins des réactions bruyantes qui ne semblaient pas très encourageantes. Un temps, Frank eut l'impression que cochons et maîtres filaient à toute vitesse près de lui, mais c'était simplement l'allure merveilleusement rapide et régulière de sa propre monture qui lui faisait traverser un capharnaüm d'obstacles. Repartant pour un nouveau tour de piste, il remarqua des maîtres qui se précipitaient vers les sorties, ainsi que l'éclair de flashes. Frank essayait toujours de faire bonne figure. La foule défilait très vite près de lui. La rotation du plafond ne lui était d'aucune aide et il se tenait légèrement penché, ce qui lui permit de mieux voir le groin allongé du monstre récalcitrant. Un Jerry Drivjnicki très inquiet se matérialisa soudain devant lui, les bras écartés comme un agent de police réglant la circulation. Il fut promptement renversé ; quelques secondes plus tard, Frank vit le plan de la litière pour chat basculer vers lui, puis pivoter brusquement, et le cochon détala.

Frank s'assit. Partout, des copeaux et des excréments maculaient le poil de chameau ; quant à l'avant de son Stetson, il était replié contre la partie verticale du chapeau. Son regard se porta machinalement vers les gradins. Gracie et Ed, Holly et Lane se dirigeaient rapidement vers une sortie, fuyant la honte comme on fuit un incendie. Tout près, les jambes minces comme des allumettes campées devant lui, se massant une empreinte de sabot dans le cuir chevelu, Jerry Drivjnicki fusillait Frank du regard. Les veines de ses joues saillaient et ses lèvres paraissaient collées contre ses dents.

— J'ai élevé ce cochon de concours qui devait triompher aujourd'hui, déclara Jerry. Tout ce que vous deviez faire pour notre association commune, c'était de rester à côté de Tecumseh. Ça semblait pourtant pas être grand-chose. Je me suis sans doute gourré du tout au tout. Mais j'ai une question à vous poser : que diriez-vous d'un bon coup de pied au cul ?

— Une autre fois, Jerry.

— Peuh ! « Une autre fois... »

Jerry s'éloigna. Les autres concurrents gardaient leurs distances avec Frank. Ils ignoraient de quel mal il souffrait, mais de toute évidence ils n'auraient pour rien au monde risqué de l'attraper. Frank était écœuré. Il avait toujours apprécié Jerry. C'était un brave type. Jerry aurait pu lui servir de phare, mais il était dégoûté. Frank s'intéressait aux gens capables de revirements soudains, tels que Jerry venait d'en manifester. Son père avait eu ce don. Il pouvait croiser les genoux, grimacer d'un air hautain et, d'un geste sec de la main, indiquer qu'il ne voulait plus entendre parler de telle ou telle chose. Frank, quant à lui, se sentait toujours piégé dans une région grise intermédiaire. Il admira la manière dont Jerry s'en alla. Jerry en avait marre de lui. C'était la goutte d'eau qui faisait déborder le vase. Là-dessus, Boyd Jarrell apparut devant lui.

— Alors, Boyd, qu'en penses-tu ?

— Sacré beau rodéo, Frank. Je suis sûr que vous restez en selle sur tout ce que vous pouvez monter.

— Merci, Boyd.

— Frank, faut que je vous parle.

— Le moment est bien choisi, dit Frank.

Il espérait que Boyd avait en tête quelques paroles aimables et limpides. Frank avait besoin de discuter d'une chose concrète.

— J'ai trouvé que vous étiez rudement sympa de passer l'éponge et de me laisser reprendre mon boulot. Je voulais juste que vous sachiez que je resterai tant que Mike et vous me laisserez là-bas.

— J'apprécie beaucoup votre décision, dit Frank en pensant : encore une source de revenus qui s'envole... Puis il ajouta : Boyd, je vous dois sans doute des excuses pour le lave-voiture.

— On est quitte, répondit Boyd en tendant le bras vers le modeste colisée où la honte de Frank planait encore. On est même plus que quitte. Moi, j'avais pas de public. Sans doute que vous vous sentez plutôt mal.

Levant les yeux, Frank vit les derniers cochons attroupés devant les sorties. Il se demanda qui avait remporté le concours et se sentit légèrement frustré. Ils avaient à peine eu le temps de juger son splendide animal rouge. Alors, une vision de sa propre giration folle parmi les bêtes de concours et au pied des gradins lui revint en mémoire et une nouvelle bouffée de chaleur le suffoqua. Son esprit battait la campagne.

— Ça va.

46

Il rentra chez lui et, debout dans la cuisine, ouvrit le courrier glissé dans la poche de son manteau tout en réchauffant une boîte de chili sur la cuisinière. Il y avait des publicités destinées aux futurs parents, qu'il lança à l'autre bout de la pièce. Il réfléchit en regardant la vapeur qui montait de la casserole. Il se sentait toujours gêné. Pire que gêné — humilié. Oui, c'était bien ça, humilié. Il enleva son manteau, mais conserva momentanément son chapeau. Remarquant l'odeur dégagée par son manteau, il l'emporta dans la pièce voisine. Il se demanda ce que pensait Gracie. Il sentit bientôt ses propres pensées lui échapper, si bien qu'il baissa le feu sous la casserole, se servit un verre et s'assit à la table de la cuisine avec son courrier. Son chapeau, qu'il avait gardé sur la tête, lui donnait l'impression de pouvoir sauter sur ses pieds et sortir en courant si l'envie l'en prenait. Il commença avec les prévisions financières. Il désirait échapper à cette maudite journée. Le contenu de son verre était un bienfait, une bombe thermique aux grands pouvoirs curatifs.

Rien de vraiment catastrophique à la Bourse. Les gens cherchaient simplement à prendre leurs bénéfices, voilà tout, et on ne pouvait guère le leur reprocher. Frank se calmait peu à peu. Il passait des cochons vivants à une image plus distanciée de la vie. C'était certainement le jour idéal pour les fonds à garanties mutuelles. D'ailleurs, tout le monde se fichait de savoir s'ils étaient municipaux ou globaux. L'avenir des compagnies pétrolières semblait radieux. Toutes sortes de signes indiquaient que la banque fédérale allait baisser ses taux. La très excitante General Mills sortait une version de Cheerios à quatre céréales, dans le but peu original de flanquer une rouste aux Rice Krispies de Kellogg's. Bonne chance : c'était la quatrième mouture d'une idée vieille d'un demi-siècle, mais les Rice Krispies tenaient toujours le haut du pavé. Tâchez de vous mettre ça dans le crâne, les gars.

Quand le chili fut prêt, Frank retira son chapeau. Alors la sonnerie de la porte d'entrée retentit. Peut-être une visite agréable, pensa Frank. Il enfonça les mains au fond de ses poches, puis contourna le bas de l'escalier vers l'entrée. Il était certain que c'était Gracie.

Il regarda par la fenêtre qui jouxtait la porte. C'était Phil qui, d'une main, se caressait la barbe, tout en sonnant de l'autre. Frank eut alors une pensée, qui lui parut aussitôt ignoble : il pourrait faire semblant de ne pas être chez lui. Mais refuser de voir ses amis serait le signe d'un effondrement définitif et il n'allait pas laisser une chose pareille lui arriver. Il alla donc ouvrir. Retrouvant une habitude qui remontait au lycée, ils échangèrent de profondes courbettes chinoises, puis Phil entra.

— Tu veux du chili ? dit Frank en guidant son ami vers la cuisine. Je rentre à peine d'un concours de cochons.

— Je veux bien, si tu en as assez. Un concours de cochons ?

— J'en ai fait assez. Oui, j'ai dû chevaucher un énorme cochon. Je suis resté en selle jusqu'au coup de sifflet du juge.

Phil ne savait pas de quoi Frank parlait. Phil détestait tout ce qui était lié aux travaux de la ferme, du ranch ou de l'agriculture. Pour lui, un cochon était un prétexte à voler le gouvernement, une créature innocente qui fournissait subsides et allocations diverses, mais qui ne possédait aucune réalité en soi. Néanmoins, il apprenait pour la première fois qu'on pouvait apparemment monter dessus.

Dans la cuisine, Phil examina le contenu de la casserole.

— Tu as une salade ou quelque chose ?

— Regarde dans le frigo.

Phil prit une salade bien fatiguée dans le bac à légumes et commença d'en éliminer les parties inutilisables.

— Ma régulière a fini par prendre la poudre d'escampette, dit-il.

— Je croyais que, techniquement, elle n'était plus dans le secteur depuis un bail.

— Nous étions légalement séparés, mais j'ai fini par me décider à lui parler de Smokie.

— Alors, que va-t-il se passer ?

— Je vais m'en tirer.

— Tant mieux, dit Frank sans trop s'engager sur ce terrain glissant.

Il se demanda s'il avait envie d'aborder se sujet. Selon lui, Phil allait un peu vite en besogne avec Smokie.

— Les couples, reprit-il, me font l'effet d'une institution vieillotte, ce qui devrait aider le marché du logement. Je constate pourtant que les projets immobiliers sont en perte de vitesse.

— Qu'as-tu pensé du juge Clarence Thomas et d'Anita Hill ?

— Je ne suis pas assez intelligent pour suivre cette affaire. Mais je ne dirais pas qu'ils forment exactement un couple.

— Regarde ce que j'ai sauvé, dit Phil en montrant quelques feuilles de salade à peu près saines.

Le téléphone sonna et Frank répondit en faisant un geste approbateur vers la salade. C'était Jerry Drivjnicki qui tenait à lui dire qu'il comprenait que Frank n'était pas responsable du récent incident.

— Le passé est le passé, dit philosophiquement Frank en se demandant néanmoins si son teinturier habituel s'offusquerait de ces fientes de cochon incrustées dans le poil de chameau.

— Olav Finberg a remporté ce foutu concours, dit Jerry. Alors je me suis mis à gamberger. Il présentait deux cochons, dont une nullité. En fait, ce verrat était hors de contrôle. C'est celui sur lequel vous avez fait votre promenade mémorable dans l'arène. Ce cochon aurait rien pu gagner. Après la fin du bordel, Olav était là avec son bon verrat et le juge était tellement ahuri qu'il a laissé Olav gagner.

— Olav, c'était le fermier qui se tenait juste derrière moi ?

— C'était Olav.

Frank soupira.

— Eh bien, je vais te dire une chose, Jerry, j'en reste comme deux ronds de flan. Les cochons, j'aimais ça dans mon ancienne vie, mais cette époque est révolue.

— Frank, si les cochons vous plaisent plus, je peux vous aider à vous en débarrasser. Un seul mot de votre part et je prends le relais.

— Tu m'as dit que ça suffisait pour aujourd'hui, Jerry. Restons-en là.

— D'accord, Frank.

Jerry raccrocha, puis Frank l'imita. Frank devina, à la manière dont Jerry était parti, qu'il était vexé. Frank espéra que le prochain cochon qu'il verrait serait embroché au-dessus d'un barbecue.

— Tu as quelque chose à boire ? demanda Phil.

Il parlait évidemment d'alcool, mais aussi de son besoin. Il accompagna cette demande d'un bref regard solennel, rendu lugubre par sa longue barbe. Frank savait ce qu'aimait Phil, un simple bourbon à l'eau ; et il s'en servit un également. Il était heureux de voir Phil, heureux de passer un moment avec un ami, un moment qui trancherait avec le caractère linéaire de sa vie récente, histoire simplement de boire un verre.

Phil portait une chemise qui semblait taillée dans de la toile d'oreiller et Frank se souvint d'avoir souvent pensé que Phil ressemblait à un pionnier du comté de Gallatin, peut-être un modeste éleveur de bétail ou quelqu'un qui vendait du whisky aux Indiens. Il avait ce regard vide que Frank associait aux hommes de la Frontière photographiés dans la région, une expression sans doute davantage liée aux directives du photographe de ne pas bouger, ce qui aurait gâché le portrait, qu'à la personnalité réelle des sujets. De ces images, Frank comme la plupart des gens avait déduit qu'une vision bien morose du monde prédominait un siècle plus tôt. Sans leurs témoignages écrits, qui décrivaient un nouvel Eden, cette grande découverte technologique leur aurait causé un tort éternel. Phil ressemblait à une victime de la photographie ; Frank le savait plein d'enthousiasmes variés, mais il ne les manifestait pas beaucoup.

— Frank, je n'ai pas passé une bonne semaine.

Ils étaient au salon, l'une des pièces un peu prétentieuses et guindées de cette maison victorienne que Frank et Gracie avaient achetée par piété pour l'ancien temps. Toutes ses pièces étaient plus mal fichues les unes que les autres. Ils n'avaient jamais su où installer Holly, de son plus jeune âge jusqu'à l'adolescence. Cette maison constituait le décor et l'atmosphère de certains succédanés de leur vie familiale : chambres au plafond élevé et aux murs décorés de posters de groupes de hard rock, une pièce réservée à la couture, mais encombrée de matériel de pêche, recettes familiales sur l'ordinateur, guides de cuisine cajun au micro-ondes, vélos tout-terrain dans le hall d'entrée. Ce soir-là, on voyait bien que cette maison s'attaquait à Phil en lui faisant éprouver son inconfort : le malheureux essayait en vain de trouver un coin accueillant au fond du fauteuil à oreillettes vieux de soixante-douze ans.

— Smokie est partie aussi, dit-il.

— Comment prends-tu tout ça ?

— Je m'en remettrai.

Frank vit son visage frémir.

— Phil, est-ce que je peux faire quelque chose ? proposa-t-il au bout d'un moment.

Tout à coup, Phil fondit en larmes. Frank sentit une douleur le traverser, une émotion incontrôlable, embarrassante. A travers ses sanglots déchirants et ses larmes abondantes, Phil avait sans doute perçu la gêne de Frank. Il se mit à lui adresser de grands gestes. Frank crut que son ami lui demandait de faire quelque chose, mais quoi ? La sonnerie du téléphone retentit. Frank décida de ne pas répondre. Phil s'enfonça dans le fauteuil, les mains agrippées aux accoudoirs. Tout son corps tremblait violemment pendant que le téléphone sonnait toujours.

— Mets la radio, gémit Phil. Faut que j'oublie tout ça.

Frank trouva la station de musique country. Elle diffusait un entretien respectueux avec Dolly Parton, en direct de Dollywood, sa villa avec parc d'attractions. Les deux hommes se mirent à écouter. Phil avait du mal, mais il faisait attention. De toute évidence, pour la musique « country », la famille comptait ; les références aux personnages de la maman et du papa. On sentait les fossettes de la vedette voyager sur les ondes. Et maintenant, place à la voix vibrante, enjôleuse, époustouflante, aussi populaire dans les Appalaches que sur Rodeo Drive : « *The Coat of Many Colors.* » Comme si chacun des deux hommes avait reçu en partage l'un des deux gros seins de Dolly, le calme revint dans la pièce. Ils regardaient dans le vague, unis par une amitié douillette, l'affreuse crise de larmes désormais réduite à un malaise tolérable. Ils sirotaient leur bourbon.

— Comment on a fait pour se planter à ce point, Frank ?

— Bon Dieu, Phil, j'en sais rien. Comment est le chili ?

— Pas mal. Je me sens mieux. Enfin, j'ai l'impression d'être un vrai con, mais ça va mieux. Je ne pensais pas me mettre dans un état pareil. Mais je me suis dit que je pouvais me laisser aller. On a déjà vécu des sales moments. Je crois que je l'ai pas volé. Avant Kathy, j'ai transformé de gentilles filles en putains. Fallait que je sois un sacré salaud pour faire ça. Je les emmenais dans le fourgon de queue jusqu'à Forsythe, on était censé surveiller les incendies le long de la voie et on s'envoyait en l'air pendant tout le trajet. Cette bonne vieille Smokie m'a pas laissé l'occasion de lui en faire autant. En un sens, j'en suis fier. Alors, quitte à jamais grandir, autant pleurer un bon coup.

— J'ai lu quelque part que d'habitude ça fait du bien, dit Frank. Les hommes commencent à s'y mettre. Dans tout le pays.

— Et toi, ça t'arrive ?

— Pas souvent.

Phil soupira.

— Un de ces quatre, je vais me dégoter une brave grosse, moche comme un pou, histoire de me ranger des voitures.

Un ange passa.

— Je crois qu'on ferait bien de manger quelque chose.

— Ça me dit pas trop, ton chili. Il a un goût de conserve.

Frank remplit les verres, puis les posa sur la table avec un claquement lourd de sens. La lumière soudaine des voitures qui passaient dans la rue tremblotait brièvement sur les murs. Il y avait une pile de journaux qu'il n'avait pas encore lus. Ce genre de chose devenait étrange quand on vivait seul. Le mariage mobilise tout votre sens de l'aventure et quand votre mariage vole en éclats, vous vous retrouvez avec une centaine de cartes routières différentes et aucun voyage en vue. Frank agitait ses glaçons avec l'index, un sourire aux lèvres. Ces temps-ci, il y a plein de types qui chialent en direct aux infos. C'était, paraît-il, le signe de l'homme accompli, mais Frank n'était pas convaincu. En revanche, dans le cas de Phil, les larmes paraissaient acceptables.

Phil parlait toujours :

— Plus... plus... merde.

— Quoi ?

— Je sais pas.

— Tu crois que la situation est désespérée avec les femmes, Phil ?

— Oui, je le crois.

— Toutes les femmes ?

— J'ai pas vécu autre chose.

— Ta femme va habiter avec ce médecin ?

— J'en doute. Elle vient juste d'être acceptée dans le cercle des petits à-côtés de ce salaud. Sacrée catégorie, pas vrai ? Mais elle désire pas mieux.

— Tu veux que je te donne quelques-uns de ces journaux ?

— Non.

— Moi non plus, je ne sais pas ce que mijote ma femme. On dirait qu'elle décrit des cercles sur les pistes de l'aéroport. Elle est revenue dans le secteur et, pour être très honnête, ça me rend nerveux.

— Je ne sais pas ce qu'elles veulent, putain, dit Phil.

— Nerveux, triste et cinglé. Je ne comprends pas ce que ça veut dire. D'ailleurs, je voulais y réfléchir ce soir. Je gamberge toujours, juste avant de m'endormir. Mais avec les hommes et les femmes, on dirait que tout le monde réclame l'intervention des autorités. A croire que les procès sont indispensables à la relation amoureuse idéale de l'avenir. Au moins, ils se passent tout seuls.

— Faut payer les factures.

— Je ne dis pas que c'est la meilleure manière de réduire les frais dans un couple.

— Ma femme et moi, on n'a pas de fric à claquer pour ça, dit Phil. On est vieux jeu. Chacun aimerait simplement assassiner l'autre.

— La dernière fois que je me suis senti vraiment proche de Gracie, on allait ouvrir un burger, un truc différent, un fast-food avec un slogan et moi je pensais au volume des ventes. C'étaient les chiffres qui m'intéressaient. Mais Gracie, qui est un vrai cordon-bleu, croit que tout le monde doit profiter de ce que tu fais, alors que moi j'aime simplement les affaires. Et sans blague, quand l'*Amazing Grease* a capoté, je n'ai pas fait le malin, parce que Gracie a servi des plats formidables tout le temps que ça a duré. Comme si tout ce qu'elle faisait pour de bonnes raisons était condamné d'avance et que tout ce que je fais pour des raisons bassement financières réussissait. C'était vraiment humiliant pour Gracie. Nous n'en avons jamais parlé. A croire qu'elle n'allait plus nulle part, car elle n'a pas pu regarder en face le désastre, mais moi si. Le plus drôle, c'est que, depuis qu'elle est partie vaincue, après avoir pris une bonne claque, je ne m'en tire plus aussi bien qu'avant. Ou je n'en ai plus envie. Ou je ne trouve plus de sens à ça. Ou...

Phil arborait une expression pincée, renfrognée. Il serrait son verre entre ses mains. Il semblait observer quelque chose en lui. Il leva son verre et le vida.

— Faut que j'y aille, dit-il.

— Phil, tout va bien ?

Phil était debout près de la porte.

— Je ne peux vraiment pas répondre à cette question.

Frank évita de l'accompagner au-delà de la porte. A la place, il installa la télévision dans la pièce pour la regarder tout en mangeant. Les Broncos. Elway recule, recule, balance une chandelle... hors jeu. Il finit son verre et s'en servit un autre parce qu'une agréable chaleur commençait à l'envahir : le spectacle splendide des éléments de la vie contemplés à travers le fond d'un verre. Il sourit au chili revigorant. Il repensa avec une douce tristesse à sa douleur et à celle de Phil, sans jamais perdre de vue qu'ils apprenaient ainsi une leçon importante. Il oublia cette impression écrasante qu'on n'apprend jamais rien, qu'on se contente de tourner en rond en souffrant d'une migraine où le remords équilibre les décharges nerveuses de l'abdomen. Ainsi, il contempla avec l'ombre d'un sourire prémonitoire cette idée que rien n'importait vraiment.

47

Le vent avait tourné au nord-ouest et les étincelants nuages d'été furent remplacés par des masses orageuses, plombées et tumultueuses, venant de la Divide. Il faisait encore chaud, mais pour la première fois ils avaient le temps d'autres régions. Frank se demanda s'il imaginait la fébrilité un peu inquiète des passants dans la rue. De son côté, il mourait d'envie d'être à la campagne.

Peut-être désirait-il seulement fuir. La banque avait entamé une procédure contre lui en suggérant qu'il ferait mieux d'« opter pour un réglement à l'amiable » en renonçant à plusieurs biens qu'ils avaient identifiés, dont la maison. Cette maison prit soudain beaucoup de valeur à ses yeux. Elle avait appartenu à son grand-père. Son père l'avait vendue et Frank la racheta vingt ans plus tard. Entre-temps, elle s'était transformée en duplex. Frank et Gracie en refirent une maison destinée à une seule famille et ils y élevèrent Holly dans une succession de chambres chauffées par une chaudière. Cette vieille maison avait assisté à quelques scènes désagréables, mais Frank croyait qu'il y avait encore une chance pour que les choses changent et, le cas échéant, il tenait à s'y accrocher. Il n'espérait pas forcément que Gracie et lui vivraient à nouveau ensemble, mais il voulait réussir à s'adapter à la situation nouvelle, envisageant ainsi un bonheur approximatif, désirant s'absorber dans une activité quelconque et peut-être retrouver la passion des affaires. Ainsi, quand la banque s'en prit à son foyer, il se sentit piqué au vif.

Sa réussite d'autrefois s'expliquait par son talent pour se mêler à la foule sans la moindre retenue tout en conservant une espèce de détachement qui lui permettait de déceler des tendances générales dans ce qui ressemblait à un pur mouvement brownien. Par exemple, il devinait longtemps à l'avance où les gens allaient s'installer. Quand ces gens touchaient au but, ils découvraient que Frank possédait de nombreuses terres et ils les lui achetaient. Il avait fait construire la clinique avant qu'il n'y eût suffisamment de médecins pour la remplir. A cette époque, ils quittaient leurs maisons du Texas, de la Californie ou de New York pour venir skier ou pêcher dans la région. Frank comprit qu'ils étaient prêts à déménager ; mais *eux* ne le savaient pas encore. Et ces gens passablement fiers de la puissance de leur esprit en voulurent à Frank de l'avoir deviné avant eux. Quelques-uns essayèrent de louer des bureaux ou des cabinets dans des immeubles privés, mais cela ne dura pas. Ils finirent par louer à Frank.

Quelque chose chez ces spécialistes poussait Frank à vouloir les filouter, et ce trait de caractère de Frank expliquait sans doute la popularité de gens comme Lane Lawlor. Il serait intéressant de voir comment ces médecins allaient se regrouper pour construire leur propre clinique. Ces salopards étaient partis. Là-bas, c'était encore un quartier d'industries légères. Frank envisagea d'y installer une petite entreprise d'électronique, dont le quartier général miteux se trouvait actuellement à Three Forks ; ils fabriquaient des balises-radio portées par les skieurs qui s'aventuraient dans les zones d'avalanches ; ces balises ressemblaient un peu à l'émetteur qu'on avait fixé au collier de cette pauvre louve. C'était un bon produit, mais pour l'heure il s'en moquait. Il n'avait pas la moindre idée des désirs des gens ni des endroits où ils iraient bientôt. Il ressemblait à un faucon qui perdait la vue.

Il tenta un week-end au ranch. Il s'attendait à y rencontrer les fantômes de sa famille et de lui-même ; mais il constata simplement que le ranch était désert, à l'exception de Boyd Jarrell, qui avait repris son ancien emploi. Boyd lui adressa un signe de la main, mais pour lui signifier de ne pas approcher, tandis qu'il tirait des chaînes de tracteur hors de la grange. Tout était familier, mais dépourvu de résonance. A chaque pièce de la maison Frank associait le décor d'un important événement passé, mais non seulement ce décor ne rendait pas le souvenir plus vivace, il le gommait. La pièce qui jouxtait la cuisine, avec la planche à repasser accrochée au mur, où son père avait eu sa première crise cardiaque, n'était qu'une remise vide et froide. Elle ne semblait pas assez accueillante pour devenir le cadre d'une crise cardiaque. La pièce de devant où, en famille, ils avaient regardé le feuilleton de Sid Caesar et d'Imogene Coca, restait vide de toute émotion. Frank constata, écœuré, qu'elle évoquait seulement les souvenirs de Sid Caesar et d'Imogene Coca.

Le grenier abritait deux luges Flexible Flyer et le matériel de camping qui avait si souvent servi. Le père de Frank était un cow-boy émérite et les sorties avec ses fils incluaient des leçons de nœuds de losange et de gueules-de-loup, des démonstrations du maniement de la clavette rabattable ou de la préparation d'un repas avec un canif de poche, des évaluations comparées de la selle Decker et de la selle américaine classique, ainsi que des initiations au langage des guides en terrain sauvage. Frank reconnaissait maintenant sa gratitude. C'était tellement mieux de se rappeler un parent en action plutôt que ses seules paroles. En fait, presque toutes les déclarations de son père laissaient à Frank un souvenir désagréable. En revanche, les actions de son père qu'il se rappelait comptaient parmi ses trésors.

Mike avait vendu le bois de construction. Selon les termes de leur accord, il en avait le droit : Frank possédait les pâtures, Mike le bois. Frank avait loué ses terres et Mike abattait maintenant les arbres. Pendant tout ce long week-end, Frank écouta le ricanement suraigu des tronçonneuses. Les arbres mettaient de nombreuses années à pousser aussi haut, mais une seule minute suffisait à les abattre. De la maison, Frank vit des pans entiers de la surface hérissée de la forêt s'aplatir soudain. Il entendait, parmi les arbres vivants, le grondement terrible de l'énorme tracteur articulé, il voyait la fumée des camions. Il distinguait même l'orange vif des casques. Mais surtout, il entendait le hurlement plaintif des scies dans la forêt amputée. Il savait comment le sol souffrirait quand on arracherait les souches ; il décida de s'éviter ce spectacle et de retourner en ville. L'heure, pensa-t-il, était sans doute venue pour les Américains d'apprendre à aimer de tout leur cœur les chaussées pavées.

48

Ce soir, enfin, avait lieu la conférence de Lane Lawlor. Sept personnes téléphonèrent à Frank pour s'assurer qu'il y assisterait.

Frank portait le vieux manteau Aquascutum à ceinture ayant appartenu à son père, pour cette simple raison qu'on n'avait jamais vu Frank dedans. Il portait aussi ses chaussures montantes neuves Air Jordan et sa casquette John Deere enfoncée au ras des yeux. Il s'était déguisé. Il paya son droit d'entrée à l'une des cinq femmes assises derrière une table basse pliante et il se laissa tamponner la main avec une image d'éperon. Puis il entra dans la salle déjà pleine de l'Earl Butz Kiva, une salle jadis remplie des cris d'extase d'un public ravi de contempler pour de vrai la tête radieuse de James Watt, parti sur le sentier des conférences avec les guerriers vaincus du Watergate et des Contras. Frank pensa à une autre génération, quand Billy Sol Estes, né trop tôt, languissait en prison au lieu de se lancer dans le circuit des poulettes. « *All you need is love,* disaient les Beatles. *Love is all you need.* »

La foule était en liesse. Des gens se levaient sur leur chaise pour apostropher leurs voisins. Il y avait des centaines de chapeaux de cow-boys et de casquettes semblables à celle de Frank, qui formaient un riche tapis ondulant vers la scène. Frank connaissait beaucoup de fermiers et de ranchers travailleurs, mais il n'en voyait pas un seul ce soir. Au plafond était accrochée une armature métallique soutenant une batterie de projecteurs braqués sur la scène pour l'instant vide, hormis un piano et un micro installé sur un trépied devant le rideau. Pendant près de vingt minutes, rien ne se passa en dehors des gens qui cherchaient leur siège. Frank se dit qu'un changement subtil de l'éclairage, une baisse infinitésimale ou une montée imperceptible de la lumière, qui faisait exploser le public des concerts de rock comme du plancton, avait dû se produire, car l'assistance se mit à crier en tapant des pieds. Le vacarme augmenta telle une éruption volcanique. Frank ressentit de la peur, il la sentit dans son ventre comme une chose qui lui tombait dessus et qu'il ne comprenait pas bien. Tous ces gens vivaient-ils vraiment dans la région ?

Une fente s'ouvrit dans le rideau comme pour annoncer une naissance, par où arrivèrent en trottinant non seulement Lane Lawlor, mais la propre fille de Frank, Holly. Elle toupillait avec ses bottes blanches de cow-girl et son grand chapeau. Un rugissement monta du public. Frank ne se doutait pas que Lane était aussi populaire. Comment ai-je fait pour ignorer cela ? se demanda-t-il pendant qu'autour de lui les gens se levaient pour applaudir debout leur héros. Frank se leva, lui aussi. Il n'eut pas assez de cran pour garder les bras le long du corps. Il les plia donc devant lui et tint ses mains immobiles, les paumes toutes proches l'une de l'autre, comme s'il applaudissait. Lane fit plusieurs gestes verticaux des bras pour réclamer timidement le silence. Sa large carrure et sa gaucherie semblaient l'aider. Pendant quelques instants, le public refusa d'obtempérer. Les gens faisaient la sourde oreille et l'applaudissaient de plus belle. Il laissa ses bras retomber à ses côtés et baissa modestement le visage. Enfin, le vacarme reflua et les gens s'installèrent sur leur chaise. Holly, tout excitée, jetait des coups d'œil ravis de gauche et de droite. Pour Frank, elle semblait avoir une crise.

Pendant que Lane s'approchait du micro et procédait à quelques réglages, Holly jouait doucement au piano « *les*

Rues de Laredo» derrière lui. Elle mit la pédale douce dès qu'il prit la parole. Il dit d'une voix à peine audible :

— Le Montana n'est pas un zoo.

Le public tonna aussitôt. Frank regarda autour de lui, très inquiet. Derrière lui, un malabar s'était fourré un index dans chaque coin de la bouche pour émettre un sifflement terrifiant. Beaucoup de casquettes publicitaires volaient à travers les airs, mais pas encore de chapeau de cow-boy, nettement plus cher.

A six rangs devant lui, Frank remarqua le shérif Hykema. Lane marmonnait, comme s'il se parlait à lui-même, que nous n'étions pas obligés de fournir le vivre et le couvert à des animaux qui avaient perdu toute aptitude à survivre dans notre monde moderne.

— Hé, dit-il, si c'est trop dur pour vous, la sortie est par là !

Cette remarque fut saluée par des applaudissements nourris et respectueux. Puis Lane recula d'un pas, il présenta son profil au public, leva la tête vers le plafond et poussa un hurlement de loup. Les autres savaient ce qu'il voulait dire par là ! Un rugissement de rires se mua doucement en nouveaux applaudissements.

— Les gentilles fées de la prairie vont te faire la peau ! dit-il.

Il se joignit à leur rire bon enfant, tenta de retrouver son sérieux et baissa la tête vers le micro. Puis il la releva comme pour s'adresser au plafond et dire :

— Mon Dieu, je Vous supplie de me répondre, car personne ici n'en est capable : pourquoi tous ces étrangers au Montana veulent-ils nous imposer un système *qui a échoué en Russie* ?

Le tohu-bohu provoqué par cette question fut lent à se calmer.

— Et pour ce qui est du gouvernement, on échange davantage de coups de feu en une journée dans un square pour enfants de Washington, que pendant un mois à Dodge City en 1875 !

— Ouais ! s'écria le public.

— Relisez l'Histoire !

— Ouais !

— Ecoutez votre conscience !

— Ouais !

— Rendons les choses bien simples pour ces fils de pute : nous sommes *les bons*, eux sont *les mauvais* !

— Ouais !

— Je vais vous dire une bonne chose. Les belles eaux fraîches de l'Ouest coulent de ses blessures. A l'heure où je vous parle, elles quittent le Montana. Que ne donnerais-je pas pour endiguer le plus petit ruisselet, l'infime cours d'eau au-dessus duquel un enfant saute aisément. Si vous avez la malchance de rencontrer quelqu'un qui veut que ces rivières coulent ailleurs... — ici, Lane marqua un silence plein de suspense — « ...flanquez-lui une balle dans le ventre à la frontière. »

Un rugissement jaillit de la foule. Holly martela quelques accords sonores sur son clavier.

— Une balle dans le ventre à la frontière !

Nouveau rugissement de la foule, nouveau hurlement du piano.

— *Une balle dans le ventre à la frontière !*

Une femme semblable à une folle escaladait le devant de la scène. Elle se releva non sans mal.

— Hé, madame, nous avons toute la soirée devant nous, chantonna Lane dans le micro.

Il se couvrit le visage avec le dos des mains. Le public éclata de rire comme pour l'encourager. La folle vacillait sur scène pendant que Lane reculait en feignant la terreur. Alors Frank la reconnut : c'était Gracie ! Faisait-elle partie de cette bande d'agités ? Gracie traversa la scène jusqu'au piano et arracha Holly à son tabouret. Un grondement indigné monta de la foule.

Frank se leva. Holly luttait contre sa mère dans les pinceaux de lumière envoyés par les projecteurs du plafond. Au bord du ring, Lane faisait ses commentaires :

— Parfois, il faut choisir, Holly... Mes amis, j'aimerais vous présenter Gracie Copenhaver, propriétaire et gérante de feu l'*Amazing Greace*, ce repaire de gauchistes dégénérés. Souvenez-vous, la Constitution garantit vos droits même lorsqu'un de vos parents essaie de les abroger. Mes amis, qu'arrive-t-il à ma pianiste ? On dirait que maman a la moutarde qui lui monte au nez. Mais est-ce une excuse ? Holly, tu es plus jeune et plus forte. Tu as la Déclaration des droits de l'homme pour toi ! Tu as le Cinquième Amendement en ta faveur ! Ne laisse pas ta mère t'entraîner vers le genre de vie qu'elle s'est elle-même créé !

Frank écartait les gens de son chemin. Quand un rancher lui saisit le bras, il se libéra en lui assenant un violent coup de poing. Il escalada l'avant-scène, agrippa le tapis antidérapant tandis que l'ombre du micro lui tombait en travers du dos. Dès qu'il fut sur pied, il plongea bille en tête vers le ventre de Lane Lawlor et le bourra de coups de poing alors qu'ils tombaient ensemble. Le grondement de la foule évoqua celui d'un animal furieux. Il déferla sur Frank comme une violente bourrasque ou une vague de l'océan. Puis ce fut l'obscurité. Il eut à peine le temps de se rappeler cet ancien voyage dans l'Utah, quand il s'était disputé avec Gracie et que Holly faisait la morte dans la piscine. Ils étaient de nouveau réunis.

— Holly ! s'écria-t-il sous la montagne de jeans. Gracie !

49

Il se toucha les lèvres. Fendues et tuméfiées, elles avaient acquis une existence autonome. Du bout des doigts, il procéda à une timide exploration de sa tête : rien de trop horrible, pas de points de suture, mais une douleur sourde à la nuque, cible traditionnelle des bottes.

Il y avait un plateau de petit déjeuner devant lui. Qui l'avait servi ? Cela paraissait merveilleux. « Une âme charitable m'a servi mon petit déjeuner », pensa-t-il. Il sentit l'amour jaillir hors de lui pour se répandre dans l'espace. Il y avait le *Wall Street Journal* roulé près de lui. Quel plaisir... Il y avait aussi trois comprimés de codéine avec un verre d'eau ; on avait même prévu son mal de tête au réveil. Il les avala. Et maintenant, place au monde !

Les nouvelles nationales et internationales regorgeaient d'échecs et de ratages en tout genre. Ford rapatriait 641 562 minivans Aerostar pour révision. Les milieux de la finance lâchaient la Livre anglaise. Les bénéfices avant impôts des banques japonaises dégringolaient. L'enquête portant sur les activités louches de Salomon Brothers continuait. Les cours des obligations chutaient toujours. Les recettes habituelles pour faire redémarrer l'économie se soldaient par un échec. « Je sais pourquoi, pensa Frank. C'est parce que nous n'avons plus le moral. Nous avons tout acheté, nous chions dans notre nid, nous ne croyons plus à rien. Comment osez-vous nous faire redémarrer en baissant les taux d'intérêt ! Nous sommes les gens qui avons enculé la poule aux œufs d'or ! On ne peut plus nous faire redémarrer ! »

Un pas pesant résonna dans l'escalier.

— Monsieur Copenhaver ? fit une voix entre deux bruits de pas.

— Oui, qui est-ce ?

— Brad Tayler, monsieur Copenhaver. Je travaille pour la Security Merchant Bank.

Les bruits de pas se turent.

— C'est ma banque, dit Frank d'une voix méfiante.

« Et voici, pensa-t-il, ce que du temps de mon père on appelait un jeune couillon dont les dents raient le plancher. »

— J'ai ici le docteur Jensen avec moi. Qui désirez-vous voir en premier ?

— Comment voulez-vous que je le sache ? Je ne vois pas pourquoi j'aurais besoin d'un médecin et je ne sais même pas qui vous êtes.

Il y eut un silence.

— Le docteur Jensen m'a dit de vous voir d'abord. Puis-je monter ?

— Allez-y.

Brad Taylor s'encadra dans l'ouverture de la porte, un dossier sous le bras, vêtu d'un costume gris, d'une cravate à rayures rouges et argentées, les cheveux ramenés d'un côté du crâne.

— Ravi de vous rencontrer, monsieur Copenhaver.

— Ravi.

— Comment vous sentez-vous ?

— Bien, compte tenu du fait que j'ai été écrasé sous le poids conjugué de deux cents fermiers et ranchers bouffeurs de maïs et unis au service du fascisme mondial. Quel âge avez-vous ?

— Vingt-quatre ans.

— Vous avez toute la vie devant vous. Quelle perspective atterrante.

— Merci.

« Celui-ci est en plein brouillard », pensa Frank.

— D'habitude, je traite avec George Carnahan. Je l'ai vu dans des situations assez délicates au fil des ans et, comme c'est une râclure invertébrée, je suppose que vous êtes porteur de mauvaises nouvelles.

— Je le crains.

— Je vois que vous êtes un garçon timide.

— Je me sens un peu nerveux.

— Inutile. Ce n'est pas de votre faute.

— Je sais. Je déteste pourtant ce genre de mission.

— Quelle mission ? demanda Frank, sa méfiance de nouveau en éveil.

On hurle avec les loups pendant des années, un jour on découvre une espèce de mouvement circulaire et on se retrouve au centre de la meute.

— Eh bien, il y a eu un énorme manque à payer avec ce bétail que nous avions financé. Par ailleurs, nous avons vu la clinique et constaté dans quel état lamentable elle se trouve. Nous sommes très troublés...

— Rassurez-vous. Les Japs viennent d'acheter un tableau six millions de dollars. Au moins, quelqu'un va bouffer ces bestioles. C'est mieux que du ciel bleu.

— Ah bon ?

— Où voulez-vous en venir ?

— Nous nous inquiétons de la réaction de nos contrôleurs.

— Dites-leur d'aller se faire foutre. Et puis je reconnais bien là le double langage du banquier. Cet épouvantail imaginaire appelé le contrôleur... Les gens les plus simples ne gobent plus ces conneries. Une banque n'est rien d'autre qu'un schéma pyramidal. Vous êtes un apprenti-escroc. George Carnahan a davantage de bouteille que vous dans l'escroquerie. C'est pour ça qu'il n'est pas ici aujourd'hui. Brad, c'est bien triste qu'un jeune homme aussi séduisant que vous fasse déjà référence aux contrôleurs.

Brad Taylor semblait complètement ahuri. Il tendit le dossier et dit :

— Je ferais mieux de vous laisser tout ça pour que vous le regardiez. George a pensé que ce n'était que justice, compte tenu de l'ancienneté de nos rapports avec vous, de vous faire connaître les remèdes que nous aimerions appliquer pour couvrir nos pertes sur le bétail.

— Vous allez essayer de prendre la clinique ?

— Je crains bien que oui.

— Et moi je crains bien que non.

— Nous vous la laisserions volontiers pour la vendre, mais alors nous prendrions tout.

— Et cette maison ?

Brad hocha la tête.

— Faudra d'abord me passer sur le corps, lui dit Frank. Cette saloperie est le cadre de mes espoirs, de mes rêves et de mes échecs depuis ce lointain jour d'octobre où j'ai renoncé à être un hippie pour m'engager sur la route de la fortune. J'ai ramené cette maison dans notre famille. Tenez, expliquez donc à George que je possède plusieurs cochons de concours à Reed Point. Ils ont besoin d'un nouveau foyer. Nous faisons une ristourne mirobolante et, selon les critères de George, plusieurs d'entre eux embrassent superbement. Rapportez-lui fidèlement mes paroles. Ainsi que ce dossier. Au revoir.

Frank tourna le dos à son visiteur en attendant son départ et le bruit de pas dans l'escalier qui annoncerait l'arrivée du docteur Jensen. « J'exige que ces scènes mémorables se déroulent sous mon toit non hypothéqué, rêvassa Frank, avec le titre de propriété bien rangé dans le placard. Ici j'ai pété, cuisiné, traité mes affaires et procréé à parts égales, enrichissant ses mille planches de chêne de ma vie personnelle. Si des scènes dramatiques doivent accompagner mon déclin, qu'elles se déroulent dans cette belle demeure du Montana. »

Arrive maintenant devant nous le docteur Jensen, qui souhaite savoir si Frank se sent bien.

Frank lui répondit par l'affirmative, puis demanda si le médecin l'avait examiné avant qu'il ne reprenne conscience. Le médecin répondit à son tour par l'affirmative, ajoutant cette conclusion que Frank souffrait d'une commotion cérébrale. Frank remercia le jeune médecin d'avoir passé un coup de fil alors qu'il portait toujours son flamboyant caleçon de cycliste. Le médecin rétorqua que ce n'était rien. Il dit cela d'une voix alanguie parce qu'il examinait la maison, remarquant les planchers en chêne, les profondes moulures des plafonds, la forme harmonieuse de l'escalier, les fenêtres originales à petits panneaux, les plâtres parfaits, tarabiscotés, faits-main, décorés d'une frise représentant une guirlande de roses. Frank le regarda, vit clair dans son jeu et pensa: « Il va bientôt haleter comme un coyote poursuivant des lapins parmi la circulation de l'autoroute. »

Le docteur Jensen saisit le poignet de Frank entre le pouce et l'index, il leva le bras pour faire sortir sa montre hors de la manche de chemise, puis il observa son cadran.

— Que devient notre ancienne clinique ?

— Pourquoi cette question ? rétorqua Frank. Vous n'y êtes plus.

Il sentait une odeur connue.

— Eh bien, le moment est peut-être bien choisi pour renouer contact. Diverses tentatives d'implantation dans d'autres espaces n'ont pas été couronnées d'un franc succès.

— Alors comme ça, vous aimeriez y retourner ?

— Peut-être.

— Je regrette que l'électronique traverse une telle crise.

Frank mit un nom sur l'odeur qu'il respirait depuis un moment : c'était une eau de Cologne pour hommes, l'une de ses préférées à l'université, Canoë.

— Absolument.

— Eh bien, vous vous réveillez trop tard. Je vends à un rital qui va y installer une usine de nouilles.

Tout en parlant, Frank se demanda s'il était sérieux ou si son désir de catastrophe finale aux frais de ses adversaires lui offrait en prime le jargon de la revanche, qu'il endossait comme un déguisement. Il espéra que cela marquerait la naissance d'un Frank Copenhaver nouveau et détestable, mais son présent vague-à-l'âme lui ôtait toute certitude. Il sentait seulement que, dans sa solitude, il devait se battre avec panache, car le déclin de sa cupidité s'accompagnait du plaisir trouble qu'il prenait à compliquer la vie d'individus blancs et grassement payés.

— Phil m'a dit que vous lui aviez définitivement volé sa femme.

— Je crains qu'elle n'ait pris goût à la bonne vie. Je lui ai trouvé un boulot de concessionnaire de voitures à Great Falls.

— Alors tout le monde est content.

Le docteur Jensen lui sourit suavement. Sans la moindre supériorité. Pour lui, Frank était apparemment une simple décoration de jardin, un modeste char dans un carnaval de bourgade. Il tendit à Frank une feuille de papier que Frank, dans son cynisme obtus, prit pour une facture. Mais c'était une citation à comparaître, signée par le shérif Hykema, pour voies de fait.

— Je lui ai demandé de ne pas vous réveiller, dit le docteur Jensen.

Frank se rendormit après le départ du médecin et il se crut en plein rêve quand George Carnahan se matérialisa au pied de son lit et déclara :

— Comment oses-tu parler de la sorte à mon jeune associé si impressionnable ? Frank se coula dans son rêve, fasciné par ce développement imprévu. « Comment oses-tu nier que nous t'avons toujours traité avec une souplesse et une magnanimité inhabituelles, une indulgence et une générosité toutes chrétiennes, pendant toutes ces années que tu as passées à faire le mariole ? Pour des raisons qu'aucun de nous ne réussit à comprendre, tu as renoncé à accorder la moindre attention à tes affaires. Plusieurs parmi mes collègues plus âgés ont avancé que tu avais retrouvé ton ancienne personnalité de hippie nébuleux, comme s'il s'agissait là d'une espèce de débilité génétique vouée à refaire surface un jour ou l'autre. Enfin, comment oses-tu me traiter de râclure invertébrée ou d'escroc qui aime embrasser les cochons ? Je suis ton vieil ami et ta relation d'affaires qui déteste t'apporter de mauvaises nouvelles. En évitant de te les annoncer personnellement, je me suis aussi épargné un moment pénible. Maintenant, j'aimerais que tu examines ceci. »

Frank avait désormais les yeux ouverts, il savait qu'il ne rêvait pas.

— George, prends mes lunettes sur la cheminée.

George donna à Frank ses lunettes de lecture et Frank examina une pile de chèques identiques sur lesquels on avait imité la signature de Frank et écrit « 1er paiement », « 2e paiement », jusqu'à, dix mois plus tard, « dernier paiement ». Ces fonds avaient servi à acheter une petite station-service. Frank leva les yeux vers George et l'observa dans son veston de tweed à carreaux. George avait des bajoues flasques ainsi qu'une bouche minuscule et désapprobatrice.

— Qui est propriétaire de cette station-service, George ?

— Je crains que ce ne soit Eileen.

— Que sais-tu à ce sujet ?

— J'attends que tu me l'expliques.

— Tu connais cette station-service ?

— Oui.

— Elle marche bien ? demanda Frank.

— Je crains que oui. Elle se trouve sur une portion de route déserte, vers Whitehall. Il y a une personne qui y vit en permanence et cette station rapporte du dix-huit pour cent, avant impôts. Eileen la gère avec une poigne de fer, elle se bat bec et ongles pour conserver ses marges bénéficiaires.

— Dire que c'est moi qui lui ai appris à parler, et maintenant elle me maudit.

— Elle te maudira quand tu la balanceras.

— Qui a dit que j'allais la balancer ? Est-ce que je t'ai dit, George, que j'allais balancer mon ancienne secrétaire ?

— Frank, tu n'es plus toi-même. Ce traumatisme crânien... Autrefois, même en pleine déprime, tu reconnaissais toujours quelqu'un qui se décarcassait pour te sauver la mise.

— Contrairement aux autres membres de la communauté des affaires, j'ai marqué une pause pour retrouver le sens de mes activités.

— Tu as marqué une pause quand Gracie est partie, Frank, mais maintenant la pause est finie. Quand je vais retourner à la banque, les huiles vont me tomber dessus comme des mouches sur un morceau de viande. Ils vont m'interroger. Et que vais-je leur répondre ? Je vais leur répondre que c'est irréversible.

— Tu peux lire de nombreux articles là-dessus dans les journaux, George. Le ralentissement de la consommation s'accentue. Et puis, je ne suis pas au bord de la faillite. Je renonce simplement à mes responsabilités quotidiennes.

George en eut assez. Il partit. Frank s'enroula dans les couvertures pour former un gros tube dont seul son visage émergeait. Il regarda l'immense ciel bleu. En une délicieuse abdication, il s'imagina comme un atome confronté à l'espace environnant. Il avait l'impression que personne ne croyait vraiment au renouvellement de ses valeurs fondamentales. Bientôt, l'heure viendrait où lui-même se demanderait s'il y croyait.

50

— Il faut t'asseoir.

Ouvrant les yeux, il découvrit Lucy avec, entre les mains, un plateau de repas. Frank se sentait cotonneux à cause de la codéine, mais il fut heureux de la voir. Elle portait un corsage d'un blanc immaculé et un jean. Cela tenait du miracle de découvrir devant lui la seule personne qu'il connaissait et qui vivait dans son quartier.

— C'est comme à l'hôpital, dit-il avec un sourire perplexe.

Il espérait donner l'impression de parler d'un sujet beaucoup plus vaste.

— Tu aurais pu t'y retrouver, à l'hôpital.

— Où est ta tenue d'infirmière ?

— Très drôle. Elle lui pinça la joue. « Très drôle. »

Elle posa le plateau sur les cuisses de Frank. C'était appétissant : un blanc de poulet cuit aux herbes, des haricots avec une noix de beurre, un demi-igname grillé, un peu de salade ; vraiment réussi.

— Tu manges avec moi ? demanda Frank.

— J'ai déjà mangé. J'ai des choses à faire.

Elle s'éloigna comme pour partir. La bouche pleine, Frank leva les mains pour la retenir. Il essaya de dire « Reste donc un moment », mais l'igname modifia considérablement son message. Une ride d'agacement apparut entre les sourcils de Lucy, en partie cachée par sa frange extraordinairement précise. Il chassa de sa couverture des fragments d'igname orange et déglutit avec un bruit sourd.

— Je pensais que tu resterais un moment pour me tenir compagnie.

Il prit conscience du spasme violent qui faisait descendre l'igname vers son estomac pendant qu'il essayait de murmurer suavement quelques amabilités.

— Gracie m'a autorisée à t'apporter ton repas, car personne d'autre ne comptait le faire. Mais elle a ajouté que si je m'attardais pour, ouvrez les guillemets, « un petit tête-à-tête », fin de citation, elle m'arracherait, guillemets, « ma putain de gueule », fin de citation.

Frank n'en crut pas ses oreilles. Il se considérait comme entièrement guéri, sauf le problème mineur des maux de tête qui lui brouillaient la vue, et l'état cotonneux dû à la codéine. Il s'aperçut, tout honteux, que ce n'était plus qu'une question de temps avant que son cœur sournois ne fût apaisé par Lucy, qui trouverait bien moyen de coucher avec lui. Sur ce chapitre, tous deux semblaient bizarrement incapables de se contrôler. Tout en se préparant à l'inévitable, Frank s'étonna mollement de ce curieux talent qu'avaient les femmes pour se trahir mutuellement. Cela semblait en contradiction flagrante avec leur politique officielle. Ses sens émoussés réagirent néanmoins avec volupté à cette conclusion.

Lucy tripotait maintenant les rideaux. Elle serait bientôt attirée vers lui par une courroie de transmission invisible. Elle avait brandi la menace de Gracie non pas pour elle-même, mais pour tous les deux. La conduite licencieuse, comme l'amour adolescent, avait besoin d'adversaires abstraits pour atteindre son complet épanouissement. Frank laissa son silence se charger de sous-entendus. Avec un hiératisme lourd de sens, il déplaça le plateau et son chargement de peau de poulet, d'igname et d'assaisonnement, jusqu'à la table de chevet. Ce mutisme imbécile trouvait sa contrepartie dans le léger sourire de Lucy. « J'ai gagné le tirage au sort, pensa Frank, je choisis de recevoir. »

Un coup de klaxon dans la rue sembla donner le coup d'envoi. Distrait et rêveur, Frank laissa sa queue s'imposer jusqu'à ce que sa présence désinvolte devînt visible à travers le drap. Il glissa la main sous la robe de Lucy comme on lutine une soubrette. Lucy ressembla à un arbre perdant ses feuilles à l'automne. Elle fut bientôt nue près du lit, sachant Frank à sa merci. « A mon avis, elle passe un bon moment, pensa-t-il, l'esprit ailleurs ; et maintenant, on s'occupe de la banane. » Elle le monta à l'envers, une position qui permettait à Lucy de regarder dans la rue. Elle frémissait, puis elle hulula faiblement, telle une chouette dans les fourrés. Il la tenait par les fesses, comme pour participer à leur va-et-vient. En les écartant légèrement, il prit une mesure plus juste de leur activité, concluant que le trajet vertical de l'œil de bronze, qui semblait d'une forte amplitude, était seulement une affaire de quelques centimètres. Alors lui parvint la voix de Lucy. Il n'y comprenait rien : ce n'étaient pas les hurlements de dragon qui annonçaient parfois l'imminence de l'orgasme. Cela ressemblait davantage à un dialogue, à un échange de voix désincarnées, l'une aiguë et l'autre basse, ou plus exactement, un *ici* répondant à un *là-bas*. Alors Lucy cria avec une bonne dose de ce que Frank identifia aussitôt aux conventions de la passion :

— Jouis, j'y suis !

Mais avant que Frank n'ait eu le temps de la rejoindre dans l'extase, elle le quitta, se mit debout près du lit et elle se rhabilla très vite. Il y avait bel et bien eu deux voix : celle de Lucy et, venant d'en bas, celle de Gracie.

— Voui, j'arrive le plus vite possible ! cria Lucy vers le rez-de-chaussée avec une voix pleine de rage et de peur.

Alors Gracie apparut au seuil de la chambre et, fixant Frank avec un sourire métallique, dit :

— Comment oses-tu ?

Lucy finit de se rhabiller en prenant garde de rester hors de portée de Gracie, puis les deux femmes redescendirent. Frank n'osait pas respirer.

Un grand vacarme monta bientôt de l'étage inférieur. Pendant quelques secondes, Frank fut certain qu'il se composait uniquement de voix ; puis il n'en fut plus si sûr. Pire encore, il eut l'impression que ce tumulte se rapprochait, qu'il remontait même peut-être l'escalier. Il devina que toute cette violence du sentiment jouait en sa faveur, à condition bien sûr qu'il survive à cette crise. Ces dissonances semblaient le suivre partout, comme la syphilis. Il savait que les deux femmes souffraient, mais la seule suggestion qu'il se sentait capable de leur proposer consistait à laisser tomber leurs actions pépères pour sauter, pendant qu'il en était encore temps, sur ces obligations déductibles d'impôts destinées à financer l'autoroute du Montana. Il comprit tout de suite qu'elles ne l'écouteraient certainement pas. Cela ne ferait qu'accroître leur fureur.

— Un trait typique de notre rapport, disait Gracie, c'est que toutes nos tentatives se soldent par un fiasco complet.

Elle avançait le long de la corde à linge tendue au flanc de la maison de la Troisième Rue, des pinces coincées sous le menton, accrochant des draps, des serviettes et les shorts volumineux d'Edward.

— Il y a seulement quelques jours que je suis de retour en ville, mais *toutes* les scènes navrantes de ma vie récente ont eu lieu pendant ce bref laps de temps et tu es lié à *toutes* d'une manière ou d'une autre.

— Est-ce moi qui ai demandé à Holly d'accompagner Hitler au piano ? protesta Frank.

— Ce n'est pas Hitler. C'est un sale type, mais ce n'est pas Hitler.

— Pardon. Je comprends ce que tu veux dire. Chérie, tu as été formidable ce soir-là.

— Bah, merci. Je souhaite sincèrement que nous puissions nous rencontrer comme le suggère Edward : de manière civilisée, pour nous assurer que nous avons laissé des blessures bien propres, afin que le processus de guérison puisse commencer.

— Je me méfie beaucoup de cette idée de « guérison », dit Frank. Récemment, on m'en a rebattu les oreilles ; ça aboutit toujours à une discussion incroyablement vaseuse sur un mystérieux « voyage intérieur ». Je crains d'être nettement trop vieux pour ce genre de truc. Tous les messages de mes années de formation viennent de Little Richard, qui ne s'est jamais compromis avec le moindre voyage intérieur.

Gracie resta insensible à ces sympathiques divagations.

— Je ne sais pas. Je suis la nana qui a essayé de vendre de la cuisine créole aux gens du cru, tu te rappelles ?

— Tu as tout simplement raté ton étude de marché. Ici, les gens veulent des grillades, point final.

Frank continuait de regarder Gracie étendre son linge. Cela signifiait-il qu'elle ne possédait pas de sécheuse ? Peut-être Edward aimait-il l'odeur de l'air frais sur ses vêtements. Les gens étaient aujourd'hui prêts à tout pour satisfaire leur vision d'une Amérique plus simple.

Frank regardait les pinces à linge en se demandant combien de temps elles dureraient. Il observait Gracie, dont il admirait inlassablement la concentration, sa manière de se dresser sur la pointe des pieds et, le plus insupportable de tout, le geste qu'elle eut, quand elle vint à bout de sa tâche, pour repousser ses cheveux derrière ses oreilles avec les pouces ; ou encore sa façon de le regarder pendant qu'il l'observait. L'espace d'un instant, tout parut s'arrêter, comme si tous deux, silencieux, avaient cessé de respirer.

Puis tout revint en force : l'homme qu'il croyait être, la femme qu'il croyait qu'elle était, la femme qu'elle croyait être, l'homme qu'elle croyait qu'il était ; comment, dans le meilleur de cas, tout cela était presque derrière eux, la terre plate où quasiment tout est irrévocable. Même ces mauvaises années, pensa-t-il, même toutes ces années de psychodrames et de règlements de comptes à cause des rêves de la nuit précédente. Il avait méprisé tous ces livres poétiques consacrés à la nature, que Gracie lisait, avec des sujets comme « la pêche aux clams » en tant qu'exercice spirituel. Elle lui rétorquait qu'il ne défendait aucune valeur, même pas celles des hippies, qu'il venait d'un monde fait de bière Grain Belt, de sexualité malsaine et de culte des voitures, d'une ville ringarde dans un Etat ringard. « Nous ne sommes pas des gens, pensait-il, nous sommes des envoyés diplomatiques. Tâche de gagner du temps. »

Néanmoins, quand elle fut devant lui, tout près, si près qu'il aurait pu la toucher, elle lui dit, sans lever les yeux :

— Frank, si je te demandais un service, tu accepterais de me le rendre ?

— Oui, j'accepterais.

— N'importe quel service ?

Frank sentit son cœur s'arrêter.

— N'importe lequel, dit-il.

Gracie leva son visage et le regarda dans les yeux. « N'importe lequel », pensa-t-il.

— Il faut que je parte, dit-elle.

— Une minute, qu'attends-tu de moi ?

— Tu m'as déjà répondu que tu acceptais.

— Mais de quoi s'agit-il ?

— Frank, je veux que tu voies Edward. Je crois que tu as besoin de remplir toutes les cases vides. Je crois que tu perds les pédales, Frank. Je crois que tu ferais mieux de regarder la réalité en face et de repartir de là. Tu m'as déjà répondu, dit Gracie avec une petite révérence. Maintenant, au revoir.

Elle rentra dans la maison, s'arrêtant sur le seuil pour ajouter :

— Rappelle-toi que j'ai été rudement chic de te laisser baiser cette sale pute dans mon ancien lit de jeune fille.

Frank ouvrit la bouche pour répondre, mais la porte était maintenant fermée. Au lieu d'une arcade romantique pour abriter leur conversation, il affrontait la façade hermétique d'une maison. Et l'avenir était hélas clair comme le jour.

L'association de sauvegarde avait installé un piquet de protestation devant l'hôtel *Kid Royale* transformé en ferme de poulets. C'était une belle journée pour participer à un piquet : des nimbus étincelants couraient dans un ciel lumineux, une douce brise chargée du parfum des pelouses soufflait de l'ouest. Une journée idéale pour manifester sa colère. Frank savait depuis longtemps que les membres de cette association réagiraient tôt ou tard. Une jeune femme, coincée entre deux pancartes, marchait de long en large devant l'hôtel en lisant un livre. Les pancartes disaient :

EMPÊCHEZ FRANK COPENHAVER
D'ENFOUIR NOTRE PASSÉ
SOUS LES FIENTES DES POULETS !

— Je m'appelle Frank Copenhaver, dit-il en s'approchant d'elle. Pourquoi ne vous unissez-vous pas pour me racheter ? Je saurais quoi faire de cet argent.

— Ouais, c'est ça. Vous êtes déjà un vrai nabab, monsieur.

— J'allais le devenir quand ma banque m'a annoncé la faillite. Maintenant, je désire vous rejoindre dans l'anonymat de la vie saine.

Sans lever les yeux de son livre, elle lui rétorqua :

— C'est du harcèlement sexuel. Encore un mot et je vous dénonce aux flics.

Une bouffée odorante accueillit Frank lorsqu'il ouvrit la porte. Il la garda ouverte suffisamment longtemps pour suivre la progression invisible de cette odeur sur le trottoir. Il y avait peu de passants, mais ils réagirent physiquement à son impact par une contraction de tout le visage et une brusque accélaration du pas. « Et voici votre héritage régional, pensa Frank, qui vous arrive sur les ailes d'une colombe. Les membres du piquet feraient aussi bien d'accomplir leur mission sous forme de pétitions contemplatives rédigées dans d'autres quartiers, plus bucoliques, de la ville. »

Frank fut tout excité d'entrer dans la réception de l'hôtel et d'entendre le raffut d'Orville Conway et de sa famille, deux grands garçons et sa grosse femme au visage couvert de taches de rousseur et entouré d'un fichu. Ils le saluèrent sans s'arrêter de travailler; déambulant à travers l'hôtel, il les vit clouer du grillage de poulailler, poser des tuyaux de PVC dans les couloirs pour donner de l'eau aux volatiles, installer des portes et des perchoirs d'angle. Un garçon transportait sur ses larges épaules de lourds sacs contenant des aliments pour poulets et des coquilles d'huîtres, pendant que sa mère passait la serpillière dans les couloirs. Le fils cadet, un casque de walkman sur les oreilles, maniait un pistolet à clous pour fixer le grillage avec des lattes en bois. Dominant le vacarme de leurs activités, une voix cultivée chantonnait au-dehors, dans un porte-voix, une comptine qui disait en substance que les poulets saccageaient le patrimoine historique de leur bonne ville. Déjà, le premier étage était entièrement aménagé. Orville guida Frank parmi les chambres sans porte et grillagées, remplies de sympathiques poulets qui accueillirent le visiteur par un chœur de caquets complaisants. Orville les contemplait avec admiration, quelques épis de cheveux blonds saillant sur son vaste crâne.

— Je crois qu'on en est au point où que ça pourrait marcher, dit-il.

— Tout cela m'excite beaucoup, Orville.

— La femme et moi, on est plein d'espérance.

— Vous travaillez tous tellement dur que je suis ravi d'être votre associé.

— Ces gens, là devant, ils nous embêtent pas. Et puis ils vont se lasser en moins de deux. Dans le temps, on leur vendait des poulets organiques au marché de la ferme. Un jour, une vieille bonne femme a écarté les pattes d'un poulet tout préparé, elle a reniflé à l'intérieur et elle a dit à ma dame qu'il était point frais. Ma dame, elle lui a répondu du tac au tac: « Dites donc, même Marilyn Monrœ, elle l'aurait pas passé, ce test. » Nous, on se lasse jamais. Ni moi, ni Shirl, ni mes gars. Ces rigolos, là devant, on les a surnommés les crétins de la première heure.

Frank se promena partout, essaya de manifester son enthousiasme à la famille Conway, puis il ressortit parmi les protestataires.

— Le monde est en train de changer, lui assena un sage aux longues nattes rasta.

— Tu l'as dit, bouffi, répondit Frank.

Puis il monta dans sa voiture et partit vers la ville d'Impact pour aller y chercher les reçus de la pesée de ses bouvillons. Il ne les avait pas encore récupérés et il aurait apparemment besoin d'une montagne de paperasse pour ralentir la procédure de la banque. Sur l'étroite route pavée, il passa à côté d'un petit chevreuil qui avait percuté une voiture. Sa tête faisait un angle bizarre avec le cou, ses bois gisaient à cinq ou six mètres de là sur la chaussée. Dans le ciel bleu, plusieurs nuages blancs, verticaux et cannelés ressemblaient à des toupies en rotation. Frank croisa une camionnette dont la plaque minéralogique était « 44 MAG. »

La gérante du supermarché lui donna ses reçus. Il acheta le *Sun* à cause de son titre fascinant : UN BÉBÉ VOLÉ À SA MÈRE PENDANT SON SOMMEIL, et l'*Enquirer*, qui annonçait que Bill Cosby travaillait à son propre bébé-éprouvette, et qui révélait que les mémoires de Sonny Bono contenaient plusieurs informations passionnantes sur Cher : *primo*, elle faisait mal l'amour ; *secondo*, elle était si bête qu'elle croyait que la lune faisait partie du soleil ; *tertio*, elle avait trompé Sonny avec certains membres de son orchestre.

Frank se souvint avoir autrefois vadrouillé dans la région, passablement défoncé, contraint de suivre les pancartes « Piste de Lewis et Clark » installées par l'Etat, afin de retrouver le chemin de sa maison. Il conduisait à travers les collines basses et arrondies, couvertes de sauge et de buissons d'amélanchiers. Lightnin' Hopkins chantait à la radio : « *You know my little woman ain't no Mexican...* » (« Tu sais que ma p'tite femme est pas mexicaine... ») et Frank rêvait à son unique amour, qui ne tenait plus qu'à un fil ténu. Il se sentit très ému sur cette route solitaire, à la seule pensée de toutes leurs épreuves. Encore cinq minutes et je suis bon pour les cheveux blancs.

Mais là-bas, autour de lui, s'étendait sa belle, sa divine région. Comme elle défilait de chaque côté de la voiture, une autre campagne issue du passé s'y mêla : bosquets de cèdres et champs de coton du Texas, grand soleil et nuages plus doux, charrettes de coton derrière des tracteurs, petites routes de caliche, *senderos*, aboutissant à de lointaines stations de pompage... près de lui, Gracie, âgée de vingt-quatre ans, essayait de trouver de la bonne musique à la radio. Le vieux bonhomme de la station-service les regarda avec affection et leur dit, en une sorte d'invite :

— Suffit d'user une paire de bottes dans l'ouest du Texas pour plus jamais en repartir.

Les canaux lacrymaux de Frank se contractèrent comme deux poings minuscules et les larmes se mirent à couler sur ses joues. Il appuya les dents contre le volant et essaya de distinguer la route malgré son chagrin. Ç'avait été si bon.

51

Le juge Elvin Blaylock, son T-shirt dépassant au-dessus du col de sa robe réglementaire, dévisagea un moment l'accusé, annonça qu'il le déclarait coupable d'avoir troublé l'ordre public et le condamna à payer une amende de cent dollars. Le greffier du tribunal était la seule autre personne présente dans la salle, mais le juge prit néanmoins toutes ses précautions pour demander à Frank de le rejoindre afin de pouvoir lui parler *sotto voce*.

— J'aimerais te voir dans mon bureau, chuchota-t-il.

Puis il se leva, déclara la séance levée et sortit par une porte située derrière lui. Frank attendit un moment, puis le suivit.

Il referma la porte. Le juge Blaylock se tenait debout en boxer short et T-shirt.

— Tu portais ça sous ta robe ? demanda Frank.

— De quoi je me mêle, gros bêta, lâcha le juge.

— Pardon, pardon.

— Frank, connard. Je peux te traiter de connard ?

— Une autre fois, Elvin. Je ne suis pas au mieux de ma forme en ce moment.

Blaylock s'approcha tout près de Frank pour le gifler doucement, après quoi, l'air faussement contrit, il lui remit les cheveux en place.

— Frank, toi et moi on se connaît depuis qu'on est mômes. Ton paternel s'en est bien tiré. Toi et Mike, on vous a mis le pied à l'étrier. Mon paternel à moi, il conduisait le chasse-neige du comté quand il était pas bourré. On a eu que dalle, tu piges ? C'est pour ça que j'ai bossé pour arriver où je suis. C'est pas grand-chose, sauf pour moi, d'accord ? Mais toi, Frank, tu fous tout par terre. Tu crois bêtement que tu pourras toujours récupérer plus tard ce que tu gâches aujourd'hui. Je veux être le gars que tu connais depuis perpète à te dire que, si tu crois ça, alors je te souhaite toute la chance du monde. Histoire de te dire : salut, ravi de t'avoir connu.

Frank hocha la tête en simulant une contrition enjouée. Mais intérieurement, il se sentait glacé.

— Edward, ça vous ennuie que je téléphone chez vous ?

Frank s'était obligé à attendre pendant toute une journée.

— Pas du tout, Frank.

— J'ai une ou deux choses à demander à Gracie. Je...

— Passez donc nous voir ! Nous habitons vraiment à deux pas.

Edward lui tint la porte en disant :

— Voulez-vous que je m'éclipse ?

C'était dimanche et les cloches des églises sonnaient dans toute la ville.

— Pas du tout. Je n'en ai pas pour longtemps.

L'atmosphère était si tendue que Frank sentit tous ses muscles du dos se contracter. Il remarqua qu'Edward avait noué ses cheveux sur la nuque en un petit catogan avec un élastique. Etait-ce une nouveauté ?

— Ecoutez, dit Edward, j'ai des broméliacées à arroser et c'est l'heure idéale pour le faire. Avant de partir, puis-je vous dire très sincèrement que j'attends notre rendez-vous avec impatience.

— Je pensais en parler avec, euh...

— Gracie ! s'écria-t-il d'une voix suraiguë.

— Exactement.

Gracie apparut dans l'encadrement d'une porte qui donnait sur une autre pièce à la lumière sous-marine.

— Salut, Frank.

Lucy et Edward étaient présents dans cette formule brève.

— Bonjour, Gracie.

Ces salutations laconiques étaient lestées de tels sous-entendus que, l'espace d'un instant, Frank eut envie de jouer un rôle dans cette fameuse guerre contre la duperie.

Edward parut remarquer le malaise qui électrisait l'air, avant de lancer les bras en l'air pour signifier qu'il partait.

— Je ne sais pas ce que vous en pensez, dit-il, mais j'aimerais bien que les choses soient un peu moins bizarres.

Frank suivit Gracie dans une pièce vitrée au sol couvert de grandes dalles de schiste verdâtre. Il y avait une rangée de plantes en pot, certaines couvertes de fleurs, d'autres grimpant le long d'un treillis en séquoïa installé dans ce but. Il y avait, çà et là, des fauteuils blancs en rotin et des chaises-longues recouvertes d'une toile rayée. C'était une pièce agréable qui rappela à Frank le goût douteux dont Gracie et lui-même faisaient preuve. Certes, ils ne comptaient pas parmi des adorateurs du Formica, dont le nombre avait tellement augmenté dernièrement, mais en comparaison des homosexuels et des épiscopaliens, ils avaient un goût déplorable ; ou alors, si au cours de leur vie commune ils avaient jamais possédé un quelconque objet de bon goût, ils n'en avaient guère pris soin. C'était une carence flagrante de leur éducation. Le matériel de pêche entreposé dans le salon, les draps de bain mouillés séchant sur le guidon du vélo, les serviettes hygiéniques rangées sur une étagère dans la salle de bains de la chambre d'amis — au mieux, les talents de Frank et Gracie s'appliquaient à d'autres domaines.

Gracie s'installa sur une chaise-longue tandis que Frank s'assit dans un fauteuil qui s'incurva aussitôt sous son poids. Il se déplaça d'une cinquantaine de centimètres pour éviter qu'une feuille de plante tropicale n'entre dans son col de chemise. Les vitres reflétaient une lueur verte et brouillée ; quand Frank regarda vers la droite, il aperçut le pâle éclat du soleil qui illuminait le jardin.

— Je suis contente que tu sois venu, dit Gracie.

— Moi aussi, mais je ne me sens pas très à l'aise, répondit Frank.

Elle portait une chemise d'homme à rayures grises et un jean. Il la trouva belle. D'ailleurs, il la trouvait toujours belle, même lorsqu'il était furieux contre elle et qu'il découvrait, enfouie dans son amour, une haine étonnamment prompte à se manifester. En regardant Gracie, il s'avoua qu'il était amoureux d'elle et il reconnut que c'était irrévocable ; son amour pour elle avait une valeur non négociable. Frank comprit que l'amour authentique rendait les gens, sinon tyranniques, du moins cruels. C'était la source de la barbarie. Les gens qui côtoyaient des amoureux étaient des témoins innocents, des combattants pris dans la ligne de feu de la passion.

— Holly est venue me rendre visite, dit-elle. Elle désirait s'excuser. Les choses ne se sont pas passées comme elle l'avait prévu. Tout ça m'a donné un affreux sentiment de culpabilité et m'a rappelé que nous avons le devoir de trouver une conclusion nette et rapide à toute cette affaire.

— Je ne suis pas.

— Bon, je vais t'expliquer. As-tu la moindre idée de ce que Holly faisait avec Lane Lawlor ?

— Non.

— Réfléchis un peu. A ton avis, est-il son genre ?

— Non.

— Pourtant, nous ne nous sommes jamais interrogés à ce sujet, n'est-ce pas ?

— L'amour est aveugle. N'est-ce pas là un de nos axiomes de base ? Ne nous apprend-on pas que nous serions des traîtres d'en douter ?

— Je ne sais pas, mais c'est faux. L'amour est tout sauf aveugle.

— Je ne comprends pas. Que fait-elle avec lui ?

— Elle voulait provoquer une crise, expliqua Gracie. Il y a longtemps que cette crise aurait dû éclater. Mais Holly a été contrainte à l'escalade au point que, de son propre aveu, la situation lui a échappé. Elle n'avait pas prévu que tu attaquerais Lane Lawlor et pas davantage que tu déclencherais une émeute. C'est comme si elle nous rejouait la scène de la noyade dans l'Utah.

— Une minute, une minute, une minute. Quel était l'enjeu de cette crise ?

Gracie le regarda. La bêtise de Frank l'amusait. Mais tout cela était trop important pour qu'elle s'amusât longtemps de la niaiserie de Frank.

— Le but de cette crise, c'était de nous réconcilier, toi et moi.

— Oh !

Le cœur de Frank se serra. Ils jouaient avec leur fille. Le mépris de soi monta comme une marée fétide. Il regarda Gracie. Elle semblait décomposée. Lui-même pouvait à peine parler. Il réussit à sourire faiblement et dit, la gorge nouée, en hochant fébrilement la tête :

— Notre petite fille...

Les larmes coulèrent sur leurs deux visages. Frank ne voyait plus aucune issue.

52

Eileen travaillait chez elle, ce qui n'impliquait pas qu'il s'agissait d'un simple hobby. Le salon de sa maison proprette de Cree Street était un bureau impeccable qui contenait des armoires grises pour les dossiers, une table et une photocopieuse que, sans en avoir la certitude absolue, Frank croyait avoir déjà vue ailleurs. Eileen l'accueillit avec une chaleur frisant l'hystérie.

— Puis-je m'asseoir un moment ?

— Bien sûr ! Voulez-vous boire quelque chose ? Thé ? Café ?

— Rien du tout. Vous êtes une sainte, Eileen, vous pensez toujours à moi, n'est-ce pas ?

— J'ai fait de mon mieux, monsieur Copenhaver, sincèrement. Mais nous sommes arrivés à la croisée des chemins quand Mme Copenhaver, quand Mme Copenhaver...

— Oui, l'heure de vérité. Mais les conditions de travail n'étaient pas trop mauvaises.

— Elles étaient irrégulières.

— *Exactement.* Je ne vous ai pas assez montré combien j'admirais vos talents. Rien n'est plus clair, n'est-ce pas ? Moi qui avais été un homme d'affaires tellement pointilleux ! Soudain, vous avez inutilement brassé des papiers, réuni des documents pour que je les signe, mais qui restaient en attente pendant des mois. Vous avez eu tellement d'heures creuses pour contempler vos points de retraite et les résultats très négligeables de notre entreprise commune. Vous notiez les numéros de téléphone de gens que je ne rappelais jamais. Peut-être avez-vous même commencé à vous sentir presque hypocrite quand vous deviez feindre de travailler pour un homme qui essayait de faire tourner ses affaires. Votre tâche ingrate a consisté à dissimuler mes errements derrière une kyrielle de mots vides.

— Ça n'a pas été facile.

Elle sourit en serrant les lèvres, comme pour cacher ou retenir ses dents.

— Ça n'a pas été facile.

— Non, ça n'a pas été facile, répéta-t-elle avec une légère emphase. J'ai fait ce que j'ai pu.

— Bien sûr. Vous étiez là toute la journée et vous avez fait ce que vous avez pu.

— Oui, dit-elle.

L'atmosphère se refroidissait nettement.

— Mais en pareilles circonstances, l'esprit a tendance à vagabonder.

— Pas le mien ! protesta Eileen.

— J'aurais mieux fait de dire : la liste des options s'allonge.

Elle décida d'écouter pour découvrir où Frank voulait en venir.

— Cette liste s'allonge et elle s'allonge encore jusqu'à ressembler à un long et vieux serpent à sonnettes qui commence tout là-bas et s'achève *loin* de l'autre côté, là où il y a sa tête, et il se dresse lentement pour vous regarder droit dans les yeux et vous dire : « Eileen, j'ai une bonne idée. »

Frank se tut. Eileen ne bronchait pas. Près d'une armoire à dossiers, le rideau bougea légèrement au passage d'une voiture. Frank posa sur les genoux d'Eileen des photocopies des chèques falsifiés, une copie de la loi sur les fraudes et les détournements de fonds, ainsi que les condamnations pénales auxquelles s'exposaient les coupables.

— Tout bien considéré, dit-il calmement, je crois que nous allons vous laisser la jouissance de cette station-service. Lundi à neuf heures, d'accord ? Il se leva et, avec toute l'emphase d'Edward Ballantine, ajouta : « Retour à l'ordre et à la discipline ! » en martelant les syllabes *or* et *dis* avec un haussement de sourcils.

Intérieurement, Frank trouvait cet épisode beaucoup moins drôle qu'il le laissait paraître. Il reprenait les choses en main.

Un peu plus tôt ce même jour, il appela Holly et ils parlèrent longuement. Certaines paroles de sa fille restèrent gravées dans l'esprit de Frank :

— Maman m'a dit que, parce que vous êtes mes parents, j'en conclus que vous constituez une unité, mais ce n'est pas forcément comme ça que vous voyez les choses. Moi, je n'ai pas envie de faire partie d'une unité. Je veux dire, je n'attends pas que le Prince Charmant tombe du ciel pour m'aider à constituer une *unité*. Mais j'étais partie sur une mauvaise piste avec maman et toi. Quand je vous regardais, je voyais le mot unité. Je crois que vous m'avez toujours donné cette image-là. Mais vous n'êtes pas obligés de montrer l'exemple.

— J'ai bien peur que si, dit Frank en sentant une bouffée de chaleur sur sa nuque. Je sais que je m'y suis mal pris. En tout cas, je suis désolé que ton plan de cinglée n'ait pas marché.

— Ah bon, tu es désolé ?

— Mais oui. Tu sais, on ne retourne jamais en arrière, ma chérie.

— Oh ! fit-elle. Oh oui ! je sais.

Frank s'en voulut de sa dernière phrase. Il espéra que Holly ne prendrait pas au sérieux une remarque aussi glaçante, qu'il considérait simplement comme une rumeur émanant d'un autre pays ; il espéra aussi qu'avec un peu de chance elle se trouverait un jeune anarchiste sympathique aux cheveux orange, un aquarelliste ou un séparatiste basque, un prétendant à la couronne de toutes les Russies, un hôtelier du Surinam, tout mais pas l'idéologue de la propriété privée qu'elle avait si efficacement utilisé pour effrayer ses parents, ce qu'ils seraient toujours pour elle, même si Holly ne devait plus en tirer aucun profit.

Edward Ballantine appela Frank à son bureau. Ce fut en fait le premier appel qu'Eileen lui transmit après son retour. Entendre la voix de sa secrétaire annoncer cet appel fut un détail mineur, mais qui donna à Frank une impression de régularité bienvenue. Il travaillait au dictaphone, enregistrant une tornade de réponses au courrier en souffrance, quand il reçut l'appel de Ballantine.

— Frank, dit Edward, j'essaie de trouver un endroit pour notre réunion, un lieu qui n'évoque pas trop d'associations désagréables pour quiconque.

— Va chier, dit Frank, las de tous ces ronds-de-jambe hypocrites.

— Gardez ces injures pour notre tête-à-tête, mon vieux. Je ne vous entends pas en dehors de ce contexte, sauf pour trouver un lieu de rendez-vous.

— Je croyais que nous faisions tout ça pour vous et votre célèbre guerre contre la tromperie.

— Ce n'est pas simplement pour moi. Les gens ont besoin de vivre mieux. Nous ne voulons pas d'un cadre trop exceptionnel. Nous voulons qu'il fasse partie de notre vie quotidienne.

— Qu'avez-vous trouvé jusqu'ici ? demanda Frank sans très bien comprendre de quoi parlait Edward, mais soulagé de ne pas avoir à se rendre dans un lieu associé à l'uranium, au deltaplane ou à la nouvelle spiritualité.

— Je crois avoir trouvé un petit endroit idéal. La salle de réunion des Amis.

— Les Quakers ?

— Oui.

— Nous aurions cette salle pour nous deux ?

— Aussi longtemps que nous le désirerons, dit Edward.

Frank pensa que cela ressemblait étonnamment à une transaction immobilière. A certains égards, c'était aussi le genre de rencontre que sa mère organisait sans arrêt pour son club de livres ou son groupe de canasta, une excursion réservée aux caddies du golf ou encore la réfection du terrain de rodéo. Mais il ne voulait pas rendre leur discussion trop solennelle en insistant aussi pesamment sur leur lieu de rendez-vous.

Edward et Frank évoquèrent sans doute l'heure de leur rencontre, car ils raccrochèrent après cette phrase d'Edward :

— A demain matin, donc. Neuf heures.

Frank tira tous les rideaux de la pièce, si bien que sa lampe de bureau éclaira un large cercle, comme s'il faisait nuit. Il se laissa aller en arrière dans son fauteuil et, le dictaphone en main, entreprit de passer en revue son courrier, répondant aux lettres de la manière la plus désinvolte. Il était conscient de la vitesse à laquelle il travaillait et il s'aiguillonnait pour aller encore plus vite. Il répondit à plusieurs lettres avec le seul mot « non », puis à plusieurs autres de manière plus diserte, avec cette formule : « Ma réponse est non. » Chaque lettre à laquelle il avait répondu, il la lançait par terre, si bien qu'un tas de papiers monta bientôt près de son fauteuil. Il disait non si souvent qu'il pensa que, de la pièce voisine, quelqu'un aurait très bien pu croire qu'on le torturait. Il lançait sur une autre pile les documents requerrant sa signature. Il acceptait toutes les factures sans vérifier leur montant et les lançait sur la première pile. Autrefois, il prenait plaisir à ce tri, classant son courrier selon des catégories bien précises ; il existait alors un va-et-vient d'informations entre lui-même, Eileen et les services postaux américains, qui ressemblait à une respiration, à un rythme qui s'accélérait ou s'apaisait selon le volume de ses activités. Tout ça était fini. Cela ressemblait davantage à balayer des mouches mortes dans une maison abandonnée. Néanmoins, malgré la présence de dividendes, de loyers et même d'un premier paiement symbolique émanant de l'hôtel des poulets, on avait le sentiment d'un flux à sens unique, dirigé vers l'extérieur. Il pensa à quelqu'un, dans une baignoire remplie d'eau, qui après s'être tranché une artère remarque que l'eau change peu à peu de couleur.

Mais il s'en moquait ! Tout ça était sans importance, comparé à un autre pan de son existence.

— Ça va, ça vient ! s'écria-t-il avec un rire glacé.

Bon, ce n'était pas vrai non plus. Il avait travaillé d'arrache-pied, mais c'était comme une naissance : ensuite, on ne se souvenait plus de la douleur. Dans le cas présent, il était parfaitement indifférent envers l'enfant. C'était malgré tout assommant de se joindre au chœur des millions de gens qui se lamentaient sur le succès. Car malgré les prévisions de son père, il avait connu le succès. Comme son père était mort, Frank ne pouvait pas le narguer. Et si son père avait été vivant, il s'en serait sans doute réjoui. Il avait vécu assez longtemps pour assister au début de la réussite de Frank et il avait paru agréablement surpris. Mais il était presque impossible à un fils de remercier son père pour une réaction aussi banale qu'une « agréable surprise ». Malgré tout, Frank avait constaté pendant plusieurs années la réaction de son père à sa propre réussite financière et il pouvait seulement en conclure que son père avait été agréablement surpris. Peut-être la méfiance relevait-elle des obligations d'un père envers son fils — répéter sans cesse « Pour moi, tu es un raté » et rester de marbre quand des idées de meurtre s'insinuaient dans le cœur du rejeton. En tout cas, comme disait la grand-mère paysanne de Frank, « Tout ça, c'est dans la Bible ».

A son retour du déjeuner, Frank reprit sa dictée. Au cours de l'après-midi, Eileen entra dans le bureau pour prendre une cassette enregistrée, apporter des lettres à signer et, tout à trac, annoncer qu'elle rentrait chez elle. Frank regarda sa montre : il était cinq heures.

— Tiens, déjà, dit-il. Bon, eh bien à demain matin.

Elle sortit avec un sourire contraint. En moins d'une semaine, elle avait perdu son statut de propriétaire de sa propre affaire et elle ressemblait un peu à un officier dans un camp de prisonniers de guerre.

Une minute à peine après le départ d'Eileen, Lucy, qui avait sans doute guetté cet événement dans le couloir, entra dans le bureau de Frank. Il y avait de quoi avoir peur. Frank essaya de désamorcer sa terreur en l'analysant. Il vit aussitôt que Lucy l'avait remarquée. Redoutant un quelconque ultimatum, il fit semblant d'émerger d'un labeur abrutissant alors qu'en réalité il était parfaitement concentré sur le présent.

Elle commença par :

— Je vois que tu as repris ton plein-temps.

— Oui, il faut bien.

— Pourquoi donc ? Y a le feu ?

Il essaya de répondre honnêtement :

— Je ne sais pas encore.

Elle portait une robe de soie sombre qui lui descendait jusqu'aux mollets, des bottes de cheval et une veste légère en coton, aux poches si grandes qu'elles bâillaient.

— Gracie t'a parlé pour l'autre jour ? demanda Lucy.

Il était plaisant d'affecter ce ton léger et désinvolte, comme si la mémoire amadouait aisément ces violents écarts de conduite.

— Non, elle ne m'en a pas parlé. D'ailleurs, l'occasion ne s'est pas présentée.

— Nous étions amis autrefois.

— Eh bien...

— Je croyais que tu avais rompu. Mais je constate une nouvelle fois toute la pertinence du dicton « Bite qui bande perd toute conscience », pas vrai ?

— Lucy, je t'en prie. Ces expressions...

— Pas très distingué ?

— Je ne sais pas, je dirais *grossier.*

— Grossier, répéta-t-elle en se penchant au-dessus du bureau pour le gifler. Je vais t'en donner, de la grossièreté !

— Et c'est reparti... dit-il en rentrant le menton, mais sans lever les mains pour se protéger.

— Je dirige une agence de voyages.

— Je sais.

— J'aimerais qu'on en reste là.

— On peut comprendre que chacun essaie d'élargir l'horizon de ses expériences, hasarda-t-il.

Il eut droit à une autre claque retentissante, sans très bien comprendre pourquoi.

— Remplir des billets, rentrer chez moi, manger, me coucher. Je sortais avec un type vraiment bien, un promoteur. Mais Gracie a voulu savoir comment je pourrais bien coopérer pour lutter contre la dégradation de l'environnement. Pour qui se prend cette grosse connasse de Louisiane ?

— Je n'en sais rien, Luce, franchement je ne sais pas. Je vais peut-être le découvrir demain matin.

— Ah-ha ! Alors comme ça, on s'offre un petit cœur-à-cœur ?

— Je ne sais pas comment appeler ça. C'est une idée d'Ed Ballantine. C'est davantage leur problème que le mien. J'ai simplement accepté d'y aller. Mon seul objectif, dans l'immédiat, c'est de garder la tête au-dessus de l'eau. J'ai un peu négligé mes activités professionnelles.

— *Négligé* ! Tu veux dire que tu as complètement perdu les pédales ! Tu devrais annoncer à Miss Louisiane que tu ne peux pas vivre sans elle et que tu fais un mal fou autour de toi. Dieu merci, mes yeux se sont ouverts et j'ai appelé Jerome.

— Jerome ?

— Mon promoteur ! Il vient de construire cent quarante et une maisons individuelles à Salt Lake et il m'aime. Il m'aime, *moi*. Et je m'apprête à lui annoncer que je ressens la même chose pour lui ! Pourquoi ? Parce qu'il m'aime, *moi, moi, moi*.

Il eut envie de répondre à Lucy qu'il lui souhaitait toute une vie de bonheur dans l'opportunisme. Il se sentait menacé par tous ces cris et ces gifles. Cette description de Gracie le blessait et il méprisait le plaisir qu'il prenait sans doute à se voir ainsi disputé par deux femmes. En réalité, ça n'avait rien de drôle ; Frank avait plutôt l'impression d'être une boule de viande jetée en pâture dans un chenil.

— Bah, dit Lucy, je ne devrais pas être aussi dure avec toi. Tu es plutôt à plaindre, question vie personnelle. Tu n'es peut-être pas capable d'en avoir une. Au fond, tu es sans doute l'homme le plus trouillard que j'aie jamais connu. Mais tu sais, j'ai réfléchi à ma petite agence. Elle n'a rien d'exceptionnel. J'expédie des corps. Mais je m'en tire bien et l'agence tourne. Il m'a fallu prendre une décision pour mes objectifs. Et j'ai décidé de me consacrer à l'argent. Ça sonne bien, non ? L'argent, l'argent, l'argent ! Je ne suis pas du genre à changer le monde, moi. Je ne suis qu'un moucheron. Je dois faire comme tout le monde. Mais je parie que je vais tirer mon épingle du jeu. Je vais essayer d'épouser ce gars et de rafler toutes ces maisons individuelles. Je vais devenir la reine des faubourgs, tout le monde devra m'obéir au doigt et à l'œil. La vie est merveilleuse. A ma connaissance, je n'ai pas le cancer et grâce à toi j'ai appris plusieurs choses précieuses. Je dis bonjour à toutes ces choses auxquelles tu dis au revoir. J'en ai marre d'ici, je m'en vais, merci pour les souvenirs. Elle remonta sa robe au-dessus de ses hanches et pointa le doigt vers le triangle en soie blanche de sa culotte. Ça aussi, c'est fini ! s'écria-t-elle avant de sortir en claquant la porte.

Frank ne se sentait guère prêt à rentrer chez lui. Un de ces jours, bientôt, la banque allait s'intéresser à sa maison, peut-être même coller son avis sur la porte. Mais il y aurait d'abord du suspense. Il était toujours ahuri par la diatribe de Lucy et l'impression d'avoir mérité toutes ces accusations. Mais tout le monde, croyait-il, méritait une vie entière d'accusations. D'où venaient donc ces règles universellement admises ? Quel archaïsme, pensa-t-il. Autant se faire agresser par une femme en robe à bustier. Autant balancer un missile Scud sur un défilé de Noël parce qu'on ne croyait pas au Père Noël. Il poursuivit de la sorte, en proie à une vague indignation, jusqu'à ce que celle-ci passât elle aussi, puis il repensa distraitement à tous les secours qui s'étaient présentés à lui et qu'il avait refusés. Depuis son époque hippie, il n'avait ressenti aucun sentiment de camaraderie, ni la moindre chaleur familiale depuis le départ de Gracie. Il se comparait volontiers à un astéroïde refroidissant au milieu d'un océan de ténèbres. Et les humiliations tournaient au rituel. Dieu seul savait ce que lui réservait la salle de réunion des Amis.

En proie à une soudaine fringale d'action, il se jeta sur les papiers qui traînaient encore sur son bureau. Le courtier en bourse Michael Milken serait libérable sur parole dans trois ans seulement, car l'aide qu'il avait fournie aux juges d'instruction serait sans doute récompensée d'une réduction de peine. Le considérerait-on alors comme un héros rentrant d'exil à Drexel Burnham Lambert, avec des idées de synergies inédites sur le marché des obligations à risques ? Un escroc équivalant à dix mille voleurs de banque replongerait dans la soupe bouillonnante des finances américaines ; et sans doute M. Frank Copenhaver trouverait-il un ou deux dollars à miser en Bourse. Ainsi allait la vie. Car il y avait encore de la vie ! Il enregistra encore une rafale de « non » dans le dictaphone, conseillant à Eileen de les utiliser au mieux, puis il se dit : « A chaque jour suffit sa peine. »

53

Une petite allée dallée quittait le trottoir de Grant Avenue pour rejoindre l'entrée, entourée de chèvrefeuille, de la salle de réunion des Amis. Frank pensa qu'il y avait sans doute très peu de Quakers en ville, mais il se sentit réconforté par leur vague réputation de calme et de probité, espérant surtout que cette putain de réunion ne tournerait pas au bain de boue. Il lui fallait simplement enrayer la marée empoisonnée. Gracie devait le retrouver ensuite à la maison.

Il entra et découvrit qu'Edward était déjà là. Edward portait une chemise blanche à manches courtes, d'allure tropicale, dont les pans sortaient d'un large pantalon en coton. Son toupet de cheveux bruns se dressait au-dessus de son crâne comme une crête de coq. Il se précipita vers Frank et l'accueillit d'un regard appuyé, en lui serrant la main entre les siennes. Frank se retrouva soudain intimidé. Un sourire efféminé s'épanouit sur ses lèvres et une bouffée d'air jaillit de ses narines, exprimant son incompréhension. Il sentit sur lui la violente bourrasque des conventions. Il souhaita oublier l'horreur humiliante de sa situation et se montrer bien élevé à tous égards.

Edward quitta brusquement la salle. Contre le mur étaient posées plusieurs vieilles chaises pliantes de couleur marron, au dossier couvert de chiffres blancs inscrits au pochoir. Frank prit sur lui d'en installer deux. Mais comme elles étaient d'un maniement compliqué, il ne réussit pas tout d'abord à les déplier. Il essaya de penser à leur disposition, puis il renonça et les installa face à face. Il regarda les hautes fenêtres à doubles panneaux qui encadraient les arbres et le ciel et il désira s'envoler loin d'ici ; en fait, assis sur l'une des deux chaises qu'il n'avait pas réussi à disposer idéalement, il s'enfuit dans des pensées d'oiseaux migrateurs, de nuées tourbillonnant vers le sud, de canards baissant les yeux vers les courbes harmonieuses de la planète.

Edward revint.

— Voulez-vous que j'aille chercher une carafe d'eau et deux verres ? proposa-t-il.

— Non. En fait, j'ai besoin d'aller aux toilettes avant d'entamer notre petite discussion.

Frank verrouilla la porte des toilettes et passa un long moment à se dévisager dans le miroir. Il ne comprenait pas pourquoi il allait participer à ce qui serait forcément un dialogue grotesque. Dans un passé relativement récent, il aurait pris une drogue quelconque et serait ressorti des toilettes, plein d'assurance et d'esprit, voire avec une idée générale de la situation. Le visage parfaitement inexpressif, il projeta toutes sortes d'histoires et de motifs sur ses traits figés. Dans l'un de ces récits imaginaires, il était un figurant jouant le rôle d'un jeune marin dans *le Réveil de la sorcière rouge* ; dans un autre récit, il était Lincoln libérant les esclaves. Il retourna dans la salle, puis entra dans la kitchenette avec sa cafetière, ses serviettes en papier et son réfrigérateur encastré sous le plan de travail. Il remplit une carafe d'eau glacée et trouva deux verres. Il posa le tout sur un plateau, puis retourna avec angoisse dans la salle de réunion.

Il redouta alors bizarrement que le délai de son accord avec Gracie ne fût dépassé. Le romantisme de Frank ne tenait jamais compte du temps. Quand il était petit, un moineau chanta à sa fenêtre tous les matins pendant un été, mais l'oiseau se taisait toujours à neuf heures moins le quart précises. Son père lui dit qu'il s'agissait simplement d'un moineau syndiqué. Frank aurait voulu que cet oiseau chantât sans référence à l'heure. Il pouvait sans doute comprendre que sa vie avec Gracie était désormais inféodée au temps et que le destin de Gracie faisait maintenant d'elle une cible mouvante. Mais il était néanmoins difficile de ne pas se considérer comme piégé par d'autres gens et diverses circonstances. Il était difficile de ne pas chercher un bouc-émissaire, car l'avenir était lourd de menaces.

— Je crois que nous devons essayer de procéder méthodiquement, dit Edward. Il faut que je vous raconte mon histoire, Frank. Je serai bref. Quand j'étais dans le musée de la fac, en train de travailler sur l'exposition de la Piste des Larmes...

— Une seconde, le coupa Frank, je n'y suis plus. Que faites-vous dans la vie ?

— Je suis anthropologue, répondit Edward. Ce sont mes premières amours, mais ça ne rapporte pas grand-chose. Voilà pourquoi j'ai changé mon fusil d'épaule.

— Oh ! Vous étiez en train de travailler sur quoi ?

— Une exposition du musée qui illustrait la retraite des Cheyennes du nord à partir du Nebraska. Une manifestation issue d'une bonne conscience angélique et financée par une bourse conséquente : ni raccourcis ni compromis d'aucune sorte. Nous avons reproduit, presque à l'échelle, un de leurs camps typiques, avec un grand ciel bleu au-dessus, un vrai firmament, et une atmosphère religieuse qui devait en faire une espèce d'histoire sainte, ce qu'elle était bien sûr. Nous avions besoin de modèles pour les sculptures des Indiens à l'échelle. Et nous en avons trouvé très facilement parmi les étudiants indiens de l'université. Edward s'installait dans son aimable récit. « J'ai mis une petite annonce dans le magasin macrobiotique pour trouver une femme d'une quarantaine d'années, bien conservée, avec la peau mate et les cheveux noirs. »

Frank sentit la panique le gagner.

— Et Gracie a répondu à l'annonce ? demanda-t-il.

— Oui, Gracie a répondu à l'annonce. Ecoutez, restons-en aux faits. Inutile de nous perdre en digressions.

Un soir où je travaillais à un massif de sauge, Gracie est arrivée. Et de fil en aiguille...

— Dans le musée ? s'écria Frank. De fil en aiguille... ?

— Eh bien, pas exactement dans le musée. Dans... l'une des reconstitutions historiques d'un habitat indien.

L'image de cet habitat incendia l'esprit de Frank.

— Ma femme ? Dans un faux tipi ?

Edward semblait essayer poliment d'accepter toute cette agitation.

— On peut dire les choses ainsi, Frank.

Frank se prit le visage entre les mains et gémit. Avec une ironie malvenue, il songea qu'Edward n'avait pas évoqué à la légère la « Piste des Larmes ». Il désirait d'autres détails, tout en se sentant profondément écœuré. L'alternance de ces désirs contradictoires le rendait presque fou.

Sa première pensée fut qu'il ne pourrait plus jamais éprouver les mêmes sentiments envers Gracie. Cela relevait d'un constat indiscutable. Une autre évidence était qu'il ne ressentirait plus jamais la même chose envers les anthropologues, les musées ou les Indiens ; quant aux tipis, Frank serait désormais incapable de contempler le moindre objet rappelant, même de loin, leur forme conique. Il sombra dans un désespoir insupportable. L'espace d'un instant atroce, il crut même que ses membres douloureux allaient s'arracher à son corps.

— Comment avez-vous découvert que Gracie me voyait ? demanda Edward.

Voilà évidemment une bonne question. Frank avait découvert qu'elle le trompait, bien sûr.

— Gracie me l'a dit.

— Pourquoi ?

— Je me doutais de quelque chose, répondit Frank.

A qui d'autre aurait-il pu avouer cela ? Il se rappela Gracie en pleurs, il se rappela toutes ses larmes. D'où lui venait cet affreux besoin de raconter tout ça ? Soudain, il eut honte. Mais la honte était sans doute plus supportable que le silence.

— J'ai toujours aimé pêcher. Je pêchais déjà avec mon père. J'ai pêché avec ma fille. J'ai supplié Gracie de pêcher avec moi.

Frank s'assit au bord de sa chaise pliante et regarda dans le vague. Il avait envie de voir un vigoureux homme de plein air, un gaillard insouciant, au-dessus de la mêlée, au lieu de quoi il découvrit un gros crétin.

— Elle m'a annoncé un jour qu'elle allait apprendre à pêcher, mais elle ne voulait pas que je sois avec elle pour lui dire comment faire. D'accord, je renonce à être avec elle pour lui dire comment faire. J'étais très heureux de sa décision. Je veux dire, quelle différence y a-t-il entre s'occuper de ses oignons et abdiquer ? J'ai pensé qu'on allait pêcher ensemble. On irait en Nouvelle-Zélande, on attraperait de la poiscaille ensemble sous la Croix du Sud. Pour moi, c'est une image très romantique.

Obnubilé par sa souffrance, Frank se pencha encore un peu en avant et la chaise pliante se referma brutalement sur ses fesses, le projetant à genoux, le siège resserrant son étau comme un alligator. Il se remit sur pied non sans mal, ouvrit sa chaise et se rassit. Refusant de s'abandonner aux lamentations, il s'adressait à Edward comme s'il avait le droit de décrire à son tour la chronologie des événements :

— Elle quittait la maison plusieurs fois par semaine avec sa canne à pêche et son moulinet, des waders et un gilet de pêche. Je voulais l'accompagner, mais elle me l'interdisait. Ce qui faisait de moi — un brave type ? un crétin ? Existe-t-il un livre là-dessus ? Ça a duré pendant des mois. Elle me disait qu'elle faisait des progrès, mais qu'elle n'était pas encore prête. Elle faisait des progrès. Elle n'était pas prête. Jusque là, tout va bien. Quand j'ai raconté à mon amie June que Gracie s'initiait à la pêche à la mouche, June m'a dit : « Tiens, elle appelle ça comme ça. » La saison touchait à son terme. J'ai insisté pour accompagner Gracie. J'ai pris mes affaires et nous sommes allés en voiture au bord de la Madison, dans un coin que je connais bien, un endroit magnifique où deux bras de la rivière se rejoignent, avec un long banc de gravier et des saules sur les rives...

Il s'aperçut que tous ces détails étaient superflus. C'était comme s'il s'assurait qu'Edward faisait une pêche miraculeuse.

— J'ai garé la voiture et j'ai regardé Gracie préparer son matériel. J'ai très vite compris qu'elle ne savait pas ce qu'elle faisait. Elle ne savait pas fixer le moulinet sur la canne, pas davantage faire passer la soie dans les guides, ni attacher une mouche, ni rien. Elle ne connaissait strictement rien à la pêche à la mouche ! Alors j'ai regardé ses waders. Ils n'avaient jamais été dans l'eau. Soudain, j'ai ressenti comme un coup de poignard en comprenant qu'elle était nulle. Je suis resté silencieux. Elle a dû s'apercevoir que je voyais clair dans son jeu. Et moi, je pensais sans arrêt : « Nous ne sommes plus jeunes, nous sommes ridicules, inutile de nous envoyer des accusations à la tête. » Mais je devais savoir. Il s'interrompit pour se moucher. Je lui ai donc posé la question.

— Et alors ?

— Elle m'a tout avoué.

— Elle vous a dit la vérité ?

— Oui.

Frank fut ravi de constater que Gracie n'avait jamais raconté cette histoire à Edward, lequel en ignorait tout. Tu parles d'un anthropologue ! La destruction du mariage de Frank par Edward devint une simple broutille en comparaison des cachotteries de Gracie qui avait gardé pour elle le récit de cette déduction élémentaire. C'était bien trop personnel !

Edward eut un petit rire, peut-être amer, mais un rire malgré tout. Frank ressentit la douleur de l'absurdité. Il avait été plus heureux parmi les Eskimos. Il avait l'impression que la tristesse et une rage impuissante séchaient ses prunelles.

Il regarda encore une fois autour de lui. Il ne voyait pas comment il pourrait s'en tirer. Il ne s'accusait pas de vouloir s'en tirer, mais il désirait avoir l'assurance qu'il ne tomberait pas dans le trou qu'il sentait s'ouvrir au milieu de soi. Il essaya d'imaginer une époque future où ils seraient tous morts, où leurs rapports n'auraient plus aucune importance. Peine perdue. Gracie l'avait un jour accusé de lui donner l'impression d'être invisible. Et si Holly lui avait dit, « Tu as rendu ma mère invisible » ? Qu'aurait-il bien pu ajouter à ça ? « Je vais te rendre invisible » ? Frank se rappela les doléances de Gracie :

— J'ai toujours tenu bon, j'ai toujours supporté que tu te moques de mon petit restaurant à la gomme, j'ai supporté de voir ton profil enfoui dans le *Wall Street Journal*, même si c'était le même profil que je voyais autrefois enfoui dans Carlos Castaneda, dans le *Yi-King*, Baba Ram Dass, Richard Flanagan...

— Richard Brautigan, avait rectifié Frank.

— Parce que tu avais un rapport formidable avec Holly, avait repris Gracie. Je me souvenais toujours de toi avec les cheveux qui te tombaient au milieu du dos et Holly assise sur tes épaules. Ensuite, l'incroyable est arrivé : Holly a grandi et elle est partie. Et je n'ai pas pu continuer à me mentir.

Comme si ce cri du cœur n'avait été qu'une pure feinte, Frank rétorqua :

— Ne perdons surtout pas de vue l'applaudimètre, mes amis !

« Je me déteste », pensa-t-il. Il avait fait allégeance à sa tribu en vivant ainsi. Il découvrait trop tard que cela ne suffisait pas. C'était comme un de ces vols nouvelle manière où, à votre réveil, vous découvrez qu'on vous a subtilisé un ou plusieurs de vos organes internes.

— Je ne sais toujours pas ce que vous désirez de moi, dit Frank à Edward.

Il se sentait à plat, au bout du rouleau. Edward non plus ne paraissait pas en grande forme. Ce n'était pas une rencontre entre rois. Peut-être était-ce la banqueroute redoutée.

— Il fallait que je parle à quelqu'un qui a déjà vécu ça, dit Edward.

Cette déclaration spécieuse déclencha quelque chose chez Frank. Il en avait assez. Glacé et menaçant, il demanda :

— Qui a déjà vécu *quoi*, Edward ?

Edward dévisagea Frank pour deviner ses intentions, sa sincérité, quelque chose.

— Se faire plaquer par Gracie, dit-il.

Comment ? Frank essaya de se concentrer. Il n'allait pas faire le moindre cadeau à ce type. Il s'adossa à sa chaise. Il pouvait peut-être rendre un petit service à Edward, les mains au-dessus de l'abîme. Après tout, Edward n'aurait d'autre choix que d'accepter l'évidence. Mais il attendait apparemment une conclusion inoubliable, un moment rare. La seule chose que désirait Frank, c'était une vérification. Il n'était toujours pas certain.

— Vous vous êtes fait jeter, hein ?

— J'en ai peur, dit Edward. Je crois que je désirais simplement avoir confirmation que c'était bien de moi qu'il s'agissait.

Avec une fierté nouvelle et le sentiment d'une issue inespérée, Frank lui dit qu'il n'était pas la bonne personne à interroger. Il suffisait bien de savoir qu'Edward se doutait qu'on l'avait peut-être manipulé.

Frank réfléchit très vite. Il lui fallait trouver Gracie immédiatement. Il se demanda s'il ne mettait pas la charrue avant les bœufs. Il avait l'impression de se préparer en vue d'un événement qu'il désirait et dont il refusait tout ajournement. Soudain, Frank se leva. Edward le regarda, bouche bée. Frank sortit en courant et continua de courir presque jusqu'à chez lui. Il ralentit alors et reprit son souffle. Il trouva Gracie qui marchait sur la pelouse.

— Quelle drôle de maison, dit-elle.

Elle le laissa à peine parler. Il pensa qu'ils allaient regarder la maison ensemble pendant un moment. Mais elle avait autre chose en tête.

— Essayons de trouver Holly, dit Gracie. Elle est retournée avec celui qui a l'anneau dans la narine. Elle a enlevé la poire à lavement et le poster de l'*Enola Gay*. Gracie semblait brûler les étapes. A contrecœur, Frank y vit un signe de force. « Faisons-lui une surprise. »

Elle évoqua ensuite la parenthèse de leur séparation. Elle était allée en Europe ! Elle était retournée en Louisiane ! Il traînait derrière elle dans une de ces zones grises qui caractérisaient tous ses revirements émotionnels. Cette lenteur, il l'avouait volontiers, était une faiblesse. Mais s'il se mettait à avouer toutes les choses qui le tiraient du lit quand il n'avait pas le moral, ne perdrait-il pas le peu d'équilibre qui lui restait ? Il aurait dû tenter sa chance, il le savait, à l'époque où Gracie se tenait fermement à ses côtés. L'heure présente était nettement moins propice pour entamer ce genre de grande lessive.

— Gracie, si j'avais pu penser que tu partirais avec quelqu'un, jamais je n'aurais cru qu'Edward serait ton genre d'homme.

— Ce n'est pas mon genre d'homme.

— J'ai l'impression qu'il y a quelque chose qui me dépasse, dit Frank.

Gracie déverrouilla les portières de la Buick et ils y montèrent. Elle serra le volant entre ses mains et regarda la route comme s'ils roulaient déjà.

— Alors comme ça, il y a quelque chose qui te dépasse ! Mais c'est un bon début.

Frank ne dit rien. Il lui semblait que sa tête grossissait au-dessus du cercle intact de son col de chemise. Il tendait le cou devant le pare-brise, sans conduire, sans même connaître l'adresse de Holly.

— J'ai cru comprendre que tes affaires battaient de l'aile, dit Gracie. Est-ce que ce n'est pas un miracle ?

— Je peux y mettre bon ordre.

— Tu le peux.

Ce n'était pas une question.

— Oui, je le peux.

— Alors je t'ai presque ruiné ? fit Gracie, rayonnante. Frank ne répondit pas. Puis elle ajouta d'une voix étonnée, comme pour elle-même : « Qui l'eût cru ? »

Ils roulaient dans une rue vide, bordée de petites maisons individuelles où la discorde des couleurs, des formes et des matériaux utilisés pour les toits, le manque d'unité des clôtures, des races de chien et des arbustes, semblait achever le mouvement vers l'Ouest dans ces quartiers provisoires.

— J'ai eu une idée incroyable, dit Gracie. Sur les enfants et leur éducation qui engendre toute cette tristesse. Presque comme si leur seule existence t'annonçait ta propre mort. Je sais bien que c'est de l'amour, mais il s'agit là d'une pensée vraiment déprimante. Tu comprends ce que je veux dire ? Pendant que j'étais seule, je suis rentrée chez moi pour faire une petite visite à mon ancienne plantation d'indigo, entre guillemets. Tu te rappelles ? Et si je pensais autrefois à une gloire révolue, eh bien cette fois j'ai seulement réfléchi à tous ces gens oubliés. Frank, tu sais ce que je me suis dit ? Elle le regarda pour lui laisser une chance de répondre. Quand il fut évident qu'il ne dirait rien, elle reprit : « Il n'y a rien de plus idiot que de repartir là où on en était resté. »

Puis elle sourit.

Enfin, les maisons se clairsemèrent, disparurent, puis la rue se mua en une longue route sinueuse ; et s'il y avait quelque part un panneau de stop, il restait sans doute caché derrière les virages.

Si vous désirez être régulièrement tenu au courant de nos publications, remplissez cette page et renvoyez-la à :

Editions 10/18
12, avenue d'Italie
75627 Paris Cedex 13

NOM : ______________________________

PRENOM : ___________________________

ADRESSE : __________________________

____

CODE POSTAL : ______________

VILLE : _____________________________

PAYS : ______________________________

AGE : ___________

PROFESSION : _______________________

TITRE de l'ouvrage dans lequel est insérée cette page :

____

Achevé d'imprimer par Elsnerdruck
à Berlin
en mars 1997

Dépôt légal : avril 1997
N° d'édition : 2772
Imprimé en Allemagne